토템
과
터부

나남
nanam

나남창작선 178

한은호 장편소설

토템과 터부

2022년 10월 25일 발행
2022년 10월 25일 1쇄

지은이 한은호
발행자 趙相浩
발행처 (주) 나남
주소 10881 경기도 파주시 회동길 193
전화 (031) 955-4601 (代)
FAX (031) 955-4555
등록 제 1-71호 (1979.5.12)
홈페이지 http://www.nanam.net
전자우편 post@nanam.net

ISBN 978-89-300-0678-1
ISBN 978-89-300-0572-2(세트)

책값은 뒤표지에 있습니다.

나남창작선 178

토템과 터부

한은호 장편소설

나남
nanam

작가의 말

이 소설의 후반부를 쓰기 위해 전반부를 썼다. 좀 더 좁혀서 말하자면 마지막 장(章)을 쓰기 위해 이전의 장들을 썼다. 이 소설의 끝부분에서 주인공이 던진 질문은 어쩌면 우리들이 스스로에게 던져야 할 질문일지도 모른다.

소설을 처음 구상할 때는 제목도 '토템과 터부'가 아니었고, 줄거리도 지금과 같지는 않았다. 원래는 '사건의 지평선'이란 제목으로 우주공간을 탐험하는 우주비행사들의 이야기를 써 보려 했다. 지구로부터 멀어질수록 지구에서의 기억들에 더욱더 집착하는 우주비행사들의 심리적 방황과 정신적 분열을 그리는 것이 당초의 집필 의도였다.

하지만 글을 써 나가는 과정에서 조금씩 마음이 바뀌었다. 제목도 '기억의 지평선'으로 달라졌고, 주제도 기억 중 가장 중요한 기억, 즉 '초기 기억' 쪽으로 옮아갔다. 소설의 내용이 더 이상 우주비행사들의 이야기로만 채워질 수 없다는 것을 완전히 깨닫게 되었을 때 써 왔던 것들을 전부 다 지우고 처음부터 다시 쓰기 시작했다. 그때 지은 제목이 지금의 소설 제목이다. 그러면서 욕망과 운명의 문제들이 소설 속에 스며들었다.

그래서 이 소설은 하루로 치자면 오전의 탐색과 방황을 거쳐 오후 들어 다시 태어났다고 할 수 있다. 마치 삶을 살아가는 인간들이 오후에 접어들며 인생을 다시 시작하는 것처럼.

태풍을 맞는 나무를 본 적이 있다. 바람이 멀리 있을 때는 나무가 굳건했다. 하지만 시간이 흐르면서 사정은 달라졌다. 나뭇가지들이 제법 흔들리기 시작하더니 나중에는 밑동마저 휘청거렸다.

뿌리의 심정은 어땠을까? 줄곧 한곳에서만 살았던 삶이 답답하지는 않았을까? 거센 태풍이 자신을 송두리째 들어올려, 한 번도 가 보지 못했던 전혀 다른 곳으로 데려다주기를 소망하지는 않았을까? 하지만 그런 소망에는 늘 위험이 뒤따른다. 다른 삶터에 뿌리도 내리기 전에 삶이 먼저 소멸되어 버릴 위험이.

사람은 평소에도 이 삶터에서 저 삶터로 옮겨 다니므로 나무와는 다를지도 모른다. 하지만 그런 이동이 무슨 의미가 있을까 싶다. 장소만 물리적으로 달라질 뿐, 삶의 모습은 이전과 똑같을 수 있기 때문이다.

인생에도 태풍이 불 때가 있다. 특히 인생의 오후가 되면 운명의 태풍이 분다. 오전에 불곤 했던 자잘한 바람들과는 비교가 되지 않을 무지막지한 태풍이. 그때 모든 것이 드러날 것이다. 오전에 살았던 삶이 오후의 삶터에서도 튼실하게 뿌리내릴 수 있는지가. 오전에 썼던 영혼에 관한 이야기가 오후를 맞아서도 여전히 유효한지가. 그런 의미에서 진정한 삶의 도전은 늘 오후에 시작된다.

이 소설은 운명의 태풍을 맞기 시작한 등장인물들의 인생 역정을 다루고 있다. 욕망과 파멸, 운명과 극복의 문제는 신화에서만 등장하는 주제가 아니다. 소설 속 등장인물들이 써 내려가는 영혼의 이야기는 우리 모두의 이야기일지도 모른다. 이 소설에 '토템과 터부'라는 제목을 붙인 이유가 바로 그것이기도 하다.

장편소설 《영원한 제국》으로 밀리언셀러 작가의 반열에 오르신 소설가 이인화 님은 바쁘신 와중에도 흔쾌히 추천사를 써 주셨다. 깊이 감사드린다. 단숨에 원고를 읽고 출판을 결정해 주신 나남출판 조상호 회장님과 편집과 교정 작업을 도맡아 준 신윤섭 이사님께 감사드린다. 언제나 든든한 버팀목이 되어 주시는 부모님과 가족들에게도 애정 어린 감사의 인사를 전한다.

2022년 10월

한 은 호

토템과 터부

차례

토템과 터부

휴스턴에 눈이 내렸다. 그것도 아주 많이 내렸다. 아무리 한겨울의 중심인 1월이라 해도 텍사스의 남부 끝자락, 휴스턴에서의 눈은 결코 흔한 것이 아니었다.

밤새 내린 눈은 거리를 덮었고, 나무를 덮었고, 지붕을 덮었다. 휴스턴은 마치 순결한 백색 도시가 된 것 같았다. 동네 거리는 눈송이 전령들을 맞으러 나온 아이들로 가득했다. 아이들은 조그만 손에 눈을 뭉쳐 굴리기도 하고 던지기도 했다. 이따금씩 멈춰 서서 하늘을 우러르는 아이들에겐 처음 접하는 눈일지도 몰랐다. 그런 아이들의 눈망울 속으로 순백색의 하늘 천사들이 가득히 내려앉았다.

전화가 울렸다. 학과장, 베일리 교수였다.

"닥터 박, 오후면 눈이 웬만큼 녹을 거라고 하네. 오후 일정은 예정대로 진행할 테니 그리 알고 준비하게."

학과장의 예상은 틀리지 않을 것이다. 남부의 태양은 시간의 톱니바퀴를 재깍재깍 돌려 가며 순백색의 하늘 전령들을 불러들일 것이고, 휴스턴의 거리는 하얀 가면을 벗으며 원래의 진면목을 다시 드러내리라.

준열은 병실을 찾았다. 싱클레어 교수의 얼굴엔 병색이 완연했다. 마지막으로 병문안 온 것이 불과 얼마 전이었는데, 그 짧은 시간 동안 그의 병세는 급격히 악화되어 있었다.

깊은 잠에 빠져든 그를 두고 싱클레어 부인이 말했다.

"회복은 힘들 것 같아요. 곧 의식이 혼미해질 거고, 그 후로는 언제가 최후가 될지 알 수 없어요."

평생을 같이 살아온 남편이 죽음의 문턱을 넘나드는데도 그녀는 별다른 동요가 없었다. 조용하면서도 강인한 텍사스식 품위가 몸에 밴 듯했다.

그녀는 아들, 조너선 이야기를 꺼냈다. 그는 싱클레어 교수와 심하게 다툰 후 집을 뛰쳐나갔다가 불의의 사고로 숨졌다고 했다. 무슨 사고였는지는 말하지 않았지만, 흔히 말하는 우연한 사고는 아닌 듯했다.

그녀는 두 손을 가만히 뻗으며 준열의 손을 잡았다. 주름진 연약한 손으로부터 마음의 말들이 공명되며 그에게 울렸다. 한참을 그러고 있던 그녀는 느릿하면서도 조곤조곤한 목소리로 말했다.

"조너선과 남편은 원하는 게 서로 달랐어요. 남편은 끝까지 고집을 꺾지 않았어요. 아일랜드의 강한 기질 때문이었던 것 같아요. 조너선이 죽고 난 후 남편은 자신이 조너선을 죽인 거나 다름없다며 자책했어요. 옆에서 지켜보기 힘들 정도였어요."

그녀는 잠시 말을 멈췄다. 당시의 일을 회상하는 것 같았다.

"남편이 닥터 박을 처음 봤을 때 조너선이 생각났다고 하더군요. 윗사람과 다른 의견을 냈다가 무참하게 짓밟히는 닥터 박을 보고 조너선이 떠올랐다고 했어요."

준열도 그때의 장면을 떠올리며 말했다.

"그랬었군요. 교수님은 학회 중간 휴식시간에 저를 찾아와 악수를 청하셨어요. 그리고 '그냥 밀고 나가게'라고만 하셨어요. 다른 말씀은 없으셨습니다. 그게 저와 교수님의 인연이 시작된 계기였습니다. 거기에 그런 배경이 있는지는 몰랐습니다."

그녀는 손을 놓고 자세를 고쳐 잡았다. 중요한 이야기를 꺼내려는 것 같았다.

"남편 연구실에 원고가 있을 거예요. '정신의 기원'이라는 제목의 원고랍니다. 남편은 조너선과의 일 때문에 닥터 박에게 하고 싶은 말이 있어도 하지 못했을 거예요. 그래서 대신 말하려 해요. 닥터 박이 '정신의 기원'을 대신 완성해 주었으면 해요."

그녀는 부탁을 해 놓고도 남편의 그림자를 드리우는 것일까 봐 조심스러워했다. 그는 그녀의 손을 가만히 잡았다. 그리고 대답 대신 살며시 포옹했다. 그 어떤 말이 필요한 상황이 아니었다. 그녀도 그의 무언의 대답을 알아들었을 것 같았다.

자리에서 일어난 그는 싱클레어 교수에게 다가갔다. 그리고는 얼마 남지 않은 그의 머리카락을 쓰다듬으며 조용한 목소리로 말했다.

"교수님, '정신의 기원'은 걱정 마세요. 못다 쓰신 원고는 제가 마무리할게요. 편히 쉬세요."

라이스대 심리학과는 건물 하나를 통째로 사용하고 있었다. 가로로 길게 뻗은 4층짜리 건물은 규모가 꽤 큰 편이었다. 고풍스러운 빅토리아식 건물 외관은 텍사스의 남부 전통을 상징하는 반면, 리모델링한 건물 안의 시설들은 최첨단을 자랑했다.

라이스대 심리학과에서는 새로 부임하는 교수가 첫 강의를 학과 구성원 전체를 대상으로 진행하는 것이 하나의 전통이었다. 신임교수의 강의가 학기의 시작을 알리는 학과 전체의 첫 강의 역할을 하는 셈이었다.

연구실 문을 두드리는 노크 소리가 들리더니 루나 베넷이 들어오며 말했다.

"닥터 박, 이제 10분 뒤면 시작입니다."

루나의 심정은 복잡할 수도 있었다. 싱클레어 교수 밑에서 박사후 연수과정을 밟던 그녀와는 달리, 준열은 어느 날 갑자기 날아들어 온 낯선 이방인에 지나지 않았다. 그런데 그 이방인은 싱클레어 교수의 뒤를 잇는 교수가 되고 자신은 그러지 못했으니, 그를 대하는 그녀의 감정은 탐탁지 않은 게 정상이었다. 하지만 그녀의 얼굴에서는 그런 기색이 전혀 없었다.

아버지의 죽음을 주제로 강의하겠다는 말을 처음 꺼냈을 때 학과장은 뜻밖이라는 표정을 지었다. 그를 바라보며 말하는 루나의 표정도 비슷했다. 그런 주제는 신임교수의 첫 출발과는 어울리지 않는다고 생각하는 것 같았다.

그도 강의를 준비하면서 스스로에게 물어본 적이 있었다.

'왜 죽음일까? 그것도 왜 하필이면 아버지의 죽음일까?'

사실 그는 아버지가 살았는지 죽었는지도 몰랐다. 심지어는 누군지도 몰랐다. 삶에서 한 번도 등장한 적이 없었던 아버지, 지평선 너머에 존재하며 그 어떤 흔적조차 내비치지 않았던 존재가 아버지였다. 그런데도 그는 아버지의 죽음을 이야기하며 새로운 출발을 하려 했다. 아이러니도 그런 아이러니가 없었다.

그는 강단에 올랐다. 넓은 강의실은 학과 교수들과 학생들로 빼곡히 들어차 있었다. 그는 청중들을 둘러봤다. 강의실 앞자리에는 병상에 누워 있어야 할 싱클레어 교수도 자리하고 있었다. 휠체어에 몸을 의지한 채였다. 강의실 뒤쪽 구석 자리에는 초대받지 않은 손님, 최수혁도 눈에 띄었다. 그는 심리학의 세계에 속한 사람이 아니었다. 그는 미국이 아니라 한국에 있어야 할 사람이었다. 그런 그가 아무런 사전 예고도 없이 모습을 드러낸 것은 실로 뜻밖이었다.

그는 최수혁으로 인해 잠시 흐트러졌던 마음을 다시금 다잡았다. 그리고는 중저음의 목소리로 천천히 말문을 열었다.

"성경은 틀렸습니다. 인간의 첫 살인은 동생인 아벨을 돌로 내려친 카인의 살인이 아닙니다."

청중들은 시작부터 곧바로 본론으로 들어가는 그에게 빨려들지 않을 수 없었다. 강의 시작 초기의 어수선함은 급속도로 잦아들었고, 좌중은 이내 바스락거리는 소리 하나 없이 조용해졌다.

"독일어 'Mord am Urvater'는 원부살해(原父殺害)를 뜻합니다. 정신분석이론을 창시한 지크문트 프로이트가 《토템과 터부》라는 책에서 이 말을 처음 사용했을 때, 그가 의미한 바는 최초의 조상에 대한 살해였습니다. 그것이 인간의 첫 살인입니다. 아버지에 대한 아들의 살해 말입니다."

그가 꺼내 든 이야기의 무게감 때문인지 청중들의 표정은 하나같이 심각해졌다.

"고대 부족사회에서는 신령한 기운이 깃든 나무나 돌 또는 동물들을 신성시했는데, 그런 것들을 토템이라고 합니다. 그런데 고대인들은 토템을 가까이하기는커녕 오히려 멀리했습니다. 왜 그랬을까요?"

그는 청중들을 둘러보며 잠시 뜸을 들였다. 그리고는 고대인들이 그렇게 해야만 했던 이유를 설명하기 시작했다.

"그들은 토템을 해칠까 봐 두려웠습니다. 신성한 나무를 잘라 버리거나, 신비한 돌을 깨 버리거나, 신령한 동물을 죽여 버릴까 두려웠던 것입니다. 그런 잘못을 저지르면 하늘이 내리는 재앙을 피할 수 없다고 생각했습니다. 그것이 토템을 멀리했던 이유입니다. 프로이트가 말했던 터부란 그런 것입니다. 원부(原父)의 기운이 깃든 토템을 함부로 하지 않기 위해 멀리하며 금기시하는 것이 터부였습니다."

그는 오이디푸스 신화 이야기를 꺼냈다. 터부가 깨졌을 때 벌어지는 파멸을 설명하기 위해서였다. 청중들은 자세를 고쳐 잡으며 그가 들려주는 이야기에 귀를 기울였다.

코린토스의 왕자, 오이디푸스는 왕과 왕비를 부모로 알고 자랐지만, 사실은 아니었다. 태어나자마자 버려진 그를 왕과 왕비가 주워다 키웠던 것이다. 그런 사실을 알 리 없었던 그는 '아버지를 살해하고 어머니와 결혼한다'는 불길한 예언을 듣게 되었고, 그 예언이 실현되는 것을 막기 위해 코린토스를 떠났다.

오이디푸스는 이웃 나라인 테바이의 왕, 라이우스와 우연히 마주쳤다. 좁은 길을 먼저 가려고 서로 물러서지 않았던 두 사람은 혈투를 벌이게 되었고, 결국 오이디푸스는 라이우스를 칼로 찔러 죽이고 말았다.

그는 계속된 여행길에서 테바이의 오랜 골칫거리였던 스핑크스를 물리쳤다. 그리고 그 공로로 테바이의 새로운 왕으로 추대되었다. 라이우스 왕의 부인이었던 이오카스테 왕비와 결혼해 자녀까지 낳았다. 그러나 오이디푸스는 그토록 피하고자 했던 살부혼모(殺父婚母)의 불길한 예언이 결국은 실현되고야 말았다는 것을 뒤늦게 깨달았다.

준열은 오이디푸스 신화의 마지막 부분을 좀 더 자세히 설명했다.

"오이디푸스가 할 수 있었던 일은 테바이를 떠나는 것뿐이었습니다. 그것도 자신의 두 눈을 바늘로 찌른 채 말입니다. 그에게 남은 것은 권력과 쾌락이 아니었습니다. 후회와 고통, 자책과 절망뿐이었습니다. 운명을 탓한들 무슨 소용이 있었겠습니까? 이미 돌이킬 수 없는 일이었습니다."

그는 한 장의 사진을 강단 옆 스크린에 비췄다. 기원전 2천 년경의 이야기가 쓰인 점토판(粘土版)들을 찍은 사진이었다. 이라크의 고대 도시 니네베에서는 지금까지 총 7개의 점토판이 발굴되었는데, 거기에는 1,094줄에 이르는 쐐기모양의 바빌로니아 문자들이 새겨져 있었다. '에누마 엘리시', 즉 '그때 높은 곳에서'라는 말로 시작하는 점토판들의 이야기는 세상이 처음 창조되는 과정을 말하고 있었다.

"'에누마 엘리시'에도 원부살해 이야기가 나옵니다. 에아는 최초의 신이자 아버지였던 압수를 살해합니다. 그리고는 마르두크를 낳았습니다. 마르두크는 인간을 창조했고, 또 인간으로 하여금 바빌로니아를 세우게 했습니다."

그는 또 한 장의 사진을 스크린에 띄웠다. 프랑스 남서부 지방의 '삼형제의 동굴'에서 발견된 벽화 사진이었다. '삼형제의 동굴'은 그 지역에 살던 어떤 귀족의 세 아들에 의해 처음 발견되었다고 해서 붙여진 이름이었다. 그 동굴에는 1만 5천 년 전, 즉 구석기시대가 끝나고 신석기시대가 막 시작될 즈음에 그려진 그림이 벽화 형태로 남아 있었다.

그 벽화에는 머리에 사슴뿔 모양의 관을 쓰고, 얼굴은 뭔지 모를 동물 가면으로 가린 주술사 차림의 한 남자가 쓰러져 있었다. 그리고 쓰러진 주술사의 주위를 몇 명의 소년들이 에워싸고 있었다. 그런데 소년들의 손에는 돌이 들려 있었다. 각각의 형상이 흐리기는 했지만, 벽화의 전반적인 내용을 파악하는 데에는 무리가 없었다. 그 벽화는 집단살해의 장면을 담고 있었다. 그것은 분명 소년들에 의한 주술사의 집단살해였다.

"주술사는 하늘의 뜻을 대변하는 최고 권력자였습니다. 그런데 소년들은 주술사를 돌로 내리쳐 죽이고 있습니다. 왜 그랬을까요?"

그는 설명을 이어 갔다.

"주술사와 소년, 압수와 에아, 그리고 라이우스와 오이디푸스 사이에서 벌어지는 일들은 모두 같은 것을 나타냅니다. 주술사는 하늘의 대변자이자 최고 권력자였고, 압수는 최초의 신이었으며, 라이우스는 오이디푸스의 아버지였습니다. 그런데 하늘의 대변자, 최초의 신 그리고 아버지는 모두 소년과 아들에게 죽임을 당했습니다."

그는 청중들에게 질문을 던졌다. 질문이라고는 하지만 답을 바란 것은 아니었다. 그것은 어쩌면 그가 스스로에게 던지는 질문일지도 몰랐다.

"왜 아버지를 살해하는가? 그런 행위를 한 아들에게서 어떤 결과가 초래되는가? 프로이트는 이미 이 질문에 답한 바 있습니다. 그의 답은 파멸이었습니다. 이제 저의 답을 말하겠습니다."

그는 원부살해에 대한 자신의 견해를 말하기 시작했다.

"'에누마 엘리시'에서 마르두크는 에아의 아들이라기보다는 아버지인 압수를 죽임과 동시에 새롭게 탄생한 에아입니다. 즉, 에아의 새로운 자아(自我) 입니다. 하늘의 대변자이자 부족의 최고 권력자를 죽인 소년들의 미래는 어떻게 되었을까요? 오이디푸스가 그랬듯이 속죄의 방랑길을 떠났을까요? 아닙니다. 소년들은 부족의 안위를 책임지며 살았을 것입니다. 강건한 전사로 거듭나서 말입니다."

그는 이제 첫 강의를 끝내려 하고 있었다.

"왜 아버지를 죽이는가? 권력을 대신 차지하기 위해서가 아닙니다. 원부살해는 하나의 상징입니다. 그것은 인간이 다시 태어나기 위해 반드시 거쳐야 하는 정신적인 통과의례를 나타냅니다. 그것을 거칠 때 아들은 비로소 아버지의 그림자에서 완전히 벗어나 독립적인 새 인물로 거듭날 수 있습니다. 그런 의미에서 아버지는 아들을 위해 바쳐지는 피의 제물입니다. 아들은 그런 아버지의 피를 딛고서 위기를 극복하고, 난관을 뛰어넘으며, 궁극의 초월을 향해 나아갈 수 있습니다."

준열은 두 시간에 걸친 첫 강의를 마무리했다. 그의 강의는 청중들을 무거운 침묵 속에 빠트리고 말았다. 그 침묵 속에서 한두 명의 박수가 조용히 일어났다. 그리고는 잔잔한 파문처럼 청중들 전체로 퍼져 나갔다.

"닥터 박의 강의를 듣고 손에 돌을 쥐고 아버지를 향해 다가가는 분들이 없길 바랍니다. 여러분들은 이미 성인입니다."

학과장은 무거운 분위기를 돌려놓으려는 듯 뼈 있는 농담을 던졌다. 그리고는 라이스대 심리학과의 새 학기가 시작되었음을 공식적으로 선포했다.

수학자 최수혁

"세상에서 가장 잔인한 파멸이 뭐지?"

준열의 첫 강의가 끝난 후 최수혁이 던진 느닷없는 질문이었다.

준열이 아무런 대답도 하지 못한 채 가만히 있자 최수혁이 다시 물었다.

"오이디푸스의 칼을 맞고 죽은 라이우스 정도면 가장 잔인한 파멸이라고 할 수 있는 건가?"

준열은 여전히 아무런 대답도 할 수 없었다. 둘 사이에 잠시 어색한 침묵이 흘렀다. 그는 최수혁이 왜 그런 질문을 하는지 이해할 수 없었다. 그는 오랜만에 만나는 최수혁이 반가웠다. 최수혁이 자신의 첫 강의를 어떻게 알고 찾아왔는지 궁금하기도 했다. 그런데 최수혁은 재회의 인사를 건네기는커녕 예상치 못했던 질문으로 말문을 막히게 했다. 하지만 그는 이유를 묻지는 않았다. 대신 다른 것을 물었다.

"한국에 갔던 일은 어떻게 … ?"

"그건 나중에, 나중에 전부 말할 기회가 올 거야. 좀 전에 내가 왜 그런 이상한 질문을 했는지도."

1년 전, 최수혁이 한국으로 떠난 데에는 분명한 이유와 목적이 있었다. 그런데도 최수혁은 그것에 관해서는 한마디 말도 꺼내지 않았다. 준열은 멀어져 가는 최수혁의 뒷모습을 우두커니 바라보았다. 그의 뒤로는 석양의 그림자가 길고도 무겁게 드리우고 있었다.

최수혁이 어떤 사람인지 한마디로 말하는 것은 꽤나 힘든 일이었다. 그는 사람을 대하는 데 거리낌이 없기는 했지만, 그렇다고 아주 사교적인 사람은 아니었다. 자신을 일부러 숨기는 일도 없었지만, 맑디 맑은 샘물처럼 속이 훤히 드러나 보이는 사람도 아니었다.

그에게서 가장 묘한 부분은 눈빛이었다. 그의 눈빛에는 뭔가를 꿰뚫어보는 듯한 예리함이 서려 있었다. 그것은 훤칠한 키에 다소 마른 체구와 어우러지며 날카로운 인상을 풍기곤 했다. 그렇다고 그가 날카롭기만 한 것은 아니었다. 그는 왠지 모르게 공허하게 느껴지기도 했는데, 그런 공허함은 준열에게도 익숙한 것이었다.

준열이 최수혁을 처음 알게 된 것은 시카고대 심리학과 박사과정에 있을 때였다. 어떻게 알았는지 시카고대 교내신문, 〈시카고머룬〉의 여학생 기자 한 명이 준열을 찾아왔다. 한국 출신 박사과정 선배들의 연구분야를 소개하는 연재 기사를 새로 맡았다며 취재차 찾아왔던 것이다. 그는 자신에 관한 기사가 신문에 실리는 게 달갑지 않았다. 그런데 그녀의 눈빛이 워낙 간절해 보였기에 살짝 마음이 움직이려 하고 있었다.

그러던 차에 그녀가 최수혁이라는 이름을 언급했다. 시카고대의 전설 최수혁과도 인터뷰했는데, 준열과의 인터뷰도 잘 마쳤으면 좋겠다고 말한 것이다. 그것은 그를 인터뷰에 끌어들이기 위한 일종의 덫이었는데, 그는 그만 보기 좋게 그 덫에 걸려들고 말았다.

"전설이라뇨?"

"그 유명한 이야기를 모르시다니 선배님 혹시 간첩이세요?"

그는 덫에 걸린 토끼처럼 꼼짝달싹 못 한 채 그녀가 그만둘 때까지 인터뷰에 응해야 했다. 그녀는 최수혁에 대해 시시콜콜한 것들까지 얘기했다. 그녀로부터 들은 최수혁 이야기는 대략 이런 내용이었다.

미국에서 대학에 입학하려면 다섯 가지가 필요했다. 고등학교 성적, 과외활동 기록, 대학입학자격시험 성적, 추천서 그리고 에세이였다. 최수혁은 다른 부분에서도 우수했지만, 그를 단번에 전설로 만든 것은 에세이 문제들 중 하나였다.

그것은 'What is odd in odd numbers?'라는 문제였다. 'odd numbers'는 이상한 수 혹은 특이한 수를 뜻하는데, 일반적으로는 홀수를 의미했다. 그래서 그 문제는 '홀수에서 이상한 것은 무엇인가?' 혹은 '홀수는 무엇이 특이한가?'라는 식으로 해석하는 게 보통이었다. 대부분의 지원자들은 그런 해석을 바탕으로 에세이를 제출했지만, 최수혁은 전혀 달랐다.

그는 'odd numbers'를 수학에서 가장 신비한 수인 'prime numbers', 즉 소수(素數)로 해석했다. 2, 3, 5, 7, 11, 13, 17 등과 같은 수들이 소수의 예인데, 이들은 1과 자신 외에 다른 수로는 나눠지지 않는다는 특징이 있었다.

소수가 무수히 많이 존재한다는 것은 이미 증명되었다. 하지만 소수가 어떤 방식으로 배열되는지에 관해서는 전혀 그렇지 않았다. 수학자들은 소수의 배열에 규칙성이 있는지를 증명하는 데 실패를 거듭해 왔다. 그렇기에 그 문제는 수학계에서 최고의 난제 중 하나로 여겨지고 있었다.

최수혁의 에세이는 온통 방정식들로만 가득했다. 필요한 경우가 아니라면 다른 문장들은 적혀 있지도 않았다. 그뿐이 아니었다. 분량 제한 때문에 자세한 풀이과정은 생략한다는 부분이 상당수였다. 그는 소수가 기이한 수임을 여러 가지 수학 원리들을 동원해 증명했다. 특히 리만가설의 입증을 시도하는 과정에서 기존의 수학자들이 내놓은 해결책들에 심각한 오류가 있다고 지적한 부분은 가히 압권이었다.

입학사정관 수준에서는 그의 에세이를 평가하는 것이 불가능했다. 그래서 수학과 교수들이 대신 나서지 않을 수 없었다. 교수들은 그가 '지면관계상 생략'이라고 썼던 부분들을 전부 다 풀어서 제출하라고 요구했다. 그는 요구에 응했고, 결과는 합격이었다. 그런데 단순한 합격이 아니었다. 시카고대는 이제 갓 학부에 입학하려는 그에게 박사과정을 마칠 때까지 전액 장학금이라는 파격적인 인센티브를 제시했다. 그를 다른 대학에 뺏길까 봐 선수를 쳤던 것이다.

준열은 여학생 기자의 이야기를 거기까지 들었을 때만 해도 최수혁을 그저 머리가 비상한 수학 신동 정도로만 생각했다. 그런데 그녀가 계속해서 들려준 이야기는 그를 다시 보게 하기에 충분했다.

최수혁은 줄곧 소수에만 매달렸다. 소수의 배열에 규칙성이 있다고 확신한 그는 그 규칙성의 증명에 필요한 중간 가설들을 만드는데 심혈을 기울였다. 그 가설들은 소수의 배열에 규칙성이 존재한다는 리만가설의 증명 가능성을 획기적으로 높일 수 있는 일종의 징검다리 가설이었다. 그것은 그가 새로 정립한 가설들을 징검다리처럼 하나씩 딛고 나갈 때 리만가설의 증명 가능성 또한 매우 높아진다는 것을 의미했다.

그는 방정식들을 하나로 묶어 박사논문으로 제출했는데, 거기에서 문제가 발생했다. 그의 방정식들이 심사위원들을 반으로 쪼개 놓으며 일대 논쟁을 불러일으켰기 때문이다. 심사위원들 사이의 견해차는 좀처럼 좁혀지지 않았다. 대신 끝없는 논쟁만 계속 이어졌다.

얘기를 듣고 있던 준열이 궁금증을 참지 못하고 그녀에게 물었다.

"왜 그런 일이 벌어진 거죠?"

그녀는 전문 수학용어를 사용하는 것을 양해해 달라고 말하면서, 최수혁의 논문에 담긴 방정식들에 관해 설명하기 시작했다.

"최수혁 선배님의 방정식은 한마디로 수학에서 우연이라는 것은 없다는 겁니다. 우연은 어떤 규칙이나 법칙이 실제로 없다는 게 아니라 그런 규칙이나 법칙을 알아내지 못한 결과에 불과하다는 겁니다. 그런 주장이 논문의 일부에 그쳤다면 그렇게나 크게 문제가 되지는 않았을 거예요. 그런데 논문 전체가 그에 대한 수학적 증명으로 가득 찼다는 게 문제였어요."

거기까지 말한 그녀의 눈이 갑자기 빛나기 시작했다.

"재미있는 거 하나 알려 드릴까요? 최수혁 선배님의 박사논문이 논란을 불러일으키자 다른 사람들도 관심을 갖기 시작했는데, 그게 누군지 아세요?"

"그래요? 누구죠?"

"플라즈마를 연구하는 물리학자들이었어요. 플라즈마는 난류(亂流) 문제 때문에 여간 골칫거리가 아닌데, 그쪽 사람들은 플라즈마를 '풀리지마'라고 부른다고 해요. 플라즈마의 규칙적인 운동 흐름이 제발 풀리지 말라는 애원을 담은 별칭인 거죠. 엄청난 고온에서 발생하는 플라즈마는 움직임이 제멋대로라고 해요. 어디로 어떻게 움직일지 예측하는 게 거의 불가능에 가깝다는 얘기죠."

준열은 자신이 잘 모르는 분야의 이야기가 그녀의 입에서 끝도 없이 흘러나오자 '이 앳된 여학생은 뭐 이리 아는 게 많지?'라고 생각하며 멀뚱하니 쳐다보고 있었다. 그것을 아는지 모르는지 그녀의 이야기는 끊임없이 이어졌다.

"이쯤 되면 감이 오시죠? 왜 플라즈마를 연구하는 물리학자들이 최수혁 선배님의 방정식에 관심을 가지는지를요."

"그게, 잘은 모르겠는데…."

그의 말이 채 끝나기도 전에 그녀는 신이 난 듯 계속 이야기했다.

"최수혁 선배님의 방정식들은 우연적인 것처럼 보였던 플라즈마 입자들의 움직임을 정확하게 예측하는 데 결정적인 기여를 할 수 있다는 … ."

거기까지 말한 순간 그녀의 핸드폰이 울렸다. 인터뷰가 끝났으면 빨리 기사를 써서 제출하라는 〈시카고머룬〉 편집부의 독촉 전화인 것 같았다. 그녀는 시계를 보더니 화들짝 놀라서 바람처럼 떠났다.

그로부터 몇 달이 지나, 시인 T. S. 엘리엇이 "죽은 땅에서도 라일락을 키워 낸다"고 했던 4월이 되었다. 박사과정생 연구실에서 혼자 주말을 보내던 준열은 연구실에 갇혀 있기에는 바깥 날씨가 너무 좋다는 생각이 들었다.

시카고대에는 독일 하이델베르크대 인근에 있는 '철학자의 길'을 닮은 산책로가 하나 있었다. 다른 점이 있다면 그 길은 철학자보다는 수학자들이 더 자주 찾는 산책로였다는 것이다.

준열은 '수학자의 길'로 불리는 산책로로 들어섰다. 산책로 양옆에서는 영혼까지도 유혹한다는 라일락 향기가 피어올랐다. 또한 주변의 나무들에서는 잎 자리들마다 새로운 잎사귀들이 모습을 드러내기 시작했다.

그것은 그가 미국으로 떠나오기 전, 한국에 머물 날도 얼마 남지 않았을 때 보았던 풍경과는 아주 다른 모습이었다. 혹독한 추위가 맹위를 떨치던 그때 당시의 날씨처럼 그의 마음은 얼어붙을 대로 얼어붙어 따뜻한 온기라고는 한 줌도 채 남아 있지 않았었다.

황폐해진 마음처럼 눈물조차 차갑게 말라 버린 그의 눈에 들어온 것은 앙상한 뼈만 드러낸 채 힘겹게 나뭇가지 자락을 부여잡고 있던 나뭇잎 몇 개였다. 그마저도 한두 개는 더 이상 버티지 못하고 얼어붙은 땅 위로 비틀거리며 곤두박질치고 있었다.

미국에서 펼쳐 갈 새로운 삶에 대한 실낱같은 희망만이 그에게 남은 전부였다. 그것은 마지막 잎새들이 끝까지 버텨 주기를 바라는 희망이기도 했고, 모든 것은 폐허에서 다시 시작되듯 나뭇잎들이 모두 떨어져 버리고 그 자리에 새로운 잎들이 돋아나기를 바라는 희망이기도 했다. 그가 할 수 있는 일이라고는 그렇게나 혼란스러우면서도 복잡한 마음으로 하염없이 나무를 바라보는 것뿐이었다.

준열이 '수학자의 길'을 걷다 말고 그런 옛 생각에 빠져 있을 때였다. 뒤에서 누군가가 말을 걸었다.

"무슨 생각을 그렇게 하세요?"

처음 듣는 목소리였다. 하지만 돌아서서 얼굴을 보자 목소리의 주인공이 누구인지 금방 알 수 있었다. 최수혁이었다.

"아, 네. 그냥…. 최수혁 씨죠? 〈시카고머룬〉에서 기사 본 적 있습니다."

"그쪽은 박준열 씨 맞죠? 저도 기사 본 적 있습니다."

그것이 준열이 최수혁을 처음 마주한 순간이었다. 〈시카고머룬〉에 실린 사진을 통해 서로를 알아본 것 외에 별다른 말이 더 오가지는 않았다. 여학생 기자가 의도치 않게 맺어 준 두 사람의 첫 인연은 그것으로 끝이었다. 옆으로 비켜선 그를 뒤로한 채 최수혁은 자신의 길을 갔고, 준열도 준열대로 자신의 길을 갔다.

준열은 '수학자의 길'이 마음에 들었다. 조용하고 한적해서 복잡한 머리를 식히기에는 더 좋은 곳이 달리 없었다. 게다가 떡갈나무에서 풍기는 은은한 바닐라 향기는 달콤하면서도 시원해서 막힌 가슴을 풀어 주기에 제격이었다.

틈날 때마다 '수학자의 길'을 걸으며 점점 더 그 길에 익숙해질 무렵이었다. 이전에는 보이지 않았던 하얀 비목(碑木) 하나가 눈에 들어왔다. 비목에는 "수학의 별, 편히 잠들라(1995. 4. 14.)"라고 적혀 있었다.

'수학의 별이라 했으니 생전에 수학자였을 것이다. 또한 수학자의 길에 비목이 세워져 있으니 이 산책길을 다니는 것을 좋아했으리라. 그리고 참나무인 떡갈나무 앞에 서 있으니 살아생전에 수학의 참된 진리를, 어쩌면 삶의 진실까지도 발견하기 위해 모든 열정을 아낌없이 불태웠으리라.'

그는 어디서든 이름 없는 비목을 볼 때면 가슴이 아리곤 했다. 자신을 존재케 했던 이들이 살아는 있는지, 그런 소망이라도 품어 보지만, 늘 그것은 곧 이은 불길한 생각들에 가로막히곤 했다. 어쩌면 그들도 이름 없이, 그저 자신들이 이 세상에 존재했노라는 최소한의 표식만 남긴 채, 어느 길가에 혹은 어느 산책로에 혹은 어느 외진 산골짜기에 외로운 둥지 틀고 홀로 서 있는지도 몰랐다. 그렇기에 그에게는 '수학자의 길'에서 새로 마주한 하얀 비목이 그저 예사 비목 같지는 않았다.

간밤에 불었던 거센 바람 때문이었는지 하얀 비목 여기저기엔 라일락 꽃잎들이 흩뿌려지듯 달라붙어 있었다. 그 꽃잎들은 바람이 함께 데려온 빗방울에 의지한 채, 하얀 비목에 바짝 몸을 붙여 대고 자신의 꽃향기를 비목과 같이 나눠 쓰고 있었다.

그는 주머니에서 손수건을 꺼냈다. 그리고는 라일락 꽃잎들은 건드리지 않은 채 하얀 비목에 달라붙은 검은 흙 자국들을 닦아냈다. 그러면서 밤하늘에 반짝일 이름 모를 수학의 별을 생각하며, 시인 도종환의 시 구절을 생각나는 대로 조용히 읊었다.

> 꽃은 젖어도 향기는 젖지 않는다.
>
> 꽃은 젖어도 빛깔은 지워지지 않는다.

그는 수학의 별이 세상에 남기고 간 향기와 빛깔이 누군가에게는 고이 간직되길 바랐다. 그러는 사이에 뒤에서 인기척이 느껴졌다. 곧이어 목소리가 들렸다. 들었던 적이 있는 목소리였다.

"저의 아버지십니다. 수학의 별요…."

준열은 하얀 비목의 주인공이 최수혁의 아버지라는 생각은 전혀 하지 못했다. 놀란 눈으로 바라보니 그의 손엔 4월의 계절에 어디서 구했는지 해바라기 한 묶음이 들려 있었다.

"해바라기를 좋아하셨다고 해요."

최수혁은 해바라기 묶음을 비목 앞에 내려놓았다. 그리고는 말없이 비목을 내려다보며 한참 동안 고개를 숙였다.

"고맙습니다. 소중하게 대해 주셔서요. 이름 모를 비목일 뿐일 텐데…."

"그냥, 예사 비목 같지는 않아서요."

"뿌옇고 아련한 기억 조각들 몇 개가 전부예요. 아버지에 대해 아는 건 모두 어머니한테서 들었던 것이에요. 그런 어머니마저 돌아가셨지만요…."

그처럼 최수혁도 혼자 남은 사람이었다. 다른 점이 있다면 최수혁에게는 자신을 존재케 했던 이들과 함께했던 기억이라도 있지만, 그에게는 그런 기억조차도 전혀 없다는 것이었다. 하지만 준열은 그런 차이가 무슨 대수일까 싶었다. 어차피 그나 최수혁이나 눈빛에 고독과 공허 그리고 그리움이 가득 밴 건 마찬가지였다.

비목 앞에서의 만남은 두 사람을 가깝게 맺어 주는 계기가 되었다. 그는 전에는 최수혁을 비범한 수학자로만 보다가, 어떤 면에서는 자신과 비슷한 처지의 인간으로 새롭게 보기 시작했다. 또 최수혁은 그를 진지하고 과묵하고, 어떤 면에서는 철저히 혼자만의 세계에 침잠하지만, 속에서 따뜻함이 배어 나오는 인물로 보기 시작했다. 이후 두 사람은 서로에 대한 관심을 조금씩 넓혀 나가며 친구가 되어 갔다.

수많은 논쟁을 불러일으켰던 최수혁의 박사논문은 우여곡절 끝에 통과되었다. 그의 논문은 단번에 그를 가장 주목받는 젊은 수학자들 중 한 명으로 만들어 놓았다. 그런 유명세에도 불구하고 그가 했던 선택은 주위 사람들을 놀라게 했다. 박사후 연수과정으로 택한 프린스턴 고등연구소를 돌연 그만둬 버리고 한국으로 떠났기 때문이다.

최수혁은 프린스턴 고등연구소를 그만두기 직전에 준열을 찾아온 적이 있었다. 그런데 그때 그가 보여 준 모습은 평소와는 많이 달랐다. 침착함을 넘어서서 냉철하기까지 했던 그가 그렇게나 동요하는 모습을 보인 것은 처음이었다.

그의 모습은 '요동치지만 침몰하지 않는다'는 파리지엔들의 경구(警句)와는 거리가 멀어 보였다. 그는 거센 폭풍을 맞아 침몰의 위기에 빠져 든 센강의 배처럼 위태롭게 휘청거렸다. 그것이 몇 달 만에 그를 다시 마주한 준열에게 들었던 첫 느낌이었다.

최수혁은 중요한, 어쩌면 자신의 인생에서 가장 중요할지도 모르는 이야기들을 털어놓았다. 그의 눈에는 평소의 날카로움 대신 왠지 모를 애잔함이 잔뜩 배어 있었다.

그는 먼저 자신의 어린 시절 이야기부터 했다.

최수혁이 가끔씩 떠올리곤 했던 쪽은 어머니였다. 아버지보다 어머니와 함께한 세월이 더 길었기 때문만은 아니었다. 그것은 어머니의 모호함 때문이었다. 어머니는 짙은 안개 저 너머에서 희뿌옇게만 형태를 느낄 수 있는 존재였다. 그는 늘 조마조마했다. 안개가 더 짙어져 희뿌옇고 어렴풋한 모습조차도 사라져 버릴까 봐 불안했던 것이다.

그는 어머니와 함께 주일미사에 참석하곤 했는데, 어머니는 항상 고해성사부터 먼저 했다. 그는 어머니가 고해실을 나올 때면 '오늘은 어떤 표정일까' 궁금했다. 아니나 다를까, 어머니는 늘 슬프고 괴로운 표정이었다.

어머니는 글을 쓰곤 했다. 그가 아는 바로는 소설이었다. 하지만 그는 어머니의 이름으로 출간된 소설을 본 적이 없었다. 그는 혹시나 해서 서점의 서가에 꽂혀 있는 소설들을 하나씩 뽑아서 읽은 적이 있었다. 그런데 어떤 책의 내용이 어머니의 책상에서 보았던 원고와 내용이 같은 것을 알게 되었다. 물론 확증 같은 것은 없었지만, 그는 어머니가 본명이 아닌 다른 이름으로 소설들을 출간하는 게 아닐까 생각했다.

그는 궁금했다.

'어머니는 왜 진짜 이름을 드러내지 않는 걸까?'

그는 점점 희미해지는 아버지에 대한 기억을 되살리기 위해 아버지는 어떤 사람이었는지, 결혼은 누가 먼저 하자고 했는지 등을 물어보곤 했다. 워낙 같은 질문을 반복하곤 해서 귀찮을 만도 했지만, 어머니는 언제나 자세하게 대답해 주었다. 하지만 '엄마, 왜 저 하나만 낳았어요?'라는 질문엔 표정만 굳어질 뿐, 아무런 대답도 없었다.

어머니는 가끔씩 쓰러지기도 했는데, 그럴 때마다 수녀였던 이모가 어머니를 돌보곤 했다. 어머니는 그가 중학교 2학년이 되었을 때 다시 한번 쓰러졌다. 어머니는 혼수상태에 빠졌다 깨어나는 과정을 반복했다. 의사는 재생불량성 빈혈이 악화된 경우 그런 일이 생길 수도 있다고 했다. 그는 어머니가 영원히 돌아오지 못할 죽음의 과정에 들어서고 있다는 것을 직감했다.

어머니의 마지막 날이 다가왔다. 그는 언젠가는 그런 날이 닥치리라는 것을 예상하고는 있었다. 하지만 그와는 다른 의미에서 그날은 영원히 잊을 수 없는 날이 되고 말았다.

어머니는 혼수상태에 빠졌다가 어느 순간 말짱하게 정신이 돌아왔다. 그와 이모, 의사와 간호사들이 어머니의 곁을 지키고 있었다. 어머니는 주위를 둘러보더니 이모에게만 할 이야기가 있다며 다른 사람들은 모두 자리를 비켜 달라고 했다. 거기엔 그도 포함되었다.

병실 밖으로 나온 그는 언제가 최후가 될지 모르는 상황에서 어머니가 이모하고만 이야기를 나누는 것을 받아들이기 힘들었다. 하지만 어쩔 수 없었다. 시간이 얼마 남지 않은 어머니에게 떼쓰며 버티는 모습을 마지막 기억으로 남겨 주기는 싫었기 때문이다.

어머니와 이모의 대화는 꽤나 길게 이어졌다. 그러는 동안 간간이 어머니의 고조된 목소리가 들리기도 했다. 하지만 내용까지 알아들을 수는 없었다. 그렇게 시간이 한참 흘렀을 때 어머니의 몸 곳곳에 부착된 의료 장비들이 긴박하고 불길한 경고음을 뱉어 내기 시작했다. 그는 급하게 병실 문을 열며 안으로 뛰어 들어갔다. 의료진들도 뒤따랐다. 그들은 분주하게 움직이며 조금이라도 더 어머니를 붙잡아 두기 위해 할 수 있는 모든 것들을 다했다.

어머니는 사그라지는 힘을 억지로 쥐어짜며 그의 손을 잡았다. 그리고는 미소를 지었다. 그것이 그에게 남기는 마지막 미소라는 것을 아는 듯 어머니의 눈에서는 눈물이 흘렀다.

어머니가 마지막 말을 남기려 했을 때 몸에서 경련이 일었다. 그런 급박한 상황에서도 어머니는 어떤 사람의 이름을 하나하나 띄워서 말했는데, 발음이 분명치 않아 알아들을 수는 없었다. 하지만 그는 그것이 자신의 이름이 아니라는 것을 알았다. 아버지의 이름도 분명 아니었다. 그것을 마지막으로 어머니는 눈을 감았다. 어머니의 손에는 따뜻한 온기가 남아 있었다. 희뿌연 안개처럼 모호하고 미스터리했지만, 따뜻한 온기 하나만은 확실히 남겨 둔 어머니였다.

다시 들른 집은 빈집 같았다. 그는 어머니가 쓰던 서재 문을 열었다. 어머니의 평소 성격 그대로 서재는 깔끔하게 정리되어 있었다. 다만 책상 위에는 미처 완결 짓지 못한 원고가 어지러이 놓여 있었는데, 그는 차마 그것을 읽어 볼 수 없었다. 그것을 읽어 버리고 나면 어머니와 연결되었던 마지막 끈마저 끊어져 버릴 것 같아서였다. 그는 어머니의 마지막 원고는 미완의 미스터리로 남겨 두는 것이 어머니를 가슴에 새기는 가장 좋은 방법이라고 생각했다.

어린 시절 이야기를 거기까지 들려준 최수혁이 준열을 바라보며 말했다.

"어머니의 원고는 아직도 읽어 보지 못했어."

최수혁은 품에서 서류 하나를 꺼내 들었다.

"사실은 나, 얼마 전에 응급실에 실려 갔었어."

"아니, 어쩌다가?"

최수혁의 설명은 이랬다. 새로운 방정식에 관한 아이디어가 떠올라 며칠을 쉬지 않고 매달렸는데, 어느 날 깨어 보니 병원이었다는 것이다.

"처음에는 엎드려 잠든 줄 알았대. 지나가던 동료가 아무리 불러도 대답이 없길래 다가와서 흔들어 봤는데, 그래도 깨어나지 않더래."

응급실로 실려 간 그는 일차 소견이 급성 혼수였다고 했다. 의료진은 급한 대로 응급처치를 먼저 한 다음 약물중독, 물질대사 이상, 중추신경계 질환, 저산소증, 뇌졸중 등 급성 혼수의 가능한 원인들을 모두 염두에 두고 필요한 검사는 다 했다고 했다.

"의식을 회복한 건 반나절이 지나서였다고 해."

"혹시 원인은 밝혀졌어?"

"아니. 그렇게나 많은 검사를 하고서도 원인을 찾지 못했다고 하더라고. 의사가 묻더군. 가족 중에 비슷한 문제를 가진 사람이 있냐고. 그래서 어머니가 재생불량성 빈혈로 돌아가셨다고 했지."

"그럼. 수혁이도 어머님과 똑같이 … ."

준열이 말을 다 마치기도 전에 그가 말했다.

"아니. 그건 아니라고 했어. 의사가 아버지 쪽은 어떠냐고 묻더군. 아버지는 어렸을 적에 돌아가셔서 모른다고 했어. 무엇 때문에 돌아가셨냐고 다시 묻길래 교통사고 때문이라고 했고."

그는 잠시 뜸을 들이다가 다시 말을 이었다.

"의사가 또 물었어. 아버지한테 지병 같은 건 없었냐고. 운전 중에 의식을 잃고 교통사고로 사망하는 경우도 가끔 있다고 덧붙이면서. 나는 모른다고 했지. 그런데 문득 깨달았어. 내가 아버지에 대해서는 아는 게 거의 없다는 것을."

"그럼, 아직도 원인을 찾지 못한 거야?"

"못 찾았어. 대신 이걸 찾았어. 시카고대 부속병원에서. 아버지로부터 물려받은 유전병 같은 게 있는지 알고 싶어서 부속병원 기록을 샅샅이 뒤졌거든."

그것은 좀 전에 그가 품에서 꺼내 들었던 메디컬 테스트 결과서였다. 그는 말없이 손가락을 움직이며 결과서 몇 군데를 가리켰는데, 준열의 눈길은 그의 손가락 끝이 가리키는 곳을 따라 같이 움직였다. 결과서에 적힌 내용이 하나씩 준열의 눈에 들어왔다. 이름, 검사날짜 그리고 진단명까지.

거기에 적힌 이름은 최수혁이 아니었다. 그것은 시카고대 수학과 교수였다는 그의 아버지 이름이었다. 검사날짜도 최근이 아닌 아주 오래전이었다. 그의 손길이 마지막으로 머물렀던 곳에는 준열이 전혀 예상치 못했던 진단명이 적혀 있었다. 그것은 그의 급성 혼수의 원인을 설명해 줄 수 있는 진단명과는 아무 상관없는, 완전히 다른 진단명이었다.

준열은 깜짝 놀라 그를 쳐다보았다. 순간 마주친 그의 눈동자는 가늘게 흔들리고 있었다.

"이게 뭔지 알겠어?"

'첨체반응(尖體反應) 이상. 불임 가능성'

그가 손으로 가리킨 곳에는 그렇게 적혀 있었다.

"처음에는 이게 무슨 말인지 몰랐어. 의사에게 물었더니 이렇게 대답하더군. 정자가 난자와 결합할 때 난자의 막을 뚫을 수 있는 호르몬이 정자의 머리 부분인 첨체에서 분비되어야 하는데, 그 호르몬에 문제가 있으면 첨체반응 이상이 나타난다고. 그렇게 되면 정자와 난자의 수정이 힘들어져 불임 가능성이 높아진다고 했어."

"……."

"의사에게 다시 물었어. 치료법은 있냐고. 완전하지는 않지만 치료를 시도해 볼 수는 있다고 하더군. 또 물어봤어. 예전에, 그러니까 내가 태어날 무렵에도 그런 치료법이 있었는지를. 의사가 뭐라고 했는지 알아? 호르몬 치료법들이 있기는 한데 아직도 완전하지는 않고, 그나마 그런 치료법들이 나온 지도 얼마 되지 않았다고 했어."

"그 말은…? 설마? 에이, 그건 아닐 거야. 의사 말은 불임 가능성이 높다는 거였지, 완전히 불임이라는 건 아니었잖아. 그게 그러니까…."

그가 준열의 말을 끊으며 마지막으로 한 말은 이것이었다.

"어머니가 미스터리였던 데에는 이유가 있었던 거 같아. 한국으로 돌아가서 알아봐야겠어. 어머니가 왜 그랬는지, 또 진짜 내 아버지가 누구인지…."

그 말을 끝으로 한국으로 떠났던 최수혁이었다. 그것이 1년 전 일이었다. 그런데 최수혁이 다시 돌아와 모습을 드러냈다. 준열이 누군지도 모를 아버지의 죽음에 대해 이야기하며 교수로서의 첫 출발을 하는 첫 강의장에, 그것도 아무런 사전 예고도 없이.

최수혁은 다시 사라졌다. 정체 모를 이상한 질문만 던져 놓은 채 한국에서 그가 알아내고자 했던 일들에 대해서는 일언반구 말도 없이 모습을 감춘 것이다. 준열은 최수혁도 미스터리한 것은 그의 어머니와 마찬가지라는 생각이 들었다.

맥베스

"열, 아홉, 여덟, … 셋, 둘, 하나, 발사!"

카운트다운이 끝남과 동시에 나로우주센터 발사대에서 커다란 굉음이 울렸다. 하얀 연기 속에 잠시 자취를 감췄던 발사체는 붉은 화염을 내뿜으며 공중으로 솟구쳤다. 악착같이 끌어당기는 지구의 중력을 끝끝내 이겨 내는 발사체의 모습에 방송사 아나운서도 울컥하는 모습이었다.

"국민 여러분. 한국형 발사체가 힘차게 날아올랐습니다."

까마득히 멀어져 가는 발사체를 더 이상 화면에 담을 수 없게 되자 방송사 카메라는 관제실 모습을 대신 비췄다. 관제실의 대형화면에는 조금씩 진로를 수정해 가며 지구궤도로 접근하는 발사체의 비행궤적이 선명하게 그려지고 있었다.

한참을 숨죽이던 과학자들은 발사체로부터 첫 통신이 전해지자 일제히 환호성을 내지르며 뛰어올랐다.

"성공입니다. 전우영 소령이 탑승한 지구궤도선은 앞으로 일주일

간 지구를 돌며 … . ”

방송사 카메라는 환호하는 과학자들의 모습을 비추기 시작했다. 옆 사람을 얼싸안은 채 울먹이는 사람도 있었고, 넋 놓은 모습으로 관제실 화면을 멍하니 바라보는 사람도 있었다.

방송사 카메라에는 천강일 국가과학기술위원회 위원장의 모습도 잡혔다. 그는 웃음을 가득 띤 채 발사 성공에 대단히 기뻐하는 모습이었다.

로열오페라단 윤미주 단장은 텔레비전 속의 천강일에게서 눈을 떼지 못하고 있었다. 그때 노크 소리와 함께 비서가 들어오며 말했다.

“기자님께서 도착하셨는데, 어떻게 할까요?”

“들어오라고 하세요. ”

그녀가 텔레비전을 막 끄려 할 때 기자가 들어왔다. 로열오페라단 창단 10주년 기념 공연작, 〈맥베스〉에 관한 인터뷰를 하기 위해서였다.

베르디는 셰익스피어의 모든 작품을 오페라로 만들고 싶다고 했을 정도로 그의 작품을 좋아했다. 그런 베르디가 그의 작품 중에서 가장 먼저 도전한 오페라가 〈맥베스〉였다.

인터뷰는 거의 끝나 가고 있었다. 기자는 윤미주가 인터뷰 말미에 했던 말을 확인이라도 하듯 다시 물었다.

“다음번엔 천강일 위원장님과 관련해서 인터뷰해 주신다는 말씀, 정말이신 거죠?”

"맞아요. 정치 이야기는 빼고, 우리 부부가 살아온 이야기나 할 테니 그리 알고 있으면 돼요."

기자가 연신 허리를 굽히며 인사하고 나가자 그녀도 나갈 준비를 서둘렀다. 〈맥베스〉의 리허설을 지켜보기 위해서였다.

그녀는 평소에는 예술감독에게 모든 것을 맡겨 두는 편이었다. 하지만 〈맥베스〉에 대해서만큼은 필요 이상으로 개입했다. 창단 10주년 기념 공연작으로 〈맥베스〉를 선택한 것도 그녀였고, 맥베스와 맥베스 부인 역의 바리톤과 소프라노를 최종 선택한 것도 그녀였다.

그녀가 그렇게까지 〈맥베스〉에 열의를 쏟은 것은 그것이 창단 10주년 기념작이기 때문만은 아니었다. 그것은 개인적으로도 의미가 특별한 작품이었다. 대학 시절 소프라노의 꿈을 접은 것도 그리고 천강일을 처음 만난 것도 모두 〈맥베스〉 때문이었다.

무대에서는 리허설 준비가 한창이었다. 〈맥베스〉는 공연시간만 해도 세 시간이 걸리는 대작이었다. 그녀는 예술감독에게 맥베스와 맥베스 부인이 나오는 장면만 골라서 리허설을 준비하라고 미리 말해 뒀다. 두 배역이 오페라에서 차지하는 비중이 가장 큰 만큼 집중적으로 점검하고 싶은 것도 그 둘이었기 때문이다.

그녀가 객석 앞쪽에 자리를 잡자 조명이 어두워지며 리허설이 시작되었다. 실제 공연 복장을 그대로 한 채 바리톤과 소프라노가 무대로 걸어 나왔다. 오케스트라 지휘자의 신호에 맞춰 음악이 연주되며 맥베스 부부의 권력에의 욕망이 스코틀랜드 왕실을 피로 물들이는 비극이 노래되기 시작했다.

… 맥베스 부인은 스코틀랜드 국왕, 던컨을 죽이라고 맥베스를 부추긴다. 맥베스가 머뭇거리자 운명을 받아들이라며 용기를 불어넣는다. …

맥베스 부인 오세요. 이리로. 서둘러서. 왜 머뭇거리나요? 왕위에 오르고 왕국을 통치하는 운명을 받아들이세요.

… 맥베스는 던컨 왕을 죽이고 왕위에 오르지만, 던컨 왕의 유령이 자꾸 나타나 괴로워한다. 맥베스 부인은 환영(幻影)일 뿐이라고 달래며 죄책감을 버리고 권력을 즐기라고 권한다. …

맥베스 오, 이 손이여! 넵튠의 대양이라면 이 피를 깨끗이 씻을 수 있을까? 아니다! 오히려 이 손이 광대한 푸른 바다를 물들여 붉게 바꾸리라.

맥베스 부인 보세요! 더러워진 제 손도요! 물 조금이면 이까짓 것 다 씻겨 나가요. 그 행위도 망각 속에 잠길 거예요.

… 하지만 맥베스처럼 맥베스 부인도 죄책감에 괴로워하며 몽유병에 시달린다. 맥베스 부인은 악행의 흔적을 지우려 하나 지워지지 않는다. …

맥베스 부인 아직도 피의 점이 남아 있네! 없어져라! 저주받은 피의 흔적이여! 하나 … 둘 … 지워야 해! 여기에 아직도 피의 냄새가 나는구나! 이 작은 손은 아라비아의 향수로도 향기롭게 할 수가 없구나! 아, 어떡하나!

… 맥베스는 운명의 복수가 시작되었음을 알게 되지만, 이미 모든 것은 돌이킬 수 없다. 맥베스 부인마저 미쳐서 죽어 버리자 자신도 회한에 잠기며 죽음을 맞는다. …

맥베스 연민도 존경도 사랑도 노년의 안위도 이제는 다 사라진다. 사람들은 조락하는 나에게 한 송이 꽃도 뿌려 주지 않으리라. 나의 묘비 위에는 단 한 줄의 아름다운 글도 남지 않으리라. 오직 저주만이, 불행했던 기억만이 나의 장송곡이 되리라.

리허설이 끝났다. 비극적 음조의 마지막 오케스트라 선율도 허공으로 흩어지며 리허설장에는 적막이 흘렀다. 어두워졌던 조명이 서서히 밝아지며 맥베스와 맥베스 부인이 무대에서 다시 빛을 받았다. 그들의 눈은 윤미주를 향했다. 예술감독의 눈도 그녀를 향했다. 리허설이 끝난 후 미동도 않은 채 아무런 말도 없이 앉아 있는 그녀가 어떤 말을 꺼낼지 다들 궁금했던 것이다.

윤미주가 말문을 열었다. 침착하면서도 분명한 어조였다.

"바리톤은 좀 더 불안에 떠는 목소리를 내야 해요. 맥베스는 겉으로는 용맹스러운 장수지만, 사실은 유약한 남자라는 것을 잊지 말아요. 자신감이 넘치거나 결단력 있는 모습을 보여선 안 돼요. 묵직하면서도 불안한 목소리가 필요해요."

윤미주의 지적은 맥베스 부인 역의 소프라노, 이진주에게로 이어졌다.

"야망은 남자의 전유물이지만, 이 오페라에서는 맥베스 부인의 것이에요. 그래서 여자의 목소리로 남자의 야망을 노래해야 해요. 당연히 소프라노의 노래는 거칠고 격정적이어야 하고요."

이진주는 그녀가 고심 끝에 뽑은 소프라노였던 만큼 음색 자체는 맥베스 부인 역에 딱 들어맞았다. 그런데 이진주는 자신의 음색을 노래로 표현하는 것이 자연스럽지가 못했다. 음악 실력이 부족해서 그런 것은 아니었다. 다만 이진주에게는 욕망에 대한 자제와 억누름이 있었다.

윤미주는 리허설장을 떠나기 전에 이진주를 따로 불렀다.

"내 말 잘 들어요. 이런 말 두 번 다시는 하지 않을 거예요."

"네. 단장님."

"욕망은 진실한 것이에요. 우리가 어쩔 수 없이 가면을 쓰고 살기는 하지만, 욕망을 부정하면서 살아서는 안 돼요. 이진주 씨는 욕망을 억누르고 있어요."

이진주는 그녀의 말을 묵묵히 듣고 있었다.

"1막 1장에서 마녀들이 하는 대사 중에서 가장 중요한 것이 뭐죠?"

"'고운 것은 더럽고, 더러운 것은 곱다'입니다."

"욕망은 그런 것이에요. 욕망을 가면 뒤에 숨기지 말아요."

한 달 뒤였다. 공연은 대성공이었다. 관객들의 호응도 대단했고, 음악평론가들도 칭찬 일색이었다. 특히 평론가들은 이진주를 한국의 마리아 칼라스라고 치켜세우기까지 했다.

이진주가 저녁을 대접하고 싶다고 했다. 윤미주가 했던 말이 자신의 인생을 바꿔 놓았다며 감사의 자리를 꼭 가졌으면 좋겠다고 했다.

윤미주가 도착하자 이진주가 예를 차리며 맞았다. 그곳은 조용한 이탈리안 레스토랑이었다. 두 사람은 공연에 관한 여러 가지 일화들을 나누며 저녁 식사를 이어 갔다.

"맥베스 부인의 노래 중에 이런 게 있죠? 맥베스에게 던컨 왕을 죽이라고 권하면서 부르는 노래 말이에요. '두려운가요, 당신? 자신의 행동과 용기가 욕망과 같아지는 일이?'"

"네, 단장님. 제가 직접 불렀던 노래인데 어떻게 잊겠어요?"

"이제 이진주 씨의 행동과 용기도 욕망과 같아지게 된 건가요?"

그녀는 이진주에게 어떤 일이 있었는지를 묻고 있었다. 리허설에서 같이 이야기를 나눴던 이후로 이진주의 노래는 확연히 달라지기 시작했다. 그리고 그것은 실제 공연에서 절정을 이루었다. 이진주의 노래에서 맥베스 부인의 욕망과 격정이 그대로 묻어났던 것이다.

"욕망을 가면 뒤에 숨겨 두지 말라고 하셨죠? 그대로 터트리라고요."

"맞아요. 그렇게 말했어요."

"그동안 있었던 일을 말씀드리고 싶어요. 단장님께서 단초를 제공하신 만큼 제 얘기를 꼭 들어 주셔야 해요."

이진주는 공손함을 잃지 않으면서도 자신의 이야기를 들어 달라고 당당하게 말했다. 이진주는 노래만 달라진 것이 아닌 듯했다.

"몇 달 전이었어요."

이진주는 남편이 이상하다는 느낌이 들었다. 가정에 소홀해지기 시작했던 것이다. 처음에는 바빠서 그러려니 했는데, 다른 여자의 냄새를 계속 맡게 되면서부터는 남편이 바람을 피운다고 확신하게 되었다.

그녀는 남편을 추궁했다. 변명으로만 일관하던 남편은 마지못해 사실을 털어놓았다. 그런데 남편은 잘못했다고 사과하지도 않았고, 용서해 달라며 빌지도 않았다. 오히려 갈수록 뻔뻔해지더니 나중에는 대놓고 바람을 피우기 시작했다.

그녀는 분노했다. 하지만 분노는 곧 열등감과 수치심으로 변했다. 다른 여자에게 남편을 뺏긴 것은 자신이 못나고 여자로서의 매력이 부족하기 때문이라는 생각이 든 것이다. 그녀는 위축되었다. 그럴수록 남편은 더 당당해졌다. 어떤 때는 그녀가 옆에 있는데도 그 여자와 통화하며 시시덕거리기도 했다.

완전히 무시당하며 모멸감에 괴로워하던 그녀는 어느 날부터 잘못은 남편이 했는데 고통은 왜 자신이 받아야 하는지 억울한 마음이 들기 시작했다. 그러던 차에 욕망에 솔직해지라는 말을 윤미주로부터 들었던 것이다.

"단장님 말씀을 듣고 제가 어떻게 했는지 아세요?"

"글쎄, 이혼서류라도 내밀었나요?"

"맞아요. 당당하게 이혼을 요구했죠. 하지만 그것은 불과 며칠 전의 일이에요."

"그러면, 그 전에 다른 일이라도 있었다는 거예요?"

"저는 그 여자의 남편을 찾아갔어요. 그리고 그 남자에게 내 남편과 당신의 아내가 바람을 피운다고 말했어요. 그 남자도 알고 있더군요. 저는 그 남자에게 남편과 이혼할 거라고 말했어요. 그 남자도 똑같은 생각이었어요. 그래서 저는 계획을 말하고, 어떻게 생각하는지 물었어요."

"무슨 계획을 말했다는 거죠?"

"단장님, 제 말을 들으시고 저를 나쁜 년이라고 욕하지 마세요."

"나쁜 년?"

윤미주는 놀랐다. 이진주가 그런 말까지 할 줄은 몰랐던 것이다.

"네. 나쁜 년요. 제가 실제로 했던 일을 말씀드릴게요."

이진주는 상대편 남자에게 자기들도 바람을 피우자고 말했다. 그런데 그녀는 딱 한 번만 그러자고 했다. 그녀가 원했던 것은 진짜 바람이 아니라 자신이 받은 모멸감을 남편에게 그대로 되돌려 주는 것이었다. 남편에게 치욕감을 안겨 줌으로써 복수를 하려 했던 것이다. 그러기 위해서는 상대편 남자와 관계를 맺는 것 외에도 한 가지가 더 필요했다.

그녀는 할 얘기가 있다며 남편에게 퇴근하고 곧바로 집으로 들어오라고 했다. 남편이 도착하자 그녀는 저녁상 대신 술상을 차렸다. 남편은 의아한 눈치였지만, 그녀는 아랑곳하지 않고 남편에게 술잔을 내밀었다.

남편이 몇 잔의 술을 들이켰을 때 그녀는 남편과 그 여자의 관계를 인정하겠다고 했다. 더 이상 문제 삼지 않겠다고 했다. 그리고는 입고 있던 옷을 하나씩 벗기 시작했다. 그녀는 속옷까지 모두 벗은 채 남편에게 또 한 잔의 술을 권했다. 그녀는 자신의 벗은 몸이 어떠냐고 물었다. 남편은 아무런 대답도 하지 않았다.

그때 닫혀 있던 다른 방에서 한 남자가 방문을 열고 거실로 나왔다. 상대편 여자의 남편이었다. 그런데 그 남자도 그녀처럼 옷을 벗고 있었다. 남편은 갑자기 벌어진 일에 놀랐는지 눈만 크게 뜬 채 아무런 말도 하지 못했다.

그 남자는 그녀 옆에 앉았다. 그녀는 술을 한 모금 들이켠 후 그 남자의 손을 잡고 자신의 가슴으로 이끌며 입을 맞췄다. 두 사람의 입맞춤은 키스로 변했고, 진한 애무가 이어졌다. 그리고 마침내 두 사람은 남편이 지켜보는 앞에서 관계를 가지기 시작했다.

그녀는 상대편 남자에게 자신을 거칠게 다뤄 달라고 부탁했다. 남편이 보는 앞에서 자신을 짓이겨 달라고 했다. 그녀는 고통 속에서도 쾌락을 느끼기를 원했다. 그런 모습을 남편에게 보여 주기를 원했다. 그녀는 고통으로 잔뜩 일그러진 얼굴로 남편을 바라보았다. 두 사람의 눈이 마주쳤다. 그녀는 경악하는 남편에게 한 줄기 차가운 미소를 흘렸다.

드디어 최후의 순간이 다가왔다. 상대편 남자가 마지막 몸부림을 쳤다. 그는 가둬 두고 있었던 모든 것들을 그녀의 몸속에 터트렸다.

그 순간 그녀는 남편을 향해 지었던 차가운 미소마저 완전히 거둬 버렸다. 남편의 눈길을 철저히 외면하고, 참았던 쾌락의 신음을 그대로 쏟아 냈다.

"욕망은 나의 것이기도 해!"

그것은 모든 것이 끝난 후 그녀가 남편에게 한 마지막 말이었다.

이진주의 이야기가 모두 끝났지만, 윤미주는 한동안 말이 없었다. 저녁 식사를 끝내고 헤어지기 전에 이진주가 말했다.

"단장님. 저, 로열오페라단을 떠날까 해요. 남편과의 관계가 정리되는 대로 이탈리아로 떠나고 싶어요."

윤미주는 집으로 돌아왔다. 집에는 아무도 없었다. 천강일은 저녁 약속이 있다더니 늦는 모양이었다. 그녀는 집 안의 불을 모두 껐다. 그녀는 어둠이 좋았다. 어둠 속에 자신을 놓아두는 것이 밝음 속에 빛나는 것보다 훨씬 편했다. 그 어둠 속에서 그녀는 20년도 훨씬 더 지난 한참 전, 천강일이 미국에서 교통사고를 당한 후 한국으로 돌아온 지 얼마 되지 않아 일어난 일들을 떠올리기 시작했다. 이진주의 이야기로 인해 다시 떠오른 기억이었다.

천강일은 일상생활에 문제가 없을 만큼 회복된 상태로 한국으로 돌아왔다. 그리고 얼마 지나지 않아 국내 최고 대학에 자리도 잡았다. 물리학과 교수 자리였다.

그는 잘 적응해 나가는 듯 보였지만, 겉모습만 그랬을 뿐 실제로는 그렇지 못했다. 그는 점점 더 무너지고 있었다.

그의 귀가가 늦어지는 일이 생기기 시작했다. 그런 날이면 술 냄새가 진동했다. 어느 날부터는 여자 냄새도 났다. 똑같은 여자라면 냄새도 똑같을 텐데 그렇지는 않았다. 그녀는 그냥 지켜보기만 했다. 하지만 그런 날이 더욱더 잦아졌다. 어떤 날은 아예 집에 들어오지 않기도 했다. 그녀는 뭔가를 해야 했다. 그러지 않으면 그가 완전히 망가질 것 같았다.

윤미주는 그가 어디에서 술을 마시는지 알아냈다. 고급스러워 보이는 청담동의 한 룸살롱이었다. 그가 룸살롱으로 들어가는 것이 보였다. 그녀는 조금의 시차를 두고 따라 들어갔다.

쾌락을 좇는 남자들만 찾는 룸살롱에 그녀가 등장하자 마담과 웨이터가 놀란 눈으로 쳐다봤다.

"술 마시러 왔어요. 괜찮죠?"

마담은 잠시 생각하는 듯하더니 그녀를 데리고 구석진 빈 룸으로 들어갔다. 그녀는 지폐가 가득한 봉투를 테이블 위에 올려놓으며 마담 쪽으로 내밀었다.

"아가씨 불러서 같이 놀자고 오신 건 아닌 것 같고…, 혼자 드실 술값 치고는 봉투가 꽤 두툼한데요?"

"독한 술로 줘요. 문제 일으키려고 온 거 아니니까 걱정 말아요."

웨이터가 테이블을 세팅하고 나가자 마담은 자신의 명함을 내밀며 그녀의 잔에 위스키를 따랐다.

'불꽃. 김난희'

명함에 적힌 가게 상호와 마담의 이름이었다.

그녀는 김난희가 따른 위스키를 단숨에 들이켰다. 김난희는 자신의 잔에도 위스키를 따르고는 한입에 비웠다.

"이제 얘기해 보세요. 진짜 원하시는 게 뭔지."

김난희는 윤미주를 찬찬히 살폈다. 그녀에게는 묘한 구석이 있었다. 외모는 우아하고 아름다웠지만, 전반적으로는 냉소적인 느낌이 흘렀다. 그런데 그것이 전부가 아니었다. 쉽게 범접할 수 없는 카리스마가 감돌았고, 그러면서도 대담함과 도발적인 느낌이 물씬 풍겼다. 그런 것들은 한 여자에게서 함께 어울릴 만한 것들이 아니었다. 그럼에도 그녀에게는 잘 어우러져 있었다.

"남편이 여기에 있다는 걸 알고 왔어요. 나를 도와줬으면 해요."

김난희의 표정은 묘하게 변해 갔다. 보통의 마담들이 짓는 간질거리는 미소는 진작에 자취를 감추었고, 놀라움과 의구심, 나중에는 호기심의 표정이 얼굴을 스쳤다. 그만큼 그녀가 했던 요구는 특이했다.

"남편을 지키는 방법치고는 … ."

"힘든 일인가요?"

"꼭 그렇지는 않지만 … . 괜찮겠어요?"

"내 걱정은 말아요."

윤미주는 김난희가 자신의 요구를 거절할 수도 있다고 생각했다. 사실 그럴 가능성이 더 컸다. 그런데 김난희는 그러지 않았다. 단지 돈 때문에 그런 것은 아닌 듯했다. 알 수 없는 인생의 우여곡절이 아니었다면 유락의 세계에 스스로 발을 담글 여자로는 보이지 않았다.

김난희가 룸을 나갔다가 다시 들어왔다.

"남편 분은 꽤 취하신 것 같아요. 시중드는 아가씨도 별반 다르지는 않지만, 그래도 잘 말해 뒀으니 알아들었을 거예요. 웨이터한테도 그 룸은 더 이상 들락거리지 말라고 일러 뒀고요."

그녀는 김난희를 따라 일어섰다. 급하게 마신 위스키 때문인지 잠시 어찔했지만, 이내 자세를 가다듬고 또박또박 걸었다.

김난희는 어느 룸 앞에서 멈췄다. 그리고는 다시 한번 물었다.

"정말 괜찮겠어요?"

그녀는 천천히 숨을 고르며 고개를 끄덕였다. 그리고는 조용히 문을 열며 룸 안으로 들어갔다.

룸 안에서는 기묘한 광경이 펼쳐지고 있었다. 벽면에 붙은 스피커로부터는 강한 비트의 음악이 터져 나오며 룸 전체를 진동시켰고, 천장에서는 반짝거리며 회전하는 미러볼이 현란한 오색 빛무리를 룸 전체에 쏘아 내고 있었다.

그런데 정작 기묘한 것은 그런 것들이 아니었다. 기묘한 것은 천강일의 모습이었다. 머리에는 초상 치를 때나 쓰는 삼베 두건처럼 하얀 수건이 둘러 감겨 있었고, 그 사이로 마구 헝클어진 머리가 삐져나왔다. 세상의 모든 것들로부터 자신을 차단하려는 듯 그의 두 눈은 질끈 눌러 감긴 상태였다.

하얀 와이셔츠에 단정히 매여 있어야 할 넥타이는 옷깃 대신 목을 감아 교수형에서나 쓰이는 밧줄 같았고, 앞 단추가 풀어헤쳐진 와이셔츠는 작두 타는 무녀(巫女)의 하얀 무복(巫服)처럼 허공을 너풀거렸다. 양복바지는 허리선이 밑으로 내려앉아 속옷 윗단이 살짝 드러나 보였다. 구두와 양말은 어디에 벗어 던졌는지 발은 그냥 맨발이었다.

아가씨 역시 기묘하긴 마찬가지였다. 아가씨는 그의 뒤에 바짝 붙어 손바닥을 등에 대고 긴 머리를 늘어뜨린 채 고개를 양옆으로 휘저으며 흐늘거리고 있었다. 그러면서도 다른 손 하나는 그의 몸 이곳저곳을 끈적하게 더듬으며 색정을 돋웠다. 안 그래도 짧은 아가씨의 원피스는 흐느적거리는 엉덩이의 움직임 때문인지 허벅지 위로 치켜 올라가 속옷이 그대로 드러났다. 그런 자세로 아가씨는 이따금씩 사타구니 앞쪽을 그의 엉덩이에 바짝 붙여 비벼 댔는데, 굉장히 자극적이었다.

아가씨는 중간에 잠시 고개를 들어 그녀를 응시하는 듯했다. 하지만 이내 고개를 숙이고 원래 하던 동작을 계속했다. 취한 눈에 그녀가 보이지 않았던 것인지, 아니면 김난희의 지시대로 못 본 체한 것인지는 알 수 없었다. 반면에 그는 눈을 감고 있어 그녀를 볼 수 없었던 데다가, 귀를 때리는 음악 소리와 룸 안의 이상한 열기로 인해 그녀의 기척을 미처 느끼지 못한 것 같았다.

그녀는 그의 움직임을 좀 더 자세히 살폈다. 스피커에서 흘러나오는 사이키델릭한 드럼 소리는 굿판의 고수가 치는 장구 소리 같기도 했는데, 그는 거기에 박자를 맞춰 양팔을 휘저으며 맨발을 이리저리 바닥에 비벼 댔다. 그러다가 문득 어떤 형상이라도 앞에 있다는 듯이 두 손으로 허공을 쓸면서 매만지는 시늉을 곁들이곤 했다.

그것은 그가 흥에 겨워 추는 춤이 아닌 것 같았다. 그의 춤은 그의 내부의 무언가가 그를 움직이며 빚어내는 어떤 의식행위 같았는데, 씻김굿을 하는 무녀의 춤사위와도 비슷해 보였다. 다른 점이 있다면, 무녀의 씻김굿이 망자의 원혼을 달래는 것이라면, 그의 움직임은 그 원혼으로부터 필사적으로 도망치려는 몸부림처럼 보였다는 것이다.

그는 미국에서의 교통사고 후유증에서 벗어나지 못한 것이 분명해 보였다. 몸은 회복되었지만, 마음만은 그러지 못한 것 같았다. 잠시나마 잊고 지냈던 죽은 자의 망령이 다시 살아나 그의 마음을 어지럽히고 있는 게 틀림없었다. 그 망령으로부터 구해 내지 못한다면 그는 영원히 헤어 나오지 못할 것 같았다. 살아서도 그렇고 죽어서도 여전히 그를 괴롭히는 망령의 잔해들, 더러운 기억들, 남은 찌꺼기들을 그로부터 모두 다 지워 내야 했다. 그에게 아무런 흔적이 남지 않도록 그것들을 모두 태워 소산시켜 버려야 했다.

그녀는 계획한 일을 결행하기로 했다. 그녀는 천천히 아가씨 뒤쪽으로 돌아 들어가 두 사람을 뒤에서 바라보았다. 그들의 머리 위로는 미러볼의 오색 빛들이 티베트고원의 황량한 절간에서 나부끼는 오색 깃발처럼 흔들거리며 내려앉았다.

그녀는 오색 빛들의 내림을 받으며 옷을 벗기 시작했다. 그러자 아무런 페르소나도 쓰지 않은 그녀의 맨얼굴과 아무런 위장도 하지 않은 맨몸이 드러났다. 그녀는 그에게 다가가 그의 입술에 입을 맞췄다. 처음에는 입술과 입술이 살짝 닿는 것으로 시작했지만 점차 농도가 진해졌고, 나중에는 서로의 혀가 섞이고, 타액이 섞이고, 욕망이 섞이는 짙은 키스로 변해 갔다.

그녀는 그 키스가 각자 한쪽 날개가 꺾인 두 마리의 새들이 한 몸이 되기 위해 치르는 결합 의식처럼 느껴졌다. 그 강렬한 의식으로 두 몸을 하나로 묶은 두 새는 서로의 날개를 자신의 날개 삼아 하늘 끝까지라도 날아오를 수 있을 것 같았다. 아니, 그래야만 했다. 너무 높이 날아올라 온몸이 불타 버리는 이카로스의 운명이 될지라도, 최고의 높이까지 오르려는 욕망만은 꺾이지 말아야 했다.

그녀는 그가 키스의 상대방이 누구인지 알아차렸을 것으로 짐작했다. 그가 어찌 자기 앞에 다가선 그녀를 모를 수 있겠는가. 스스로 골라 선물한 향수 내음과 더불어 그토록 진하고 강렬한 욕망의 향취를 풍겨 내는 이가 그의 아내, 윤미주밖에 누가 더 있겠는가.

그녀는 그에게서 입술을 떼어 내며 나지막이 속삭였다.

"눈 뜨지 말아요. 계속 감고 있어요."

그녀는 그만큼은 자신의 본모습을 세상에 드러내지 않아야 된다고 생각했다. 그는 피의 흔적이 서려 있는 자신의 본모습을 보지 말아야 했다. 최고이기를 원하지만 그렇지 못한 남자, 강하기를 원하지만 약한 남자, 손에 묻은 피의 흔적들을 그토록 지우고자 애쓰지만 그러지 못한 남자가 그였기에 그녀는 그의 페르소나만큼은 벗기지 않고 그대로 두었다.

그녀는 그를 비스듬히 소파에 눕혔다. 그리고는 혁대를 풀고 그의 바지와 속옷을 무릎께로 끌어내렸다. 붉게 달아오른 그의 욕망 덩어리가 허공으로 솟아올랐다. 그녀는 아가씨의 사타구니를 그의 욕망 위에 걸터앉혔다. 그러자 아가씨는 알아서 움직이기 시작했다.

시간이 흐르면서 앙다문 입술 사이로 아가씨의 신음소리가 새어 나왔다. 꾹꾹 눌러 참았던 색정을 더 이상 가둬 두기 힘든 모양이었다. 흥분이 최고조에 오르려는 듯 아가씨의 움직임이 더욱더 격렬해졌다. 숨소리도 한층 거칠어졌다. 절정의 순간이 임박한 것 같았다.

그것을 지켜보던 그녀는 그에게 다가가 귓불에 키스하며 조그맣게 속삭였다.

"두려운 것은 모두 끝났어요. 죽은 사람은 무덤을 뛰쳐나오지 못해요…. 당신을 가로막는 것은 이 세상에 존재하지 않아요. 그것은 당신의 환영(幻影)일 뿐이에요…."

그녀의 속삭임을 가만히 듣고 있던 그의 얼굴에도 조금씩 변화가 일기 시작했다.

"당신이 처음 날개가 꺾였을 때도 그랬듯이, 또 미국에서 당신의 손에 피가 묻었을 때도 그랬듯이 나는 늘 당신과 함께해요…. 당신은 찬란한 빛만 받으며 하늘 위로 날아오르기만 하면 돼요. 내가 그렇게 만들겠어요…."

그의 얼굴은 조금 일그러졌다가 다시 무표정해지는 과정을 반복했다. 그러다가 한순간 그의 얼굴이 급격하게 일그러졌다. 가슴속 깊이에서 무언가가 강하게 솟구친 모양이었다. 그런 그를 내려다보던 그녀 역시 무언가가 강하게 솟구치는 느낌을 받았다.

그녀는 이제까지와는 달리 큰 소리로 외치며 말했다.

"쏟아요! 다 쏟아 버려요! 당신 안에 있는 더러운 잔해들, 더러운 기억들, 더러운 찌꺼기들을 이 더러운 구멍에 다 쑤셔 넣고 봉해 버려요!"

그도 입을 벌리며 뭔가를 말하려 했다. 하지만 그녀는 그럴 틈을 주지 않았다. 그녀는 그의 벌린 입 사이로 자신의 가슴을 갖다 댔다. 그는 그것을 힘껏 빨아들였다. 마치 그녀의 가슴에서 구원의 양식이라도 찾은 듯했다.

한참이나 그녀의 가슴을 빨아들이던 그는 갑자기 두 손을 뻗어 아가씨의 목줄을 움켜잡았다. 그리고는 있는 힘껏 조였다. 아가씨를 목 졸라 죽이기라도 할 것 같았다. 그러면서 그는 꺼억 하고 비명을 내지르며 가둬 두었던 더러운 찌꺼기들을 일거에 쏟아 냈다.

"……!"

"……!"

그로써 윤미주가 주재한 정화의식(淨化儀式)이 모두 끝났다. 사이키델릭한 음악 소리는 여전했지만, 그녀의 귀에는 들리지도 않았다. 그녀의 귀에 맴도는 것은 천강일이 내지른 비명의 잔향(殘響) 뿐이었다. 한 가지가 더 있다면, 번제(燔祭)의 희생의식을 치르고도 여전히 살아 헐떡거리는 벌거벗은 아가씨의 처연한 숨소리였다.

그녀가 말했다.

"집으로 가요. 이제 모두 끝났어요."

검은 황금

산업통상자원부 윤기석 과장의 얼굴에는 고심의 흔적이 역력했다. 자신의 제보행위가 공직 사회를 배신하는 일은 아닌지 마지막까지 고민하는 것 같았다. 〈한국데일리뉴스〉 김은영 기자는 그런 그를 재촉하기보다는 끈기 있게 기다렸다.

그는 몇 번씩이나 호흡을 가다듬더니 마침내 결심을 굳힌 듯 입을 열었다.

"한 달 전이었습니다…."

윤 과장은 더 이상 기다리지 못하고 전화기를 들었다.

"석유산업과 윤기석입니다. 분석결과 나왔나 해서요."

"아, 네. 거의 끝나 갑니다. 조금만 기다려 주시면 됩니다."

한국지질자원연구원 석유연구센터장 김철규 박사였다.

윤 과장이 안절부절못하며 분석결과를 기다렸던 데에는 이유가 있었다. 며칠 전 대한석유협회 대외협력본부장이 국내 4대 정유사 경영본부장들을 끌고 와서 했던 말 때문이었다.

“석유값 인상을 좀 고려해 주셔야겠습니다.”

“안 그래도 연락 주신 다음에 알아봤는데, 석유값을 올릴 만한 특별한 사정이 없던데요?”

그가 곤란하다는 듯이 말하자 이번에는 국내 최대 정유회사 경영본부장이 의자를 바짝 당기며 말했다.

“과장님 말씀이 맞기는 합니다. 그런데 지난 몇 달간 채산성이 계속 떨어져서 이대로는 곤란할 것 같습니다.”

또 다른 정유회사 경영본부장이 곧바로 말을 이었다.

“정제 효율이 많이 떨어졌습니다. 시장 출하량을 맞추려다 보니 자체 비축분을 더 투입해야 해서 적자가 계속 쌓이고 있는 실정입니다.”

윤 과장은 화들짝 놀라서 말을 끊고 물었다.

“자체 비축분을 더 투입하다뇨? 그건 비상용으로 비축해 두는 거 아닙니까?”

그는 깜짝 놀랄 수밖에 없었다. 원유를 전량 수입에 의존하는 우리나라로서는 일정량의 원유를 상시적으로 비축하는 것이 굉장히 중요했다. 그래서 정부든 정유회사든 자체 비축분을 엄격하게 관리했고, 비축분이 일정 수준 이하로 떨어지면 긴급 대응조치가 발동되도록 규정으로 정해져 있었다.

“정제 효율이 얼마나 떨어졌는데요?”

“정유사마다 조금씩 차이가 나긴 하는데, 대략 12~15% 정도 떨어졌습니다.”

"그럼, 원유 비축률도 그만큼 떨어진 건가요?"

"네. 그렇습니다."

석유값 인상은 경제 전반에 미치는 영향이 워낙 커서 간단한 문제가 아니었다. 그렇다고 정유회사의 요구를 모른 체할 수도 없었다. 정유회사의 자체 비축분 감소 역시 그냥 내버려 둘 문제가 아니었다.

윤 과장은 장관에게 보고하기 위해서는 좀 더 자세한 근거 자료가 필요했다. 그래서 대한석유협회와의 면담이 끝나자마자 한국지질자원연구원 석유연구센터에 수입원유의 품질에 대한 정밀분석을 의뢰했던 것이다.

그런데 김철규 박사는 보고서를 이메일로 보내지 않고 직접 들고 찾아왔다. 유일민 원장도 함께였다.

먼저 입을 연 것은 유 원장이었다.

"김 박사한테 분석결과를 보고받고 저도 함께 왔습니다. 사안이 중대한 것 같아서요."

김 박사가 여러 가지 기호와 도표 그리고 수치가 가득한 보고서를 펼치며 설명을 시작했다.

"원유는 지층들 사이의 틈새에 모여 있는데, 이것을 원유 함유층이라고 합니다. 함유층 아래로는 단단한 근원암이 있고, 위로는 모자를 엎어 놓은 것 같은 덮개암이 있습니다. 이 두 개의 암석층 사이에 원유 함유층이 있는 겁니다. 함유층만 놓고 볼 때 제일 밑에는 물이 고여 있고, 그 위에 원유가 떠 있는 상태로 존재합니다. 그리고 그 위에는 가스가…."

유 원장이 말을 끊고 나섰다.

"그만. 그만. 하루 종일 원유 함유층 타령만 할 텐가? 요점만 말씀드리게."

"아, 네. 워낙 중요한 부분이라서…. 하여튼, 원유 함유층에서 원유를 뽑아 올릴 때는 불순물들이 함께 딸려 오는데, 정유회사들에서 보내온 샘플을 분석해 보니 그런 불순물들이 다량 함유되어 있었습니다."

"원유에 불순물이 섞여 있는 건 당연한 거 아닌가요? 정유회사들이 원유를 정제하는 것도 그런 이유 때문이고요?"

"맞습니다. 그런데 이번 샘플에서는 뭐랄까, 불순물 성질이…."

아무래도 전문용어를 사용하지 않고서는 설명하기가 쉽지 않은 모양이었다.

"원유 산지마다 불순물 양도 다르고, 성질도 차이가 납니다. 미국 텍사스와 오클라호마 쪽에서 나오는 텍사스유는 불순물도 적고, 성질도 정제하기가 용이해서 최상품에 속합니다. 저희들은 그런 석유를 가볍고 부드러운 석유라고 부릅니다. 그런 텍사스유조차도 계속 퍼 올리다 보면 원유 함유층 아랫부분에 깔려 있는 불순물들도 덩달아 딸려 오기 시작합니다. 아직 텍사스유에서는 그런 일이 일어나고 있지는 않지만, 정유회사들에서 보내온 중동 쪽 샘플을 보니까 많이 무겁고 거칠었습니다."

"원래부터 중동산 원유가 텍사스유보다 품질은 좀 더 낮았던 거 아닙니까? 그건 원래부터 그랬던 거잖아요."

윤 과장은 원래라는 말을 두 번씩이나 쓰며 강조했다. 원래부터 품질이 그랬는데, 왜 새삼 문제가 되는지 이해가 가지 않았기 때문이다.

"더 심해졌습니다!"

김 박사 대신 유 원장이 짧고 굵게 한마디 했다. 그리고는 말을 이었다.

"분석결과가 나온 즉시 정유회사들에 알아봤는데, 국내로 들여오는 원유 산지는 변동된 게 없다고 했습니다. 그러니까 똑같은 유정에서 퍼 올리는 원유가 예전에 비해 품질이 갑자기 떨어진 겁니다."

"그것은…?"

윤 과장이 놀라서 말을 잇지 못하자 유 원장이 대신 마무리했다.

"그것은 중동 유정에서 가장 밑바닥 층에 깔려 있는 원유를 퍼 올리기 시작했다는 걸 뜻합니다."

유 원장과 김 박사는 더 이상 설명을 이어 가지 않았다. 윤 과장도 더 이상 묻지 않았다. 원유 함유층의 가장 밑바닥에 깔린 원유를 퍼 올리기 시작했다는 것이 무엇을 의미하는지 모두들 분명히 알고 있었기 때문이다.

윤 과장의 이야기를 듣고 있던 김은영의 표정도 심각해졌다.

"그게 사실이라면 보통 일이 아니네요."

"보통 일이 아닌 정도가 아닙니다. 중동 쪽 원유의 고갈 시점이 앞당겨지면 우리나라가 받는 충격은 말로 할 수 없을 정돕니다. 그야

말로 큰일 나는 겁니다."

그는 또다시 심호흡을 한 번 하고는 말을 이었다.

"기자님을 뵙자고 한 건 저희 부에서 벌어졌던 이상한 일 때문입니다."

"이상한 일이라뇨?"

"장관님께 처음 석유 문제를 보고드리고 난 후 며칠 지나서 국장님께 여쭤본 적이 있어요. 장관실에서 원유수입선 다변화에 나서라는 지시가 즉각 내려오지 않아서 이상했거든요. 그런데 국장님 대답이 더 이상했어요."

"뭐라고 하셨는데요?"

"그건 제가 신경 쓸 일이 아니라고 하시는 거예요. 이해가 되지 않아서 나름대로 알아봤더니 석유 문제는 이미 저희 부의 손을 떠났더라고요."

"네? 산업통상자원부를 떠났다면 그게 어디로 간 건가요? 혹시 정부 차원에서 그냥 뭉개기로 한 건가요?"

"그건 아닙니다. 천강일 위원장님 쪽으로 넘어간 것 같습니다."

"네?"

그것은 이상했다. 천강일이 책임을 맡고 있는 국가과학기술위원회는 관장 분야가 과학기술이었지 에너지가 아니었다.

"자세한 내막은 모르겠지만, 이번에 불거진 석유 문제가 정치적으로 이용되고 있다는 느낌을 지울 수가 없습니다. 천 위원장님한테 유리한 쪽으로요. 나선미 보좌관을 한번 파 보세요. 아무래도 그 사람이 중간에서 뭔가 역할을 한 것 같아요."

나선미는 산업통상자원부 김종규 장관이 국회의원이었던 시절부터 보좌관이었다가, 그가 장관으로 입각할 때 정책보좌관으로 같이 따라 들어간 인물이었다.

김은영은 윤 과장과 헤어지고 난 후 나선미에 대해 조사하기 시작했다. 그러다 보니 흥미로운 사진 하나가 걸려들었다. 그것은 나선미가 중년 여성들 몇 명과 찍은 사진이었는데, 그들은 여성봉사단체인 '무지개 희망날개'의 임원진들이었다. 그 사진은 봉사활동을 마친 후 기증품을 전달하는 장면을 찍은 것이었다. 기증품을 전달하는 사람이 '무지개 희망날개'의 대표인 윤미주였고, 옆에서 그녀를 보좌하는 사람이 총무인 나선미였다.

'나선미와 윤미주가 그렇게 엮인 사이였네.'

그녀는 핸드폰을 꺼내 통화 버튼을 눌렀다. 상대는 〈한국데일리뉴스〉 조사부의 전주희 기자였다. 수습기자 시절부터 그녀를 친언니처럼 따랐던 전주희는 조사 분야에서 탁월한 능력을 발휘하고 있었다.

"주희야, 나야."

"언니, 요즘 뜸하다 했는데, 조사할 일이 또 생겼나 봐? 이번엔 뭐야?"

말귀를 잘 알아듣는 전주희답게 용건을 말하지 않았는데도 척하면 착이었다. 그녀는 나선미와 관련된 것들을 모두 찾아서 정리해 달라고 부탁했다.

"주희야, 그리고 이거 … ."

그녀의 말이 끝나기도 전에 전주희가 말을 받았다.

"알아. 신속, 정확 그리고 쥐도 새도 모르게. 맞지?"

그날 저녁 김은영은 남수길 편집국장에게 윤기석 과장을 만났던 일을 보고했다.

"앞으로 취재 방향은 어떻게 잡을 거야?"

"일단 나선미부터 만나 볼 생각입니다."

"무턱대고 들이대서는 곧이곧대로 입을 열지 않을 텐데? 무슨 좋은 방법이라도 있어?"

"국장님, 저를 너무 무시하는 거 아니세요? 저, 특종상에 빛나는 김은영이에요. '레드 호스' 김은영요."

'레드 호스'는 사회부 선배 기자들이 그녀에게 붙여 준 별명인데, 《삼국지》에서 하루에 천 리를 쉬지 않고 달렸다는 적토마를 빗댄 것이었다. 사실 그녀의 취재열은 엄청났다. 기삿거리가 있으면 끝까지 파고드는 것으로 유명했다.

한번은 경찰의 지명수배를 받은 전국구 조폭 두목을 취재하기 위해 끝까지 쫓아다닌 적이 있었는데, 그때 그녀가 전국으로 누볐던 길이 천 리가 넘었다는 이야기가 자자했다. '레드 호스'라는 별명은 그때 붙여졌고, 그녀가 특종상을 탄 것도 그때 쓴 기사 때문이었다.

"중간중간에 보고드리면 되죠?"

"그렇게 해. 하지만 조심해. 이번에 새로 온 이충제 사회부장이 정부 끄나풀이라는 소문이 있어. 이 부장이 너를 주시할지도 모르니까 괜히 꼬투리 잡히지 않도록 조심하고."

"네. 그렇게 하겠습니다."

"아, 그리고 한 가지 더 말할 게 있는데, 나로우주센터에서 지구궤도선 발사한 거 있지? 그거 성공하고 나서 석동찬 과학부장이 자료를 한 뭉치 가져왔더라고."

"자료 뭉치요? 그게 뭔데요?"

"나도 궁금해서 물어봤지. 그랬더니 천강일의 행적 자료라는 거야. 내가 또 물었지. 과학부장이 그런 건 왜 조사한 거냐고."

"그랬더니요?"

"천강일이 유력한 대선 후보로 부상하고 있는데, 그 사람을 조사해 봐야겠다는 생각이 들었다는 거야. 천강일이 과학기술 분야니까 과학부장인 자신이 조사하는 게 당연하지 않느냐고 말하더군. 하여튼, 석 부장 말은 천강일이 내세우는 치적을 평가하려면 그의 행적이 그런 치적과 부합하는지 살펴봐야 한다는 것이었어."

"혹시 국장님도 그 자료 보셨어요?"

"응. 봤어. 석 부장이 출발은 좋았는데 한계가 있더군. 크게 건질 만한 건 없었어. 천강일이 미국에서 박사 마치고 한국으로 돌아와서부터의 자료는 꽤 많은데, 그 이전 자료는 하나도 없더라고. 석 부장이 아무리 취재력이 달려도 그럴 수는 없거든. 뭐라도 걸려야 정상인데, 전혀 없었어. 그게 좀 이상했어."

"과거 행적이 뚝 끊겨 있다는 말씀이세요? 끊어진 다리처럼요?"

"맞아. 딱 그거야. 끊어진 다리. 어때? 석 부장하고 손 맞춰서 파 볼 테야?"

남 국장은 골똘히 생각에 잠긴 그녀를 끈기 있게 기다렸다. 얼마간 시간이 더 흘렀을 때 남 국장이 더 이상 참지 못하고 물었다.

"생각 많이 한 것 같은데, 어때?"

"제가 한번 파 볼게요."

"그래. 좋아. 그럼 앞으로 석 부장하고 잘 상의해서…."

그녀는 남 국장 말을 중간에 끊으며 말했다. 단호한 목소리였다.

"아뇨. 국장님. 저 혼자 할래요."

"혼자? 왜?"

"끊어진 다리 너머에 뭐가 있는지는 모르겠지만, 그렇게 떳떳한 건 아닐 거예요. 그렇지 않다면 다리가 끊길 이유가 없을 테니까요. 석 부장님을 못 믿어서 그러는 건 아닙니다. 하지만 사회부 소속인 제가 과학부장님과 같이 일한다는 것도 좀 그렇고, 또 이런 취재는 아는 사람이 적을수록 비밀유지가 쉽다는 거 국장님도 아시잖아요."

"혼자 해 보겠다는 거지? 좋아. 그렇게 해. 천강일의 겉과 속이 모두 황금색인지, 아니면 겉만 번지르르한 황금색이고 속은 시커먼 검은색인지 캐다 보면 드러나겠지."

나선미는 취재차 만나고 싶다는 김은영의 연락을 받고는 머리가 복잡했다. 김은영은 결코 만만하게 볼 상대가 아니었다. 석유 건이 천강일에게로 넘어간 경위를 파고들 것이 분명했다. 그녀로서는 뭔가 대책이 필요했다. 고심 끝에 그녀는 김은영이 믿을 만한 이야기를 적당히 가공해서 들려주기로 했다. 그러면 김은영이 넘어갈 것 같았다.

며칠 후 나선미는 꼬치꼬치 캐묻는 김은영에게 잘 익은 고기 한 점 갖다 바치듯 이런 이야기를 들려주었다.

"중동산 원유 고갈시점이 상당히 앞당겨질 것 같습니다. 조만간 석유위기가 닥칠 것이 예상되므로 시급한 대책 마련이 필요한 상황입니다."

윤기석 과장은 그렇게 정리하며 보고를 마쳤다.

김종규 장관은 잠시 말이 없었다. 윤 과장의 보고가 현 상황과 문제점, 앞으로의 전망에 이르기까지 모든 것을 망라했기 때문에 더 물어보고 자시고 할 것도 없었다. 더 해야 할 게 있다면 대책, 즉 앞으로 어떻게 할 것인지를 논의하는 것뿐이었다. 그런데 대책이란 게 말처럼 쉽게 나오는 게 아니라는 점이 문제였다. 김 장관의 고민은 거기에 있었다.

"우선 보고라인 따라서 보고부터 먼저 하고, 대책은 준비되는 대로 차차 … ."

거기까지 말한 김 장관은 나선미가 계속해서 눈짓을 보내며 자신의 시선을 잡아끌려 한다는 것을 눈치챘다. 그리고 그것이 어떻게든 자신의 지시를 중단시키려는 의도라는 것도 알아챘다. 한솥밥을 먹은 지가 한두 해가 아니었던 두 사람에게 그 정도의 눈치 교감은 어려운 일이 아니었다.

"내 정신 좀 보게. 보고하느라 다들 수고했는데, 나중에 다시 부를 테니까 잠시만 쉬었다 하지."

윤 과장과 국장 그리고 차관까지 모두 장관실을 나가자 나선미는 김 장관에게 바짝 다가서며 말했다.

"장관님, 원래는 경제부총리, 국무총리 거치고 대통령께 보고하는 게 맞습니다."

"그렇지? 그런데 좀 전에는 왜?"

"이런 말씀 무엇하지만, 곧 부분 개각이 있을 건데 장관님이 교체 대상에 올랐다는 소문이 돌고 있는 거 아시죠?"

"음. 나도 소문은 들었네."

"얼마 전에 유인 지구궤도선 발사 성공으로 천강일 위원장님 인기가 치솟고 있습니다. 얼마 안 있어 미국과 무슨 협정도 맺는다는데, 성공 가능성이 매우 높다고 합니다. 그렇게 되면 천 위원장님은 여당 내에서 후계구도 선두주자 자리를 굳힐 게 거의 확실합니다."

그녀는 혹시라도 누가 들을까 봐 주위를 한 번 둘러본 후 더욱 작은 목소리로 말했다.

"그래서 드리는 말씀인데, 확실하게 줄을 서시는 게 좋지 않을까요? 천 위원장님께 먼저 보고하시고, 같이 대책을 상의해 보시죠. 장관님께 새로운 기회가 열릴 수도 있습니다."

김 장관은 고민하지 않을 수 없었다. 자기 역시 차기 대통령 선거에 마음이 없지는 않았다. 집권여당의 신진세력을 대표하며 재선 국회의원을 지냈고, 현 대통령의 초대 내각에 최연소 장관으로 임명되어 3년째 장관직을 유지하고 있었다. 그 정도면 경력관리는 꽤나 잘해 온 편이었다. 그런데 뚜렷한 성과가 없다는 비판이 여기저기서 나오고 있었고, 곧이어 단행될 개각에서 교체대상 1순위라는 이야기까지 돌고 있어서 앞으로의 행보가 고민이었다.

"정식 보고라인을 벗어나는 일인데, 뒤탈이 없을까?"

"결과가 좋으면 다 좋은 것 아니겠습니까? 뒷말은 나오겠지만, 천 위원장님과 대책발표 장소에 같이 서 계신다면 아무도 크게 문제 삼지는 못할 겁니다. 천 위원장님이 대통령이 되면 차기 정권에서 국무총리 자리까지 노려 보실 수도 있고, 또 그다음에는 … ."

김 장관은 나선미의 말을 끝까지 듣지는 않았지만, 귀는 솔깃한 모양이었다.

"음, 알았네 … ."

이상이 나선미가 김은영에게 들려준 당시의 상황이었다. 물론 그것이 전부 다 사실은 아니었다. 거기에는 빼 버리거나 각색한 부분이 상당히 많았다. 자신이 천강일을 먼저 찾아가 석유 문제에 관해 미리 귀띔해 줬고, 천강일은 석유 문제 해결을 자신만의 치적으로 삼기 위해 김 장관을 거의 따돌리다시피 했다는 내용은 쏙 빼 버린 것이 가장 대표적이었다.

나선미는 김은영으로부터 만나고 싶다는 연락을 처음 받았을 때 그녀가 과연 어디까지 알고 있는지 확신이 없었다. 김은영은 아무것도 모를 수도 있었지만, 상당 부분 알고 있을 수도 있었다. 김은영의 취재력이라면 그럴 가능성도 배제하기 어려웠다.

나선미로서는 완전히 발뺌하다가 덜미를 잡히느니 자신은 조언만 했을 뿐, 천강일에게 석유 문제를 넘긴 결정은 김 장관이 주도했다는 스토리를 던져 주는 게 최선이라고 생각했다. 그 정도면 자신의 역할에 대해서도 어느 정도 고백은 하는 셈이니 김은영이 더 이상 자신을 문제 삼지는 않을 것으로 보았던 것이다. 나선미는 김은영이 자신과 천강일의 커넥션 그리고 자신의 남편 문제까지 파고드는 것만큼은 어떻게든 막고 싶었다.

그런 생각 끝에 당시 상황을 적당한 선에서 각색해서 들려준 것인데, 이후의 이야기는 나선미가 원했던 대로 흘러가지는 않았다.

김은영은 사진 하나를 테이블 위에 올려놓으며 말했다.

"보좌관님, 윤미주 단장님과 아주 가까운 사이더군요."

"……."

김은영은 이번에는 전주희가 조사해서 건네준 나선미의 남편에 관한 자료를 테이블 위에 올려놓으며 말했다.

"작년에 남편분이 큰 위기를 넘기셨더군요. 그 정도 비리면 감사원, 나아가 검찰까지도 나설 일인데, 용케도 잘 빠져나오셨어요. 게다가 승진까지 하셨네요. 남편분이 천 위원장님이 자주 찾는다는 한국핵융합에너지연구원, 양근찬 원장님 맞죠?"

"아니, 그걸 어떻게…?"

나선미는 하늘이 노래지는 것 같았다. 자신이 그렇게도 들키고 싶지 않았던 비밀을 김은영은 이미 다 알고 있었던 것이다.

"원하는 게 뭐죠?"

"석유 건이 천 위원장 쪽으로 넘어간 경위에 대해 보좌관님이 알고 있는 모든 것을 말해 주세요. 있었던 그대로! 하나도 빠트리지 말고!"

"그럼, 남편은?"

"솔직히 남편분께는 관심 없어요. 나쁜 짓 했으니까 책임져야 하는 건 맞는데, 제 손으로 기사를 쓴다든가 하는 일은 없을 거예요."

나선미도 결코 호락호락한 인물이 아니었다. 그렇게까지 궁지에 몰린 상황에서도 노래졌던 그녀의 하늘빛은 금세 파란색을 되찾으며 그녀 역시 평정심을 회복하고 있었다.

원래부터 약삭빠른 데다가 여의도 정치판에서 산전수전 다 겪은 나선미였다. 그런 경험을 통해 그녀는 끝날 때까지는 끝난 게 아니라는 교훈 하나만큼은 철저하게 깨우치고 있었다. 그것은 온갖 정치적 술수가 난무하는 여의도 정치판에서 얻은 깨우침이었기에 궁지에 몰린 상황에서도 충분히 제 몫을 발휘하고 있었다.

그녀는 김은영에게 모든 것을 털어놓든지, 아니면 적당한 이야기를 다시 꾸며 내든지 둘 중 하나를 선택해야 했다. 그런데 더 이상 꾸며 낼 이야기가 없다는 게 그녀의 고민이었다.

그녀는 천강일과 윤미주를 잃으면 모든 것을 잃는 것이라고 생각했다. 남편이 원장직에서 쫓겨나는 것은 물론 감옥신세까지도 각오해야 했다. 그뿐이 아니었다. 그녀 역시 쌓아 온 모든 경력을 한순간에 날려 버릴 게 뻔했다. 그렇게 된다면 자신도 국회의원 배지, 장관 배지 달고 누구 못지않게 스포트라이트를 받고 싶었던 꿈마저도 물거품처럼 사라질 게 분명했다. 그렇기에 그녀는 천강일과 윤미주라는 동아줄만큼은 놓을 수도 없었고, 또 놓고 싶지도 않았다.

거기까지 생각이 미친 나선미는 도박을 감행했다. 그것은 천강일과 윤미주라는 뒷배를 믿고, 한 번의 배팅에 모든 것을 거는 올인 도박이었다.

나선미는 김은영을 앙칼지게 노려봤다. 그리고는 독사 같은 말들을 표독스럽게 뱉어 내며 반격을 가했다.

"아무것도 말 못 하니까, 죽이든가 살리든가, 까발리든가 말든가 맘대로 하세요! 그런데 한 가지는 반드시 말하고 싶네요. 남의 약점 잡고 협박하는 게 기자가 할 일이야? 기자생활 그렇게 해도 돼? 그런 쓰레기, 양아치 같은 기자가 하는 협박에 나는 절대 굴복하지 않아! 어디 맘대로 해 봐!"

나선미는 그렇게 쏘아붙이고는 자리를 박차고 나가 버렸다.

순간적으로 김은영은 어안이 벙벙했다. 아무런 대꾸도 하지 못한 채 떠나가는 나선미의 뒷모습만 물끄러미 바라볼 뿐이었다. 그러는 사이 나선미가 쏘아 낸 독침 두 개는 그녀의 가슴 양쪽에 하나씩 박히며 맹독을 퍼트리기 시작했다.

'쓰레기? 양아치? 내가?'

김은영이 나선미를 만나고 난 며칠 후였다. 천강일은 긴급 기자회견을 열고, 석유 문제에 관한 대책을 발표했다. 핵융합 에너지 생산을 앞당겨 석유 에너지를 대체해 나가겠다는 것이 대책의 핵심이었다. 기자회견장에는 김종규 장관도 같이 서 있었지만, 전혀 주목받지 못했다. 스포트라이트가 집중된 것은 천강일뿐이었고, 기자들의 질문도 그에게만 쏟아졌다.

기자회견장에서 김은영은 단 하나의 질문도 하지 않았다. 날카로운 질문을 날리곤 했던 평소와는 전혀 다른 모습이었다. 다만 그녀는 의기양양해하는 천강일, 씁쓸한 표정의 김종규 그리고 그런 두 사람 사이를 왔다 갔다 하면서 보좌하고 있는 나선미를 매서운 눈길로 노려볼 뿐이었다.

천강일의 대책 발표로 석유 문제로 인한 혼란은 일순간에 정리가 되는 모양새였다. 폭락을 거듭하던 주식시장도 반등세로 돌아섰고, 그에 따라 그의 인기도 치솟았다. 천강일은 해결사 이미지를 굳히며 차기 지도자감으로 급부상하는 모습이었다. 위기였던 중동발 석유 문제가 그에게는 자신의 가치를 부각시킬 호재로 작용한 듯했다.

한미우주협정

준열의 실험실은 봄 학기가 끝나고 여름방학이 시작된 6월에 접어들어서도 여전히 텅 빈 상태였다. 전폭적인 지원을 약속했던 학과장, 베일리 교수가 무슨 이유 때문인지 태도가 돌변한 게 문제였다. 그는 준열의 거듭된 부탁에도 대답만 번지르르했지, 실제로 진행되는 일은 아무것도 없었다.

그걸 두고 루나는 베일리 교수가 준열을 길들이는 것일지도 모른다고 말했다. 준열이 완전히 고개를 숙이고 자신의 영향권 내로 들어오기를 기다리고 있다고 말이다. 그게 맞는 말이라면 기가 찰 노릇이었다. 교수 세계가 무슨 조폭 세계도 아닐진대, 그런 일이 벌어진다는 것이 한편으로는 안타깝고 다른 한편으로는 가소롭기까지 했다.

그랬던 베일리 교수가 무슨 일인지 준열의 연구실로 직접 찾아왔다.

"닥터 박, 혹시 그 얘기 들었나?"

"무슨 말씀이신지?"

"한국에서 고위급 대표단이 와서 나사(NASA)와 협정을 맺는다고 하던데, 그 소식 못 들었나? 나도 협정식 자리에 꼭 참석해야 할 것 같은데 말일세. 그게 우리 우주심리연구소에도 많이 도움이 될 듯해서 하는 말이네."

우주심리연구소는 매우 중요한 연구소였다. 라이스대 심리학과를 대표하는 간판급 연구소였을 뿐 아니라, 나사로부터 상당한 규모의 예산 지원이 있었기에 적지 않은 수의 연구원들까지 고용할 수 있었다. 그런 우주심리연구소 원장 자리를 싱클레어 교수가 병상에 드러눕자마자 꿰찬 이가 바로 베일리 교수였다.

문제는 그가 우주심리연구소와 맞지 않는다는 데 있었다. 특히 휴스턴우주센터 우주비행사들의 심리상태를 평가하고 관리하는 일은 그의 전공과는 전혀 무관했다. 학장, 나아가 총장 자리까지 욕심을 내고 있었던 그는 우주심리연구소를 통해 나사의 후광을 업고 라이스대 내에서 입지를 다지려 했다. 그런데 능력도 없으면서 사심만 채우려 한다는 불평들이 여기저기서 터져 나오면서 그에게 점점 난처한 상황이 전개되고 있었다.

"한국에서 귀한 손님들이 온다는데 닥터 박도 당연히 참석할 테고, 또 한국 쪽과 연줄이 닿아 있을 테니 닥터 박이 힘 좀 써 줘야겠네."

베일리 교수는 준열의 협정식 참가를 아예 기정사실화하며 초대받지 못한 자신도 그 자리에 끼게 해 달라고 요구하고 있었다. 그것은 공공연한 압력이었다.

휴스턴 총영사관으로부터 준열에게 참석 요청이 있기는 했다. 하지만 그것은 협정식이 아닌 리셉션일 뿐이었다. 또 미국으로 오기 전 한국에서 가난한 고학생에 불과했던 그에게 든든한 연줄 같은 게 있을 리 없었다.

준열은 난감했다. 베일리 교수의 요구를 단박에 거절할 수는 없었다. 윗사람에게 맞서는 일이 얼마나 끔찍한 일인지는 경험을 통해 알고 있었기에 그와 부딪치는 일만은 피하고 싶었다. 준열은 자신도 없고 내키지도 않았지만, 한번 알아보기는 하겠다며 일단 그를 돌려보냈다.

준열은 리셉션 참석 문제로 연락을 주고받았던 휴스턴 총영사관의 김윤식 사무관을 만났다.

"대표단 단장님께서 좁은 영토에 갇혀 살아서는 안 된다고 강조하시는 것 같던데, 맞는 말인가요?"

"네, 맞습니다. 영토의 한계를 뛰어넘자는 말씀을 자주 해 오신 건 사실입니다."

"그럼 잘됐습니다. 사실은 저희 대학에 베를린장벽 조각이 하나 있습니다."

그는 베를린장벽 조각이 라이스대에 전시된 경위를 설명하기 시작했다.

베를린장벽이 무너지고 통일 독일이 출범한 후 독일의 한 폐기물 처리 업체는 업무상 제휴관계에 있던 해외 업체들에게 베를린장벽 조각들을 선물로 기증하고 있었다. 그중 하나가 휴스턴의 한 폐기물 처리 업체였다. 휴스턴으로 옮겨진 베를린장벽 조각은 이곳저곳을 떠돌며 전시되다가, 베이커연구소가 있는 라이스대에 영구 전시되기에 이르렀다. 휴스턴 출신으로 미국 국무장관을 역임했던 제임스 베이커는 베를린장벽 붕괴와 독일 재통일에 기여한 공로가 있었던 것이다.

그는 그런 설명을 하면서 한국 대표단 단장이 라이스대의 베를린장벽 앞에서 연설하는 것도 괜찮을 것 같다고 운을 뗐다. 김 사무관의 눈이 빛났다. 구미가 당기는 모양이었다.

"일단 총영사관에 들어가서 보고부터 해야겠습니다. 본국과도 협의가 필요하니 며칠은 걸릴 것입니다."

며칠 후 휴스턴 총영사관으로부터 만나자는 연락이 왔다. 이번에는 한윤경이라는 부총영사도 함께 나왔다.

"박사님께서 하신 말씀, 실제로 가능한 거 맞죠?"

"물론입니다. 그 점은 제가 보증할 테니 걱정 마십시오."

"김 사무관한테 베일리 교수 얘기는 들었습니다. 자리만 하나 더 마련해 주고, 말로만 좀 치켜세워 주면 되는 일이라 큰 문제는 없을 겁니다. 말씀하신 일만 성사시켜 주시면 그 일은 저희 쪽에서 알아서 하겠습니다."

그날 이후 그는 김 사무관과 몇 차례 더 만나 세부 계획을 조율했다. 당초에는 베를린장벽 앞에서 연설만 하기로 했는데, 라이스대를 방문하는 김에 우주심리연구소를 둘러보는 행사도 추가되었다.

베일리 교수는 휴스턴우주센터에서의 협정식과 라이스대에서의 우주심리연구소 행사 모두에 참석하는 것으로 이야기가 맞춰졌다. 그 정도면 베일리 교수도 충분히 만족할 것 같았다.

최종 조율이 마무리되어 갈 즈음 그가 김 사무관에게 물었다.

"대표단 단장님께서도 이번 연설에 관심이 많으신가 봐요?"

"네. 아이디어가 좋다고 말씀하셨답니다. 단장님께서는 과학기술 발전이 우리나라가 좁은 영토에서 벗어날 수 있는 유일한 길이라는 지론을 갖고 계십니다. 베를린장벽 앞에서 그런 지론을 다시 한 번 강조할 기회를 가지게 되셨으니 당연히 흡족하셨겠죠."

그는 한국 대표단 단장에 대해 물었다. 어떤 사람인지 궁금했던 것이다.

"대표단 단장님은 어떤 분이시죠?"

"정말 대단하신 분입니다. 이전 정부 때 국가과학기술위원회 위원장직을 맡으셨는데, 정권이 바뀌어서도 자리를 계속 유지하신 유일한 분이세요. 직급도 장관급에서 부총리급으로 올라갔고요."

"현 정부와 특별한 인연 같은 게 있었던가 보죠?"

"아뇨. 그런 건 전혀 없었습니다. 있다면 국민들의 존경과 인기뿐입니다. 그 외에는 전혀 없어요."

'천강일'

'대통령 직속 국가과학기술위원회 위원장'

'부총리급'

이번에 휴스턴을 방문하는 한국 대표단 단장의 이름과 직함 그리고 직급이었다.

김 사무관의 말을 빌리면 천강일은 과학기술 면에서 한국을 완전히 바꿔 놓은 인물이었다. 물리학 교수 출신인 그는 이전 정부 5년 그리고 현 정부 3년 동안 한국 정부의 과학기술 정책을 총괄적으로 책임져 왔다.

그가 8년 전에 가장 먼저 착수한 일은 과학기술 예산을 늘리는 것이었다. 최종적으로는 국방 예산만큼 늘리는 게 그의 목표였다. 나라의 미래를 책임지는 예산이 나라를 지키는 데 쓰이는 예산과 비슷해져야 균형이 맞는다는 것이 그가 내세운 논리였다.

그는 해외의 저명한 한국 과학기술자들을 다시 불러들였고, 의대로만 몰렸던 학생들의 발길을 과학기술 분야로 되돌리도록 만들었다. 또한 과학기술자들에게는 자유로운 연구환경과 조건 없는 연구비를 지원했다. 눈앞의 조그만 성과에만 급급해 단기연구에만 매달리는 폐단을 없애기 위해서였다. 우수한 이공계 학생들에게는 국가장학금을 지급했고, 학부생 신분으로도 교수들의 연구에 참여할 수 있도록 길을 열어 주었다.

김 사무관은 신이 난 듯 끝도 없이 이야기했다. 개인적 친분도 없는 다른 사람 이야기를 그렇게나 호의적이고 열성적으로 말하는 것도 흔한 일은 아니었다.

"듣고 보니 참 대단하신 분이네요."

"대단하다 뿐입니까? 과학기술계의 이순신 장군이라고 말하는 사람도 있습니다. 꼭 전쟁에서 나라를 구해야 영웅이겠습니까? 과학기술로 나라의 미래를 개척하는 일도 나라를 구하는 것과 다름없지요."

"……."

"죄송합니다. 저만 너무 떠든 것 같네요."

준열은 루나에게 전화를 했다.

"닥터 베넷, 오늘 저녁이나 같이해요. 저번에 말했던 두 대학원생들도 같이 참석했으면 좋겠어요. 오늘은 우리 실험실이 시작하는 날이 될 거예요."

약속시간이 되자 루나와 두 명의 석사과정생들이 함께 도착했다. 한 명은 제이슨 듀럼이었는데, 머리는 덥수룩했고 얼굴에는 다듬지 않은 수염이 가득해 텍사스 토박이 느낌이 물씬 풍겼다. 또 다른 한 명은 샐리 매덕스였다. 몸에 꽉 달라붙는 티셔츠와 짧은 스커트 차림의 그녀는 한눈에 봐도 세련되고 발랄한 느낌이었다.

그는 음식과 함께 나온 소주병을 들고 각자의 잔에 술을 따르며 말했다.

"한국에서는 새로운 모임을 시작할 때 술 세 잔을 연거푸 마시는 전통이 있습니다."

물론 그런 한국식 전통은 없었다. 그것은 모임에 늦은 사람에 대한 벌칙이었지 새로운 시작을 위한 통과의례는 아니었다. 처음 함께하는 데서 오는 서먹함을 풀어 보고자 한 말이었는데도 세 사람은 그의 말을 진지하게 받아들였다. 한국인 교수와 함께하는 첫 모임이니 한국식 룰을 따라야 한다는 표정들이었다.

그는 실험실의 공식 출범을 알리며 건배를 외쳤다.

"건배!"

그는 그들이 탄 배가 어떤 배이고, 또 항해를 하면서 어떤 일을 하게 되는지에 대해서 말했다. 앞으로 실험실은 전체적인 주관은 자신이 할 것이지만, 세부적인 사항과 실질적인 운영은 루나에게 모든 책임을 맡긴다고 했다. 그렇게 그녀의 위신을 확실하게 세워 주었다. 그리고 그녀에게는 샐리와 제이슨이 실험실 시스템을 빨리 익히도록 도와주라고 부탁했다.

그러자 눈이 동그래진 루나가 물었다.

"닥터 박, 그럼 실험실 세팅 문제는 다 해결된 건가요?"

그녀는 베일리 교수가 실험실에 대한 재정 지원을 승인했는지를 묻고 있었다.

"네. 베일리 교수가 재정 지원 서류에 사인을 하는 걸 직접 봤어요."

이야기가 나온 김에 샐리와 제이슨의 역할도 미리 정해 두는 것이 좋을 것 같았다. 그는 앞으로 실험실에 들어오게 될 장비와 기기들에 대해 설명하며 샐리에게는 감각차폐실과 관련된 일을, 제이슨에게는 모니터실과 관련된 일을 맡기고 싶다고 했다. 외부의 빛과 소음이 차단된 상태에서는 무의식에 머물던 시각적 환상이 의식으로 올라오는데, 두 사람에게 맡기고자 했던 일은 그런 환상을 유도하고 관찰하는 실험과 관련된 것이었다.

실험실에 대한 이야기를 모두 끝낸 후 그는 실험실의 첫 출발을 본격적으로 축하하기로 하고 잔을 높이 치켜들었다. 그러자 누가 시키지도 않았는데 제이슨이 나서며 건배사를 외쳤다.

"죽음이 시작이다!"

그것은 준열의 첫 강의 주제와 새로운 출발을 함께하자는 모임의 취지를 동시에 살린, 위트가 가득한 멋진 건배사였다. 그에 뒤질세라 샐리도 덩달아 나서며 하이 톤의 목소리로 외쳤다.

"우리 오늘, 불타 죽어요!"

준열은 터져 나오는 웃음을 참지 못했다. 그건 다른 사람들도 마찬가지였다. 그녀의 건배사는 불타는 금요일과 죽음을 나름대로 합성한 것이었는데, '죽음이 시작'이라는 제이슨의 건배사가 멋있어 보였던지 자기도 비슷한 걸 시도해 본 것 같았다.

이후부터는 샐리의 독무대였다. 발랄하고 활기찬 그녀답게 근처의 다른 술집으로 일행을 이끌었다. 강한 비트의 음악이 귀를 때리는 젊은 취향의 위스키 바였다.

그녀는 연신 '불타 죽자'를 외쳤다. 문제는 그녀가 그 말을 외칠 때마다 모두가 동시에 위스키 잔을 비워야 한다는 것이었다. 그게 그녀가 정한 룰이었다. 그렇게 모두는 끊임없이 불타 죽었다가 다시 살아났다가 또다시 불타 죽기를 반복했다.

그런데 어느 순간부터는 다시 살아나는 데 실패하기 시작했다. 제일 먼저 제이슨이 부활에 실패했다. 눈에 흰자위의 비중이 점점 더 커지더니 고개가 뒤로 꺾인 후 다시는 원래 자리로 돌아오지 못했다. 다음은 샐리 본인이었다. 그녀는 '불타 죽자'는 외침을 끝까지 완성하지도 못한 채 테이블에 머리를 박더니 다시 일어나지 못했다.

준열은 오락가락하는 정신을 부여잡으며 맞은편의 루나를 바라보았다. 그녀는 괜찮은 것 같기도 하고 아닌 것 같기도 했다. 희미하게 미소를 짓는 것 같기도 하고 아닌 것 같기도 했다. 또 눈은 게슴츠레 뜬 것 같기도 하고 아닌 것 같기도 했다.

그가 그렇게 몽롱한 정신으로 그녀를 응시하고 있는데, 갑자기 그녀에게서 광채가 피어올랐다. 그런데 희한하게도 그 광채는 그림자를 만들지 않았다. 사물에 맞닿아 더 이상의 진행을 멈추는 보통의 빛과는 달리 사물을 파고들었다. 그림자가 생기지 않은 것은 그런 이유 때문이었다.

그녀는 달의 여신이었다. '루나'라는 이름이 달을 뜻하니 그녀는 달의 여신이 맞았다. 그녀는 달 중에서도 보름달의 여신, 셀레네였다. 셀레네의 보름달은 피어 내는 광채도 가득했다. 셀레네의 달빛은 해의 신, 헬리오스가 내뿜는 햇빛과는 달랐다. 너무나도 강렬해서 감히 눈을 뜨고 바라볼 수조차 없는 햇빛과는 달리, 셀레네의 달빛은 아무리 바라봐도 눈부시지 않은 은은한 은빛이었다.

셀레네로 변한 루나가 펼쳐 내는 부드러운 은빛 광채는 그의 얼굴에도 닿고, 머리에도 닿고, 팔다리에도 닿고, 가슴에도 닿았다. 그리고 그 광채는 그의 얼굴을 통과하고, 머리를 통과하고, 팔다리를 통과하고, 가슴도 통과했다. 그래서 그의 안쪽까지도 부드럽게 비췄다.

특히 가슴을 파고든 은빛 광채는 가슴 가장 깊은 곳까지 도달해 그가 꽁꽁 싸매고 있었던 아픔과 그리움까지도 비췄다. 그런데 그는 아픔을 비춰도 고통스럽지 않았고, 그리움을 비춰도 슬프지 않았다. 오히려 부드럽고 포근하게 자신을 어루만져 주는 느낌이었다. 그는 은빛 광채가 오래도록 자신과 함께하기를 원했다. 그래서 어둡고 침울하고 고독한 자신을 토닥여 주기를 바랐다.

그런데 갑자기 달의 여신, 셀레네가 말을 걸었다.

"닥터 박, 괜찮으세요? 일어나세요. 우리 이제 나가야 해요."

루나가 일어난 채로 그에게 말을 하고 있었다. 샐리와 제이슨도 함께 일어나 있었다. 그들은 이미 나갈 준비를 마친 상태였다. 백일몽(白日夢)이라지만, 그런 꿈은 그에게 처음이었다.

그가 집으로 돌아오는 길에 바라본 달은 꽉 찬 보름달이었다. 그는 보름달의 은빛 광채를 온몸 가득히 받으려는 듯 밤하늘을 우러르며 두 팔을 활짝 벌렸다. 기분 좋게 밀려드는 휴스턴의 시원한 밤공기와 보름달의 은빛 광채가 그의 몸을 부드럽게 통과했다.

한여름인 7월이 되자 한국 대표단이 미국으로 들어왔다. 천강일의 위상 때문인지, 아니면 협정이 지니는 중요성 때문인지 같이 온 언론사 취재진들의 규모는 꽤 컸다.

휴스턴의 여름 날씨는 끊임없이 올라오는 멕시코만의 습한 열기 때문에 참아 내기 어려울 정도였다. 사람들이 한여름의 휴스턴을

'물의 용광로'라 부르는 데에도 이유가 있는 것 같았다. 휴스턴의 뜨겁고도 습한 열기 속에서 한국과 미국의 협정이 마침내 체결되었다.

'한미우주협정'

'우주과학기술에 대한 한국과 미국의 포괄적 교류협력에 관한 협정'을 언론에서는 줄여서 그렇게 불렀다. 기자들은 협정의 의미와 성과에 관한 기사를 한국으로 송고하기에 바빴다. 언론사는 달라도 기사 내용에는 차이가 없었다. 대부분의 기사들이 한미우주협정의 성과를 강조하고 있었다. 간혹 한국이 지구를 벗어나 우주로 진출할 날도 얼마 남지 않았다는 성급한 전망을 담은 기사도 있었다.

천강일은 휴스턴우주센터에서 협정식을 마치고, 라이스대로 이동해 우주심리연구소부터 방문했다. 그를 안내한 것은 베일리 교수였다.

천강일의 영어는 유창했다. 그는 심리학자들이 우주와 관련된 일을 한다는 것에 대해 무척이나 흥미로워했다. 특히 준열에 대해서는 이것저것 물으며 상당한 관심을 보였는데, 마음 같아서는 당장 한국으로 데려가고 싶다는 농담까지 할 정도였다.

그는 베이커연구소로 이동해 베를린장벽 앞에 섰다. 그가 준비된 연단 앞으로 나서자 사진기자들이 일제히 카메라 플래시를 터트렸다. 그는 베를린장벽을 잠시 응시하더니 연설을 시작했다. '장벽을 넘어선 한국의 미래'가 연설의 제목이었다.

"오늘부터 우리들의 역사는 새롭게 쓰일 것입니다. 과학기술이 우리의 미래입니다. 과학기술을 통해 우리는 그 어떤 장벽도 뛰어넘을 것입니다.

… 과학자들의 눈은 이념에 물들지 않습니다. 기술자들의 손은 거짓을 만들지 않습니다. 그들의 눈과 손은 진리를 가리는 그 어떠한 편향도 걷어내고, 오로지 참된 사실과 발견을 추구하면서 우리 모두를 위한 진실한 도구만을 만들 것입니다. 그 진실한 도구가 우리를 가로막고 있는 그 어떤 장벽도 무너뜨릴 것입니다.

… 몸은 좁은 땅에 갇혀 있지만, 우리의 정신은 광활한 우주를 날아갈 것입니다. 우리의 눈길이 닿는 곳, 그곳이 한국입니다. 우리의 정신이 자유롭게 날아다닐 저 광활한 우주가 바로 대한민국입니다. …"

그는 준비한 원고는 거들떠보지도 않은 채 열변을 토해 냈다. 그의 연설은 기성 정치인들의 입에 발린 연설과는 완전히 달랐다. 그가 내뱉는 한 마디 한 마디는 듣는 사람을 홀리게 만들었다. 열정이 가득했고, 확신에 찼으며, 진정성이 묻어났다. 나라에 대한 애정과 미래에 대한 희망이 절절이 맺힌 대단한 명연설이었다.

기자들도 그의 연설에 홀린 듯했다. 그들의 머릿속에서는 한국으로 송고할 기사의 제목이 이미 정해진 듯했다.

'우주시대의 개척자, 천강일 위원장'

'천강일 위원장, 한국의 미래를 말하다'

준열은 휴스턴 중심가에 있는 포스트 오크 호텔로 들어서고 있었다. 한미우주협정 체결을 축하하기 위해 한국 대표단이 주최하는 리셉션에 참석하기 위해서였다.

호텔 정문 바로 앞에는 커다란 참나무 한 그루가 심어져 장관을 이루었다. 호텔 이름은 그 나무의 이름인 '포스트 오크'를 따서 붙인 것 같았다. 힘차게 우뚝 솟은 줄기와 옆으로 쭉 뻗어 나간 가지 그리고 풍성한 나뭇잎은 휴스턴 최고 수준의 호텔 이름을 대신하기에 손색이 없었다.

참나무는 여러 가지 의미에서 특별한 나무였다. 참나무는 최후까지 살아남는 극상종(極相種)이었다. 또한 수많은 전설이 깃든 신비의 나무이기도 했다. 제우스를 상징하는 나무이기도 했고, 천둥과 번개의 신, 토르가 머무는 나무이기도 했다. 유럽의 전설들에서 흰 가운의 마법사가 손에 든 지팡이 역시 십중팔구는 참나무였다.

준열에게도 참나무는 특별한 나무였다. 그가 자란 동네 입구에는 커다란 참나무가 한 그루 서 있었다. 그때는 참나무가 진짜 나무고, 최후까지 살아남는 나무고, 또 신비한 힘이 깃든 나무라는 것을 알지 못했다. 그렇지만 그는 참나무라는 이름이 좋았다. 마치 진짜로 참된 나무인 것 같았다.

그는 빌어야 할 소원이 있을 때마다 참나무를 찾곤 했다. 실제로 소원이 이루어진 적은 한 번도 없었지만, 그런 대상이 존재한다는 것만으로도 큰 위안이었다.

그런데 혼자만의 비밀이었던 참나무에게 어떤 여자아이가 말을 걸고 있었다.

"너, 여기서 뭐 하니?"

"나? 나무한테 이야기하고 있었어. 엄마 아빠가 근처에 오면 나 있는 곳 알려 주라고 부탁하고 있었어. 그렇게 하면 엄마 아빠가 길 잃어버리지 않고 나 찾아올 수 있어."

그 아이 역시 비슷한 소원을 빌고 있었다. 그 후로 그 아이와 그는 소원을 빌거나 이야기할 게 생각날 때마다 참나무를 함께 찾았다. 그 아이는 그 아이대로 그는 그대로, 하고 싶은 이야기나 빌고 싶은 소원을 참나무에게 마음껏 전하고 빌었다.

그날도 함께 참나무를 찾았다. 그런데 그는 너무나도 놀라고 말았다. 그건 그 아이도 마찬가지였다. 믿을 수 없는 일이 눈앞에서 벌어졌다. 어떤 아저씨들이 참나무를 자르고 있었던 것이다. 그는 제자리에 선 채 굳어 버렸다. 나무를 자르지 말라고 애원하지도 못했다. 그저 망연자실해서 눈앞에서 펼쳐지는 광경을 그냥 지켜볼 수밖에 없었다.

나뭇가지가 잘려 나가고, 뿌리마저 뽑혀 나갔다. 그는 아무 생각도 나지 않았고, 아무 느낌도 들지 않았다. 다만 가슴 깊은 곳 어딘가에서 무언가 와르르 무너지는 소리가 들릴 뿐이었다. 그의 몸이 부들부들 떨렸다. 그 아이도 떨고 있었다. 끝내 모든 것이 다 사라지고 발걸음을 돌려야 했을 때 그 아이는 놓치지 않겠다는 듯이 그의 손을 꼭 잡았다.

많은 세월이 흘렀다. 준열은 더 이상 그때의 어린 준열이 아니었고, 장소도 예전의 동네 앞이 아니었다. 하지만 호텔 앞의 '포스트 오크' 참나무가 불러일으킨 어린 날의 기억은 너무나도 생생했다.

그가 호텔 로비의 소파에 앉아 옛 기억에 빠져 있을 때 누군가가 앞으로 다가서는 것이 보였다.

"오빠, 많이 기다렸어?"

옛 기억 속 참나무의 여자아이였다. 혹시나 놓칠 새라 손을 꼭 잡고 다니며, 언제까지나 그 손을 놓지 않겠다고 다짐했던 그 여자아이가 말을 걸고 있었다. 〈한국데일리뉴스〉의 김은영 기자였다.

"아, 은영아. 언제 왔어?"

"좀 전에 도착했어. 서울의 회사에 잠시 전화하느라 저쪽에 가 있었어. 근데, 오빠는 무슨 생각을 그렇게 했던 거야? 아주 넋 놓고 있던데?"

"아냐, 아무것도."

"오빠, 회사에서 또 전화 왔어. 잠깐만."

김은영은 쾌활하고 에너지가 넘쳐 보였다. 더 이상 예전의 울먹거리던 여자아이가 아니었다. 하지만 그는 알고 있었다. 그녀 역시 가슴속 어딘가에 깊고 어두운 아픔과 상처를 숨겨 두고 있다는 것을. 그녀도 그처럼 그것을 꽁꽁 싸맨 채 드러내지 않고 있다는 것을. 그만큼 그녀를 잘 아는 사람도 없었고, 또 그녀만큼 그를 잘 아는 사람도 없었다.

그가 한국을 떠나기로 결심했을 때 가장 마음에 걸렸던 것이 김은영이었다. 그가 서울대를 자퇴하고 방송통신대에 들어갔을 무렵이었다. 그는 돈을 벌어야 했다. 그녀가 대학에 입학할 때 필요한 만큼, 그리고 대학에 다니며 최소한 1년만이라도 버틸 수 있을 만큼은 돈을 벌어 놔야 했다. 그렇지 않으면 그녀는 대학도 포기하고, 아예 인생까지도 포기할지 몰랐다.

그가 서울대를 그만둔 것은 돈 버는 시간이 부족했기 때문만은 아니었다. 서울대를 다니면서도 돈은 벌 수 있었다. 하지만 그는 더 이상 서울대를 다니기가 싫었다.

서울대 심리학과에 입학하고 얼마 되지 않았을 때였다. 학과 사무실에서 불러서 갔더니 총장실로 찾아가 보라고 했다. 그는 강의 사이의 빈 시간을 이용해 총장실로 찾아갔다. 비서가 서류를 뒤적거리더니 장학금 수여식이 있을 테니 다음 주에 다시 오라고 했다.

그는 다음 주에 총장실을 다시 찾았다. 안에는 여러 사람들이 모여 있었다. 학생들이 몇 명 있었고, 양복에 넥타이를 맨 아저씨들과 투피스 정장 차림의 아주머니들도 있었다. 카메라를 든 기자들도 있었다. 총장이 학생들을 한 사람씩 호명하며 장학증서를 내밀었다. 그것은 그가 신청하지도 않았던 4년 전액 장학증서였다. 그런데 다음 날 신문에 학생들의 얼굴과 이름이 나왔다. 거기엔 그의 얼굴과 이름도 들어 있었다.

그는 그제야 모든 것을 알아차렸다. 총장이 아저씨, 아주머니들과 함께 내밀었던 장학증서는 부모 없이 자란 고아들을 위한 장학금이었다. 그와 함께 장학증서를 받았던 다른 학생들 역시 그와 마찬가지로 고아였다.

그들이 내민 장학증서는 그의 마음을 찢어 놓고 말았다. 그는 동냥을 받은 거지가 된 기분이었다. 그렇게 느낄 수밖에 없었다. 자신을 측은하게 여기는 주변의 시선들도 그렇고, 이유 없이 친절하게 구는 학과 동기들도 그렇고, 어쩌다 듣게 되는 뒤에서의 수군거림이 그의 마음을 더욱더 비참하게 했다.

그는 총장과 아저씨, 아주머니들이 기자들의 카메라를 향해 지은 미소를 잊을 수가 없었다. 그래도 그는 덧난 상처를 겨우 달래며 첫 학기를 마쳤고, 또 두 번째 학기를 마쳤다. 그러는 동안 그는 여전히 풀리지 않던 의문 한 가지를 생각하고, 또 생각했다.

'그들의 미소는 누구를 위한 것이었을까?'

그들의 미소가 자신을 위한 것이 아니었음을 완전히 깨닫게 되었을 때 그는 미련 없이 서울대를 떠났다. 군대라도 빨리 마치자는 생각에 입대를 지원했지만, 고아들은 굳이 군대에 올 필요가 없다는 말을 들어야 했다. 그제야 그는 완전히 결심을 굳힐 수 있었다. 한국을 떠나기로 한 것이다. 하지만 그전에 해 둬야 할 일이 있었다. 그는 방송통신대에 들어갔다. 그리고는 죽도록 공부하고, 죽도록 돈을 벌었다.

방송통신대에서 3학년을 마쳤을 때 김은영이 대학에 합격했다. 손꼽히는 명문대였다. 그는 그녀에게 통장을 내밀었다. 모아 놓았던 돈의 절반이 든 통장이었다. 그녀는 목 놓아 울었다. 참나무가 잘려 나간 후로 그녀가 가장 서럽게 울었던 순간이었다.

그의 기억이 거기까지 다다랐을 때 김은영이 다시 돌아왔다.

"오빠, 리셉션 시간 다 됐네. 먼저 들어가 있어. 회사에서 후속 취재 몇 가지 더 하래. 좀 있다 다시 들를게."

이야기를 더 나눌 새도 없이 그녀는 다시 자리를 떴다.

휴스턴 최고 수준의 호텔답게 리셉션장은 아주 화려하고 규모가 컸다. 정면에는 헤드테이블이 가로로 길게 늘어져 천강일을 비롯한 주빈들이 앉을 수 있도록 되어 있었고, 플로어에는 헤드테이블을 향해 둥근 테이블들이 질서정연하게 배열되어 있었다.

앉을 자리를 찾아 두리번거리던 그는 루나와 눈이 마주쳤다. 그녀는 너무나도 아름다웠다. 연한 베이지색의 긴 파티 드레스는 하얀 얼굴, 짙은 머리색과 완벽하게 조화를 이뤘다. 뒤로 묶고 다니던 머리는 살짝 웨이브를 한 채 어깨까지 늘어뜨렸고, 귓불에 매단 은빛 귀고리는 귓등 뒤로 살짝 넘긴 머리색과 대비되면서 더욱 반짝거렸다. 기다란 목에 두른 은빛 목걸이는 가슴골 바로 위까지 내려와 은은한 은빛 광채를 발하고 있었다.

그는 그만 넋을 잃고 말았다.

"루나!"

그녀는 그가 평소에 부르던 '닥터 베넷'과는 다른 호칭으로 자신을 부르자 다소 놀라는 표정을 지었다. 그러면서도 그를 향한 미소는 잃지 않았다. 오히려 미소가 더 짙어졌다.

"준열!"

그녀도 '닥터 박'이라는 평소의 호칭 대신 그의 이름을 불렀다. 그녀는 거기에 그치지 않았다. 그를 향해 한 걸음 더 다가왔다. 그리고는 두 팔을 벌렸다. 그도 그녀를 향해 한 걸음 더 다가갔다. 그리고 두 팔을 벌려 그녀를 살짝 안으며 포옹했다.

그는 은은한 향기가 자신을 휘감아 옴을 느꼈다. 마음이 설렜다. 그는 한마디 하지 않을 수 없었다.

"달콤해요!"

그의 말이 잘못 나왔다. '아름답다'고 했어야 했다. 그래야 분위기에 맞았다. 자신처럼 칼 융의 분석심리학을 공부한 그녀가 그런 말실수를 알아차리지 못했을 리 없었다. 말해 놓고도 겸연쩍어 하는 그에게 그녀는 아무렇지도 않다는 듯 똑같은 말로 화답했다.

"준열도 달콤해요!"

그의 심장이 마구 고동치기 시작했다.

리셉션이 시작되었다. 주요 참석자들의 소개와 인사가 끝나고, 리셉션의 주인공인 천강일이 마이크를 잡았다. 우람한 풍채에 당당하고 자신감이 넘치는 모습이었다.

천강일은 미국 측 대표단에 감사를 표했다. 라이스대에도 감사의 말을 전했다. 한미우주협정이 한국과 미국의 우주 진출에 큰 기여를 할 것으로 기대한다는 말도 덧붙였다. 그리고 마지막으로 한 사람을 소개하고 싶다고 했다.

"최수혁 박사님."

천강일의 호명에 따라 헤드테이블과 가장 가까운 플로어 테이블에 앉아 있던 최수혁이 자리에서 일어섰다.

"최수혁 박사님은 우리나라 최고의 신진 수학자 중 한 분입니다. 최 박사님은 한국과 미국이 공동으로 착수하게 될 차세대 우주선 엔진 개발에서 핵심적 역할을 하실 것입니다."

준열은 놀라지 않을 수 없었다. 최수혁은 엔지니어가 아니라 수학자였다. 그런 그가 차세대 우주선 엔진 개발에 참여한다는 것은 너무나도 뜻밖이었다.

리셉션이 진행되는 내내 준열의 눈은 계속해서 최수혁을 찾았다. 하지만 그는 어디에도 없었다. 천강일의 소개로 청중들에게 인사한 후 곧바로 모습을 감춰 버린 것이다.

기념행사가 모두 끝나고, 만찬이 시작되었다. 준열과 루나가 앉은 테이블에는 김은영도 함께했다. 두 사람은 금방 친해졌다. 처음 만난 사이에 무슨 할 말이 그렇게도 많은지 연신 웃어 가며 즐겁게 대화를 나눴다.

그러던 중 루나가 그를 바라보며 물었다.

"준열, 여동생 분이 너무 재미있어요. 그런데 두 사람은 오빠, 동생 사이라면서 왜 성이 달라요?"

루나의 질문은 두 사람의 관계를 캐묻기 위한 것이 아니었다. 그녀도 두 사람이 친남매가 아니라는 것 정도는 짐작하고 있었다. 김은영이 너무나도 재미있어서 두 사람이 오빠, 여동생 사이가 된 데에도 재미있는 사연이 있었을 것 같아 가볍게 농담 삼아 던진 질문일 뿐이었다.

그런데 두 사람은 아무런 대답도 하지 않았다. 표정도 어두워지며 잠시 정적이 흘렀다. 그녀는 해서는 안 되는 질문을 한 것 같아

당황하기 시작했다.

그때 김은영이 말했다. 목소리는 담담하고 차분했다.

"준열 오빠와 저는 로고스의 집이라는 보육원에서 함께 자랐어요. 우리들은 고아예요. 준열 오빠는 애기였을 때, 저는 세 살 때 보육원에 맡겨졌어요."

김은영은 루나에게 참나무 이야기를 들려주었다. 두 사람이 친남매보다 더 가까운 사이가 되게 만든 것이 참나무였다고 말했다. 그리고 한국을 떠나기 전까지 준열이 자신을 돌봐 줬던 이야기를 모두 전했다.

루나는 처음에는 당황한 표정으로, 나중에는 슬프고 안타까운 표정으로 김은영의 이야기를 들었다. 이야기가 끝날 무렵 그녀의 눈가는 촉촉해져 있었다. 그것은 두 사람을 동정해서가 아니었다. 두 사람이 함께 나누었을 슬픈 온기 때문이었다.

그녀는 한 손으로는 준열의 손을, 다른 한 손으로는 김은영의 손을 잡으며 말했다.

"두 사람 … 멋져요 … ."

김은영도 그녀의 손을 맞잡으며 말했다.

"루나도 멋져요."

만찬이 끝남과 동시에 리셉션도 끝이 났다. 준열과 루나는 리셉션장을 빠져나와 주차장을 향해 함께 걸었다. 그들의 손은 자연스럽게 맞닿아 있었다. 그들의 머리 위로는 꽉 찬 보름달의 은은한 은빛 광채가 가득히 내려앉았다.

판도라의 상자

최수혁은 루나의 손을 잡고 걸어가는 준열의 뒷모습을 바라보고 있었다. 그는 '수학자의 길'에 세워진 하얀 비목을 정성스럽게 닦아 내던 준열의 모습을 잊을 수가 없었다. 준열은 따뜻한 온기가 가득한 사람이었다. 그런 온기는 냉철함이 전부였던 그의 마음도 조금씩 녹여 주었다. 그런데 준열이 전혀 짐작조차 하지 못했던 운명으로 자신과 뒤얽히게 될 줄은 상상도 못 했다.

누군가가 소리 없이 다가오더니 말을 건넸다.

"닥터 최도 저 친구를 아는가?"

그는 순간 움찔했다. 하지만 이내 마음을 다잡고 대답했다.

"시카고대를 같이 다녔습니다. 위원장님께서도 닥터 박을 아시나요?"

"라이스대에서 나를 안내했던 친군데, 실력도 있고 믿음직한 게 우리나라 우주인 훈련에 꼭 필요한 인재라는 생각이 들더군."

그는 천강일의 말을 잠자코 듣고 있었다.

"기회가 되면 저 친구를 한국으로 데려가고 싶은데, 그때 이야기 좀 잘해 주게. 같은 학교 출신에다가 연배도 비슷하니 닥터 최 말이라면 저 친구가 들을지도 모를 일 아닌가."

천강일은 껄껄껄 웃더니 호텔 안으로 들어갔다.

그는 갑자기 소름이 돋았다. 천강일의 웃음소리가 자아내는 기묘한 분위기 때문이었다. 그것은 짐승 소리에 사람의 웃음소리가 덧씌워진 반인반수(半人半獸)의 낄낄거림 같았다.

최수혁은 집으로 돌아왔다. 그의 눈길은 한국에서 가져온 나무상자에 머물렀다. 그것은 창문을 통해 스며든 휴스턴의 달빛을 받아 엷은 은빛으로 빛나고 있었다. 하지만 안에 든 내용물들은 은빛과는 거리가 멀었다. 색깔로 치자면 검은색이었고, 빛은커녕 어둠만 가득했다.

나무상자 안에는 제우스가 판도라의 상자에 담았다는 재앙들보다 훨씬 더 잔인하고 가혹한 비밀들이 담겨 있었다. 판도라의 상자에는 절망 끝에 희망이라도 남았다지만, 나무상자에 그런 것은 전혀 없었다. 있는 것이라고는 가슴이 찢어질 듯 고통스러운 암울한 진실뿐이었다.

모든 일은 작년 초 그가 시카고대 부속병원에서 메디컬 테스트 결과서를 발견했을 때부터 시작되었다. 그는 자신의 아버지가 첨체반응 이상으로 불임 가능성이 높았다는 사실을 알게 되었다. 어머니가 부정을 저질렀고, 그 결과로 태어난 아이가 자신일 수 있다는 생각은 그의 존재 자체를 뿌리째 흔들어 놓았다.

수학자로서 품었던 꿈, 혼신의 힘을 다해 규명하려고 애썼던 소수(素數) 배열의 규칙성 문제 같은 것들은 더 이상 중요하지 않았다. 출생의 비밀을 풀지 않고는 아무것도 할 수 없었다. 그래서 그는 결단을 내리고 말았다. 모두가 선망하던 프린스턴 고등연구소를 그만둬 버리고 한국으로 떠났던 것이다.

과거를 향한 그의 여정은 그렇게 시작되었다. 그것은 한번 가면 다시는 제자리로 돌아올 수 없는 운명의 여정이었다.

한국으로 돌아가는 비행기 안에서였다. 최수혁은 중학교 2학년이었던 자신을 미국으로 떠나보내며 이모인 사비나 수녀가 했던 말이 떠올랐다.

'불쌍한 것 …. 모든 게 내 탓이다. 내가 죄인이다 ….'

당시만 해도 고아가 되어 버린 자신이 측은해서 하는 말인 줄로만 알았다. 그래서 그의 귀에는 불쌍하다는 말만 들렸다. 그런데 비행기 안에서 곰곰이 생각해 보니 그녀가 했던 다른 말들도 기억에 떠올랐다.

'모든 게 내 탓이란 말은 무슨 뜻이었을까? 내가 죄인이란 말은 또 무슨 의미였을까? 하나뿐인 동생이었던 어머니를 잘 돌보지 못한 것에 대한 자책의 말이었을까? 아니면 이모 탓이 분명한 어떤 죄에 대한 고백이었을까 … ?'

한번 일기 시작한 의혹들은 그칠 줄을 몰랐다. 인천공항에 내려

서울의 호텔에 도착한 후에도 의혹은 멈추지 않았다. 결국 그는 참지 못하고 호텔 문을 나서고야 말았다.

그는 희미한 가로등 불빛을 따라 상도동, 숭실대 뒤편의 비탈진 언덕길을 올랐다. 이마에 땀이 맺히고 숨이 가빠질 무렵, 저 멀리 언덕 위에서 로고스의 집이 어슴푸레 모습을 드러냈다.

"이모, 저예요. 수혁이."

사비나 수녀가 후다닥 원장실 문을 열고 뛰어나왔다. 그녀의 눈에는 놀라움과 반가움이 스치더니 이내 눈물이 글썽했다.

"아이고! 수혁이구나, 수혁이. 불쌍한 것, 불쌍한 것…."

한참이나 그를 부둥켜안고 있던 그녀는 그의 손을 잡고 로고스의 집 바로 옆, 작고 아담한 기도처에 딸린 그녀의 처소로 이끌었다.

그녀의 처소는 여전했다. 손바닥만 한 거실에는 소파와 탁자 등 최소한의 가구들만 놓여 있었다. 하얀 벽에는 조그만 십자가 외에 다른 장식품들은 걸린 게 아무것도 없었다. 십자가 아래에는 무릎 꿇고 기도할 때 팔을 얹는 기도대가 있었는데, 그 위에는 편태(鞭笞) 하나가 놓여 있었다.

그의 눈이 그것을 향하자 그녀가 말했다.

"편태라고 한단다. 가죽 달린 회초리 같은 거지. 스님들이 참선하다 졸릴 때 등을 치는 죽비(竹扉)하고 비슷한 거란다."

그녀는 편태가 죽비와 비슷하다 했지만, 사실은 그렇지 않았다. 반으로 쪼갠 대나무를 서로 맞댄 죽비는 소리만 요란할 뿐, 맞더라도 큰 고통은 없었다. 편태는 달랐다. 가죽끈에 쇳조각을 달거나 아에 가죽 대신 톱니 모양의 쇄기풀을 매달기도 했는데, 그것으로 맞으면 살갗이 터지고 피가 튀었다. 편태는 예수님의 채찍질 수난을 원형으로 했기에 고통을 가하는 것이 주목적이었다.

그녀의 편태는 얼마나 자주 사용했는지 나무로 만든 손잡이 부분은 반질반질 윤이 났다. 또한 몇 가닥 가죽끈들은 끝부분이 헤져 있었다. 그녀가 오랜 기간 사용해 온 편태임이 분명했다. 기도대 위에 그저 장식용으로 놓아둔 편태가 아니었던 것이다.

두 사람은 가끔가다 한 번씩 전화만 주고받았지 직접 얼굴을 대하는 것은 실로 오랜만이었다. 그렇기에 같이 나눌 얘기도 많았다. 그렇게 시간이 흘러가는 동안 그는 그녀를 찾아온 진짜 이유를 말하기로 결심했다.

그는 품 안에서 서류 하나를 꺼냈다. 그것은 자신의 아버지, 최기준의 메디컬 테스트 결과서였다. 온통 영어투성이였지만, 그녀는 그것이 무엇인지 한눈에 알아봤다.

"아니, 네가 이걸 어떻게 … ?"

"이모는 이것을 어떻게 아세요? 전에도 본 적이 있으신 거죠?"

그녀는 자리에서 일어나 창가로 가더니 밤이 깊어 아무것도 보이지 않는데도 뚫어져라 바깥을 내다보았다. 그러더니 열려 있던 커튼을 모두 닫았다. 보글보글 끓고 있는 찻주전자가 올려진 가스레인지 불도 껐다. 마음을 가다듬고 생각을 정리하는 데 시간이 필요한 것 같았다. 한참 만에 원래 자리로 돌아온 그녀는 한층 차분해진 목소리로 말했다.

"언젠가는 이 일로 찾아올 줄 알았다. 그런데 그게 오늘이었구나."

"이모, 이것에 대해 알고 계시다면 얘기해 주세요."

그녀는 간절히 말하는 그의 눈을 바라보며 말했다.

"네 아버지가 시카고대 교수가 된 지 얼마 안 되었을 때였다. 최 서방은 네 엄마한테는 한국에서 열리는 학회에 참석한다고 둘러대고는 나를 보러 왔었다. 그때 최 서방도 이것과 똑같은 것을 내밀며 알고 있는 것을 모두 말해 달라고 했었다."

"그래서 이모는 뭐라고 대답하셨어요?"

"그때 네 아버지에게 했던 말을 듣고 싶은 거지?"

"……."

"그 서류를 가지고 나한테 물어볼 말이란 건 뻔했어. 네 엄마에게 다른 남자가 있었는지 말고는 달리 뭐가 있겠니? 나는 화를 냈다. 혜경이, 그러니까 네 엄마는 그럴 사람이 아니라고."

"아버지는 이모 말씀을 믿으시던가요?"

"겉으로 말은 하지 않았지만, 의혹을 거두지 못하는 눈치였다. 그래서 내가 말했다. 불임 가능성이 있다는 게 반드시 아이를 가지지 못한다는 말은 아니지 않느냐고. 그래도 혜경이를 정 못 믿겠으면 수혁이 네가 친아들이 맞는지 아닌지 유전자 검사든 뭐든 필요한 건 다 해 보라고 했다."

그녀의 말을 거기까지 들은 그는 묻지 않을 수 없었다.

"그래서 아버지는 유전자 검사를 하셨나요?"

"미국으로 돌아간 네 아버지에게서 다시 연락이 왔었다. 유전자 검사는 하지 않겠다고 하더라. 많은 생각을 했다면서 너에 대한 사랑이 유전자 검사로 인해 깨지길 원치 않는다고 말하더구나. 너를 진짜 아들로 여기고 살아갈 테니 더 이상 염려하지 말라는 말도 덧붙였다."

그는 가슴이 미어지는 것 같았다.

"아버지는 끝내 의심을 버리지 못하셨던 거군요."

그녀는 한숨을 푹 내쉬면서 말했다.

"결국 그런 말이었다. 종이 쪼가리에 적힌 몇 마디 말들이 네 아버지의 발목을 잡고는 끝내 놓아주지 않은 것 같았다."

그의 얼굴은 뭐라고 말할 수 없을 정도로 비참한 표정이었다. 그는 차마 나오지 않는 말을 억지로 끄집어내며 물었다.

"제가 아버지 아들이 아니라면 제 친아버지는 누구인가요?"

"불쌍한 것…."

"이모…!"

그녀는 한동안 그를 바라보았다. 기가 꺾이고 풀이 죽은 모습이 안쓰럽기 그지없었다. 그녀는 자리를 옮겨 그의 옆에 앉았다. 그리고는 한 손으로는 그의 손을 잡고 다른 한 손으로는 머리를 쓰다듬으며, 소리 없이 흐느끼는 그를 진정시키려고 애썼다.

한참을 그러고 있던 그녀는 자세를 바로잡더니 말했다.

"나는 네 엄마에게 최 서방이 찾아왔었다는 말을 하고 말았다. 충격이 이만저만이 아니더구나. 얼마 안 있어 네 엄마한테서 다시 연락이 왔었다. 직접 유전자 검사를 했다고 하더라."

그는 머리카락이 쭈뼛 곤두섰다. 모든 신경이 날카로워지며 그녀가 할 다음 말을 기다렸다.

"수혁아, 믿음이 흔들리면 모든 것이 흔들리는 법이다. 너도 네 엄마를 믿지 못하는 것 같구나. 네 엄마는 유전자 검사를 한 후 네 아버지에게 결과를 보여 주며 말했다고 하더라. 드물지만 첨체반응 이상에도 임신이 가능한 경우가 있다고 말이다. 수혁이 네가 친아들임을 다시는 의심하지 말라고 당부했다고 하더구나."

그는 그녀의 말에 안도했다. 하지만 잠시나마 어머니에게 치욕스러운 부정의 그림자를 덧씌웠다는 것이 너무나도 뼈아프고 죄스러웠다.

"왜 고개를 떨구고 있는 거니? 듣고 싶은 말이 그게 아니었니?"

"어머니께 너무 죄송해서요…."

"괜찮다. 모두 지난 일이다. 더 이상 신경 쓸 것 없다."

그녀는 그렇게 말하고는 울먹이는 그를 다독였다.

호텔로 돌아가는 최수혁의 뒷모습을 바라보던 사비나 수녀의 얼굴은 점점 더 굳어졌다. 그녀는 기도대로 가서 무릎을 꿇었다. 그리고는 벽에 걸린 십자가를 쳐다보며 하나뿐인 조카 최수혁을 위해, 마지막 순간까지도 편히 눈을 감지 못했던 동생 성혜경을 위해, 그리고 불의의 교통사고로 불귀의 객이 되어 버린 제부 최기준을 위해 기도했다. 살아 있거나 죽었거나 그들 모두에게 평화가 있기를 기원했다.

'저의 죄를 용서하소서 ….'

그녀는 그렇게 읊조리면서 사정없이 편태를 휘둘렀다. 짜악 하는 소리가 좁은 거실을 가득 울렸다. 수녀복을 파고드는 편태의 가죽 줄기는 그녀의 등짝 속살에 깊은 상흔을 남겼다. 입은 꽉 다물었지만, 절로 흘러나오는 고통의 신음소리는 어쩔 수 없었다. 굳게 닫힌 창문과 이중으로 쳐진 커튼 덕분에 소리가 새지 않는 것이 다행이라면 다행이었다.

호텔로 돌아온 최수혁은 진이라는 진은 다 빠진 상태였다. 옷도 벗지 못한 채 침대에 쓰러져 잠든 그의 얼굴 표정은 시시각각 변했다. 의혹, 괴로움, 안도, 슬픔, 죄책 등의 표정들이 마구 뒤섞인 채 그의 얼굴을 스쳐 갔다. 알 수 없는 말을 웅얼거리기도 했다. 그의 몸은 잠들었지만, 정신만큼은 잠들지 못한 것 같았다.

다음 날 최수혁이 아침부터 찾아간 곳은 오래된 산부인과 병원이었다. 메마른 담쟁이 넝쿨이 건물 외벽을 힘겹게 부여잡고 있는 단층의 동네 병원이었다. 한눈에 봐도 오래된 듯한 병원 건물은 이웃에 즐비한 다른 신식 빌딩들과는 여러모로 대비되었다.

그는 삐걱거리는 문을 열고 병원 안으로 들어갔다. 환자는 한 명도 없었다. 심지어는 간호사도 없었다. 그는 접수대의 호출 벨을 몇 번 울렸다. 그러자 원장실에서 백발의 의사가 흰 가운을 걸치며 밖으로 나왔다.

"환자는 더 이상 받지 않는데, 무슨 일로 오셨는지?"

"진료 때문이 아니라 다른 일로 왔습니다."

그는 병원을 찾아온 이유를 말했다. 자신이 그 병원에서 태어났다며 출생연도와 날짜를 말하고, 출생 당시 기록 같은 게 남아 있는지를 물었다.

"그렇게 오래된 기록이 여태 있을 리 없지. 최근 것도 다른 병원으로 다 넘기는 판인데. 얼마 안 있어 병원 문을 닫을 거거든."

최수혁이 실망감을 보이자 원장은 딱하다는 듯이 그를 바라보았다. 축 늘어진 어깨로 병원 문을 나서려는 순간 원장이 그를 불러 세웠다. 갑자기 뭔가 생각나는 게 있는 모양이었다.

"이봐요. 언제 태어났다고 했더라?"

그는 뒤돌아서며 태어난 연도와 날짜를 다시 한번 말했다.

"그래, 맞아. 서울올림픽이 열렸던 해였지. 잠시만 기다리게."

그는 원장실로 들어갔다가 다시 나왔다. 손에는 그리 크지 않은 서류 박스 하나가 들려 있었다. 그는 박스 위의 뽀얀 먼지를 쓱쓱 닦아 내더니 박스 안의 서류들을 살피며 말했다.

"여기에 있는 게 전부라네. 워낙 특이했던 케이스라 학회에 보고도 하고 해서 연도와 날짜를 기억하고 있었는데, 역시 내 기억이 틀리지 않았구만."

"혹시 좀 보여 주실 수 있으세요?"

원장은 곤란하다는 듯이 말했다. 보통은 태어난 아기가 본인임을 증명하면 되는데, 이 경우는 부모님들 명예 문제도 있고 해서 양쪽 부모 모두의 서면 동의가 필요하다고 했다.

"두 분 모두 돌아가셨는데, 어떻게 하면 되죠?"

"가족관계증명서에 양친이 모두 돌아가셨다는 것이 나오니까 그걸 한 통 떼 오게. 그러면 될 것 같네."

그는 근처의 주민센터에서 가족관계증명서를 발급받았다. 아버지와 어머니의 이름 옆에는 '사망'이라고 기재되어 있었다. 그는 세상에 혼자만 남았다는 사실을 다시 한번 절감했다.

원장은 가족관계증명서를 살펴보더니 서류 박스를 통째로 건넸다.

"이거, 전부 저한테 주셔도 되는 건가요?"

"보존연한이 훨씬 지난 것들이라 괜찮네. 부모님들도 모두 돌아가셨으니 이 세상에서 이 서류들을 가져갈 수 있는 사람은 자네밖에 없네. 염려 말고 가져가시게."

원장은 그렇게 말하고는 한마디 덧붙였다.

"자네, 혹시 영어 논문 읽을 수 있나? 힘들면 내가 좀 도와주고."

원장은 말을 해놓고도 아차 하며 금방 후회하는 표정을 지었다.

"아뇨. 괜찮습니다. 그런데 좀 전에 부모님 명예 문제라는 건 무슨 말씀이세요?"

그의 말에 원장이 당황한 목소리로 말했다.

"그건 …, 내 입으로 말하지 않는 게 좋겠네. 자네한테 건넨 서류들, 특히 내가 외국 학술지에 실은 논문에 내용이 다 나와 있으니 그걸 보면 알게 될 걸세. 그럼 잘 가시게."

호텔로 돌아온 그는 논문부터 꺼내 들었다. 영어가 한국어만큼이나 익숙한 그였지만, 논문 제목에 쓰인 두 개의 단어만큼은 정확한 뜻을 알 수 없었다.

'Heteropaternal Superfecundation'

인터넷으로 찾아보니 이부동기중복임신(異父同期重複妊娠)이라는 뜻의 전문 의학용어였다. '서로 다른 아버지를 가진 이란성 쌍둥이를 동시에 임신하는 것'이라는 설명도 부가되어 있었다.

'쌍둥이라니! 그것도 아버지가 다른 이란성 쌍둥이라니!'

다급해진 그는 논문을 한달음에 읽어 나갔다. 그의 눈은 커지고, 숨도 가빠졌다. 머리카락도 곤두서기 시작했다. 소름도 돋았다. 그는 경악했다. 그가 받은 충격은 이루 말로 할 수 없을 정도였다.

호텔을 다시 나온 그는 인근의 산부인과 병원을 몇 군데 들렀다. 원장의 논문에 쓰여 있는 내용을 확인하기 위해서였다.

산부인과 의사들의 의견은 다르지 않았다. 그들은 이부동기중복임신 사례가 아주 희귀하지만, 전혀 없는 것은 아니라고 했다. 해당 사례들은 친부확인 소송이 제기되는 경우에나 밖으로 드러나기 때문에 실제 발생빈도는 알려진 것보다 더 많을 수 있다고 했다.

의사들 중 한 명은 이렇게 말했다.

"겉으로 드러나는 확연한 차이가 아니라면 아버지가 달라도 모르고 넘어가는 경우가 많아요. 그러다가 아이들 중 한 명이 부모의 혈액형 조합으로는 도저히 나올 수 없는 혈액형을 가졌다는 게 드러나는 경우, 뒤늦게 친자확인 소송이 제기되는 거죠."

또 다른 산부인과 의사는 이부동기중복임신이 일어나는 과정을 보다 자세하게 설명해 줬다.

"여성들이 임신이 가능한 시기는 생리 시작 14일 전부터 약 3일 동안입니다. 생리가 14일 시작된다면 1일부터 3일까지가 가임기가 되는 거죠. 이 시기 동안 난자가 배란되기 때문인데, 그때 난자가 정자를 만나면 임신이 됩니다."

배란된 난자는 대략 24시간 동안 생존하는데, 그동안 정자와 만나지 못하면 임신 기능을 잃게 된다. 정자는 여성의 몸속에서 최대 5일까지는 생존하는데, 정자가 처음 들어왔을 당시에는 난자가 없더라도 5일 내에 난자가 배란된다면 임신이 가능하다는 게 의사의 말이었다.

"이부동기중복임신의 경우는 일반적인 임신에 비해 두 가지가 더 전제되어야 해요. 우선, 난자 두 개가 배란되어야 해요. 이란성 쌍생아가 그런 경우죠."

의사는 두 번째 전제에 대해서도 설명을 이어갔다.

"가임기에 접어든 여성이 적어도 5일 이내에 두 명의 남자와 관계를 맺어야 해요. 예를 들어, 1일 날 어떤 남자의 정자를 받아들였고, 5일 날 다른 남자의 정자를 받아들였다면, 최소한 그 5일 날에는 두 남자의 정자가 동시에 존재하는 상태가 돼요. 두 남자와 관계 맺는 날짜 간격이 짧을수록 두 남자의 정자가 동시에 존재하는 기간은 더 늘어나게 되는 거고요."

의사는 그가 잘 이해하고 있는지 확인하면서 말을 이어갔다.

"두 남자의 정자가 여성의 몸속에서 같이 있는 동안 두 개의 난자가 배출되고, 또 그 두 개의 난자가 각기 다른 정자와 만나서 수정에 성공하게 되면 이부동기중복임신이 성립하게 됩니다."

"그러니까 이부(異父)라는 것은 5일 이내의 간격으로 여성의 몸속으로 들어온 서로 다른 두 남자의 정자를 말씀하시는 거죠?"

"네. 맞아요."

"그리고 동기(同期)라는 것은 동일한 가임 기간 동안에 두 개의 난자가 배란된다는 것을 뜻하는 것이고요?"

"네. 그래요."

"마지막으로 중복임신(重複妊娠)이라는 것은 두 개의 난자가 서로 다른 남자의 정자와 각기 별도로 수정에 성공하는 것을 말씀하시는 거죠?"

의사는 그의 정확한 이해력에 놀라며 대답했다.

"맞아요. 그런 까다로운 조건들이 한꺼번에 맞춰져야 아버지가 다른 이란성 쌍생아가 태어날 수 있는 거예요."

그는 산부인과 의사들을 만난 후 확인해 봤다. 이부동기중복임신 사례들이 매우 드물기는 하지만, 있기는 있었다. 2010년에 튀르키예, 2015년에 미국 그리고 2016년에는 베트남에서 각기 한 사례씩 발생했던 것으로 나왔다. 모두 아버지 쪽에서 제기한 친자확인 소송 과정에서 밝혀진 경우들이었다.

최수혁은 로고스의 집을 향해 언덕길을 다시 올랐다. 그러면서 이번만큼은 모든 진실을 빠짐없이 전부 다 알아내리라 다짐했다.

그는 원장실을 노크했다. 아무런 응답이 없었다. 손잡이를 돌려

봤지만, 문은 잠겨 있었다. 그가 주위를 둘러보며 두리번거리고 있는데, 안젤라라는 젊은 수녀가 다가와 사비나 수녀는 처소에 있다고 알려 주었다.

처소에서 마주한 사비나 수녀는 꽤나 수척해진 모습이었다. 밤새 행해진 편태 때문인 줄 알 리가 없었던 그는 괜히 자기 때문인 것 같아 마음이 아팠다.

"이모, 제가 태어났던 병원에 갔다 왔어요. 제가 아버지가 서로 다른 이란성 쌍둥이로 태어났다는 것도 이제 알아요. 제발 이야기해 주세요. 모든 진실을요."

"……."

"아버지, 어머니 모두 돌아가시고, 물어볼 데라고는 이모밖에 없어요. 제발 말해 주세요."

그녀는 눈물로 호소하는 그에게 끝내 마음이 움직이고 말았다. 그녀의 눈에서도 눈물이 흘렀다.

"불쌍한 것. 모든 게 내 탓이다. 내가 죄인이다…."

한참 동안 그 말만 반복하며 눈물을 흘리던 그녀는 드디어 모든 것을 털어놓기 시작했다.

"맞다. 이란성 쌍둥이였지. 네가 조금 더 늦게 태어나서 동생이란다. 네 형은 태어난 지 얼마 안 되어 주님의 품으로 돌아가 버렸다. 심장마비에 의한 돌연사라고 했는데, 의사도 정확한 이유는 설명을 못 하더구나."

"……."

“나는 세상의 빛도 보기 전에 가 버린 네 형이 너무 불쌍했다. 아무런 흔적도 남기지 않은 채 그냥 하늘나라로 보낼 수는 없었어. 그래서 간호사한테 손톱 조금만이라도 채취해 달라고 부탁했다. 그 손톱 조각을 가슴에 품은 채 위령(慰靈) 미사를 봉헌하며 주님의 은총이 네 형과 함께하기를 빌었다.”

거기까지 말한 그녀는 벽에 걸린 십자가를 올려다보며 짧게 성호를 그었다.

“처음에는 문제가 없었어. 그런데 시간이 흐르면서 이상한 일들이 벌어지기 시작했어. 네 형의 손톱 조각들을 들여다볼 때마다 그 사람의 얼굴이 어른거리기 시작했거든. 떨쳐 버리려 아무리 애써도 소용없었다. 그래서 결국 그것을 하고야 말았어. 그러지 않고서는 내가 미쳐 버리기라도 할 것 같았거든.”

“그것이라뇨? 무엇을 하셨는데요?”

“유전자 검사를 했다. 죽은 네 형의 손톱 조각이랑 최 서방의 머리카락이랑 같이. 최 서방의 머리카락은 구하기가 어렵지 않았어. 네 집에 갔다가 최 서방 모자에서 몇 가닥 집어 오기만 하면 됐으니까.”

그가 다급하게 물었다.

“그래서요? 결과는요? 결과는 어떻게 나왔는데요?”

“죽은 네 형의 아버지는 최 서방이 아니었다. 네 형의 손톱 조각에서 얼굴이 어른거리던 그 사람이 네 형의 진짜 아버지였어.”

“그럼 저는요? 저도 마찬가지인가요?”

“아니다. 너는 최 서방의 아들이 틀림없다. 네 엄마가 유전자 검사를 했다고 말했잖니. 그건 틀림없는 사실이다."

"그럼, 이모는 왜 제 형에 대한 유전자 검사를 할 때 저는 포함시키지 않으셨어요?"

"차마 그렇게까지는 못 하겠더구나. 네 형은 이미 죽었으니 어쩔 수 없었다만, 너는 살아 있었거든. 네가 버젓이 살아 있는데, 어찌 진짜 아버지를 확인한다며 유전자 검사를 할 수 있었겠니. 나는 그 정도로 모질지는 못했다. 이유는 또 있었다. 네 얼굴에서는 그 사람의 얼굴이 어른거리지 않았거든. 네가 최 서방의 아들이라고 믿고 싶은 마음도 컸었고. 결과적으로 내 믿음은 옳았어. 네 아버지는 실제로 최 서방이었으니까."

"죽은 형이 아버지의 친아들이 아니라면 누가 아버지인 거죠? 그 사람이 도대체 누구죠?"

"모든 것을 말하마. 이 판국에 뭘 더 숨기고 자시고 할 게 있겠니. 너무 서두를 것 없다."

"……."

"네 엄마가 마지막으로 병원에 입원했을 때였다. 꿈 얘기를 하더구나. 죽은 네 형의 얼굴에서 다른 남자의 얼굴이 어른거린다면서 너무 괴롭다고 했어. 그런데 네 엄마는 그 이유를 모를 수밖에 없었다. 네 엄마도 모른 채 당한 거였거든."

그는 갑자기 피가 거꾸로 치솟았다.

"어머니가 당하셨다고요? 강제로 당하셨단 말이에요? 어머니도 모른 채로요?"

그녀의 얼굴은 고통으로 일그러졌다. 그때의 일들이 생생하게 다시 떠오른 모양이었다. 순간 그녀는 몸을 가누지 못하고, 옆으로 픽 쓰러지고 말았다.

"이모!"

그는 급히 그녀를 부축했다. 그녀의 얼굴은 핏기가 가신 채 하얗다 못해 파래지고 있었다. 그는 그녀의 얼굴을 한참 동안 매만지고 쓰다듬었다.

그의 눈물이 그녀의 얼굴 위로 떨어져 내리는 동안 그녀의 정신도 조금씩 돌아오기 시작했다.

"수혁아, 물 한 컵 다오."

그는 물컵에 찬물을 따르고, 얼음까지 가득 채워 그녀에게 건넸다. 그녀는 말라 버린 파란 입술로 차가운 얼음물을 힘겹게 몇 모금 마셨다. 잠시 후 그녀는 다시 소파에 기대앉으며 말을 이었다.

"나는 결국 네 엄마한테 모든 것을 털어놨다. 나만 알고 있었던 비밀을 말이다. 나는 네 엄마가 곧 생을 마감하리란 걸 알고 있었다. 그래서 비밀을 숨긴 채 네 엄마를 그냥 떠나보낼 수는 없다고 생각했어."

그녀는 얼음물을 몇 모금 더 마셨다. 그리고는 말을 이었다.

"내 말을 다 듣고 나더니 네 엄마가 뜻밖의 말을 했다. 나도 그 말을 듣고는 너무 놀랐다. 네 엄마는 최 서방의 교통사고가 의심스럽다고 했어. 최 서방이 죽을 때 차에 같이 타고 있었던 사람이 바로 그 사람이었다는 거야. 우연의 일치일 수는 없다고 했어. 네 엄마는 치를 떨었다. 자기도 그렇고 네 아버지도 그 사람한테 당한 것 같다며 분개했는데, 갑자기 마지막 순간이 왔던 거야. 네 엄마는 다른 건 다 제쳐 놓고 급히 유언을 남겼어. 겨우 유언을 마무리하는 순간 네 엄마의 숨이 넘어가기 시작했다. 그때 네가 병실로 뛰어 들어왔던 거고."

"어머니는 마지막 순간에 어떤 사람의 이름을 한에 사무치듯 부르셨어요. 그 이름이 그 사람 이름 맞죠?"

"그래, 맞다."

"그 이름이 뭐죠? 누구 이름이죠?"

"그 사람의 이름은… 천강일이다! 그 사람은 네 엄마를 욕보여 네 쌍둥이 형을 낳게 한 사람이고, 네 아버지가 죽을 때 마지막 순간까지 함께 있었던 사람이다. 그러니 수혁아, 네 엄마가 눈을 감는 마지막 순간까지도 치를 떨며 불렀던 그 사람의 이름을 잊지 말거라. 그 이름이 네 원수의 이름이다."

그녀는 그의 어머니가 남겼던 유언을 대신 전했다.

"네 엄마는 너를 그 사람으로부터 멀리 떨어트려 놓으라고 했다. 너도 네 아버지처럼 당할지 모른다고 걱정했던 거야. 그래서 나는 너를 미국으로 보낼 수밖에 없었다. 어린 너를 떠나보내며 내 마음도 많이 아팠다."

그는 그제야 이해가 되었다. 중학교 2학년이었던 당시, 그는 어머니마저 잃은 자신을 밀어내다시피 하면서 미국으로 떠나보낸 그녀가 매정하다고 생각했다.

"네 엄마는 네 아버지의 죽음을 파헤치라는 말도 남겼다. 네 엄마의 말은 때가 되면 그렇게 하도록 하라는 것이었는데, 그것이 언제인지는 말하지 않았다. 짐작이다만, 네가 모든 비밀을 감당하고 또 그 사람에게 맞설 수 있을 정도로 컸을 때를 말하는 것 같았다."

"이모는 왜 좀 더 일찍 말해 주지 않으셨어요. 제가 다 큰 지는 이미 오래잖아요."

그녀는 측은한 눈길로 그를 바라보며 말했다.

"그렇지. 다 큰 지 오래되었지. 그런데 내겐 아직도 네 엄마가 세상을 떠날 때의 중학생처럼 보이니 어떡하니?"

까만 밤이 지났다. 어느덧 아침 해가 밝아 오기 시작했다. 그가 떠나자 그녀는 이제 모든 것은 운명이 정한 길을 따를 수밖에 없다고 생각했다. 그녀는 힘 빠진 손으로 편태를 집어 들었다. 그리고는 또다시 자신의 등짝을 사정없이 내리치기 시작했다. 그런 가혹한 채찍질만이 그녀가 할 수 있는 유일한 정죄(淨罪) 방법이었다.

며칠 후 로고스의 집에서 연락이 왔다. 사비나 수녀가 맡겨 놓은 물건을 찾아가라는 것이었다. 최수혁은 당장 로고스의 집으로 달려갔다. 안젤라 수녀가 그를 기다리고 있었다.

"원장 수녀님께서 이걸 대신 전해 주라고 하셨습니다."

그녀는 나무상자 하나를 건넸다. 사과상자 반 정도의 크기였는데, 그리 무겁지는 않았다. 그녀는 열쇠도 같이 건넸다. 나무상자를 여는 열쇠였다.

그가 묻기도 전에 그녀가 먼저 말했다.

"원장 수녀님은 피정(避靜) 가셨습니다. 중요한 것은 모두 상자 안에 있다고 하셨습니다."

걱정스러운 얼굴로 그가 물었다.

"어디 편찮으시거나 하신 건 아니죠?"

"심신이 조금 피곤하지만, 견딜 만하다고 하셨습니다."

"혹시 어디로 피정 가셨는지 … ?"

"당부가 엄하셨기에 말씀 못 드립니다. 말씀드리더라도 소용없을 겁니다. 뵐 수 없을 테니까요."

"어디로 가셨길래 그러시는 건가요?"

"외부인 출입이 엄격히 금지된 봉쇄수녀원으로 가셨습니다. 언제 다시 올지 기약할 수 없다고 하셨습니다."

애써 담담하게 말했지만, 그녀 역시 걱정되기는 마찬가지인 것 같았다.

봉쇄수녀원은 그야말로 외부로부터 완전히 봉쇄된 수녀원이었다. 한번 들어가면 여간해서는 나오는 것이 허락되지 않았다. 사비나 수녀가 그런 곳으로 피정 갔다는 것은 안젤라 수녀에게도 예사롭지 않은 일이었다. 그녀는 그대로 계속 있다가는 걱정을 늘어놓기라도 할까 봐 짧게 목례하고는 로고스의 집으로 들어가 버렸다.

호텔로 돌아온 그는 나무상자를 바라보고 있었다.

'무엇을 담아 놓으셨길래 자물쇠까지 채우신 걸까?'

그는 나무상자를 열기가 겁이 났다. 이제까지 알아낸 비밀보다 더 엄청난 비밀이 나무상자 안에 담겨 있을지도 모른다고 생각하니 쉽사리 열 엄두가 나지 않았다. 하지만 이제 와서 그만둘 수는 없었다. 사비나 수녀가 나무상자를 남긴 것은 그가 알아야 할 비밀들이 아직도 더 남아 있다는 것을 뜻했기 때문이다.

그는 나무상자로 다가갔다. 안젤라 수녀가 건네준 열쇠를 넣고 돌리자 찰칵, 잠금 풀리는 소리가 났다. 그는 심호흡을 한 번 하고는 나무상자 뚜껑을 조심스럽게 열었다.

거기엔 백면포(白綿布)로 감싼 물건들이 가지런히 놓여 있었다. 그 위에는 편지봉투가 하나 얹혀 있었는데, 겉면에는 아무것도 쓰여 있지 않았다. 그는 그 안에 사비나 수녀가 남긴 편지가 들어 있을 거라고 생각했다.

그는 봉투를 열고 편지를 꺼냈다. 그녀의 편지가 맞았다. 어머니의 글씨체와 너무나도 닮은 그녀의 친필 편지는 이렇게 시작하고 있었다.

수혁아, 보거라. 불쌍한 것.

내가 죄인이다. 모든 게 내 탓이다. 할 수만 있다면 운명의 시계를 되돌리고 싶구나. 내가 했던 선택이 이런 결과를 불러올 줄은 그때는 몰랐다. 네 쌍둥이 형이 죽고, 네 아버지가 죽고, 또 네 엄마마저 원한에 사무쳐 죽어 간 것이 모두 내 잘못 때문이라는 생각에 너무나도 괴로웠다.

차마 내 입으로 원수를 갚으라는 말은 하지 못하겠구나. 내가 아무리 죄가 많아도 수녀복을 입고 있는 이상 그 말은 입 밖에 꺼내지 못하겠다. 하지만 그 사람을 용서하라는 말 역시 못 하겠다.

남은 것은 너의 선택이다. 세상의 정의를 따라 원수를 갚든, 주님의 정의를 따라 원수를 사랑하든 모든 것은 너에게 달렸으니 네가 직접 선택할 일이다. 만일 말이다, 네가 세상의 정의를 따르기로 결심한다면 한 가지만은 명심하기 바란다.

톨스토이가 그렇게 말했다지. '모든 전사들 중에서 가장 강한 두 전사는 시간과 인내심'이라고. 그러니 원수를 갚겠다고 결심한다면 절대로 서두르지 말거라. 시간을 갖고 인내심을 가져야 한다. 무너뜨리려거든 철저히 준비해서 한 번에 끝내야 한다. 그래야 네가 당하지 않는다.

말을 하다 보니 너를 부추기는 건 아닌지 모르겠다. 다시 한번 말하지만 이 편지에 담긴 내 뜻이 무엇이라 여겨지든 그것은 중요치 않다. 중요한 건 네 의지고, 네 선택이고, 네 정의다.

죽은 자에겐 현실의 삶은 끝났어도 영원한 천상의 삶이 있다. 그러니 네가 사랑하는 사람들이 세상에 없어도 너무 낙담하지 말거라. 그들은 영원히 너와 함께한다.

상자 안에 든 것들은… .

그녀의 편지는 꽤 길었다. 자신과 여동생 성혜경이 어떻게 성장했는지, 서로 얼마나 가까웠는지를 이야기했다. 부모를 일찍 여읜

두 자매는 서로가 없어서는 안 될 존재였다고 했다. 모든 것을 함께 나누었고, 서로 숨기는 일이 없었다고 했다.

그녀는 자신의 일기에 대해서도 언급했다. 성혜경으로부터 들어서 알고 있는 일들, 또 자신이 직접 보고 듣고 행한 일들도 적었는데, 그것들만 따로 떼 내서 한데 묶어 놓았다고 했다. 그걸 보면 성혜경, 최기준 그리고 천강일의 운명이 어떻게 얽히게 되었는지 알 수 있을 것이라고 했다.

그녀는 마지막으로 그날의 일에 대해서도 말했다. 그 일은 자신이 직접 연관되어 있기 때문에 자기만큼 잘 아는 사람은 없다고 했다. 그 일이 모든 비극의 직접적인 출발점이었으며, 자신이 다른 선택을 했었더라면 결과는 달라졌을 것이라고 했다. 그렇게 하지 못했던 것이 가장 뼈아픈 후회라고 했다.

그녀의 편지를 다 읽은 그는 백면포를 풀어헤쳤다. 그러자 안에 싸여 있던 물건들이 모습을 드러냈다. 그는 그중에서 가장 작은 것을 먼저 집어 들었다. 그것은 또 다른 나무상자였다. 성냥갑 정도의 조그만 크기였는데, 중간 부분을 밀어서 열어 보니 좁쌀만 한 손톱 조각 몇 개가 들어 있었다. 죽은 쌍둥이 형의 손톱 조각들이었다.

어머니 배 속에서 함께 지낸 쌍둥이 형의 일부라 생각하니 기분이 묘했다. 하지만 거기에 철천지원수의 흔적이 배어 있다고 생각하니 피가 거꾸로 치솟았다. 그는 다시 한번 호흡을 가다듬으며 마음을 진정시켰다. 사비나 수녀의 말마따나 필요한 것은 시간과 인내심이었기 때문이다.

그는 백면포에 싸여 있던 다른 물건들도 살폈다. 노트가 한 권 있었다. 방정식들이 가득한 게 아버지의 수학노트가 맞았다. 그때그때 떠오르는 수학적 착상들을 날짜와 함께 적어 놓은 일종의 아이디어 노트였다. 사비나 수녀는 그 노트가 아버지가 숨진 교통사고 현장에서 수습된 유품이라고 했다. 그래서인지 수학노트는 아버지가 돌아가신 날짜에 멈춰 있었다.

수학노트 밑에는 두터운 원고지가 한 묶음 놓여 있었다. 그는 그것이 무엇인지 단번에 알아보았다. 어머니의 마지막 소설 원고였다. 낯익은 글씨체가 너무나도 반가워 어머니에 대한 그리움도 동시에 솟았다. 그 원고는 소설가 오정희가 쓴 《바람의 넋》이라는 소설을 모티프로 했다는 글 한 줄을 머리말에 적어 놓고는, 그녀의 소설 문장 하나를 그대로 옮겨 적으며 시작하고 있었다.

'맞바람에 헉, 숨이 막혀 왔다.'

그는 그 문장을 읽고는 자신도 헉, 숨이 막혀 왔다. 차마 더 읽을 수가 없었다. 필요한 건 시간과 인내심이라고 그렇게 다짐했건만, 어머니의 첫 문장에 시간도 녹아내리고 인내심도 증발해 버렸다. 당장이라도 달려가 원수의 모가지를 비틀고 싶었다. 하지만 그는 참고 참고 또 참았다. 최후의 심판을 내릴 그날을 위해.

그는 하염없이 흘러내리는 눈물을 한 손으로 훔치며 어머니의 원고를 다시 닫았다. 그리고는 아버지의 수학노트와 함께 백면포로 고이 감싸 나무상자 안에 다시 넣어 두었다. 그는 모든 일을 끝낸 후 백면포를 다시 풀리라 다짐했다. 주님의 정의가 아니라 세상의 정의를 실현한 후 그 징표로 아버지의 수학노트와 어머니의 원고를 다시 펼칠 생각이었다.

그는 마지막으로 남은 물건을 손에 들었다. 사비나 수녀의 일기 묶음이었다. 거기에는 세 사람의 이야기가 적혀 있었다. 그들의 운명은 1986년부터 얽히기 시작했다. 그리고 그다음 해인 1987년 말에 그 일이 일어났다.

그 모든 일이 일어난 곳은 서울, 관악이었다.

플라즈마 난류

김은영은 계속 찜찜한 기분이었다. 한미우주협정이 석연치 않다는 느낌이 머리를 떠나지 않았다. 차세대 우주선 엔진 개발을 공동으로 추진한다는 것 말고는 미국이 얻은 게 별로 없었다. 그것은 말이 되지 않았다. 미국 같은 초강대국이 손해 보는 협정을 맺을 리 없었다.

한국이 유인 지구궤도선 발사에 성공한 게 불과 얼마 전이었다. 아무리 발전 속도가 빠르다 해도 한국은 미국에 비하면 햇병아리에 불과했다. 아무래도 뭔가 밖으로 드러나지 않은 비밀이 있는 것 같았다. 김은영은 더 이상 참지 못하고 남수길 국장을 찾아갔다.

"미국의 화성 유인탐사 계획에 우리 같은 우주 초년생이 참여하게 되었다는 건 대단한 특혜다, 이거지?"

"네. 천강일은 최수혁이 차세대 우주선 엔진 개발에서 핵심 역할을 할 거라고 했어요. 혹시 미국 입장에서는 그런 특혜를 베풀 만큼 최수혁이 중요했던 거 아닐까요?"

"그럴지도 모르지. 그런데 최수혁은 어떤 친구야?"

"조사부에 있는 전주희한테 부탁해서 알아봤는데, 시카고대에서 박사 따고 한국으로 들어온 게 지난해 초였대요. 그런데 그 후로는 행적이 전혀 안 잡힌다고 하더라고요. 그러다가 느닷없이 천강일과 함께 한미우주협정에 나타났던 거고요."

"지난 1년 반 동안 한국에 있었던 건 분명한데, 행적은 베일에 싸여 있다?"

남수길 국장은 골똘히 생각에 잠겼다. 앞으로 어떻게 할 것인지 생각하는 모양이었다.

"일단 이렇게 해 보자고. 우선 화성 유인탐사에서 우주선 엔진이 얼마나 중요한지 그리고 엔진 개발의 관건이 뭔지부터 알아봐. 혹시 거기에 수학이랑 관련된 중요한 뭔가가 있다면 최수혁과의 연관성도 드러나겠지."

"네. 그리고 석유위기 터졌을 때 천강일이 핵융합 발전으로 석유에너지를 대체할 거라고 발표했었잖아요."

"응. 그랬었지. 그건 왜?"

"차세대 우주선 엔진이 핵융합과 관련되어 있을지도 모른다는 생각이 들어서요. 우리나라는 인공태양이다 뭐다 해서 핵융합 분야에서는 세계 최고잖아요."

"그래서?"

"일단 최수혁이 핵융합과 관련해서 일한 적이 있는지부터 알아볼까 해서요. 그게 맞는다면 최수혁이 한미우주협정 타결의 비밀 카드로 쓰였을 가능성이 높아지는 거예요."

"좋아. 그렇게 해."

남 국장은 편집국장실을 나가는 김은영을 흐뭇하게 바라봤다. 어느새 민완 기자로 훌쩍 커 버린 그녀가 대견했다.

그가 김은영을 처음 만난 것은 그녀가 다니던 대학에서 '기자의 역할과 사명'이라는 주제로 특강을 했을 때였다. 특강이 끝난 후 그녀는 이런 질문을 했다.

"기자와 기레기의 차이에 대해 말씀해 주십시오."

그는 시간도 없고 해서 비유적으로 간단하게만 답했다.

"기사를 어머니 옆에서도 당당하게 쓸 수 있으면 기자고, 골방 문 잠그고 몰래 써야 하면 기레기지."

그녀를 다시 만난 것은 신입기자 공채 면접장에서였다. 면접위원으로 참여한 그는 예전에 자신이 받았던 것과 똑같은 질문을 그녀에게 던졌다.

"기자와 기레기의 차이에 대해 말해 보게."

"공익과 국민의 알 권리에 부합하는 기사를 쓰면 기자고, 개인적인 이익이나 일부 편향된 집단을 위해 독자들이 꼭 알지 않아도 되는 기사를 쓰면 기레기입니다."

"그런 모범 답변 말고 다른 건 없나?"

그녀는 잠시 머뭇거렸다. 하고 싶은 대답이 공식 면접장에서 해도 되는 것인지 확신이 서지 않았던 것이다. 하지만 그녀는 결국 질러 버리고 말았다. 목소리는 아주 당차고 패기가 넘쳤다.

"죽어서 염라대왕의 심판대에라도 설 수 있으면 기자고, 그럴 기회조차 거부되면 기레기입니다. 기레기는 재활용도 안 되니까요."

면접위원들은 웃음을 빵 터트렸다. 그도 마찬가지였다. 그녀의 답변은 재치가 있었다. 여러모로 묘한 여운이 남는 답변이었다.

그렇게 옹골차고 거침없었던 김은영인데, 그를 불러내더니 소주 한잔 사 달라고 한 적이 있다.

만나고 보니 그녀는 침울한 표정에 마음이 몹시 상해 있었다. 석유 문제가 천강일에게 넘어간 경위를 알아보기 위해 나선미를 만났다가 쓰레기, 양아치 소리를 들었다는 것이다.

"뭘 그걸 가지고 궁상을 떨어? 나는 그런 소리 수백 번도 더 들었다."

"제가 쓰레기일지도 모른다는 생각, 오래전부터 했었거든요."

그는 취재하다 보면 그런 일도 있을 수 있다며 어깨 한번 툭 쳐 주면 될 줄 알았다. 그런데 예상치 못한 대답에 당황하고 말았다.

"갑자기 그게 무슨 소리야? 쓰레기라는 생각을 한 지가 오래됐다니. 네가 쓴 기사는 쓰레기 아냐. 관록은 좀 더 쌓아야 되지만, 짜임새가 있고 날카로운 데가 있어. 스피릿도 투철해. 허, 참, 이럴 줄 알았으면 더 자주 칭찬해 줄 걸 그랬나?"

"그런 얘기가 아닙니다. 저, 사실…, 고아였어요. 어렸을 적에 버려졌어요."

그녀는 부모에게 버림받고 보육원에서 자란 이야기를 했다. 그런 이야기는 누구에게도 꺼낸 적이 없었던 혼자만의 비밀이었다.

"나선미가 맞을지도 몰라요. 저는 부모조차도 버려 버린 쓰레기인 걸요."

"아니, 그건 말이야…."

그는 위로의 말을 하려다가 말았다. 적당한 위로의 말도 떠오르지 않았다. 그런데 무척 놀란 건 사실이었다. 쾌활하고 거침없었던 그녀에게 그다지도 가슴 아픈 사연이 있는 줄은 짐작조차 하지 못했다.

잠시 그녀를 지켜보던 그는 이런 말을 했다. 그녀를 아끼는 마음과 대선배로서의 관록이 함께 어우러진 진심 어린 조언이었다.

"나선미의 말에 그렇게 흔들릴 필요 없어. 그렇게 말했다는 건 그 여자가 그만큼 궁지에 몰렸다는 얘기야. 네가 제대로 파고들었다는 말인 거지. 기자를 규정하는 건 기자의 과거가 아니라 기자가 쓰는 기사야. 그러니까 계속 취재를 하고 기사를 써."

"……."

"기사가 완성되면 네가 쓴 기사를 다시 한번 봐. 어디에 내놔도 부끄럽지 않으면 너는 기자인 거야."

그는 그녀가 그 말을 어떻게 받아들였는지 알 수 없었다. 그런데 한미우주협정과 최수혁에 대한 취재에 의욕을 불태우는 모습을 보니 예전의 모습을 완전히 회복한 것 같았다.

김은영은 대전으로 내려가 한국항공우주연구원 미래발사체연구단 도진호 단장을 만났다. 그는 우주비행체 분야의 최고 전문가였다. 미국 제트추진연구소에서 근무한 적도 있어서 그녀가 필요로 하는 정보를 제공해 줄 수 있는 사람이었다.

그녀가 화성 유인탐사에 우주선 엔진이 왜 중요한지 묻자 그는 엔진 이야기 대신 유인 우주선 이야기부터 먼저 꺼냈다.

"무인 탐사선과 유인 탐사선의 차이점이 뭔지 아십니까? 무인 탐사선은 돌아오지 않아도 되지만, 유인 탐사선은 반드시 지구로 귀환해야 한다는 겁니다. 그래서 유인 탐사선과 무인 탐사선은 설계에 접근하는 방식이 근본적으로 달라요."

"어떻게 다르죠?"

"기자님도 장거리 비행기 타 보셨을 겁니다. 인천에서 뉴욕까지 비행시간만 14시간이 걸려요. 정말 시간 안 가고 지루합니다."

그녀는 맞다는 듯이 고개를 끄덕였다.

"그럼, 이제는 우주로 가 볼까요? 가장 가까운 달부터 먼저 가 보죠. 달까지 거리는 가장 가까울 때가 36만 3,104km 정도인데, 우주선 타고 3일 가야 됩니다. 왕복하려면 6일 걸리겠네요. 그냥 갔다 오는 것만 계산해서요."

"생각보단 많이 걸리지 않네요."

"그래요? 그러시다면 걸어가도 돼요."

"네? 걸어가면 얼마나 걸리는데요?"

"정말 걸어가시게요? 달까지 거리가 지구 둘레의 8배밖에 안 되니까 걸어서 지구 8번 돈다고 생각하면 됩니다. 하루 종일 1년 내내 걸으면 고작 9년 반 정도?"

그의 유머러스한 설명에 그녀는 피식 웃음이 나왔다.

"달 다음으로 갈 수 있는 곳이 화성입니다. 거리는 가장 가까울 때가 대략 5,500만km, 가장 멀 때는 4억km가 넘어요. 그렇다면 최단거리 기준으로 화성은 지구에서 달까지의 몇 배가 될까요?"

차마 연필로 써 가며 계산할 수는 없어서 그녀는 머리를 굴려 가며 암산에 열중했다.

"너무 애쓰지 마세요. 머리 다쳐요. 그냥 제가 말씀드릴게요. 대략 150배 정도 돼요. 화성까지도 걸어가 볼까요? 걸어가면 ⋯."

"그만, 제발 그만요. 이제 안 웃을게요."

"웃으셔도 되는데 ⋯. 하던 거 마저 할게요. 화성까지는 9.5년 곱하기 150 해서 1,425년 걸으시면 되고요. 달까지 갔던 우주선 타면 3일 곱하기 150 해서 450일 걸리네요. 왕복은 거기에다가 2를 곱하면 되니까 900일, 대략 2년 반 정도 걸리겠네요."

"네? 화성까지 갔다 오는 데 2년 반요? 그것도 우주선 타고요? 우주선이 뭐가 그렇게 느려요?"

그는 그녀를 쳐다봤다. 기가 찬다는 표정이었다.

"우주선이 느린 게 아니고 화성까지 거리가 그만큼 멀다는 얘기입니다."

"지구 바로 이웃 행성인데도 그 정도라니 우주가 넓긴 넓네요."

그는 그걸 이제 알았냐는 듯이 그녀를 다시 쳐다봤다.

"좋은 소식도 있어요. 아폴로 11호가 달에 처음 갔을 때보다 지금은 우주선이 많이 빨라졌어요. 우주선 엔진 성능이 상당히 개선된 거죠. 화성까지 가는 데 어떤 전문가들은 6개월, 또 어떤 전문가들은 3개월까지도 말하는데, 그건 과장이 좀 심한 거 같아요. 제 생각에는 편도로 9개월, 왕복으로 18개월 보시면 될 것 같습니다."

"엔진 성능이 개선된 우주선을 타고 가도 왕복 1년 반이나 걸린다는 거예요?"

"장난 아니죠? 인천에서 뉴욕까지 기내 서비스 다 받아 가며 가도 지루해 미칠 지경인데, 화성 가는 우주선에는 그런 서비스도 없어요. 지루하다는 말도 꺼낼 수 없는 상황인 거죠."

"그렇다면 훨씬 빠른 우주선이 필요하겠네요. 이제까지 개발된 것과는 완전히 다른 엔진을 장착한 우주선요."

그는 이제야 그녀가 말귀를 알아듣는다는 듯이 엄지를 척 들어 올렸다.

"빙고. 바로 그겁니다. 유인 우주탐사의 가장 큰 관건은 사람이에요. 그게 무인탐사와 근본적으로 다른 점입니다. 왕복 18개월 정도면 아무리 훈련받은 우주인이라 해도 온전히 버티기 힘들 겁니다. 획기적인 우주선 엔진이 개발되지 않는다면 화성 유인탐사는 쉽지 않다는 게 제 생각입니다."

그는 우주선 엔진에 대한 설명을 시작하면서부터는 꽤나 진지해졌다.

"아이디어는 많이 나왔는데, 가장 유력한 건 핵융합 플라즈마 엔진입니다. 핵분열 기술을 이용하자는 이야기도 있기는 한데, 그건 너무 위험해요. 방사능이 유출되기라도 하면 그건 재앙이라는 말로도 부족합니다. 반면에 핵융합 엔진은 방사능 유출 위험이 거의 없어요. 에너지 효율도 더 높고요. 그래서 핵융합 플라즈마 엔진이 유인 우주선에 가장 적합하다는 게 제 생각이에요. 그런데 거기에도 문제가 있어요. 핵융합 플라즈마 엔진, 그게 말처럼 쉬운 게 아니거든요."

"뭐가 문제인 거죠?"

"인공태양 얘기 들어 보셨죠?"

"네."

"인공태양이라는 건 핵융합 에너지를 생산하는 인공장치를 말하는 건데, 그게 잘나가다가 어느 순간부터는 제자리걸음이었어요. 우리 옆 동네, 그러니까 핵융합에너지연구원에서도 계속 골머리를 썩이고 있었거든요. 그쪽 박사들, 나름 똑똑한 친구들인데 거의 미치려고 하더라구요."

"뭐 때문에 그런 거죠?"

"플라즈마 난류 제어가 어느 지점까지는 그럭저럭 됐는데, 그 후부터는 전혀 진척이 안 되는 모양이더라고요."

"만일 플라즈마 난류 문제가 해결되면 그때는 어떻게 되는데요?"

"네? 음…. 그렇게 된다면 인공태양도 그렇고 화성 유인탐사도 그렇고 엄청나게 획기적인 일들이 연달아 일어날 겁니다."

다음 날 오전 김은영은 핵융합에너지연구원으로 향했다. 그곳은 대전 유성의 카이스트 뒤 항공우주연구원과 길 하나를 사이에 두고 나란히 붙어 있었다.

그녀는 양근찬 원장을 조용한 곳으로 불러냈다. 그는 나선미의 남편이었다.

“최수혁이라는 사람 아시죠? 수학자 최수혁요.”

그냥 한번 찔러본 것인데, 양 원장은 움찔했다. 그것으로 그는 최수혁을 안다고 시인한 것이나 다름없었다.

“그, 그런 사람 모릅니다.”

그는 애써 태연한 표정을 지으며 말했지만, 이미 드러날 건 다 드러난 다음이었다.

감을 잡은 그녀는 다른 말은 하지 않고 가방에서 서류봉투 하나를 꺼내 테이블 위에 올려놓았다. 그 안에는 나선미에게도 보여 준 적이 있는 그의 비리에 관한 자료가 들어 있었다.

“이게 뭐죠?”

“궁금하시면 직접 열어 보세요.”

봉투 안의 서류를 확인한 그는 표정이 변했다. 노랗다 못해 하얗게 질리며 말도 잇지 못했다. 그는 정치권에서 산전수전 다 겪으며 불사의 생존법을 터득한 그의 아내, 나선미와는 다른 사람이었다. 그녀는 끝까지 버티며 쓰레기, 양아치 같은 말로 반격했지만, 그는 그렇게까지 할 위인은 못 되는 것 같았다.

“이, 이걸…, 어떻게 하시려고요?”

“사실 이 자료는 입수한 지 꽤 됩니다. 하지만 기사 한 줄 쓰지 않았어요. 이 자료는 오늘부로 원장님께 넘겨드리고, 저는 모르는 일로 하겠습니다.”

“정말인가요?”

"네. 대신 제가 알고 싶은 건 최수혁입니다. 그가 핵융합에너지연구원에서 어떤 일을 했는지 말해 주세요."

"그건 외부로 유출되면 안 되는 사안이라…."

"저도 알아요. 내부 기밀을 외부에 발설하면 안 된다는 거. 하지만 이건 어떨까요? 만일 누군가가 국가의 핵심 기밀을 다른 나라에 넘기려 한다면요? 혹시 그런 일이 벌어진다면 어떻게 하시겠어요? 미리 막아야 하지 않겠어요?"

"당연하죠. 그건 반역 행위죠."

그녀는 기회가 왔다고 생각했다. 그를 설득할 여지가 있다고 생각됐기 때문이다.

"우리나라가 미국의 화성 유인탐사 계획에 참여해서 얻게 되는 이득이 더 클까요? 아니면 핵융합 기술을 미국에 넘겨줘서 초래되는 손실이 더 클까요?"

그는 비리를 저지르기는 했지만, 완전히 망가진 사람은 아니었다. 그에게도 나라를 생각하는 마음은 남아 있었다.

"그건…, 비교가 안 됩니다. 핵융합 기술은 우리나라의 미래를 책임질 생명줄입니다."

그녀는 쐐기를 박기 시작했다.

"한 가지는 약속드릴게요. 핵융합 기술이 미국으로 넘어가 국익이 훼손되는 일이 생기지 않는 한, 단 한 줄의 기사도 쓰지 않겠어요."

"그 말씀은…, 그렇지 않은 경우에는 기사를 쓰겠다는 거죠?"

"그런 일을 막기 위해서라도 기사를 써야 하지 않겠어요?"

그녀의 말에 그는 한참 동안 생각에 잠겼다.

"좋습니다. 기사가 나가게 되더라도 제가 연루되는 일만은…."

"그건 걱정하지 마세요. 제 기사는 책임이 가장 큰 사람들만 다룰 거예요."

"사실 우리 연구원에서 최수혁 박사를 먼저 스카우트한 게 아닙니다. 최 박사가 먼저 연락을 해 왔어요. 그때는 제가 부원장이었는데, 국내외 인재 스카우트를 책임지고 있었거든요. 지난해 초였을 겁니다…."

그는 최수혁에 관한 이야기를 꺼내 놓기 시작했다.

최수혁은 양근찬에게 이메일을 보냈다. 자신의 박사논문도 함께 첨부했다. 이메일에서 그는 자신의 박사논문이 핵융합 플라즈마 연구에 도움이 된다고 생각한다면 자신을 불러 주기를 바란다고 썼다. 그의 박사논문을 검토한 연구원 박사들은 오케이 사인을 보냈고, 양근찬은 그를 불렀다.

그때까지만 해도 그는 정식으로 채용된 게 아니었다. 처음에 연구원 측에서는 핵융합 플라즈마 연구의 전모를 그에게 알려 주지 않았다. 비밀 유출을 우려했기 때문이다.

양근찬은 그의 실력을 테스트하기 위해 부분적인 과제들만 몇 개 던져 주었는데, 그때마다 그가 제시한 수학 방정식은 문제해결에 결정적인 실마리를 제공했다. 그런 과정을 몇 번 더 거친 후 그는 핵융합 플라즈마 연구팀에 정식으로 합류해 플라즈마 난류 문제 해결에 본격적으로 뛰어들게 되었다.

처음부터 모든 것이 순조롭지는 않았다. 하지만 그의 방정식 때문은 아니었다. 그의 방정식이 제안하는 바에 따라 제어장치를 뜯어 고치고, 새로 제작하는 데 시간이 걸렸기 때문이다. 새로운 장치로 실험을 하고, 문제가 생기면 다시 손보는 과정이 되풀이됐다. 그러는 동안 플라즈마 난류는 상당한 수준으로 제어되기 시작했다. 놀라운 일이었다.

플라즈마 난류 제어가 어느 정도 가시권에 들어오자 천강일이 양근찬과 최수혁을 서울로 불렀다. 그때 이미 양근찬은 부원장에서 원장으로 승진한 다음이었다.

천강일이 양근찬에게 물었다.

"핵융합 에너지를 상업 생산하기까지 얼마나 걸리겠나?"

"플라즈마 난류를 제어하기 시작한 지 얼마 안 돼서 아직 상업적인 생산까지는…."

그때 최수혁이 대신 나서며 말했다. 목소리는 차분하고 침착했다.

"기술적인 문제는 엔지니어들 손에 달려 있지만, 최소한 수학적으로는 몇 가지 고비만 넘기면 됩니다."

"몇 가지 고비란 게 뭔가?"

"지금은 실험용 핵융합로에서 성공한 상태지만, 상업용 핵융합로에서 어떨지는 장담할 수 없습니다. 상업용은 실험용과 비교가 안 될 정도로 덩치가 커서 초고온으로 달궈진 플라즈마가 예측대로 움직일지, 아니면 또 다른 형태의 난류가 생길지 모릅니다. 그때 가서 플라즈마 흐름을 정밀 계측한 값을 얻어야 결론을 내릴 수 있습니다."

"실험용 핵융합로에 적용했던 방정식으로는 안 된다는 건가?"

"물리학과 교수님이셨으니 잘 아실 겁니다. 변수가 많아지면 수학적 예측 모형이 완전히 달라질 수도 있다는 것을요."

천강일은 그의 말을 단번에 알아들었다. 그의 협조 없이는 상업용 핵융합로에서 플라즈마 난류 예측이 불가능하다는 것을 금방 알아챈 것이다. 그의 가치를 다시 한번 확인한 천강일은 표정을 환하게 바꾸며 말했다.

"좋아. 닥터 최, 마음에 들어. 자네 머리에서 나오는 방정식들이 우리나라의 미래를 바꿔 놓을 걸세. 자넨 보물이야. 국보라고."

천강일은 그렇게 말하고는 한바탕 크게 웃었다. 온 방 안이 쩌렁쩌렁 울릴 정도였다.

"오늘 같은 날 이대로 있을 수는 없지. 양 원장, 어디 조용한 곳에 가서 축하주라도 한잔해야지? 보물 같은 닥터 최, 제대로 모셔야지."

얘기를 이어 가던 양 원장에게 김은영이 물었다.

"최 박사가 어떻게 한미우주협정에 끌려 들어가게 된 거죠? 상업용 핵융합로가 완성될 때까지 핵융합에너지연구원에 계속 머물러야 했던 거 아닌가요?"

"기자님 말씀이 맞습니다. 우리 연구원에서도 같은 입장이었고요. 그런데 천 위원장님이 최 박사를 서울로 불러들였습니다. 그 후로는 소식을 잘 듣지 못했는데, 한미우주협정에 갑자기 등장해서 저희도 무척 놀랐습니다."

"그때가 언제쯤이죠? 최 박사를 다시 서울로 불러들인 거요."

"아마 올해 봄쯤이었을 겁니다."

양 원장의 말을 들으면서 그녀의 머릿속에서는 서서히 퍼즐이 맞춰지고 있었다.

'한미우주협정은 오래전부터 천강일의 머릿속에 들어 있었어. 남극대륙과 우주로 영토를 확장해야 한다는 말은 예전부터 늘 해 왔던 얘기니까. 그런데 협정이 진전이 없자 최수혁 카드를 생각했던 것 같아. 그때쯤 서울로 불러들였을 거고. 최수혁 카드를 받아 든 미국은 협정을 급진전시켰을 거야. 그의 가치를 꿰뚫어 봤던 거겠지.'

그녀는 양 원장으로부터 들을 말은 다 들었다는 생각에 만남을 끝내려 했다.

"말씀 잘 들었습니다. 좀 전에 제가 약속드렸던 거 기억하시죠? 비리에 관한 건 깨끗이 잊어 드리고, 나중에 한미우주협정 기사 쓰게 되더라도 원장님 이름은 빼 드린다고 했던 거요."

"네."

"오늘 저하고 만났던 거, 나 보좌관님한테 이야기하실 건가요?"

"안 합니다. 절대 안 합니다. 그랬다가는 기자님이 가만있지 않으실 거잖아요."

"그럼 됐어요. 오늘 말씀 고마웠습니다."

그녀가 자리에서 일어나려고 할 때 그가 말할 게 더 있다면서 그녀를 붙잡았다. 그는 협조하기로 확실히 마음을 정한 것 같았다.

"한 가지 더 있습니다."

"뭐죠?"

"서울로 천 위원장님 처음 뵈러 갔을 때 일입니다. 축하주라도 마실 자리 알아보라고 하셔서 제가 함께 모시고 가려고 했어요. 거기가 청담동에 있는 룸살롱이었습니다. 불꽃이라고. 워낙 유명해서 저도 한번 가볼 참이었는데, 마침 잘됐다 싶더라고요."

"네? 룸살롱요?"

"오해는 하지 마세요. 거기는 다른 룸살롱들하고는 완전히 달라요. 나름대로 격조 있는 곳이에요."

"격조는 무슨 격조? 룸살롱이 다 똑같지. 하여튼 그래서요?"

"그런데 거기에서 재미있는 일이 있었습니다."

"재미있는 일요? 천 위원장이 아가씨들하고 질펀하게 놀기라도 하던가요? 아님, 원장님은 물론이고 최 박사까지 포함해서 세 사람 다? 홀라당 다 벗고?"

"거기는 말만 룸살롱이지 그런 데가 아니라니까 자꾸 그러시네. 아가씨들은 조용히 술시중만 든단 말이에요. 아예 안 불러도 상관없고요. 그리고 위원장님은 아예 같이 가지도 못하셨어요. 갑자기 전화를 받으시고는 중요한 일이 생겼다면서 다른 데로 가 버리셨거든요."

"그래서요?"

"할 수 없이 저하고 최 박사 둘만 갔죠. 그런데 거기서 이상한 일이 있었어요."

"네? 뭐가요?"

"마담이 인사하러 들어왔는데, 최 박사를 아는 눈치였어요."

뜻밖의 말에 그녀가 깜짝 놀라며 물었다.

"어떻게요? 최 박사가 거기 단골이기라도 했다는 거예요?"

"아닙니다. 그런 얘기가 아니에요. 인사하러 들어왔던 마담이 자꾸 최 박사를 힐끗힐끗하더라고요. 나중에는 대놓고 얼굴을 쳐다봤어요. 그것도 자세히요. 그러더니 뭔가를 말했어요. 귓속말인 데다가 워낙 작은 목소리여서 제대로 듣지는 못했는데, 하나만은 확실히 들었어요."

"그게 뭐였는데요?"

"자꾸 중간에 끊지 말고 끝까지 들어 보세요. 원래 최 박사가 뿜어내는 독특한 분위기가 있어요. 뭐랄까, 굉장히 냉철하고 침착한 사람이에요. 근데 깜짝 놀라는 걸 봤습니다. 순간적이었지만 분명 놀라는 표정이었어요. 마담이 나가자 따라 나갔는데, 한참 있다가 다시 들어오더라고요. 그런데 뭔가 평정심이 흐트러졌다고나 할까, 그랬어요."

"왜요?"

"저도 물어봤죠. 뭔 일 있냐고요. 그랬더니 아무 일도 아니라고 하더니 술만 계속 마시더라고요. 뭔가 골똘한 생각에 빠진 채요."

"그래서요?"

"참다못해 제가 또 물었죠. 마담이 최 박사에게 한 말 중에 제가 확실하게 들은 게 하나 있다고 했잖아요. 그걸 물었죠."

"그게 뭐였는데요?"

"로고스의 집요. 그런데 최 박사는 또다시 아무것도 아니라고 말하더니 술만 마셨어요."

그녀는 정말 깜짝 놀랐다. 거기서 로고스의 집이라는 말이 튀어나올 줄은 꿈에도 몰랐던 것이다.

그녀가 알기에 최수혁은 로고스의 집 출신이 아니었다. 그것은 확실했다. 세 살 때 로고스의 집에 들어간 후 고등학교 졸업 때까지 그곳에서 줄곧 산 그녀였다. 대학 입학 후로도 로고스의 집을 찾아가 봉사활동을 했다. 그녀가 모르는 사람이 거기에 살았다는 것은 말이 되지 않았다.

"룸살롱 이름이 뭐라고 했죠? 마담 이름은요?"

"불꽃 룸살롱, 김난희입니다. 그쪽에서는 꽤 잘나가는 사람인가 봐요. 최고급이라서 높은 사람들이 많이 찾는다고 해요."

그가 하는 말은 들리지도 않았다. 그녀의 머릿속에는 온통 최수혁과 로고스의 집에 관한 생각뿐이었다.

맥베스 부인

김은영은 대전 유성을 떠나 서울로 향했다. 김난희를 만나러 가는 길이었다. 그때 그녀의 핸드폰이 울렸다. 사회부 염성준 선배였다.

"김은영, 지금 어디야?"

"서울톨게이트 막 지났는데요? 좀 있으면 서울이에요."

"그럼 잘됐다. 연락처 하나 찍어 줄 테니까 당장 거기로 전화해 봐. 내가 아주 그 여자 때문에 죽겠다."

"그 여자라뇨? 뭐 때문에 그러는데요?"

"아, 몰라. 자기 이름만 밝혔어. 윤시연이라고. 제보할 게 있다는데, 너 아니면 안 된대. 지방 출장 가서 없다고 해도 막무가내야. 당장 불러들이라고 난리야. 내가 기가 막혀서."

염 선배의 특기인 말 늘어놓기 신공이 또다시 시전되고 있었다. 그런데 참 용한 것은 아무리 이야기가 이리저리 튀어도 큰 줄기를 벗어나는 법은 없다는 것이었다.

"제보자가 왕이야? 제보거리 있으면 반말해도 돼? 방금 전에는 반

말을 하더라고. 완전히 미친 여자야. 웬만하면 내 선에서 해결하려고 했는데, 더 이상 못 참고 너한테 연락하는 거니까 당장 전화해서 만나 봐. 그 여자 한 번만 더 나한테 전화해서 반말 짓거리하면 정말 못 참아."

"사회부에 저 말고도 기자 많잖아요. 다른 기자가 만나면 안 돼요? 서울 도착하면 다른 데로 또 취재 가야 하는데."

"네가 쓴 기사 봤는데, 너만 한 기자가 없다나 뭐라나. 하여튼, 나도 잘 몰라. 네가 꼭 들어야 할 중요한 제보라는 얘기는 계속하더라. 믿기지는 않지만."

염 선배는 그렇게 말하고는 전화를 끊었다. 그리고는 곧이어 전화번호 하나가 문자메시지로 전송됐다. 그가 말한 미친 여자, 윤시연의 연락처였다.

김은영이 찾아간 곳은 명동에 있는 유네스코빌딩의 한 사무실이었다. 그 빌딩은 유네스코 한국위원회가 입주해 있다고 해서 그렇게 불렸는데, 사실 유명한 건 따로 있었다. 거기에는 검은돈을 지하에서 유통시키는 제 3금융권 업체들이 대거 몰려 있었다. 그녀가 문을 열고 들어간 사무실도 그런 곳 중 하나였다.

"내 전화 받았던 사람이 도대체 누구야?"

그녀가 자리에 앉자마자 윤시연이 다짜고짜 따지듯이, 그것도 반말로 물었다.

"제가 속한 사회부 염성준 기자입니다."

그녀는 윤시연이 처음부터 미친 여자의 본색을 드러내는 줄 알았다. 그런데 뒤이어 나온 말은 의외였다. 말투는 여전히 교양이 없었지만, 내용은 미친 여자 같지 않았다.

"미안하다고 전해 줘요. 자꾸 자기한테 말하라고 하는데 내가 짜증이 나? 안 나? 아무리 그래도 그렇게 마구 소리 지르고 반말까지 하면 안 되는 거였는데, 하여튼 미안하게 됐다고 전해 줘요."

윤시연이 그렇게 사과부터 하고 나자 그녀는 조금 머쓱해졌다.

"그런데 제보하신다는 내용이?"

"제보? 좋아. 질질 끄는 거 나도 싫어. 사무실 문짝에 달린 간판 이름이 왜 '연주캐피털금융'인지 알아요?"

"글쎄요? 그걸 제가 어떻게 알죠?"

"까칠한 대답, 그거 좋아. 내가 대신 말하지. 내 이름 마지막 글자 '연', 그리고 내 동생 이름 마지막 글자 '주', 그렇게 '연'과 '주', 두 글자를 따서 '연주캐피털금융'이에요. 사채업자 사무실 이름 치고는 좀 웃기지 않나?"

"하나도 안 웃기는데요. 그런데 영업은 안 하시나 봐요?"

"기사만큼이나 성미가 깔깔하시네. 어쨌든 이 사무실은 간판만 걸려 있지 영업은 안 한 지 오래됐어요. 아버지가 돌아가시면서 사무실과 간판만큼은 절대로 없애지 말라고 해서 그냥 두고 개인 사무실로 쓰고 있는 거예요."

그녀는 벽에 걸린 시계를 힐끔 쳐다봤다. 그것을 눈치챈 윤시연이 말했다.

"왜 시계를 힐끔거려요? 내 제보 들으러 온 거 아닌가?"

그녀는 윤시연이 조금 전부터 살짝살짝 반말을 섞는 게 영 기분이 좋지 않았다. 기분 같아서는 제보고 뭐고 맞장 한 번 제대로 뜨고 자리를 떠나고 싶었다. 하지만 꾹꾹 눌러 참았다. 김난희의 불꽃 룸살롱이 문을 열기에는 아직 시간이 일렀던 것이다.

"제보할 게 있다면서요?"

"그렇지, 제보. 그렇게 나와야지. 지금부터 내가 말하는 거 잘 들었다가 기사로 써 줘요. 기자님 보니까 그런 거 잘할 거 같아."

"도대체 무슨 제보인데요?"

윤시연은 이제까지와는 달리 목소리를 살짝 내리깔면서 말했다.

"내 말 듣고 놀라지 말아요. '연주'에서 마지막 글자 '주', 그게 내 동생 이름, 윤미주의 마지막 글자예요."

그녀는 처음에는 못 알아들었다.

"네? '연주'의 마지막 글자가 윤미주의 '주'라고요?"

"그래요. 윤미주. 걔가 내 여동생이라고. 천강일의 마누라, 윤미주. 기자님이 기사에 썼잖아. 한미우주동맹인지 협약인지, 그 기사에 나오는 천강일의 여편네가 내 동생 윤미주라고."

"네? 로열오페라단 윤미주 단장이 여동생이라고요?"

"오페라단 단장은 무슨 얼어 죽을…. 나하고는 아버지 피만 섞였고, 엄마가 달라요. 걔는 아버지 세컨드의 딸, 그러니까 첩의 딸이란 말이에요."

"네?"

눈이 휘둥그레진 그녀를 보면서 윤시연이 씩 웃었다.

“이제야 흥미가 조금 솟구치나 봐?”

윤시연은 그녀가 관심을 보이기 시작했다고 생각했는지 윤미주에 대한 이야기를 늘어놓기 시작했다.

“미주 걔는 싸가지가 없다고 해야 할지, 분수를 모른다고 해야 할지 … . 하여튼 우리 아버지 세컨드의 딸인데, 지 엄마 죽고 나서 우리 엄마가 거둬서 키워 줬으면 고마워해야 할 거 아냐. 그런데 그 계집애가 고개 한 번 숙이는 일이 없더라고 … .”

그것을 시작으로 윤시연의 이야기가 끝도 없이 이어졌다. 윤미주에 대한 험담이 대부분이었다. 윤시연이 두서없이 뱉어 냈던 말들을 정리해 보면 대략 이런 내용이었다.

서승진은 손님들에게 술 따라 주고 말동무도 해 주는 술집 아가씨였다. 외모가 출중했고, 노래 실력도 뛰어나 인기가 많았다. 윤혁규는 그녀에게 반해 처음에는 가볍게 사귀다가 나중에는 집도 얻어 주고 아이까지 낳았는데, 그 아이가 바로 윤미주였다.

정계순은 남편에게 세컨드가 있다는 소문을 우연히 듣게 되었다. 오랜 세월 속고 살았다는 생각에 분통이 터진 나머지 서승진의 집을 찾아가 난장판을 만들어 놓았다. 그런데 거기에 그치지 않고, 그녀의 머리채를 잡고 온 동네를 돌아다니며 입에 올리기에도 민망한 온갖 욕들을 다 해 댔다. 그런 일이 있은 후 잠시 잠잠해지는 듯했던 윤혁규는 그녀의 집을 다시 찾기 시작했다. 그가 그녀의 집에서 머물고 오는 날이면 정계순은 어김없이 그녀를 찾아가 이전에 했던 것과 똑같은 짓을 반복했다.

마지막으로 그런 일이 있은 며칠 후 서승진은 갑자기 세상을 뜨고 말았다. 이웃집 말로는 동네 사람들의 험담과 손가락질을 견디다 못해 스스로 세상을 저버린 것이라고 했다. 졸지에 엄마를 잃어버린 윤미주는 윤혁규의 집에 들어가 살게 되었다. 그때가 초등학교 2학년 때였다.

윤혁규는 윤미주를 끔찍이도 감쌌다. 아무도 그녀를 구박하지 못하게 했다. 어머니 피를 물려받았는지 윤미주는 노래 부르는 것을 좋아했는데, 실력이 꽤 괜찮았다. 윤혁규는 그녀를 예술학교에 보내 주며 성악을 공부하도록 했고, 이름난 음악선생들을 초빙해 개인 교습까지 시켜 주었다.

윤미주는 한 살 위인 윤시연을 결코 언니라고 부르지 않았다. 정계순을 엄마라고 부른 적도 없었다. 아주 가끔 큰엄마라고 부르기도 했는데, 그것 역시 상황에 떠밀려 마지못해 부르는 것일 뿐이었다.

한번은 정계순이 윤시연의 옷 중에서 유행 지난 옷을 몇 벌 골라 윤미주에게 입으라고 준 일이 있었다. 그런데 그녀는 그 옷들을 받아 들고는 갈가리 찢어서 쓰레기통에 처넣어 버렸다. 정계순은 야단을 쳤는데, 그때 그녀는 두 눈을 똑바로 치켜뜬 채 이렇게 말했다.

"저의 어머니가 세컨드라고 저도 세컨드인 줄 아세요? 저는 누구 뒤에도 서지 않아요. 남이 입던 옷은 절대로 입지 않는다고요!"

윤혁규는 윤미주가 천강일과 결혼 후 미국으로 떠나자 그때부터 시름시름 앓기 시작했다. 그러다가 그녀와 천강일이 다시 한국에 돌아온 지 얼마 안 되어 세상을 뜨고 말았다. 그가 미리 작성해 두었던 유언장이 곧바로 공개되었는데, 윤미주에게 재산의 절반을 물려준다는 것이 주된 내용이었다.

윤혁규의 장례식은 윤미주가 나서서 모든 것을 처리했다. 엄연히 장녀인 윤시연이 있었고 또 그의 아내인 정계순도 있었는데, 그녀는 맏딸이라도 되는 듯이 앞장서서 문상객들을 맞았다. 보다 못한 정계순이 너무 나대지 말라고 주의를 줬는데, 그때 그녀는 이렇게 쏘아붙였다.

"저는 세컨드가 아니에요. 물러나 있으라고 하지 마세요."

윤시연이 이야기를 이어 가고 있을 때 비서가 들어오며 말했다.

"회장님, 혹시 더 필요하신 거라도?"

"응. 그래. 그거 있지? 보관해 두라고 했던 거. 그거 좀 찾아서 가져오고 먼저 퇴근해. 나는 좀 더 걸릴 거 같으니까."

김은영이 벽에 걸린 시계를 보니 벌써 아홉 시가 지나고 있었다.

"또 시계를 힐끔거리네. 내 얘기가 재미없어요?"

그녀는 더 늦기 전에 말해야겠다고 생각했다.

"솔직히 흥미는 있어요. 윤미주 단장한테 그런 과거가 있는 줄은 몰랐거든요. 그렇다고 해서 그런 인생사 뒷얘기를 신문에 실을 수는 없어요. 저는 그런 기사 쓰는 사람도 아니고요."

윤시연은 '요것 봐라?' 하는 표정이었다. 그녀의 얼굴이 붉으락푸

르락하며 한바탕 쏟아 내려고 할 때 마침 비서가 들어와 테이블 위에 뭔가를 올려놓고는 다시 나갔다. 음악 전문 잡지 한 권과 얇은 서류봉투였다.

김은영의 시선이 잡지에 머물자 윤시연이 말했다.

"이거 읽어 봤어요?"

"네."

윤시연의 목소리 톤이 갑자기 올라가기 시작했다.

"이거 다 사기라고, 사기. 내 말은 거시기 뭐야…, 침소봉대? 그건 아니고…."

윤시연이 적절한 사자성어를 찾지 못해 말끝을 흐리자 김은영이 대신 말했다.

"그러니까 분식위장(粉飾僞裝)이란 건가요?"

"밀가루 같은 그런 분식(粉食)으로 위장했다는 게 아니라…."

그녀는 윤시연이 머리가 그렇게 나쁜 건 아닌데, 학식은 좀 부족하다는 생각이 들었다.

"얼굴에 잔뜩 분칠하듯이 사실을 숨기고 거짓으로 꾸며서 위장한 모습이라고 말씀하시는 거냐고요."

"그렇지. 안 좋은 건 다 숨겨 버리고 좋은 것만 보여 준다는 거지. 그걸 아는 사람은 세상에 나뿐일 걸?"

윤시연은 그렇게 말하고는 입가에 득의양양한 웃음을 머금었다. 윤미주의 본색을 까발릴 기회가 온 게 상당히 통쾌한 모양이었다.

윤시연은 서류봉투 안에서 뭔가를 꺼냈다. 그것은 한 장짜리 서류였다. 다른 건 없는지 봉투는 아무렇게나 테이블 밑으로 던져 버렸다.

그것은 한국에서 미국으로 보낸 외환 송금 영수증이었다. 송금한 날짜는 1995년 4월 17일이었다. 김은영을 놀라게 한 것은 두 가지였다. 하나는 송금 액수였는데, 당시로서는 대단한 거액이었던 30만 달러였다. 다른 하나는 그런 거액의 수취인이었다.

"그 돈이 어디에 쓰였는지 기자님이 한번 파 봐요."

"제가 파 보라고요? 이걸 왜 제가 파야 하죠?"

"여전히 까칠하구만. 왜냐고? 좋아. 이 이야기는 기삿거리가 되는지 안 되는지 한번 들어 보라고. 그건 아버지가 미주한테 송금했던 건데, 나나 우리 엄마도 당시에는 몰랐던 거야. 아버지 유품 정리하다가 발견했던 거니까."

"그런데요?"

"재촉하지 말고 그냥 계속 들어요. 그런 거액이 미국으로 건너가고 나서 두어 달 됐나? 미주가 지 남편하고 갑자기 한국에 들어와 버린 거야. 원래는 천강일이 미국에서 박사 끝내고 그쪽에 교수 자리도 알아보고 하면서 계속 더 있기로 했던 건데, 그냥 다 그만두고 들어와 버린 거지. 그런데 가만히 보니까 천강일이 교통사고를 당한 거 같더라고."

"네? 교통사고요?"

"맞아. 교통사고. 후유증이 많지는 않았어도 표시가 나긴 했어. 그냥, 조금. 원래부터 그리 크게 다친 건 아니었나 보더라고."

"그래서요?"

"그러니까 그 거액이 전부 다 병원비는 아니었을 거다, 그게 내 생각이야. 대단한 수술을 할 만큼 크게 다친 건 아닌 듯했으니까. 그렇다면 교통사고 뒤처리에 필요한 돈이었을 거다, 그리고 뒤처리가 끝남과 동시에 서둘러 귀국해 버렸다, 뭐 이런 생각이 들더라고."

"그래서요?"

"학비나 생활비는 아버지가 정기적으로 부쳐 주고 있어서 그거면 됐어. 그런데 교통사고가 나 버렸어. 갑자기 큰돈이 필요해. 거액이 송금됐어. 그 돈이 전부 다 병원비에 쓰인 것 같지는 않아. 그럼, 남은 게 뭐야? 교통사고 합의금이거나 아니면 … ."

"아니면요? 혹시 뺑소니? 사고 내고 도망쳤는데, 목격자가 나타났다? 그래서 거액의 돈으로 입을 막았다?"

기자로서 그녀의 촉이 꿈틀거리기 시작했다.

"정확한 건 나도 모르지. 개네들이 교통사고에 대해선 입도 뻥끗 안 했으니까. 기자님이 미국 가서 한번 뒤져 봐. 아주 옛날 일이지만 아직 뭔가 남아 있을지도 모르잖아? 그것도 엄청난 비밀이?"

윤시연은 그렇게 말하고는 외환 송금 영수증을 건넸다.

"이거 원본이니까 가지고 가요. 대신 잘 보관하고."

"그런데 이런 이야기는 왜 하시는 거죠? 어두운 과거사가 신문에 나서 득 되는 게 뭐가 있어요? 아무리 사이가 안 좋아도 여동생이고 한 가족이잖아요."

윤시연이 갑자기 핏대를 올리며 말했다.

"여동생? 가족? 그딴 소리 말아요. 작년에 우리 엄마 돌아가셨을 때 지 남편은 아예 데려오지도 않고 달랑 걔 혼자만 왔어. 그것도 장례식 첫날, 문상객 아무도 없을 때 딱 한 시간 있다가 가 버렸어. 그러고는 다시 안 왔어. 그 많은 재산을 절반씩이나 받아 처먹었으면서도 아버지 때하고는 완전 딴판이더라고. 왜 그랬는지 알아요? 자기 엄마가 아니라는 거지. 또 있어. 우리 집이 사채업 했다는 게 드러나면 쪽팔린다는 거겠지. 잘나가는 지들 앞길에 흠집이라도 날까 봐 아주 생까 버린 거야."

윤시연은 분통이 터져 어쩔 줄 몰라 했다. 숨도 가빠 오는지 몇 차례 호흡을 크게 쉬었다.

"그 인간 같지도 않은 걸 내가 그래도 꾹꾹 참았어. 그런데 지구궤도에 우주선 쏜 거 성공하고 천강일이 텔레비전에 웃는 얼굴로 나왔을 때, 그때부터가 시작이었어. 가증스럽고 배알이 꼬이기 시작하는 거야. 그러고 얼마 안 있어 미주 걔가 잡지에 인터뷰를 했더라고. 고상한 척 온갖 지랄을 다 떨었더라고. 그때 내 머리 뚜껑이 반쯤은 열렸지. 그래도 그때까지는 완전히 폭발은 안 했어."

윤시연은 목이 타는지 물을 들이켰다. 그리곤 한층 더 크게 눈을 치켜뜨며 말했다.

"한미우주협정, 그게 결정적이었어. 사실 그게 뭐든 내가 상관할 바는 아냐. 그런데 신문이나 방송이나 전부 다 천강일이 여당의 유력한 대선 후보래. 그 소리는 뭐야? 미주 그년이 대통령 마누라가 될 수도 있다는 거잖아. 그 꼴은 못 봐. 정말 그건 못 봐 줘. 미주는 위선자야! 천강일도 위선자야! 개네들, 아주 쌍으로 위선자 커플이야!"

김은영은 윤시연의 사무실을 나왔다. 짙은 밤안개가 유네스코빌딩을 감싸고 있었다. 운전대를 잡는 순간 피곤이 몰려왔다. 시간이 너무 늦어 김난희를 만나러 갈 수도 없었다.

그녀는 지친 몸으로 집으로 향하는 동안 가족에 대한 생각으로 머리가 복잡했다. 부모를 찾고 싶다는 마음이 아주 없지는 않았지만, 윤미주에 대한 윤시연의 증오와 적대감을 지켜보면서 그런 생각은 아예 접기로 했다. 피는 물보다 진하다지만, 물보다 진한 독(毒) 같기도 했다. 이제 와서 구태여 그런 독을 마시고 싶지는 않았다.

윤미주는 예술감독과 차기 공연작에 대한 이야기를 나누고 있었다. 이야기가 거의 끝나 갈 무렵, 예술감독이 말했다.

"단장님, 이진주 소식 들으셨어요?"

"무슨?"

"이진주가 〈맥베스〉 공연 끝나고 이탈리아로 떠났잖아요. 그런데 거기서 어느 오페라단에 들어갔다가 쫓겨났대요."

"왜요? 이진주 실력이면 그럴 리가 없는데?"

"실력 때문이 아니라 이상한 짓을 하다가 들통나서 그랬다나 봐요. 입에 올리기 민망하지만, 공연장에 아무도 없는 줄 알고 무대 위에서 남자 단원과 알몸으로 그 짓을 하다가 들켰대요. 그것도 무대 중앙에 스폿 조명 켜 놓고요."

"이진주가요?"

"네. 우리 단원들이 이러쿵저러쿵 말들이 많아요. 원래는 얌전했는데, 맥베스 부인 역을 맡고 나서부터 사람이 확 달라졌다면서 맥베스 부인의 망령이 씌어서 그렇게 된 거 아니겠냐고 하던데요?"

"그만해요. 도대체 그게 말이 돼요?"

예술감독이 주춤거리며 자리에서 물러나자 윤미주는 이진주를 생각했다.

이진주는 단순히 여러 단원들 중 한 명이 아니었다. 그녀는 알게 모르게 자신의 못다 이룬 꿈을 이진주에게 투영하고 있었다. 그렇기에 이진주는 자신의 분신과도 같았다. 드라마티코 소프라노로서 가진 깊고 어두운 음색이 흡사했기에 더욱더 그랬다.

이진주가 한국을 떠나고 싶다고 했을 때 사실 붙잡고 싶은 마음이 더 컸다. 자신이 넘지 못했던 맥베스 부인의 벽을 기어코 넘어 버린 이진주를 놓치기가 아까웠던 것이다. 그녀는 이진주와 더불어 자신이 펼치지 못했던 꿈을 마음껏 펼치고 싶었다.

하지만 이진주를 붙잡지 않았다. 대신 미련 없이 놓아 주었다. 그러면서 이진주가 오페라의 본고장 이탈리아에서 성공의 나래를 활짝 펼치기를 바랐다. 자신이 끝내 밟아 보지 못했던 이탈리아 밀라노의 '라 스칼라'에서, 볼로냐의 '코뮤날레'에서 그리고 베네치아의 '라 페니스'에서 훨훨 날아오르기를 기원했다. 그것은 진심이었다.

그런데 예술감독에게 들은 이진주 소식은 안타까운 것이었다. 마음이 아팠다. 이진주의 추락은 마치 자신의 추락처럼 느껴졌다.

'못난 계집애. 터트리려면 노래로나 터트릴 것이지.'

그녀는 안타까운 마음에 혼잣말로 중얼거렸다. 그러던 중 갑자기 한 가지 의문이 떠올랐다. 정말 의도치 않게 갑자기 떠오른 의문이었다. 그것은 욕망에 관한 것이었다.

그녀가 이진주에게 달아 줬던 날개는 욕망의 날개였다. 그 날개는 이진주의 내면을 일깨웠고, 그 후로 그녀는 훨훨 날기 시작했다. 그런데 결국은 날개가 꺾이고 추락하고 말았다. 그녀는 왜 이진주의 날개가 꺾여야만 했는지 의문이 들었다. 맥베스와 맥베스 부인도 그랬다. 그들은 욕망에 충실했지만 끝내 파멸하고 말았다.

'욕망이 현실이 되는 일이 그렇게도 잘못된 일인가?'

셰익스피어는 맥베스와 맥베스 부인의 욕망을 파멸로 귀결시켰지만, 왜 꼭 그래야만 했는지 이해가 가지 않았다. 인간의 내면에 그토록 깊고 섬세한 통찰력을 가졌던 그가 욕망에 대해서만큼은 왜 그리 무겁고도 암울한 그림자를 덧씌웠는지 알 수 없었다.

욕망이 죄라면 그녀는 죄인이었다. 타인에게 품었던 나쁜 소망이 죄라면 그녀는 죄인이었다.

그녀는 자신의 어머니를 모욕하며 죽음의 길로 내몰았던 정계순이 죽어 버렸으면 하는 소망을 품었었다. 잘난 것 하나 없이 뻐기고 나대고 우쭐대며 자신을 비아냥거렸던 윤시연이 지옥의 불길에 활활 불타 버렸으면 좋겠다는 소망을 품었었다. 그런 소망을 품었다는 것이 죄라면 그녀는 당연히 죄인이었다.

그뿐이 아니었다. 천강일의 손에 묻었던 피의 흔적을 닦아 준 것은 그녀였다. 그를 대신해 뒤처리를 하고, 세상에 드러나지 말아야 할 비밀들을 흔적도 없이 땅 속에 묻어 버린 것도 그녀였다.

이진주로 인해 한번 떠오르기 시작한 생각의 연쇄들은 끊어질 줄 모르고 계속 이어졌다. 급기야 그것은 그녀가 대학생이었던 시절까지 거슬러 올라갔다.

서울대 음대 졸업을 앞둔 4학년 2학기 때였다. 그녀는 졸업공연의 여주인공으로 뽑히지 못했다. 심지어는 후보군에도 들지 못했다. 공연작품은 로열오페라단 창단 10주년 기념작과 동일한 베르디의 오페라, 〈맥베스〉였다.

오디션에서 탈락한 그녀는 공연 총감독이었던 교수를 찾아가서 물었다.

"교수님께서는 제 목소리가 동급생 중에서 최고라고 여러 번 말씀하셨습니다. 맥베스 부인 역은 제 목소리가 가장 적합하다는 말씀도 하셨고요. 그런데도 왜 제가 후보군에도 못 들었는지 이유를 알고 싶습니다."

"미주는 음도가 불안정해. 첫 음의 높이를 정확하게 잡지 못한다는 말이야. 미주가 맥베스 부인 역을 맡으면 나는 무반주 솔로곡을 오케스트라 반주로 첫 음을 미리 깔아 주면서 시작하게 할 수밖에 없어. 그렇게 하면 극적인 효과가 반감된다는 거, 미주도 알고 있지?"

절대음감은 음도(音度), 즉 어떤 음의 높낮이를 다른 악기의 도움 없이 정확하게 찾아낼 수 있는 능력을 말했다. 그런데 교수의 지적은 그녀의 절대음감에 문제가 있다는 것이었다. 최고 수준의 성악가가 되기 위해서는 음의 높낮이에 대한 절대적인 감각이 필수였다. 목소리의 음색만이 전부가 아니었다. 교수의 말은 그녀가 일류 성악가가 될 수 없다는 치명적인 지적과도 같았다.

졸업공연은 불가피한 사정이 없는 한 4학년이면 반드시 참여해야 했다. 그녀는 절망 속에서도 무대에 오를 수밖에 없었다.

그녀가 맡은 배역은 맥베스 부인의 시녀였다. 그녀는 다른 시녀들과 함께 합창곡을 부른 후 무대 뒤로 물러났다. 그녀가 부를 노래는 더 이상 남아 있지 않았다. 여주인공 뒤에서 병풍처럼 늘어선 존재감 없는 여러 시녀들 중 하나로 역할이 모두 끝나 버린 것이다.

오페라는 대단원인 4막에 이르렀다. 던컨 왕을 죽이고 왕위를 찬탈했던 맥베스 부부가 파멸로 치닫는 클라이맥스 부분이었다.

조명이 꺼지고 오케스트라 선율도 숨죽였을 때 어둠 속에서 천천히 막이 올랐다. 깜깜한 무대 중앙으로 맥베스 부인 역을 맡은 여주인공이 걸어 나왔다. 무대 중앙을 비추는 스폿 조명이 서서히 밝아지며 여주인공이 천천히 모습을 드러내기 시작했다.

여주인공이 서 있는 곳은 낭떠러지였다. 권력에의 욕망이 비참한 파멸로 이어지는 순간이었다. 여주인공의 시선은 어둠 속 허공을 향했고, 두 팔도 시선을 따라 허공의 어둠을 향해 펼쳐졌다.

여주인공의 시선과 두 팔이 천천히 내려지며 아래를 향하고, 그와 동시에 무반주 독창이 암울한 자줏빛 드라마티코 소프라노의 목소리로 노래되기 시작했다.

악마의 예언이여, 나를 속였구나.
영광을 약속하고는 절망을 내렸구나.
운명이 나를 데려가기 전
나는 날으리. 훨훨 날으리.
천 길 낭떠러지, 어둠 속으로.
동정과 위로는 필요치 않다.
나를 위한 장송곡은 내가 직접 부르리니 ….

무반주 독창은 아리아로부터 시작해서 대사를 말하듯이 노래하는 레치타티보를 거쳐, 다시 아리아로 이어지며 끝나는 구조였다. 여주인공이 마지막 아리아까지 문제없이 끝마쳤을 때 윤미주의 눈에서 눈물이 흘렀다. 그녀는 날개를 접어야 할 것 같았다. 맥베스 부인처럼 천 길 낭떠러지 아래로 떨어져야 할 것 같았다.

세컨드라는 것은 그녀의 인생에서 늘 따라붙은 낙인 같은 것이었다. 그렇기에 졸업공연은 기회였다. 여주인공이 되어 무대 위에서 스포트라이트를 받으며 맥베스 부인을 노래하는 순간, 그런 낙인은 당당히 떼 버릴 수 있을 것 같았다. 하지만 그런 기회는 오지 않았다. 여주인공 뒤에 늘어선 시녀 중 한 명으로 졸업공연을 마쳤을 때 세컨드라는 그녀의 낙인은 오히려 더 깊고 무거워지고 선명해졌다.

그녀는 하루도 술 없이는 살 수 없었다. 성악가에게 술은 독이라 했지만, 성악가로서의 꿈은 이미 산산조각 나버렸기에 술이 독인 것은 오히려 다행이었다.

하루를 술로 시작해 술로 마무리하는 날들이 계속되었다. 서울대 근처 녹두거리부터 비틀거리기 시작한 그녀의 발걸음이 도림천을 따라 계속 이어지며 신림사거리를 앞두고 있을 때였다.

오른쪽 언덕 기슭 위에서 불 켜진 카페가 눈에 들어왔다. 독이란 독은 다 부어 마셔 그 독에 취해 죽기라도 하고 싶었던 그녀에게는 늦은 밤에 아직도 불을 켜고 영업을 하고 있는 카페가 남아 있어 다행이었다.

그녀는 카페를 향해 언덕길을 올랐다. 그 언덕길의 원래 이름은 숯고개였다. 그런데 서울대생들은 그 언덕길을 몽마르트르라고 불렀다. 언덕길에 무명 화가들의 아틀리에들이 옹기종기 모여 있었기 때문이다.

그런데 이상한 일이 벌어졌다. 카페 앞에 막 도착하는 순간 카페의 간판 불이 꺼져 버렸다. 카페 안의 실내등도 마찬가지였다. 그녀는 헷갈렸다. 원래 꺼져 있었는데 처음부터 잘못 봤던 것인지, 아니면 켜져 있다 꺼진 건지 분간이 되지 않았다.

어쨌거나 불 꺼진 카페에 들어갈 수는 없었다. 그녀는 발걸음을 돌리려 했다. 그런데 그때 희미하게 무슨 소리가 들리는 듯했다. 그녀는 카페 옆 골목길로 돌아 들어갔다. 소리의 진원지는 카페 안이 맞았다. 카페 뒤쪽 벽면에 작은 창문이 하나 있었는데, 소리는 그곳에서 새어 나왔다.

그녀는 창문 쪽으로 좀 더 다가가 귀를 기울였다. 그러자 처음에는 정체를 알 수 없었던 소리가 좀 더 분명하게 들려오기 시작했다. 그것은 처그덕, 퍼그덕 하는 소리였는데, 사람의 몸과 몸이 부딪치며 나는 소리 같았다. 일정한 간격을 두고 규칙적으로 이어지던 그 소리는 시간이 흐르면서 간격이 빨라지고 강도도 세졌다. 그러면서 여자의 신음소리도 동시에 들려오기 시작했다. 그것은 쾌락에 젖은 소리는 아니었다. 차라리 힘겨움을 억지로 참아 내는 소리라 할 수 있었다.

처그덕, 퍼그덕 하는 소리가 점점 빨라지고 여자의 힘겨워하는 소리도 커져 갈 무렵, 말소리가 들렸다.

"내가 좋아서 이러는 거 맞지? 정말 좋아하는 거지? 대답해 줘 …. 그 여자 대신 이러는 거라면 나는 싫어 …."

여자는 같은 말을 여러 번 되풀이했다. 하지만 거기에 응답하는 소리는 들려오지 않았다. 대신 처그덕, 퍼그덕 하는 소리만 더 세질 뿐이었다.

"대답해 줘. 제발 …, 그러지 않으면 …, 그만 …. 아! 아파! 그만해! 제발, 제발, 그만!"

여자가 더욱더 소리를 높이며 그만하라고 말하자 드디어 대답하는 소리가 들렸다. 하지만 여자가 듣기를 원했던 대답은 아니었다.

"너도 고고한 여자다, 이거야? 괜히 비싼 척하지 마. 술집에서 노래나 부르는 주제에."

남자의 모멸적인 말에 여자는 울먹이며 말했다.

"이러지 마. 좋아한다고 했잖아. 다 거짓이었어? 결국 그 여자 대용품일 뿐이었어? 그런 거였어?"

"전혀 좋아한 적 없어. 그저 네 몸이 탐났을 뿐이야. 너를 보면 그 여자 생각이 났거든."

남자는 그 말을 끝으로 여자에게 최후의 일격을 가하는 듯했다. 숨소리가 한없이 거칠어지더니 끄윽 하는 신음소리가 들렸다. 그것을 끝으로 더 이상 처그덕, 퍼그덕 하는 소리는 들리지 않았다.

"너의 역할은 끝났어. 넌 싸구려야! 걸레라고! 너는 결코 성혜경이 될 수 없어!"

그 말을 끝으로 남자가 카페 문을 열고 밖으로 나가는 소리가 들렸다. 그러자 여자가 남자를 불렀다. 목소리는 처절했다. 그것은 남자로부터 받은 상처와 모멸감, 그로 인한 비참함과 절망감이 한데 어우러진 절규였다.

"강일 씨! 강일 씨! 야! 천강일! …"

윤미주는 카페의 벽에 달라붙어 몸을 숨긴 채 천강일이라 불린 남자의 멀어지는 뒷모습을 지켜보았다. 그의 어깨 뒤로는 어둡고 침침한 달빛이 무겁게 내려앉았다.

며칠 후 윤미주는 녹두거리의 한 카페를 찾았다. 늦은 오후와 이른 저녁의 중간쯤 되는 무렵이었다.

허름한 건물의 지하 카페는 어둡고 침침하고 칙칙했다. 싸구려 느낌도 물씬 풍겼다. 천장에는 나름대로 멋을 내려고 했는지 천천히 회전하는 미러볼 하나가 달려 있었다. 그것 역시 싸구려인지 중간에 뭐가 턱, 턱 걸리며 회전하는 모양새가 전혀 매끄럽지가 않았다. 미러볼이 뿜어내는 색깔 역시 싸구려였다. 단색의 흐리멍덩한, 빛 같지도 않은 빛이 자기도 빛이라고 우기듯이 힘겹게 회전하며 아래로 내리깔리고 있었다.

그녀는 연일 퍼부은 술로 몸이 많이 상해 있었다. 하지만 마음이 상한 것에 비하면 아무것도 아니었다. 몇 잔의 술에 벌써 취기가 돌기 시작한 그녀는 길게 한숨을 내쉬며 숙이고 있었던 고개를 들었다. 그때 마침 천장의 미러볼 불빛이 반대편 구석자리의 남자를 향했다.

그 빛이 남자의 머리와 어깨에 닿는 순간 그녀는 그가 누군지 금방 알 수 있었다. 몽마르트르의 카페에서 어떤 여자를 범하고는 뒤도 돌아보지 않고 떠나 버렸던 남자, 천강일이었다.

그녀는 자리에서 일어났다. 그리고는 천강일의 테이블로 가서 앞자리에 앉았다.

"계산은 다 했어요."

"……?"

그가 고개를 들어 그녀를 쳐다봤다. 누구냐고 묻는 듯한 눈빛이었다. 그것은 뭐랄까, 상처 난 야수의 퀭한 눈빛 같았다. 그녀는 그 눈빛에 아무런 대답도 하지 않은 채 그의 앞에 놓인 술잔을 대신 들고는 한 입에 비웠다.

"우리, 나가요."

그녀가 그를 끌고 간 곳은 근처의 싸구려 여관이었다. 그녀는 옷을 벗어 던지며 그에게 말했다.

"날 가져! 날 짓이겨! 그리고 날 버려!"

그 말을 시작으로 미친 밤이 시작되었다. 두 사람은 완전히 제정신이 아니었다. 그들은 야수 같았다. 그만큼 거칠고 맹목적이었다.

그들이 몸을 섞는 소리는 몽마르트르의 카페에서 났던 처그덕, 퍼그덕 하는 소리와는 비교가 되지 않았다. 그들은 서로의 몸 한두 군데는 부서져 나가도 상관없다는 듯 사정을 두지 않고 격렬하게 몸을 부딪쳤다. 고통의 신음을 흘리면서도 그런 몸짓은 멈추지 않았다.

첫 절정이 다가오려는 순간 그는 그녀의 목줄을 잡아 쥐고는 힘껏 조였다. 그녀는 숨이 막혀 죽을 것 같았지만, 놓아 달라는 말은 결코 하지 않았다.

"더 졸라! 더 힘껏! 날 죽여 버려!"

그 말을 듣자 그는 오히려 손을 풀어 버렸다. 그런데 그게 끝이 아니었다. 그는 옆에 있던 베개를 집어 들었다. 그리고는 벌게질 대로 벌게진 그녀의 얼굴을 덮고는 있는 힘껏 내리눌렀다.

"죽어 버려! 씨팔년아!"

그녀도 똑같이 부르짖으며 말했다.

"죽여 줘! 씨팔놈아! 제발 죽여 줘!"

그와 동시에 뭐라고 형용할 수 없는 강렬한 쾌감이 두 사람에게 몰려왔다. 그들은 서로의 입술을 빨아들였다. 두 개의 혀가 서로를 뒤얽었다. 그것은 마치 두 마리의 뱀이 서로를 옭아매는 것과도 같았다. 그들은 서로의 입과 혀를 통해 발가벗은 욕망들을 뱉어 내고 빨아들이고 하면서 하나가 되어 갔다. 완전히 진이 빠져 손가락 하나 까딱할 힘도 남지 않았을 때 밤새 이어진 그들의 교접도 마침내 끝이 났다.

두 사람은 벌거벗은 채 나란히 누웠다. 서로의 밑바닥이 이미 드러났기에 새삼스레 몸을 가릴 필요도 없었다. 그들은 맨몸으로 이야기를 나누기 시작했다. 두 사람의 맨몸처럼 두 사람의 이야기도 맨 이야기였다. 거기에는 어떤 가식도 위장도 꾸밈도 없었다. 그럴 필요도 없었고, 그럴 이유도 없었다. 그만큼 그들의 이야기는 적나라했다.

그 밤은 두 사람이 처음 얼굴을 맞댄 밤이었고, 처음 대화를 나눈 밤이었으며, 두 이류 인생이 처음으로 서로의 몸을 섞으며 운명도 같이 섞기 시작한 밤이었다.

그런 만남이 계속 이어지던 어느 날 그녀가 말했다.

"우리 결혼해. 그리고 이 지긋지긋한 한국을 떠나 버려."

그녀는 소프라노의 인생을 접어 버렸고, 그는 수학의 길을 접어 버렸다. 어차피 최고가 되지 못할 바에야 뒤로 밀려난 2등, 세컨드, 이류 따위는 필요 없었다. 그런 인생을 살아야 할 이유도 없었다. 그들은 한국을 떠나 완전히 다른, 새로운 인생을 살기로 했다.

윤미주의 기억이 흐르고 흘러 천강일과 처음 운명이 엮였던 순간에까지 다다랐을 때였다. 그녀의 핸드폰에서 날카로운 알림음이 울렸다. 그로써 끝도 없이 지난날의 기억 속으로 빠져들었던 그녀의 정신도 현실로 돌아왔다. 무심코 문자메시지를 확인하던 그녀의 눈동자가 갑자기 커졌다. 동시에 눈꼬리도 한껏 치켜졌다.

그녀는 황급히 통화 버튼을 눌렀다. 상대방이 전화를 받자마자 곧바로 물었다. 목소리는 더 이상 날카로울 수가 없었다.

"이 문자, 뭐지?"

"흥. 고매하신 오페라단 단장님께서 웬일이야? 전화를 다 주시고? 그래도 언니가 보내는 문자메시지는 안 씹고 보는 모양이네?"

"언니? 헛소리 집어치우고, 이 문자 뭐냐고!"

"헛소리? 그래, 좋아. 나도 긴말 섞기 싫으니까 빨리 말해 주지. 잘 들어. 넌 앞으로 지옥을 맛보게 될 거야. 너의 맨 얼굴, 네 정체, 네 본모습, 내가 다 까발릴 거야. 그게 다가 아냐. 네 남편, 천 서방인지, 천강일인지 그 새끼도 마찬가지야."

"뭘 까발린다는 거지?"

"차차 알게 돼. 김은영이라는 기자, 꽤 쓸 만하더구만. 재미있는 기사 많이 터질 거니까 앞으로 신문 잘 봐."

"그런 수작에 내가 꿈쩍이나 할 것 같아? 머리가 모자란 건 나이 먹어도 티가 나. 무식해 빠져가지고."

"이게 정말! 이 배은망덕한 천한 년아! 우리 엄마가 거둬 줬으면 은혜를 알아야지. 어디 고개 빳빳이 쳐들고 지랄이야. 세컨드의 딸은 죽을 때까지 세컨드야! 아무리 용을 써 봐야 세컨드의 운명에서 결코 못 벗어나. 다 필요 없고, 지옥 맛이나 봐라, 이년아. 너나 네 서방이나 이제 끝이야!"

윤시연이 전화를 끊어 버리자 윤미주는 급히 나선미를 호출했다.

"〈한국데일리뉴스〉 이충제 부장, 계속 연락하고 있죠?"

"네, 단장님."

"김은영이라는 기자, 잘 주시하라고 하세요."

그녀는 나선미에게 필요한 일들을 지시한 다음 급히 차를 몰고 어디론가 향했다. 비서에게는 행선지도 알리지 않은 채 직접 차를 몰고 간 곳은 용인의 산기슭에 자리 잡은 고급 정신요양원이었다.

죽음의 계곡

"그렇게 큰돈이 천강일의 교통사고와 관련해서 송금된 거라면 뭔가 흑막이 있는 것 같기는 해. 부상이 심하지 않았다니 큰 수술을 하는 데 필요한 돈도 아니었을 거 같고."

"윤시연이 했던 말이 바로 그거였어요."

"뭔가 냄새가 나는 것 같기는 한데 말이야…."

"천강일과 윤미주가 한국으로 돌아올 때까지 계속 머물렀던 곳이 샌타바버라예요. 30만 달러가 송금된 은행도 샌타바버라에 있고요. 직접 가서 조사해 볼 만한 가치는 있을 거 같아요."

남수길 국장은 생각에 잠겼다. 김은영을 미국으로 보낼지 말지를 고민하는 것 같았다.

"좋아. 일단 가서 조사해 봐. 그런데 하루 이틀 파 보고, 영 아니다 싶으면 깨끗이 손 털어. 대신 미국 가는 김에 휴스턴으로 가서 최수혁에 대해 알아봐. 천강일의 교통사고도 중요하지만, 한미우주협정은 더 중요한 문제야."

며칠 후 김은영은 미국행 비행기에 몸을 실었다. 김난희는 만나지 못한 채였다. 여러 번 그녀를 찾아갔지만, 그때마다 외국으로 여행 가서 돌아오지 않았다는 말만 들어야 했다. 아무래도 기자인 자신을 일부러 피하는 것 같았다.

그녀는 로스앤젤레스 국제공항에 도착하자마자 곧바로 샌타바버라로 향했다. 자동차로는 2시간 거리였다. 서부 해안을 따라 북쪽으로 올라가자, 산타이네즈산맥을 등지고 앞으로는 태평양을 바라보는 샌타바버라가 모습을 드러냈다. 도시는 스페인 정복자들이 남기고 간 역사적 흔적들로 가득했다. 어도비 벽돌로 지어진 건물들은 이국적인 분위기를 자아냈고, 날씨마저도 지중해성 기후여서 마치 남유럽의 해안 도시에 온 듯한 착각이 들기도 했다.

샌타바버라에 어둠이 내렸다. 그녀는 호텔 베란다에서 스르르 촤, 스르르 촤 하는 태평양의 파도 소리를 들으며 막막한 기분을 떨치려 애쓰고 있었다. 막상 샌타바버라까지 오기는 했지만, 천강일의 교통사고의 비밀을 알아낼 수 있을지는 전혀 확신할 수 없었다.

다음 날 그녀는 샌타바버라 시립도서관을 찾았다. 도서관 사서는 그녀가 신청한 것들을 금방 찾아 줬다. 그것들은 1995년에 발간된 샌타바버라 지역 신문들의 마이크로필름이었다. 그녀가 가장 먼저 판독기에 건 것은 발행부수가 가장 많았던 〈샌타바버라트리뷴〉의 1995년 4월치 신문기사들이었다.

그녀는 1995년 4월 17일, 월요일 자 기사부터 살펴보기 시작했다. 그날은 윤미주에게 30만 달러가 송금된 날이었다. 그런데 그 날짜에는 교통사고 기사가 없었다. 그녀는 이전 날짜의 기사들을 살펴보기 시작했다. 특이하게도 〈샌타바바라트리뷴〉은 일요일에도 신문을 발행하고 있었다. 하지만 그 날짜에도 그녀가 찾는 교통사고 기사는 없었다.

하루를 더 거슬러 올라갔다.

"어머! 이게 뭐야!"

그녀는 자신도 모르게 소리를 질렀다. 그와 동시에 눈도 커졌다. 토요일 자 신문에 그녀의 눈길을 사로잡은 교통사고 기사 하나가 실려 있었던 것이다.

그 기사는 4월 14일 금요일 밤, 샌타바바라에서 카추마호수로 넘어가는 154번 도로의 협곡 구간에서 발생한 교통사고에 관한 단신 스트레이트 기사였다. 한 명이 사망했고, 또 다른 한 명은 부상을 입었다는 것이 주된 내용이었다. 두 사람의 구체적인 신원에 관한 언급은 없었다. 다만 그들이 동양인이라고 말했다는 교통사고 신고자의 신고 내용은 실려 있었다. 그녀의 주목을 끈 대목이 바로 그 부분이었다.

그녀가 다음으로 찾아간 곳은 샌타바바라 경찰국 기록보관소였다. 그녀는 교통사고 조사기록에 대한 열람을 신청했다. 하지만 법원의 허가 없이는 공개할 수 없다는 말을 들어야 했다. 그것은 샌타바바라 소방국도 마찬가지였다. 응급 출동기록은 공개할 수 없다고 했다.

그녀는 교통사고 기사를 처음 찾았을 때만 해도 살짝 희망에 부풀었지만, 그 후로는 모든 게 제자리였다. 그녀는 주변의 커피 전문점에 들러 에스프레소 한 잔을 시켰다. 쓰디쓴 에스프레소 맛은 자신의 마음과도 같았다.

그녀는 곰곰이 생각에 잠겼다. 이대로는 취재가 힘들 것 같았다. 취재 방법을 바꿀 수밖에 없었다. 그녀는 노트북을 열고 인터넷을 검색하며 이리저리 전화를 돌리기 시작했다. 한참을 그러던 그녀는 커피 전문점을 나와 어디론가 향했다.

그녀가 도착한 곳은 민간수사관의 사무실이었다. 미국의 민간수사관은 대부분 경찰 출신으로서 의뢰자가 원하는 것이면 무엇이든 대신 조사해 주는 일종의 사설탐정이라 할 수 있었다. 굳이 비교하자면 한국의 뒷조사 전문 심부름센터와 비슷했다.

그녀는 페릴 디커슨이라는 이름의 민간수사관에게 물었다.

"전화로 말했던 거 틀림없죠? 경찰 조사기록을 빼낼 수 있다고 했던 거요."

"어떤 기록을 원하는데요?"

그녀는 시립도서관에서 복사해 온 신문 기사를 내보이며 말했다.

"1995년 4월 14일 금요일 밤, 154번 도로에서 발생했던 교통사고에 대한 경찰 조사기록이에요."

"아가씨, 돈 많아요?"

"얼마가 필요한데요?"

"선금으로 5천 달러. 현찰로."

"……."

"보통 방법으로는 구할 수 없는 기록이라는 거 이미 알고 온 거잖소. 이거 빼내려면 여기저기 손 좀 써야 한다는 거 잘 아실 텐데 …."

5천 달러면 적은 돈이 아니었다. 하지만 그녀는 지갑을 열고, 디커슨의 눈을 똑바로 쳐다보며 100달러짜리 지폐를 1장씩 세기 시작했다. 하나, 둘, 셋 …, 쭉 이어 가던 그녀의 손길이 열에서 멈췄다. 그녀는 100달러짜리 지폐 10장을 디커슨의 책상에 탁 하고 올려놓으며 말했다.

"이건 착수금. 나머지는 내가 말한 거 입수하면 드리죠."

김은영은 154번 도로로 차를 몰았다. 디커슨의 연락을 기다리는 것 외에는 달리 할 일도 없었던 터라 교통사고가 발생했던 길을 직접 둘러보고 싶었던 것이다. 정확한 교통사고 지점을 알지는 못했기에 카추마호수까지 그냥 한 번 다녀올 생각이었다.

154번 도로를 타고 도심을 빠져나오자 산타이네즈산맥이 위용을 드러냈다. 급격하게 치솟은 산봉우리들은 중간중간이 뾰족하게 튀어나온 거대한 병풍 같았다. 지나는 차들은 대낮인데도 라이트를 켜고 있었다. 도로가 대부분 중앙분리대가 따로 없는 왕복 2차선인 데다가, 급커브 구간이 많아 사고 위험이 높기 때문인 것 같았다.

긴 다리 하나를 지나자 본격적인 협곡 구간이 나타났다. 커브 길의 각도도 더 예리해졌고, 오르내리는 경사도 더 심해졌다. 핸들을 잡은 그녀의 손에는 절로 힘이 들어갔다. 협곡 아래는 깎아지른 낭떠러지여서 등골이 오싹할 정도였다. 길가 곳곳에 서 있는 표지판

속에 '죽음의 계곡 구간, 운전 조심'이라고 써 넣은 경고는 결코 빈 말이 아니었다.

기나긴 협곡 구간을 지나자 카추마호수가 펼쳐지기 시작했다. 그에 따라 길도 다소 완만해졌다. 그제야 그녀는 한시름 놓을 수 있었다.

'죽음의 계곡'을 직접 지나 보니 교통사고에서 한 사람이 사망했다면 다른 동승자는 최소한 중상은 입어야 한다는 생각이 들었다. 한 사람은 죽고 다른 사람은 가벼운 부상만 입는다는 것은 있을 수가 없었다. '죽음의 계곡'은 그만큼 위험한 길이었다. 그런데 윤시연은 천강일의 교통사고 후유증이 그리 심해 보이지 않았다고 했다.

'신문 기사에서 언급되었던 부상자가 천강일이 맞는다면, 지극히 운이 좋았다는 건데 …. 혹시 … 그게 아니라면? … !'

그녀는 카추마호수는 감상도 하지 않은 채 곧바로 캘리포니아주립대 샌타바버라캠퍼스로 차를 돌렸다. 학부 때 수학이었던 전공을 바꿔 그 대학 물리학과 대학원을 다녔던 천강일에 대해 더 알아낼 게 있나 해서였다.

그녀는 물리학과 사무실 직원에게 신분을 밝히고, 박사과정 졸업생 중 천강일에 관한 기록을 찾고 있다고 말했다. 이유를 묻는 직원에게 그가 한국에서 아주 유력한 대선 후보라고 하면서 혹시 내세울 만한 학문적 업적이 있는지 취재하는 중이라고 둘러댔다.

"그분이 졸업하신 연도가 1994년이 맞나요?"

"네, 맞아요. 6월에 졸업했어요."

직원은 물리학과에서 매년 발간하는 연감이 있기는 한데, 거기에 관련 내용이 있을지는 모르겠다며 서류창고 안으로 들어가더니 한참 만에 다시 나왔다. 직원의 손에는 1994년과 1995년판 물리학과 연감 두 권이 들려 있었다. 간혹 관련 기록이 한 해 늦게 연감에 수록되는 경우도 있다며 졸업 이듬해인 1995년판 연감도 같이 들고 온 것이다.

연감은 두께도 상당했고, 무게도 묵직했다. 그녀는 한참 동안 뒤적이다가 1995년판 연감에서 눈길을 사로잡는 사진 하나를 발견했다. 그것은 미국물리학회 산하 플라즈마 물리 분과의 신진 물리학자상 시상식을 치른 후 찍은 기념사진이었다. 그런데 사진 속 수상자가 다름 아닌 천강일이었다.

시상식 날짜는 1995년 4월 14일이었고, 장소는 캘리포니아주립대 샌타바버라캠퍼스였다. 사진 밑에는 사진 속 인물들에 대한 소개도 되어 있었다. 일부는 플라즈마 물리 분과의 임원진들이었고, 나머지는 그의 수상을 축하하기 위한 동료들인 듯했다. 그들 중에는 한국인도 한 사람 있었다. 이름은 최기준, 소속은 시카고대 수학과였다.

그것을 확인하는 순간, 그녀의 눈은 커졌고 호흡도 가빠졌다. 그와 동시에 머리도 빠르게 회전하기 시작했다. 물리학과 사무실을 빠져나온 그녀는 노트북을 꺼내 들고 시카고대 수학과 홈페이지에 접속했다. 그리고는 수학과 교수진들을 한 사람씩 살펴보기 시작했다. 하지만 최기준이라는 이름의 교수는 찾을 수 없었다.

그녀는 시카고대 수학과에 직접 전화를 걸었다. 그리고는 역대 교수진 중에 최기준이라는 사람이 있는지를 물었다. 특히 1995년을 중심으로 알아봐 달라고 부탁했다. 잠시 기다리라고 했던 상대방은 한참 만에 다시 전화기를 붙잡고는 말했다.

"최기준 교수님은 1995년에 부임하신 지 얼마 안 되어 교통사고로 돌아가셔서 자동면직되셨습니다."

직원의 말을 듣자마자 그녀의 머리에서는 번쩍번쩍 스파크가 일었다.

"혹시 돌아가신 날짜를 알 수 있을까요?"

"잠시만요."

뭔가를 뒤적거리는 소리가 들리더니 이번에는 직원이 금방 대답했다. 찾아 놓은 기록을 앞에 두고 말하는 것 같았다.

"학과 연감에 나온 기록으로는 1995년 4월 14일, 샌타바버라에서 열린 학회에 참석하셨다가 교통사고로 돌아가셨고, 학과 차원의 추모 모임이 열렸던 날은 일주일 후인 4월 21일이었습니다."

호텔로 돌아온 김은영의 가슴은 여전히 쿵쾅거리고 있었다. 그녀는 룸으로 올라가는 대신 호텔 뒷문을 통해 바닷가로 나갔다. 태평양에서 불어오는 바닷바람이 맨발로 모래사장을 걷는 그녀의 머리를 이리저리 흩날렸다.

그녀는 흥분됐던 마음을 가라앉히며 이제까지 알아낸 것들을 하나씩 되짚어 보기 시작했다.

'1995년 4월 14일 금요일 밤, 샌타바버라 외곽 산길에서 발생한 교통사고로 동양인 한 명이 사망하고 다른 한 명은 부상.'

'1995년 4월 14일 금요일 오후, 캘리포니아주립대 샌타바버라캠퍼스에서 열린 플라즈마 물리 분과에서 신진 물리학자상을 수상한 천강일. 그리고 함께 사진에 찍혔던 최기준이라는 이름의 시카고대 수학과 교수, 같은 날 샌타바버라에서 교통사고로 사망.'

그렇게 정리해 나가자 그림의 윤곽이 잡혀 나가기 시작했다. 그때 전화가 울렸다. 경찰 조사기록을 입수했다는 디커슨의 전화였다. 차분해졌던 그녀의 심장이 또다시 쿵쾅거렸다. 그녀는 곧바로 호텔로 돌아와 1층 로비에서 디커슨을 기다렸다.

얼마 지나지 않아 디커슨이 모습을 드러냈다. 그런데 그는 혼자가 아니었다. 옆에는 어떤 동양인이 함께 있었는데, 체구는 크지 않았지만 몸집은 단단해 보였고, 얼굴은 햇빛에 그을려 짙은 구릿빛이었다.

먼저 입을 연 것은 디커슨이 아니었다. 그의 옆에 있던 구릿빛 얼굴의 남자였다.

"길천수라고 합니다."

그녀가 아무 대답도 하지 않은 채 의아한 눈초리만 계속 보내자 길천수는 자리에 앉아도 되는지를 물었다. 그녀는 대답 대신 눈길을 돌려 디커슨을 쳐다봤다. 어찌된 영문인지 묻기 위해서였다. 하지만 디커슨은 눈길을 피해 버리고는 아무 말도 하지 않았다.

길천수는 테이블 위에 서류봉투 하나를 올려놓으며 말했다.

“김은영 기자님께서 찾으시는 게 이거 맞죠? 천강일의 교통사고에 대한 경찰 조사기록 말입니다.”

그녀는 경찰 조사기록을 왜 디커슨이 아니라 길천수라는 사람이 가지고 있는지 도저히 영문을 알 수가 없었다.

길천수는 손에 들고 있던 다른 서류봉투 하나도 테이블 위에 올려놓으며 말했다.

“이건 보험회사의 조사기록입니다.”

그녀는 묻지 않을 수 없었다.

“도대체 누구시죠?”

“제 이름은 길천수라고 … .”

“성함은 이미 말씀하셔서 알고 있는데요. 뭐 하시는 분이세요?”

“조사 계통에서 일하고 있습니다. 저를 경계하시는 것 같은데, 안 그러셔도 됩니다. 앉아서 차근차근 말씀드려도 될까요?”

그녀는 디커슨에게도 신분을 밝힌 적이 없었기에 길천수가 자신이 누구인지 이미 알고 있다는 것이 놀라웠다. 그녀는 길천수가 여전히 의문투성이였지만, 테이블 위에 놓여 있는 두 개의 서류봉투에 눈길이 가는 것은 어쩔 수가 없었다.

“좋아요. 앉으세요.”

그는 그녀의 맞은편 자리에 앉으며 옆에 서 있던 디커슨에게 눈짓을 했다. 그러자 디커슨은 어색한 웃음만 한 번 짓더니 아무런 설명도 없이 자리를 뜨고 말았다.

“저, 위험한 사람 아니니까 안심하셔도 됩니다. 그리고 여기에 있는 두 개의 자료는 좀 전의 그 친구가 아니라 제가 구한 겁니다."

"그럼, 디커슨이 그쪽에다가 구해 달라고 부탁한 건가요?"

"아닙니다. 이 자료들은 디커슨과는 상관없이 제가 직접 구한 겁니다. 원본은 의뢰하셨던 분께 이미 드렸고, 이것들은 사본입니다."

"직접 구한 거라고요? 그쪽이 왜요? 그리고 의뢰했던 사람은 대체 누구죠?"

그는 그녀의 잇따른 질문에도 아무런 대답을 하지 않았다. 대신 가만히 있으라고 손짓을 하더니 핸드폰을 들고는 어디론가 전화를 했다. 그는 상대편과 몇 마디 나누고는 핸드폰을 건네며 받아 보라고 했다.

그녀는 핸드폰을 받아 들었다. 그러자 상대방 목소리가 들려왔다.

"최수혁입니다 … ."

"…… !"

통화가 끝나자 길천수가 말했다.

"우선 여기에 있는 서류들을 먼저 읽어 보시죠. 그런 다음, 의문 나는 것들을 물어보시면 아는 범위 내에서 대답해 드리겠습니다."

그녀는 경찰 조사기록부터 먼저 읽었다. 그것은 몇 장 안 되는 보고서였다. 천강일이 운전하던 차가 중앙선을 넘어오는 맞은편의 트럭을 피하기 위해 핸들을 꺾는 과정에서 나무를 들이박아 사고가 났다는 것이 내용의 전부였다. 신문기사에서 언급되었던 최초 신고자의 진술조차도 없었다. 중앙선을 넘어왔다는 트럭에 대한 조사 역시 전혀 되어 있지 않았다. 사고 경위에 대한 모든 설명은 천강일의 일방적인 진술을 토대로 한 것일 뿐이었다.

그녀가 황당한 표정을 짓자 그가 말했다.

"말이 안 되는 조사 보고서입니다. 단순 접촉사고도 이런 식으로 보고서를 쓰지는 않습니다."

"그럼, 이거는 뭐죠?"

"조작된 겁니다. 저는 그랬을 가능성이 백 퍼센트라고 봅니다."

"조작된 게 맞는다면 그렇게 한 사람이 누구죠?"

"보고서 아랫부분에 작성자 서명이 있죠? 알아보니까 그 사람은 부패 경찰로 소문이 나 있더라고요. 경찰에서 쫓겨난 후 이런저런 나쁜 일에 손대다가 총에 맞아 죽었는데, 그게 몇 년 전쯤이었다고 합니다."

"그럼, 그 경찰이 누구 부탁을 받고 그런 조작을 했는지 직접 물어볼 수도 없다는 거네요?"

"그런 셈이죠. 보험회사 조사기록도 한번 읽어 보시죠. 그건 좀 더 나을 겁니다."

그의 말대로 보험회사 조사기록은 읽을 게 더 많았다. 가장 먼저 눈길을 끈 것은 사체 검안서였다. 거기에는 사망자의 사망 원인이 외력에 의한 경추 골절이라고 되어 있었다. 그런데 골절 방향이 이상했다. 외부의 강한 충격에 의해 경추 골절이 발생하는 경우, 목이 전후 또는 좌우 방향으로 꺾이는 게 보통이었다. 그런데 사체 검안서에 그것은 오른쪽으로 회전하면서 꺾인 것이라고 적혀 있었다.

그녀가 의아한 표정을 짓자 그가 말했다.

"경추 골절 방향이 이상하죠?"

"그러네요. 제가 기자 초년 시절에 교통사고 취재도 많이 했었거든요. 그런데 목이 이렇게 뒤틀린 경우는 처음 봐요."

"교통사고 때문에 그런 게 아닙니다."

"네? 그럼, 뭐 때문이죠?"

"누군가가 일부러 머리를 잡고 돌려 버린 겁니다. 골절이 오른쪽 방향으로 나 있죠? 그러니까 오른쪽으로 돌려 버린 거예요."

"그렇다면 그 말씀은?"

"교통사고 때문에 죽은 게 아니라 살해당한 거라는 얘기입니다. 머리를 잡고 돌려 버린 사람이 범인이고요."

"도대체 누가 그랬다는 거죠? 설마?"

"차에 같이 타고 있었던 천강일 외에 누가 더 있겠어요? 천강일이 범인입니다. 이건 살인사건이에요."

그녀는 너무 놀라 입을 뗄 수가 없었다. 천강일에 대해 의혹은 품고 있었지만, 그런 정도까지는 예상하지 못했다.

"천강일의 병원 기록을 보면 몸에 난 찰과상과 타박상 그리고 다리뼈 골절이 전부예요. 그러니까 다른 사람의 목을 비틀 만큼의 힘은 남아 있었다고 봐야 돼요."

그녀는 너무나도 충격적인 말에 정신이 아찔했다. 하지만 애써 냉정을 되찾으며 보험회사 조사기록의 나머지 부분도 읽기 시작했다. 그런데 마지막 부분이 이상했다. 교통사고에는 달리 의심할 만한 게 없으므로 조사를 종료한다는 게 결론이었다.

그녀는 다른 서류들도 살펴봤다. 서약서가 두 장 있었다. 첫 번째 서약서는 보험회사의 조사 결과에 아무런 이의도 제기하지 않겠다는 내용이었다. 아랫부분에는 자필 서명이 있었는데, 서명자는 사망자인 최기준의 아내, 성혜경이었다.

다른 한 장의 서약서는 보험금 지급에 관한 것이었다. 사망자의 유족에게 지급해야 할 사망보험금의 최대 상한액은 15만 달러였는데, 그 돈 전액을 자동차보험 가입자인 윤미주가 보험회사에 되갚아 준다는 내용이었다. 그 서약서 밑에는 윤미주의 자필 서명이 적혀 있었다.

"이해가 안 되시죠?"

"어떻게 이럴 수가 있죠? 15만 달러를 왜 윤미주가 보험회사에 되갚아 준다는 거죠?"

"그것이 무엇을 의미할까요?"

"제가 묻고 싶어요. 그것이 무엇을 의미하죠?"

"윤미주가 보험회사의 조사를 그런 식으로 덮어 버린 거예요. 보험회사 입장에서는 자기들 돈이 나가는 게 없으니까 조사를 계속할 필요를 못 느꼈을 거예요. 한국에서 30만 달러가 송금되었다고 했죠?"

"네."

"15만 달러는 사망보험금으로 사용되고, 나머지 15만 달러는 경찰과 보험회사 쪽에 뇌물로 사용되었을 겁니다."

"사망자 유족 측에서는 별다른 움직임이 없었나요? 조사 결과에

이의를 제기한다거나 하는 거 말이에요."

"경찰과 보험회사가 입을 맞춰 덮어 버리면 유족들은 넘어갈 수밖에 없어요. 또 보험금 상한액을 모두 다 받았기 때문에 의심할 여지도 별로 없었을 거예요."

"혹시 천강일이 왜 그런 짓을 했는지 아세요?"

"범행동기를 말씀하시는 것 같은데, 그건 최 박사님께 직접 물어보시는 게 좋을 것 같습니다."

"그럼, 한 가지만 더 물을게요. 제가 조사하고 있다는 건 어떻게 아셨어요?"

"경찰 기록보관소에 친구가 있습니다. 그 친구한테서 연락이 왔어요. 예전에 제가 구했던 것과 똑같은 기록을 찾는 한국 기자가 있다고요."

"그 한국 기자가 저라는 건 어떻게 아셨어요?"

"기록 열람신청서에 이름, 나이, 직업, 연락처, 또 미국에서 머무는 장소까지 모두 다 적으셨잖아요. 여권도 카피해서 첨부하셨고요. 기록보관소에 들러서 그것들을 핸드폰으로 찍어서 최 박사님께 보내 드렸더니 기자님을 금방 알아보시더라고요."

"그래서요?"

"그리고는 기다렸죠. 기자님이 기록보관소를 다시 찾아올지도 모른다고 생각했거든요. 그런데 디커슨이 똑같은 자료를 찾는다는 연락이 왔어요. 거기 있는 친구에게 시간을 좀 끌어 달라고 하고는 당장 달려가서 디커슨을 잡아 족쳤죠. 그런데 그 친구는 제가 가만히 놔뒀어도 못 구했을 거예요. 민간수사관이라고 해서 그런 기록을 다 구할 수 있는 건 아니거든요."

다음 날 점심 무렵이었다. 휴스턴에서 아침 첫 비행기를 타고 온 최수혁이 호텔 로비로 들어섰다. 간단하게 인사를 나눈 김은영과 최수혁은 로비 옆 조용한 바로 자리를 옮겼다.

먼저 말문을 연 것은 최수혁이었다.

"교통사고 조사는 왜 하신 거죠?"

"그러는 최 박사님은 왜 조사하신 거죠?"

두 사람의 대화는 시작부터 불꽃이 튀었다.

"교통사고에서 돌아가신 분은 제 아버지십니다. 그 정도면 제가 조사할 자격은 있지 않나요?"

"……!"

그녀는 너무나도 뜻밖인 그의 대답에 말을 잇지 못했다. 둘 다 똑같은 최 씨였지만, 최기준이 그의 아버지일 거라는 생각은 해 본 적이 없었다.

최수혁이 다시 물었다.

"기자님은 왜 조사에 나서신 거죠?"

그녀는 자신도 뭔가를 말해야 한다고 느꼈다.

"윤시연이라는 사람한테서 들었던 이야기 때문이었어요."

그녀는 윤시연에게 천강일의 교통사고에 대해 처음 들었을 때부터 미국에 와서 취재하는 과정에서 알게 된 것들을 전부 다 말했다.

그녀는 그가 솔직하게 말한 이상, 자신도 그렇게 해야 대화가 이어질 수 있다고 생각했다. 그에게 물어볼 말이 많았던 그녀로서는 어쩔 수 없는 선택이었다.

"최 박사님은 왜 길천수를 저한테 보내신 거죠? 교통사고의 비밀을 굳이 알려 주실 필요가 없었잖아요."

"그건 제가 기자님의 힘을 조금 빌리고 싶었기 때문입니다."

"제 힘을 빌리다뇨?"

그는 가방에서 노트 하나를 꺼내 테이블 위에 올려놓았다. 그러면서 그가 파악한 교통사고의 전모를 하나씩 이야기하기 시작했다.

"이건 아버지의 수학노트입니다. 마지막 날짜에 적혀 있는 방정식은 천강일이 자신의 박사논문에 썼던 방정식입니다. 바로 그 방정식 때문에 신진 물리학자상을 받았던 거고요. 그런데 아버지는 그 방정식에서 심각한 오류를 발견하셨습니다. 여기에 적힌 '오류'라는 단어 보이시죠? 그건 방정식의 그 부분에 오류가 있다는 얘기입니다. 제가 보기에도 아버지의 지적은 정확했어요."

그는 잠시 멈췄다가 말을 이었다. 살해당한 아버지에 관한 이야기를 아무렇지도 않게 말하기는 어려웠던 모양이다.

"아버지는 바로잡으라고 하셨을 겁니다. 그런데 천강일은 그렇게 할 수가 없었겠죠. 받았던 상도 반납해야 하고, 박사논문까지 취소될지 몰랐으니까요. 천강일은 아버지의 입을 막으려고 했을 겁니다. 그 교통사고는 처음부터 계획되었다는 게 저의 생각입니다."

그녀는 그의 추측이 사실일 가능성이 높다고 생각했다.

"천강일이 교통사고를 가장해 아버지를 살해했다는 것을 기자님이 기사로 써 주세요. 단, 조건이 있어요."

"조건이라뇨?"

"일단 보류해 두셨다가 제가 원하는 때에 써 줬으면 합니다."

"원하는 때라는 건 언제죠?"

"그게 언제라고 당장 못 박을 수는 없습니다. 하지만 오래 걸리지는 않을 겁니다. 그렇게 해 줄 수 있겠습니까?"

잠시 생각에 잠긴 후 그녀가 대답했다.

"보통은 그런 부탁 안 들어드립니다. 하지만 기다려 드릴게요. 교통사고로 돌아가신 분이 아버님이시니까 그 정도는 양해해 드릴 수 있어요."

그는 그녀의 시원스러운 대답에 만족했다. 그런데 그것은 그가 그녀를 잘못 본 것이기도 했다. 그녀가 그렇게 대충 넘어가는 만만한 기자가 아니라는 것을 미처 몰랐던 것이다.

"저도 조건이 하나 있어요. 제가 미국에 온 데는 다른 목적도 있었어요. 그건 바로 최 박사님을 만나기 위해서였어요."

"저를요? 무슨 이유 때문이죠?"

"제가 묻고 싶은 건 한미우주협정에서 최 박사님의 진짜 역할이 뭐냐 하는 겁니다. 저는 솔직한 대답을 원해요. 그게 교통사고 기사를 보류하는 조건이에요."

그런 질문을 받게 되리라고는 전혀 예상치 못했던 최수혁은 일단 거부 의사부터 먼저 밝혔다.

"그건 말씀 못 드립니다."

그녀는 앞뒤 재지 않고 곧바로 정곡을 찔러 들어갔다. 특종기자로서의 특기가 발휘되는 순간이었다.

"플라즈마 난류를 해결할 수 있는 비밀을 미국에 넘기는 거 아닌가요? 제가 묻고 싶은 건 그거예요. 솔직하게 대답해 주세요."

"말씀 못 드립니다."

"그럼, 답변을 거부했다고 기사에 쓰겠습니다. 그래도 되겠죠?"

그는 그녀를 노려보며 말했다. 그의 눈빛은 날카롭기 그지없었다.

"기자님 눈에는 제가 그럴 사람으로 보입니까?"

"글쎄요."

"애매하게 대답하지 마시고 제 눈을 똑바로 보고 말씀해 보세요. 제가 우리나라의 미래를 담보할 인공태양 기술을 미국에 넘겨 버릴 사람처럼 보이냐고 묻고 있습니다."

"……."

"그럴 사람이라고 생각한다면 교통사고 기사도 쓰고, 또 최수혁이라는 사람이 국가 기밀을 미국에 넘기는 데 앞장서고 있다고 기사를 쓰세요."

그녀도 전혀 물러서지 않고 그의 눈빛을 받아 내며 말했다.

"그게 아니라면 증거를 대세요! 증거!"

"증거? 무슨 증거! 제 말이 곧 증거입니다!"

"그것만으로는 안 돼요. 좀 더 확실한 증거가 필요해요."

"그건, 나중에 때가 되면…."

그녀는 그의 말을 중간에 자르며 말했다.

"천강일에게 복수할 때를 기다리시는 거죠? 돌아가신 아버님에 대한 복수 말이에요."

그녀를 바라보는 그의 눈길에 한층 더 힘이 들어갔다. 그녀가 자신의 계획을 꿰뚫으며 직설적으로 찔러 오자 본능적으로 긴장했던 것이다. 그것은 언제나 침착함을 잃지 않았던 그로서는 좀처럼 일어나지 않는 일이었다.

그녀가 말을 이었다. 일종의 확인 사살이었다.

"천강일을 한 번에 무너뜨릴 때를 기다리고 계시는 거잖아요. 저를 이용해 가면서까지요."

그는 아무런 대꾸도 하지 않은 채 그녀의 말을 계속 듣고 있었다. 그러면서 빠르게 머리를 회전시키며 자신의 속 이야기를 어디까지 꺼내 놔야 할지 가늠했다.

"천강일이 최 박사님을 한미우주협정의 협상 카드로 이용한 게 맞잖아요. 그건 최 박사님도 이미 알고 있는 사실 아닌가요? 그런데도 왜 최 박사님은 모든 걸 폭로하지 않고 가만히 있는 거죠? 도대체 뭘 기다리는 거예요?"

그로서는 그녀가 놀라울 뿐이었다. 그녀는 취재력도 대단했지만, 핵심을 꿰뚫어 보는 직관력은 실로 대단했다. 그는 심호흡을 몇 번 했다. 그러면서 뭔가를 결심하는 듯했다. 그는 옆에 두었던 가방을 열어 서류봉투를 하나 꺼냈다. 그리고는 테이블 위에 올려놓았다.

"기자님 앞에서 이것까지 꺼내야 할 줄은 몰랐습니다. 이걸 읽어 보신 다음에도 저를 돕지 못하겠다면 마음대로 하십시오. 제가 할 수 있는 말은 그것뿐입니다."

그는 그렇게 승부수를 날리고는 자리에서 일어났다. 그리고 뒤도 돌아보지 않고 떠나 버렸다.

그녀는 그에게 물어야 할 말이 더 남아 있었다. 김난희와 로고스의 집에 관한 것이었다. 하지만 그녀는 그를 붙잡지 못했다. 등을 보이며 멀어져 가는 그의 모습에서 왠지 모를 애처로움이 느껴졌기 때문이다.

김은영은 한국으로 돌아오는 비행기 안에서 지난밤에 읽었던 것들을 다시 한번 떠올렸다. 전날 최수혁이 놓고 간 자료에는 최기준, 성혜경 그리고 천강일의 대학 시절 이야기가 적혀 있었다. 처음 읽었을 때도 그랬지만, 다시 떠올리는 순간에도 그녀의 놀라움은 전혀 수그러들지 않았다. 그 이야기들은 그만큼 뜻밖이었고, 또 충격적이었다.

사비나 수녀가 쓴 것인지도 모르고 그녀가 읽은 일기 묶음의 첫 장, 첫 줄은 이렇게 시작했다.

"성혜경과 최기준, 그리고 천강일이 서울대에 입학한 것은 1984년이었다."

1987, 관악

성혜경과 최기준, 그리고 천강일이 서울대에 입학한 것은 1984년이었다. 최기준과 천강일은 수학과 동기였다. 찢어지게 가난했던 그들은 신림동 달동네 꼭대기에 허름한 자취방 하나를 같이 구했다.

밤하늘의 별들은 그들의 희망이었다. 공부를 마치거나 아르바이트를 하고 집으로 돌아올 때면 그들은 꼭 한 번씩은 밤하늘을 바라보곤 했다. 거기에는 언제나 어김없이 밝은 별들이 빛나고 있었다. 반짝이는 별들은 척박한 현실을 달랠 수 있는 유일한 위안이었다. 별들이 매일 밤 빛났기에 그들의 희망도 꺼지지 않고 빛날 수 있었다.

그들은 교내 천문동아리에 가입했다. 별들과 좀 더 가까워지기 위해서였다. 가장 값싼 망원경조차 마련할 돈이 없었던 그들은 주말마다 일당이 더 많은 곳을 골라 일했고, 1학년 2학기가 끝날 무렵에는 볼품은 없으나마 망원경 하나를 공동으로 장만할 수 있었다.

겨울방학이 되자 동아리에서는 별 관측 여행을 떠났다. 불빛이라고는 전혀 없는 산꼭대기에서 그들은 하나의 망원경을 놓고 번갈아

가며 별들을 관측했다. 너무나도 아름다운 별들이 손에 잡힐 듯 다가오자 그들은 그만 넋을 잃고 말았다.

그렇게 친했던 두 사람이었지만 성격은 판이하게 달랐다. 천강일은 주관이 뚜렷하고 개성이 강했다. 또한 앞에 나서며 주목받는 것을 좋아했다. 그런 성격 때문이었는지 1학년 때부터 학년대표를 맡았고, 3학년 때는 수학과 전체의 학생대표를 맡았다. 반면에 최기준은 과묵하고 조용했다. 행동보다는 생각을 더 많이 하고, 나서기보다는 침잠하는 타입이었다. 그래서 둘 사이에서 뭔가를 결정하고 이끄는 사람은 대부분 천강일이었다.

3학년에 올라가던 해였다. 왜인지는 모르지만, 천문동아리에는 여학생이 거의 없었다. 유일했던 선배 여학생마저 졸업해 버리자 동아리는 완전히 남학생 소굴이 되고 말았다.

그런 현실에 넌더리가 났는지 한 남학생이 기발한 아이디어를 냈다. 동아리 명칭에다 여학생들이 좋아할 만한 별칭을 달면 여학생들이 혹해서 들어올지도 모른다는 것이었다. 남학생들은 일제히 무릎을 탁 쳤다. 이야기가 날개를 달기 시작하더니 다음 동아리 회장은 가장 그럴싸한 별칭을 제안하는 사람으로 뽑자는 말까지 나왔다.

동아리 회장 선거일이 다가왔다. 남학생들은 한 사람씩 나서며 별칭을 말했다. 기상천외한 것도 더러 있었지만, 건질 만한 건 거의 없었다. 여기저기서 안타까운 탄식이 터져 나왔다.

'별 헤는 밤'

마지막으로 남은 최기준이 별칭을 말하자 환호성이 터졌다. 박수를 치는 학생들도 있었고, 만세를 부르는 학생들도 있었다. 그의 별칭이 더할 나위 없이 제격이라는 데 모두의 의견이 일치했다. 신이 난 학생들은 그를 동아리 회장으로 추대했다. 하지만 그는 회장 자리를 천강일에게 양보해 버렸다. 천강일이 동아리 회장 자리를 몹시도 탐낸다는 것을 알고 있었기 때문이다.

동아리의 명패를 '별 헤는 밤'으로 고쳐 단 후 얼마 지나지 않았을 때였다. 동아리 방 문을 조심스럽게 두드리는 소리가 들렸다. 그리고는 살며시 문이 열렸다. 남학생들의 시선은 일제히 문을 향했다.

거기에서는 한 여학생이 들어서고 있었다. 세로로 주름진 검정색 롱 플레어스커트 위에 나팔꽃 잎 모양의 옷깃이 달린 하얀색 블라우스를 단정하게 입고, 그 블라우스 위로 까만 생머리를 어깨까지 늘어트린 여학생이었다.

"저, 신입생 아니고 3학년인데, 그래도 받아 주나요?"

남학생들은 일제히 한목소리로 대답했다.

"예!"

함성이 잦아들자 천강일이 말했다.

"대환영입니다. 저는 동아리 회장, 천강일입니다."

"국문과 3학년 성혜경입니다. 잘 부탁드립니다."

또다시 우와 하는 함성과 함께 박수가 터져 나왔다. 그녀는 자신을 향하는 남학생들의 눈망울들을 둘러보며 물었다.

"'별 헤는 밤'이라는 동아리 별칭은 누가 지었나요? 예전부터 내려

오던 건가요?"

그녀의 눈길은 남학생들의 눈길을 따라 최기준을 향했다. 두 사람의 눈길이 처음 맞닿은 순간이었다.

첫 만남 이후로 세 사람은 한데 어울렸다. 같은 학년에 집안도 가난하고, 다 같이 시골 출신이었다는 것도 그들을 묶어 주는 계기가 되었다. 그들은 도서관에서 함께 공부했고, 캠퍼스도 같이 거닐었다. 학생회관 1층의 음악감상실에서 좋아하는 음악을 함께 신청하며 같이 듣기도 했다.

세 사람의 관계가 전기를 맞이한 것은 3학년 여름방학 때였다. 천강일은 동아리 멤버들을 이끌고 경북 영천에 있는 보현산으로 별자리 관측 여행을 떠났다. 보현산은 천문대 건설이 예정돼 있었기에 나름 의미가 있었다.

그는 관측 여행을 준비하면서 다른 것도 준비했다. 사실 그에겐 그것이 훨씬 더 중요했다. 자꾸만 최기준을 향하는 성혜경의 눈길을 자신에게로 돌려놓을 생각이었던 것이다. 그는 그녀를 위한 특별한 이벤트를 미리 준비했는데, 그것을 눈치챈 사람은 아무도 없었다.

보현산에 도착한 첫 밤이었다. 천강일은 동아리 멤버들을 한곳으로 불러 모았다. 그리고는 본격적인 별자리 관측에 앞서 특별한 이벤트를 시작한다고 알렸다.

"아름다운 밤을 그냥 보낼 수는 없을 것 같습니다. 시라도 한 수 읊어야 하지 않을까요? 각자 즉흥시를 짓고, 가장 많은 호응을 얻은 시를 최고의 시로 뽑기로 하겠습니다."

"상품은 있나요?"

"물론입니다. 하지만 상품은 아닙니다. 최고의 시의 영예를 안은 주인공은 '별 헤는 밤'의 여신께서 소원을 들어 줄 것입니다. 여신께서 허락만 한다면 말이죠."

학생들의 눈길이 일제히 성혜경에게로 쏠렸다.

"좋아요. 단, 한 가지 조건이 있어요. 최고의 시로 뽑히더라도 내 맘에 들지 않으면 모든 게 무효예요."

그렇게 해서 즉흥시 짓기가 시작되었다. 주어진 시간은 30분. 모두들 최선을 다하는 모습이었다. 시 짓기에 몰두하는 모습은 각양각색이었다. 밤하늘을 우러르거나 눈을 감거나 양손으로 머리를 감싸기도 했다.

천강일은 그녀가 4월에 태어났다는 것을 미리부터 알고 있었다. 그는 4월의 꽃들을 전부 다 조사했다. 나팔꽃, 튤립, 수련, 수선화 등 여러 가지가 있었지만, 그가 선택한 것은 수선화였다. 그녀의 분위기가 수선화와 맞아떨어진다고 생각했던 것이다. 그는 수선화에 관한 시를 미리 준비했다. 그것이 그가 가진 비장의 무기였다.

30분이 지났다. '별 헤는 밤' 멤버들의 문장력은 형편없었다. 좀 더 가혹하게 말하자면 유치원생들보다 못했다. 시라고 부르기도 민망할 정도였다. 그런 즉흥시가 한 편, 한 편 발표될 때마다 천강일의 얼굴은 더욱더 자신만만해졌다.

순서는 돌고 돌아 천강일과 최기준, 두 사람만 남았다. 천강일이 먼저 나섰다. 멋들어진 시로 그녀의 눈길을 최기준보다 미리감치 사로잡을 생각이었다. 자리에서 일어난 그는 그녀를 바라보며 시를 읊었다. 낭만적인 분위기를 연출하기 위해 손짓까지 곁들였다.

저는 집도 없어요.
딸랑거리는 동전도 없어요.
하지만 저는 아침을 당신께 보여드리고,
달콤한 키스를 드릴 수 있습니다.
하루 일과를 마친 우리들의 저녁 길은 밝을 거예요.
한 송이 수선화의 고즈넉한 눈망울이 빛나니까요.

천강일의 시가 남긴 여운이 채 끝나기도 전에 여기저기서 감탄의 소리가 흘러 나왔다. 정말 아름다운 시라는 칭찬이 끊이지 않았다. 그는 우쭐했다. 승부는 이미 끝난 것이나 다름없다고 여겼다. 최기준이 아무리 문학적 감성이 풍부하다 해도 30분 만에 짓는 즉흥시가 자신의 시를 따라올 수는 없다고 생각했다.

최기준이 자리에서 일어났다. 그의 손에는 종이도 펜도 들려 있지 않았다. '혹시 최기준이 시를 안 지은 거 아냐?'라는 의문이 번질 무렵, 그는 담담한 목소리로 시를 읊었다.

라일락 향기는 아름다워 슬프다.

학생들은 그의 시가 끝났어도 끝난 줄을 몰랐다. 너무 간단해서 뒤에 더 있는 줄 알고 계속 기다렸다. 그런데 그가 단 한 줄의 시를 읊고 앉아 버리자 여기저기서 '뭐지?' 하는 웅성거림이 일었다.

그때 어떤 낭랑한 목소리가 들렸다.

은하수 별밤은 밝게 빛나 슬프다.

그것은 최기준의 시에 대한 대구(對句)였다. 모두는 그것으로 끝난 줄 알았다. 그런데 잠시의 멈춤이 있고 나서, 끊길 듯 말 듯 시구절이 계속 흘러나왔다.

목소리의 주인공은 성혜경이었다. 그녀는 최기준이 지어낸 한 줄의 시에 자신이 지은 시를 이어 붙여 연작시(聯作詩)를 만들었다. 거기에 그치지 않고 제목까지 달았다. 〈라일락〉이었다.

최기준이 자리에서 다시 일어났다. 성혜경도 일어섰다. 그는 자신이 읊었던 시구절을 다시 읊었다. 그러자 그녀가 자신의 시구절을 이어 읊었다. 그것은 마치 오페라의 남자 주인공이 연인의 집 창가에서 세레나데를 노래하자, 여주인공이 창밖으로 고개를 내밀며 답가를 부르는 것과 비슷한 모습이었다.

라일락 향기는 아름다워 슬프다.
은하수 별밤은 밝게 빛나 슬프다.
아름다운 슬픔은 홀로기에 외롭고,

수줍은 외로움은

기다릴 수 있기에 아니 슬프다.

그녀가 천강일을 돌아보며 말했다.

“시 짓기 대회는 창작품만 발표하는 거 아닌가? 그 시는 내용을 많이 손질하긴 했어도 창작품은 아니네. 〈일곱 송이 수선화〉라는 팝송 가사를 고쳐 쓴 거 맞지?”

모두는 눈이 휘둥그레졌다. 천강일이 그런 꼼수를 썼다는 것이 믿기지 않았던 것이다. 최고의 시 투표는 흐지부지되고 말았다. 설령 천강일의 시가 순수 창작품이었다 해도 최기준과 성혜경의 연작시에는 견줄 수가 없었다. 연작시를 통해 그녀는 최기준을 향한 자신의 마음을 확실히 드러낸 것이나 다름없었다.

“별밤의 보현산에서 은하수를 벗 삼아 기준이와 함께 산책을 하겠어요. 그것이 선물이에요. 기준이가 그 선물을 원할지는 모르겠어요.”

“그 선물, 나도 원해.”

두 사람은 별빛 가득 내리는 보현산 산길을 다정히 걸었다. 뒤에 남은 학생들은 휘파람을 불며 놀려 댔지만, 그들은 아랑곳하지 않았다. 두 사람을 바라보는 또 다른 시선이 있었다. 천강일이었다. 그는 나무 뒤에 몸을 숨긴 채 다정히 걸어가는 그들의 뒷모습을 노려보고 있었다. 그의 눈길에서는 질투심이 불타올랐다.

보현산 별 관측 여행 이후로 변화가 생겼다. 천강일은 최기준과 함께 살던 자취방에서 나와 버렸다. '별 헤는 밤'도 탈퇴해 버렸다. 그래서 강의를 같이 듣는다는 것만 빼고는 그들을 함께 묶어 주었던 끈들이 모두 끊어졌다.

천강일은 최기준을 노골적으로 냉랭하게 대하기 시작했다. 심지어는 알은체도 하지 않았다. 성혜경에게는 집착을 보이며 매 강의시간마다 밖에서 기다렸다. 그녀의 환심을 사기 위해 온갖 이상한 짓들은 다 했지만, 소득은 전혀 없었다. 오히려 그녀의 경계심만 더 강해질 뿐이었다.

4학년 2학기가 막 시작될 무렵이었다. 최기준과 천강일은 어떤 전공과목 강의를 같이 듣게 되었는데, 담당교수는 새로 부임한 신민희라는 젊은 여자 교수였다.

"강의를 시작하기 전에 여러분의 수학 실력을 먼저 알아보고 싶어요."

그녀는 시험지를 나눠 주었다. 시험지는 미국수학회가 북미 지역 대학생들을 대상으로 매년 개최하는 퍼트넘 수학경시대회의 기출문제로 채워져 있었다. 퍼트넘 수학경시대회는 무시무시한 난도(難度)로 유명했다. 응시생들이 난다 긴다 하는 수학 전공자인데도 절반 이상이 아예 손도 대지 못했다. 그래서 시험성적은 120점 만점에 중앙값이 0점 또는 1점에 그쳤다.

"원래 퍼트넘 수학경시대회에서는 6시간 동안 문제를 푸는데, 여러분한테는 90분 줄게요. 대신 문제 수는 대폭 줄였어요. 총점 기준으로 1, 2등을 차지한 학생 두 명은 '해설과 옹호'에 참가할 수 있도록 추천할 생각입니다."

'해설과 옹호'는 가을축제 기간에 열리는 서울대 수학과의 학술행사였다. 그것은 말 그대로 뭔가를 해설하고 옹호하는 것이었는데, 참가자들은 수학과 학부생들 중에서 각 교수들이 추천하는 학생들로 국한되었다.

'해설과 옹호'는 수학계의 노벨상이라 할 수 있는 필즈상은 물론이고, 노벨상 중에서도 수학과 관련된 업적으로 상을 받은 학자들의 수학이론에 대해 해설 강연을 하는 것이었다. 학부생 수준에서는 꽤나 난도가 높았다.

'해설과 옹호'는 아주 유명했다. 수학과 학생이 아니어도 그 행사를 참관하려는 타과 학생들도 매우 많았다. 행사 규모도 점점 커지더니 몇 년 전부터는 몇백 명은 충분히 들어갈 수 있는 큰 강당에서 열리기 시작했다.

'해설과 옹호'가 권위를 가지게 된 것은 독특한 심사방식 때문이었다. 특히 단 2명만 올라가는 결선에서는 서울대 수학과 교수들은 심사에서 배제되고, 다른 대학 교수들이 대신 심사에 참가했다. 평가의 공정성을 기하기 위해서였다.

심사위원들은 학부생이라고 봐주는 법이 없었다. 그들은 대학원생들도 대답하기 어려운 까다로운 질문들을 가차 없이 퍼부었는데, 해설 강연을 한 학생은 그런 질문에 대답하며 자신이 했던 해설 강연을 옹호해야 했다. 그것이 '옹호'라는 이름이 '해설'이라는 이름과 더불어 학술행사의 제목이 된 이유기도 했다.

일주일 후 신민희 교수가 강의실에 들어오더니 말했다.

“채점 결과를 발표할게요. 호명하는 학생들은 일어나세요.”

그녀의 호명에 따라 최기준과 천강일이 자리에서 일어났다. 학생들은 그런 결과가 당연하다는 듯한 표정들이었는데, 두 사람의 실력을 인정하고 받아들이는 분위기였다.

10월 축제도 막바지에 이르러 ‘해설과 옹호’의 최종 결선이 열리는 날이 되었다. 수많은 학생들이 강당으로 몰려들었다. 수학과 교수들도 전원 참석했다. 수학이 근간이 되는 다른 전공 교수들도 적잖이 강당을 찾았다.

먼저 강단에 오른 것은 최기준이었다. 청중석 앞쪽에 자리 잡고 있던 성혜경이 입 모양만으로 ‘잘해’라고 응원을 보냈다. 그녀 옆에는 언니인 사비나 수녀도 같이 있었다. 그는 보일락 말락 고개를 끄덕이며 그녀들의 응원에 화답했다.

그런 모습을 지켜보는 천강일의 눈초리는 무서우리만치 차갑고도 날카로웠다.

‘오늘이 지나면 최고 실력자가 누구인지 모두 알게 될 거야. 영광은 나만의 것일 테고. 성혜경, 두고 봐. 내 오늘 반드시 최기준을 짓밟을 거야.’

최기준은 40분 동안 해설 경연을 했다. 그가 택했던 것은 바로 이전 해인 1986년에 필즈상을 수상한 미국의 수학자, 마이클 프리드

먼의 '4차원에서의 푸앵카레 추측 증명'이었다. 공교롭게도 천강일이 택했던 것도 그것이었다. 두 사람의 정면승부는 피할 수 없게 되었다. 그것은 외나무다리에서의 진검승부나 다름없었다.

최기준이 해설 강연을 마치자 천강일이 강단에 올랐다. 그의 강연도 최기준에 못지않았다. 목소리는 우렁찼고, 얼굴에는 확신이 가득했다.

수학과 학과장이 옆에 앉은 신민희 교수에게 말했다.

"저 친구들, 신 교수가 추천한 학생들이지? 실력들이 보통이 아닌데? 해설 강연만 가지고는 우열을 가리기 힘들겠어."

"해설 파트에서는 그렇죠? 옹호 파트에 들어가면 우열이 드러날 거예요."

옹호 토론에서는 두 사람이 동시에 연단에 올랐다. 그들이 나란히 앉은 자리 맞은편에는 심사에 참여한 다른 대학 수학과 교수 다섯 명이 자리를 잡았다.

모두들 숨죽이는 가운데 교수들의 질문이 시작되었다. '해설과 옹호'의 하이라이트에 접어든 것이다.

심사위원 교수들은 가벼운 질문부터 먼저 했다. 하지만 두 사람이 전혀 막힘없이 답변해 내자 질문 수준을 금방 높여 버렸다. 그래도 그들은 막힘이 없었다. 그런 시간이 계속 이어지자 교수들은 질문을 멈추고 자기들끼리 뭔가를 의논했다. 그러더니 심사 교수 대표가 연단을 내려와 학과장에게 물었다.

"이대로는 승부가 나지 않겠는데요? 둘 다 실력이 출중한데, 공동

우승으로 결정해도 되겠습니까?"

"'해설과 옹호'에 공동 우승은 없습니다. 정 우열을 가리기 힘드시다면 올해는 우승자를 내지 않는 것으로 하죠."

그때 신 교수가 끼어들며 말했다.

"질문 수준을 최대한 높여 보세요. 우승자가 누구인지 금방 드러날 거예요."

"아니, 지금 질문도 박사과정 수준인데 더 높이란 말씀이세요? 그건 너무 지나치지 않을까요?"

"아니에요. 둘 중에 한 친구는 반드시 살아남을 거예요."

심사 교수 대표가 학과장을 바라보며 최종 결정을 원하자 학과장이 말했다.

"그렇게 하시죠. 질문 수준을 최대한 높였을 때 누가 어떤 식으로 대답을 내놓으며 마이클 프리드먼을 멋지게 옹호해 낼지 저도 궁금해지네요."

심사 교수 대표는 다시 연단에 올랐다. 그리고는 마이크를 잡고 청중들에게 말했다.

"지금부터 던지는 질문은 이전과는 아주 다를 것입니다. '수학의 신은 가장 뛰어난 천재만 구원한다'는 말이 있죠? 여러분께서는 오늘 수학의 신이 과연 누구를 구원할지 지켜보시게 될 것입니다. 자, 그럼 다시 시작하겠습니다."

청중들은 모두 흥미진진해하는 표정들이었다. 순서가 돌고 돌아 심사 교수들 중 마지막 두 명이 남았다. 그들 중 한 명이 최기준에게 먼저 질문을 던졌다. 그의 답변은 여전히 막힘이 없었다. 대답이 술술 나오자 그만하면 됐다고 중간에 끊어야 할 정도였다.

천강일의 차례가 되었다. 질문은 동일했지만, 답변에 임하는 그의 모습은 달라져 있었다. 이전까지 보였던 확신에 찬 모습은 온데간데없이 사라졌고, 목소리도 작아졌으며, 말도 조금씩 더듬거렸다. 그럼에도 불구하고 그는 답변을 마쳤다. 하지만 청중들은 고개를 갸우뚱했다. 그의 답변은 최기준의 답변과 거의 비슷했기 때문이다.

마지막으로 심사 교수 대표 차례였다. 그는 질문을 하기에 앞서 청중들을 향해 먼저 말했다.

"제가 하려는 질문은, 사실 이런 질문까지 던져도 되는지 저 자신도 의아스러운 질문입니다. 수학을 전문으로 연구하는 학자들 사이에서나 오갈 수 있는 질문이기 때문입니다. 하지만 반드시 승부를 가려 달라는 학과장님의 당부도 있어서 어쩔 수 없이 질문을 드립니다. 이전 질문에는 최기준 학생이 먼저 답변했기 때문에 이번에는 천강일 학생에게 먼저 질문합니다."

천강일은 긴장된 표정으로 질문을 기다렸다. 하지만 얼마 안 있어 그의 표정은 여지없이 일그러지고 말았다. 대답거리를 전혀 찾을 수 없었던 것이다. 그가 고개를 가로저으며 답변을 포기하자 청중들 여기저기에서 술렁거림이 일었다.

심사 교수 대표는 고개를 돌려 최기준을 바라보았다. 똑같은 질문에 대답해 보라는 뜻이었다. 청중들의 눈길이 그에게 쏠렸다. 수학과 교수들의 눈길도 마찬가지였다.

학과장은 신 교수에게 나지막이 물었다.

"과연 대답할 수 있을까?"

"내기 하실래요? 저는 '대답할 수 있다'에 걸겠습니다."

청중들의 시선을 한 몸에 받은 채 최기준이 입을 열며 답변을 내놓기 시작했다.

"n이 3 이상인 다양체 위상 공간에서 어떤 두 점을 잇는 수많은 가능한 경로를 연속변형함수로 나타낼 때 얻게 되는 가장 큰 이점은, 3차원 이상의 다양체가 간단한 조각으로 나눠질 수 있다는 수술이론과 비교하자면 … ."

사실 청중들은 그가 하는 말을 하나도 알아들을 수 없었다. 하지만 물 흐르듯 유려한 답변에 연신 고개를 끄덕이는 심사 교수들의 반응을 지켜보면서 흘러가는 분위기는 대충 짐작할 수 있었다.

천강일의 모습은 대조적이었다. 고개를 푹 숙인 그의 모습은 푸시킨이 쓴 희곡, 〈모차르트와 살리에리〉에 등장하는 살리에리를 연상시켰다. 아무리 노력해도 모차르트의 천재성을 따라잡을 수 없었던 이탈리아의 음악가, 살리에리는 절망했었다.

최기준의 답변이 모두 끝나자 심사에 참여한 교수들은 박수를 쳤다. 그의 실력을 인정한 것이다. 심사 교수들의 의견을 전달받은 학과장이 연단에 올라 말했다.

"심사 결과는 만장일치였습니다. 1987년, 서울대학교 수학과 '해설과 옹호'의 최종 우승자는 최기준입니다."

4학년 2학기 기말고사가 끝나는 날이었다. 천강일은 마지막 시험을 치르고 나오는 성혜경을 기다리고 있었다. 그를 보자 그녀는 흠칫 놀라며 몸을 움츠렸다. 거의 반사적으로 나온 행동이었다.

"웬일이야?"

그녀가 잔뜩 긴장한 목소리로 물었다.

"겨울방학만 지나면 졸업인데, 이렇게 볼 날도 앞으로는 없을 거야. 그냥 헤어지기가 아쉬워서 왔어. 마지막으로 식사나 같이할까? 물론 네가 괜찮다면."

스토커 같았던 이전과는 달리 그는 의외로 정중하게 나왔다. 그녀도 긴장이 조금은 누그러졌다. 마지막이라는 말에 잠시 고민하던 그녀가 말했다.

"기준이는? 기준이와 함께라면 괜찮아."

"자취방에 가 봤는데 없더라고. 그래서 메모만 남겨 놓고 왔어. 우리가 먼저 가 있으면 금방 따라올 것 같아."

그녀는 최기준이 금방 온다는 말에 안심이 되었다. 하지만 그가 자취방에 없다는 것이 조금 의아하기는 했다. 점심때만 해도 오후 시험이 끝나면 밀린 잠이나 보충해야겠다고 말했기 때문이다. 사실 메모를 남겼다는 천강일의 말은 거짓말이었다. 그는 최기준의 자취방에는 찾아가지도 않았다.

그녀가 천강일을 따라간 곳은 몽마르트르의 카페였다.

"작년 3월 '별 헤는 밤'에 처음 들어왔을 때 녹두거리에서 했던 환영회 기억나? 그때가 엊그제 같은데 벌써 졸업할 때가 되었네. 시간이 이렇게 빨리 흐를 줄 알았으면 좀 더 잘해 줄걸 그랬어."

그녀는 그 말을 이제까지 집착에 가까울 정도로 쫓아다녔던 것에 대한 사과로 받아들였다. 그녀는 졸업할 때가 되니 마음을 정리하나 보다 생각하며 한 마디씩 그의 말에 대꾸해 주었다.

그녀는 계속해서 술을 마셨다. 하지만 그것은 그녀가 원해서가 아니었다. 이별주라면서 그가 따라 주는 술을 거절할 수 없어서였다. 그녀는 취기가 올랐다. 더 이상 마실 수가 없어서 사양했지만, 그럴 때마다 그는 '오늘이 마지막'이라는 말을 거듭해서 강조했다.

밤이 이슥해졌다. 카페의 홀 조명이 어두워지더니 무대 조명이 밝게 켜졌다. 청바지에 하얀 블라우스를 입은 여자 가수 하나가 통기타를 들고 무대 위로 올랐다. 그녀는 기타 음을 몇 번 조율하더니 노래를 시작했다. 〈아니, 난 전혀 후회하지 않아〉라는 프랑스 샹송이었다.

"저 노래, 가사 알아?"

"그, 글… 쎄…, 잘 기억이… ."

그는 스르르 눈이 감기기 시작한 그녀를 의미심장한 눈초리로 바라보며 말했다.

"첫 소절은 이렇게 시작해. '아니, 전혀 아니야. 아니, 난 전혀 후회 안 해. 남들이 내게 잘해 준 것도 필요 없고, 못되게 군 것도 상관없어.'"

"……."

그는 정신이 멀어져 가며 몸조차 가누지 못하고 기우뚱거리는 그녀 옆으로 자리를 옮겼다. 그리고는 그녀의 귀에 입술을 바짝 붙인 채 속삭였다.

"이 노래에서 가장 중요한 가사는 제일 끝에 나와. '전혀 후회 안 해. 왜냐하면 내 인생과 즐거움은 오늘, 너와 함께 시작되니까!'"

"…… ."

그는 완전히 정신을 잃어버린 그녀를 들쳐 업고 택시에 올랐다. 그들이 내린 곳은 난곡에 있는 그녀의 집이었다. 같이 살았던 그녀의 언니, 사비나 수녀는 유기서원기(有期誓願期)를 막 시작하면서 따로 나가 살았기에 집에는 아무도 없었다.

그는 아래를 내려다보았다. 거기에는 사랑하는 사람은 오직 최기준뿐이라며 한사코 자신을 거부했던 그녀가 완전히 무방비 상태로 너부러져 있었다.

몽마르트르의 카페에서 했던 마지막 구애까지도 차갑게 거절해 버린 그녀에게 그가 물었었다. 자신이 최기준보다 못한 점이 뭐냐고. 그때 그녀가 내놓은 대답은 딱 하나였다.

"기준이는 진실해."

그는 이글거리는 눈으로 그녀를 내려다보았다.

"지금 이 순간 가장 진실한 내 모습을 보여 주겠어. 너를 가질 수 없다면 흔적이라도 남길 거야. 그 자식은 내가 더럽힌 줄도 모르고 너와 함께하겠지? 바보 같은 새끼."

그는 그렇게 중얼거리고는 낄낄거렸다. 제정신이 아닌 듯했다.

간 그녀의 가슴은 쿵 하고 내려앉았다. 그 안에 희멀건 액체가 남아 있었던 것이다.

'그놈이 한 짓이야! 그놈이! 짐승만도 못한 놈!'

그녀는 솟구치는 분노에 치를 떨었다. 당장이라도 달려가서 그놈의 모가지라도 따고 싶었다. 갈가리 찢어 발겨도 성이 차지 않을 듯했다. 성혜경의 몸을 더럽힌 그놈을 용서할 수 없었다. 경찰에 신고해 감옥살이 시키는 것 정도로는 어림도 없었다.

하지만 그녀는 눈앞의 상황부터 먼저 수습해야 했다. 그놈의 더러운 흔적이 가득한 성혜경을 그대로 둘 수는 없었다. 그녀는 깨끗한 물수건으로 성혜경의 몸 이곳저곳을 닦아 냈다. 특히 그곳은 아무런 흔적도 남지 않도록 정성스럽게 닦아 냈다. 그리고는 새 속옷과 잠옷을 꺼내 갈아입혔다. 더러운 밤꽃 냄새를 빼내기 위해 창문을 열고 환기도 시켰다.

창문 커튼 사이로 아침 햇살이 들어와 방 안을 밝혔다. 밤새 계속되었던 그녀의 고민은 그때까지도 끝나지 않았다. 그녀는 기로에 섰다. 둘 중 하나를 선택해야 했다. 지난밤에 있었던 일을 모두 까발리고 짐승 같은 그놈을 준엄하게 심판할지, 아니면 모든 것을 묻어버릴지를 결정해야 했다. 그것은 대학 시절 세속의 여자로 계속 살지, 수녀가 될지를 놓고 고민할 때보다 훨씬 더 어려운 선택이었다.

해가 중천에 뜬 점심 무렵이었다. 성혜경이 깨어나더니 물을 찾았다. 그녀는 얼음물을 가져다주며 말했다.

"다 큰 계집애가 무슨 술을 그렇게 마셔!"

"미…, 미안해 언니…. 근데, 옷은 언니가 갈아입힌 거야?"

"어젯밤 일, 하나도 기억 안 나?"

"응. 강일이하고 술 마신 거 외에는 하나도 기억이 안 나…."

"잠시 나갔다 올 테니 꼼짝 말고 집에 있어!"

사비나 수녀는 집을 나와 수녀가 되기 전부터 다녔던 집 근처 성당을 찾았다. 평일 낮 시간이라 아무도 없는 텅 빈 성당 안에서 그녀는 무릎을 꿇었다. 기도대 위에 두 팔을 얹고 두 손을 마주 잡았다. 그리고는 이 세상 누구보다도 더 간절한 마음으로 기도했다.

'주님, 이 일을 어찌 하오리까….'

그녀는 경찰서로 달려갈 수도 없었다. 성혜경이 받게 될 충격이 두려워서였다. 성혜경은 자신의 몸이 더럽혀졌다는 것을 알게 되면 버텨 내지 못할 것 같았다. 그럴 가능성이 꽤 컸다. 자신도 예전에 비슷한 일을 당한 적이 있었기에 누구보다도 그것을 잘 알고 있었다. 두 눈을 꼭 감고 기도하는 그녀의 눈에서는 피눈물이 흘렀다.

기도를 마친 그녀는 성당을 나와 최기준의 집을 찾았다.

"갑자기 어쩐 일이세요? 무슨 일 있으세요?"

"일은 무슨…, 아무 일 없어. 그냥 의논할 게 좀 있어서."

"의논요?"

"나, 조금 있으면 스페인에 있는 본원으로 1년 동안 파견 간다는 거 알지?"

"네."

"그래서 말인데, 장래도 약속했으니 얼른 식 올리고 기준이가 우리 집에 들어와서 살아. 괜히 따로 살면서 돈 낭비할 필요 없잖아?"

"그래도 그건, 졸업이라도 하고 나서 … ."

"그럴 필요 없어. 내가 나갈 날이 얼마 남지 않았으니까 그 전에 해. 아니다. 말 나온 김에 오늘 당장 해. 그래야 내 마음이 편할 거 같아. 다 큰 계집애 혼자 집에 두는 게 영 마음에 걸려서 그래."

"그래도 그렇지, 어떻게 결혼식을 오늘 당장에 … ."

그의 말을 중간에 끊으며 그녀가 말했다. 목소리는 단호했다.

"결혼식이란 게 별거야? 어차피 기준이나 우리나 부모님 일찍 돌아가시고 가까운 일가친척도 없잖아? 그러니 초대할 사람도 없어. 우리같이 가난한 사람들에겐 이런 거 저런 거 다 필요 없어. 그저 주님 앞에서 사랑을 맹세하고, 서로를 남편과 아내로 받아들이면 되는 거야."

그녀는 그렇게 말하면서 돈을 건넸다.

"이걸로 혜경이 손에 끼워 줄 반지를 사. 손가락 치수는 내가 아니까 걱정 말고. 이 돈은 반드시 나한테 다시 갚아야 해. 돈이 아까워서가 아냐. 신부 손에 끼워 줄 반지는 남편 될 사람이 자기 돈으로 마련해야 해서 그런 거야."

"그만한 돈은 저한테도 있어요."

그날 저녁 그녀와 성혜경 그리고 최기준이 난곡의 집에 함께 모였다. 성혜경과 최기준은 각자 가진 옷 중에서 가장 좋은 옷을 입고 있었다.

결혼식의 주례이자 증인이자 하객이었던 그녀의 인도에 따라 성혜경과 최기준은 서로의 사랑이 영원히 변치 않을 것임을 약속하며 서로를 남편과 아내로 받아들이는 서약을 했다. 서로의 손가락에 반지를 끼워 줌으로써 결혼식이 모두 끝났다. 세상에서 가장 간단하고 조촐한 결혼식이었다.

사실 그녀의 뜻을 그나마 순순히 받아들였던 최기준과는 달리 성혜경은 그녀의 말을 선뜻 따르려 하지 않았다. 그녀가 너무 급하게 서둘렀던 데다가, 자신은 하얀 웨딩드레스에 면사포를 쓴 모습으로 정식으로 결혼식을 올리고 싶었던 것이다. 하지만 그녀의 단호한 말에 더 이상 반대하지는 못했다.

"난 너한테 단 한 번도 강요한 적이 없었다. 하지만 이번에는 '언니 말이 엄마 말이다' 생각하고 무조건 들어라. 그래야 내가 마음 편히 한국을 떠날 수 있다."

결혼식을 마치고 밤이 깊어지자 그녀가 말했다.

"두 사람은 이제 부부가 됐으니 오늘부터 여기서 같이 지내. 부부는 한시라도 따로 지내서는 안 돼. 기준이, 아니 이제부터는 최 서방이라고 불러야겠지. 짐은 내일 날이 밝으면 차차 옮기기로 하고, 오늘은 여기서 같이 자도록 해."

그녀는 집을 나왔다. 하지만 자신의 처소로 돌아가지는 않았다. 그녀는 집 앞 골목길의 어둠 속에 몸을 숨긴 채 방의 불빛이 꺼지기만을 기다렸다.

한참이 지났을 때 드디어 불이 꺼졌다. 그녀는 살며시 열쇠를 돌려 집 문을 연 다음, 소리 나지 않게 걸음을 옮겼다. 그리고는 방문으로 다가가 조용히 귀를 갖다 댔다. 방 안에서는 성혜경의 소리가 희미하게 새어 나왔다. 최기준이 힘쓰는 소리도 흘러나왔다.

그 소리를 들으며 그녀는 눈물을 흘렸다. 그것은 안도의 눈물이기도 했지만, 속죄의 눈물이기도 했다.

"혜경아, 기준아, 미안해 … ."

그녀는 그놈의 만행을 덮어 버리고 결혼을 서둘러 버린 자신을 하늘이 심판하더라도 어쩔 수 없다고 생각했다. 그것만이 성혜경을 위한 길이라 여겼다. 성혜경이 아기를 가지게 된다면 최기준의 피를 물려받은 자식이기를 바라는 마음만 간절할 뿐이었다.

그녀는 성호를 그으며 나지막이 기도했다.

"저의 죄를 용서하시고, 저 젊은 부부의 앞날을 보살펴 주소서."

남극과학기지

밤늦은 시각임에도 나선미는 급하게 천강일의 집을 찾았다. 남극에서 날아온 사고 소식을 전하기 위해서였다.

“온성캠프에 남아 있던 월동대원 4명 중 2명이 사망했고, 2명은 실종 상태라고 합니다.”

그녀는 천강일 앞으로 핸드폰을 내밀며 현장 사진들을 보여 주었다. 여연기지 책임자인 김대욱 박사가 온성캠프에서 찍어 보낸 사진들이었다.

“이런 사고가 발생할 경우 남극조약 사무국에 보고를 하게 되어 있는데, 어떻게 할까요?”

남극조약 사무국은 남극에서 과학기지를 운영 중인 29개 협의당사국들이 함께 모인 국제 조직이었다. 주된 임무는 협의당사국들의 활동지원, 정보교환 그리고 감시였는데, 특히 감시업무는 협의당사국들의 활동이 남극조약을 제대로 준수하는지를 조사할 수 있는 강력한 권한까지 포함했다.

남극조약은 영유권 주장, 군사활동 그리고 자원개발의 금지가 핵심이었다. 1986년에 남극조약에 가입한 우리나라의 경우 세종과학기지를 완공한 이듬해인 1989년부터 협의당사국 지위를 얻음으로써 남극에서의 모든 활동이 남극조약 사무국의 감시 대상에 포함되었다. 나선미가 남극조약 사무국에 대한 보고를 언급한 것에는 그런 배경이 있었다.

"정식으로 사고 보고를 하면 남국조약 사무국에서 조사관들을 파견해 온성캠프를 직접 조사합니다. 그렇게 되면 우리가 하고 있었던 자원탐사 활동이 전부 드러나게 ⋯."

"그건 안 돼! 절대 안 돼!"

천강일의 목소리는 단호했다.

"그러면 남극조약 사무국에는 일절 알리지 않고, 저희 산업통상자원부에서 자체적으로 조사하는 걸로 ⋯."

"그것도 안 돼!"

남극에 있는 한국 과학기지들은 해양수산부 소속의 극지연구소에서 통합 관리하고 있었다. 그런데 천강일은 명목상의 관할 부서는 그대로 둔 채 극지연구소의 실질적인 관할권 중 일부는 산업통상자원부와 국가과학기술위원회로 넘겨 버렸다. 남극에서의 자원탐사 활동을 강화하려는 목적이었는데, 대외적으로는 극비였다.

"그럼, 위원장님 말씀은 조사 자체를 아예 하지 않고 그냥 덮어 버리자는 ⋯."

"이 일에 관해 누가 또 알고 있나?"

"김 박사가 사고 발견 즉시 극지연구소장한테 보고한 모양입니다. 그리고 극지연구소장은 저한테 제일 먼저 연락을 해 왔고요."

"자네는 김종규 장관한테 이미 보고한 건가?"

"그럴 리가요. 위원장님을 가장 먼저 찾아뵙는 겁니다. 여연기지도 그렇지만 온성캠프도 직접 세우신 거나 마찬가지고, 또 온성캠프에서 하는 활동이 워낙 특수성도 있기 때문에 …."

"남극에서는 누가 알고 있나?"

"온성캠프로 직접 갔던 몇 명 외에 더는 없습니다. 현재로서는 그렇습니다만 …."

"시간이 지나면 결국 이야기가 쫙 퍼질 거다, 그런 말인가?"

"그렇습니다. 위원장님."

그는 사진 하나를 가리키며 나선미에게 물었다.

"이것도 사고 현장에서 나온 건가?"

"네, 위원장님. 제가 직접 가서 수습할까요?"

천강일이 사진을 들여다보느라 정신이 없자 윤미주가 대신 나섰다.

"아니에요. 나 보좌관은 여기 남아서 사고 소식이 새지 않도록 관계자들 입막음이나 잘하세요."

그녀는 계속 사진을 들여다보고 있는 천강일을 바라보며 말했다.

"당신이 직접 다녀와요. 그게 좋겠어요."

"직접 움직이시면 언론에서도 주목할 텐데, 괜히 긁어 부스럼 만드시는 게 아닐지 …."

그는 들여다보고 있던 사진으로부터 눈을 돌리며 말했다.

"자원탐사를 했다는 게 들통나면 보통 심각한 문제가 아니야. 그때는 모든 게 끝장이야, 끝장!"

나선미는 사고 수습에 필요한 사항들을 지시받은 후 지체 없이 집을 나섰다.

"언제 떠나게요?"

"내일이라도 당장 가야겠소. 과학기술 협력 문제로 뉴질랜드로 출장 간다고 하면 언론도 눈치채지는 못할 것 같소."

뉴질랜드의 남섬에 있는 크라이스트처치는 동남극으로 들어가는 대표적인 관문이었다. 그는 크라이스트처치에서 남극의 동쪽 끝단에 있는 장보고기지로 간 다음, 거기서 여연기지를 거쳐 온성캠프까지 갔다 올 생각이었다.

한윤경 부총영사는 긴박한 표정으로 준열의 연구실 안으로 들어섰다. 그녀는 혼자가 아니었다. 뒤에서는 최수혁이 따라 들어오고 있었다. 한미우주협정 리셉션장에서 얼핏 얼굴만 본 후로 준열이 최수혁을 다시 본 것은 실로 오랜만이었다.

"아니, 최 박사가 왜 부총영사님이랑 같이?"

"급하신 모양이니까 부총영사님 얘기부터 먼저 들어 보자."

그녀는 자리에 앉자마자 준열 쪽으로 얼굴을 바짝 들이밀었다. 목소리도 작게 내리깔았다. 남들이 들어서는 안 되는 비밀 이야기라도 하려는 것 같았다.

"남극과학기지에서 일이 터졌습니다. 천강일 위원장님께서 방금 전에 전화를 주셨는데, 박사님께서 남극으로 가서 무슨 일인지 좀 알아봐 달라고 하셨습니다."

준열은 어이가 없었다.

"혹시 잘못 찾아오신 거 아닙니까? 저 같은 심리학자한테 남극이라뇨?"

최수혁이 그녀에게 말했다.

"남극에서 터졌다는 사고부터 먼저 설명하시죠."

"자세한 내용은 저도 잘 모릅니다. 거기서 사람들이 한동안 어딘가에 갇혀 있었나 봅니다. 그런데 뭔가 이상한 점이 있다고 하더라고요. 알 수 없는 기호도 막 그리고 하면서요."

그녀는 핸드폰에 사진 한 장을 띄워 놓고 보여 주었다. 그러자 준열이 물었다.

"거기 사람들이 완전히 차단된 곳에 갇혀 있었나요?"

"그럴 겁니다. 거기 건물들은 완전 폐쇄형으로 지어지니까요. 짚이는 거라도 있으세요?"

"한 가지 떠오르기는 하지만 확실치는 않습니다. 사람들이 얼마나 오래 갇혀 있었는데요?"

"꽤 오랫동안이었나 봐요. 하지만 저도 정말 더 이상은 모릅니다. 지금까지 말씀드린 게 제가 전해 들은 전부입니다."

"사진 속의 기호 형상은 이마고의 한 종류 같아요."

"네? 이마고요? 그게 뭐죠?"

"이마고는 이미지라는 뜻의 라틴어인데…."

그는 이마고에 대해 설명하기 시작했다. 어려운 이야기는 피하면서 가급적 쉽게 설명하는 데 치중했다. 그래서 이마고를 설명하자면 필히 언급해야 할 원체험(原體驗), 원형(原型) 그리고 집단무의식에 대한 어려운 설명들은 일부러 빼 버렸다.

그의 설명을 다 듣고 나더니 그녀가 말했다.

"박사님, 남극으로 꼭 가 주셔야겠습니다. 위원장님께서는 박사님께서 결정하시면 최대한 협조하라고 하셨습니다. 저희는 지금 당장이라도 남극행 비행기편을 준비할 수 있습니다."

최수혁이 말을 이었다.

"위원장님께서 나한테도 전화를 주셨어. 잘 설득해 달라고. 내 생각에도 닥터 박이 직접 가서 살펴보는 게 좋을 것 같아. 닥터 박 말고는 적임자가 없어."

"박사님, 어떻게 하시겠어요?"

"한 가지만 더 여쭤볼게요. 이 일이 얼마나 중요한 일인가요?"

"국가적으로 아주 중요한 일이랍니다. 위원장님께서 그렇게 말씀하셨습니다."

그는 잠시 생각에 잠겼다가 마음을 정하며 말했다.

"제가 가서 살펴보도록 할게요. 하지만 도움이 될지는 솔직히 잘 모르겠어요."

사실 준열이 남극행을 수락했던 데에는 다른 이유도 있었다. 그는 휴스턴우주센터의 의뢰로 우주비행사들의 환시(幻視) 체험, 즉 시각적 환상에 대해 연구하고 있었는데, 한 부총영사가 보여 준 사진 속의 기호 형상이 우주비행사들이 임무 수행 중에 경험한 환시와 비슷했던 것이다.

남극으로 가는 길은 멀고도 멀었다. 먼저 준열은 휴스턴 공항을 출발해, 댈러스-포트워스 국제공항에서 국제선 비행기로 갈아타고, 남미에 있는 칠레의 수도 산티아고까지 가야 했다. 산티아고에서는 또 비행기를 갈아타고, 칠레 최남단에 있는 푼타아레나스까지 가야 했다. 그곳은 서남극, 즉 남극의 서쪽 지역으로 들어가는 관문이었는데, 세종과학기지가 바로 남극의 서쪽 끝, 킹조지섬에 있었다.

그는 틈날 때마다 한 부총영사가 건네준 자료들을 꺼내 읽었다. 한국은 서남극의 세종기지와 동남극의 장보고기지 외에도 남극 내륙 깊숙한 곳에 여연기지를 완공해 운영하고 있었다. 그뿐이 아니었다. 가장 최근에는 여연기지에서 남극점을 향해 더 나아간 지점에 온성캠프까지 완공해 시험운영 단계에 있었는데, 사고가 터진 곳이 바로 그곳이었다.

여연기지와 온성캠프의 이름은 여진족의 남하를 막기 위해 세종대왕이 세웠던 4군(四郡) 6진(六鎭)에서 따온 것이었다. 4군은 압록강 지역, 6진은 두만강 지역에 설치되었는데, 4군의 북쪽 끝이 여연(閭延), 6진의 북쪽 끝이 온성(穩城)이었다.

여연과 온성으로 인해 오늘날 우리나라의 북쪽 경계가 확정된 것인데, 천강일이 남극대륙의 새로운 과학기지 이름을 여연과 온성으로 정한 것은 남극에서 우리나라 영토를 새로 개척한다는 의미를 지니는 것이기도 했다.

준열은 푼타아레나스에 자욱한 안개 때문에 공항에서 잠시 대기해야 했다. 안개가 완전히 걷힌 후에야 세종기지로 향하는 비행기가 이륙할 수 있었기 때문이다.

그때 핸드폰이 울렸다. 김은영으로부터 온 전화였다.

"오빠, 왜 그렇게 전화 연결이 안 돼?"

"응. 비행기 타고 있어서 그래. 지금 미국을 떠나 있거든."

그는 남극행에 대해서는 아무런 말도 할 수 없었다. 남극행을 비밀로 해 달라는 한 부총영사의 요청 때문이었다.

"응. 그렇구나. 그런데 오빠, 혹시 김난희라는 사람 알아?"

"김난희? 모르는 사람인데?"

"오빠, 놀라지마. 김난희는 최수혁이 한국에 있을 때 만난 적이 있는, 불꽃이라는 룸살롱을 운영하는 여자야. 그런데 그 여자가 로고스의 집에 관해 최수혁과 이야기를 나눴다는 정보가 있어."

"뭐? 로고스의 집? 넌 그걸 누구한테서 들은 건데?"

"최수혁과 같이 일했던 사람인데, 오빠는 말해도 몰라. 그런데 오빠, 혹시 최수혁한테서 김난희나 로고스의 집에 관해 들은 거 없어?"

"전혀 없는데?"

"오빠, 내 얘기 잘 들어 봐…."

그녀는 양근찬 원장으로부터 들었던 최수혁과 김난희에 관한 이야기를 그에게 들려주었다. 그녀의 이야기는 푼타아레나스 공항에 안개가 걷힐 때까지 계속되었다.

그는 세종과학기지로 들어가는 비행기 안에서 남극순환해류를 내려다봤다. 거칠기로 유명한 남극순환해류는 지구의 다른 곳에서 남극으로의 진입을 가로막는 거대한 바다 장벽 같았다. 그 해류를 내려다보는 내내 그는 최수혁과 김난희 그리고 로고스의 집에 관한 생각에 빠져들었다.

'김난희는 누굴까? 최 박사는 로고스의 집을 어떻게 아는 걸까? 혹시 내가 거기 출신이라는 것도 알고 있을까?'

준열은 세종기지에 도착했다. 하지만 잠시 쉴 틈도 없이 여연기지로 곧장 떠나야 했다. 무거운 몸을 이끌고 비행기에 오르는 그가 안쓰러웠는지 세종기지 관계자는 이렇게 말했다.

"하루쯤 쉬었다가 가셔도 되는데, 내일은 날씨가 안 좋을 것 같아서 바로 가시는 겁니다. 지체 없이 여연기지로 모시라는 지시도 있었고요. 경치 구경하다 보면 금방 도착하실 겁니다."

그 말은 사실이 아니었다. 여연기지는 세종기지에서 직선거리로 3천km, 비행시간으로는 7시간 이상 걸리는 먼 거리에 있었다. 남극대륙을 동서로 가르는 남극횡단산맥을 넘어 동남극 내륙의 깊숙한 곳에 여연기지가 있었던 것이다.

그는 마침내 여연기지에 도착했다. 그곳은 남극이 봄으로 접어드는 10월 중순인데도 너무 추웠다. 기온이 무려 -51℃였다. 상상 속에서도 떠올리지 못한 온도였다. 그런데 그를 맞이한 여연기지의 최고 책임자 김대욱 박사는 도저히 이해할 수 없는 말을 했다.

"오늘은 날씨가 제법 괜찮은 편입니다. 여연기지는 하늘이 허락하는 날씨라야 한 번에 들어올 수 있는데, 박사님은 복도 많으십니다."

다음 날 아침 김 박사가 방문을 두드렸다.

"준비를 서둘러 주셔야겠습니다. 지금 떠나셔야 하거든요."

그는 허둥지둥 아침밥만 먹고 여연기지를 떠났다. 김 박사와 단둘이었다.

비행기에서 내려다본 남극대륙은 하얀색 천지였다. 얼음 두께만 평균 2km인 데다가 그 위에 또 어마어마한 눈이 쌓여 있어 생명의 흔적은커녕 맨땅도 찾아볼 수 없었다. 얼마나 갔을까, 남극에 대한 김 박사의 설명이 거의 막바지에 이르렀을 때 저 멀리서 온성캠프가 눈에 들어오기 시작했다.

세 개의 독립 건물로 이루어진 온성캠프는 처참한 몰골이었다. 건물 두 개는 지붕이 완전히 날아가 건물 안이 훤히 들여다보일 정도였다. 마중 나온 사람은 아무도 없었다. 온성캠프는 마치 텅 빈 것 같았다. 그는 고지대에서 휘몰아치는 활강바람인 카타바풍(風)을 맞으며 김 박사의 뒤를 따라 걸었다.

"비행기에서 보셔서 아시겠지만, 발전·설비동하고 숙소동, 두 건물의 지붕이 완전히 날아가 버리고, 여기 관측·연구동만 온전한 상태입니다. 사고는 바로 여기서 발생했고요."

"지붕은 왜 날아간 거죠?"

"예보에도 없던 블리자드가 갑자기 불어닥치더니 보름 동안이나 지속됐어요. 근래에 보기 드문 무시무시한 블리자드였습니다. 평소에 불던 카타바풍과는 차원이 달랐어요. 건물 지붕은 블리자드 첫날에 날아간 것 같습니다."

폭풍설(爆風雪)로 불리기도 하는 블리자드는 낮은 기온, 강력한 바람 그리고 맹렬한 눈보라를 특징으로 하는데, 사고 당시 불었던 블리자드는 바람의 세기가 시속 300km에 육박할 정도로 강력했다. 시계(視界) 역시 거센 눈보라로 인해 거의 제로에 가까웠다.

김 박사의 뒤를 따라 관측·연구동 건물 안으로 들어서자 역한 피냄새가 코를 찔렀다. 예상치 못했던 피비린내에 급히 코를 틀어막으며 얼굴을 찡그리는 순간, 컴컴했던 건물 실내가 갑자기 밝아졌다. 김 박사가 출입문 근처의 스위치를 찾아 불을 킨 것이다.

준열은 눈앞에 펼쳐진 상황에 아연실색하고 말았다. 바닥에는 사체 한 구가 나뒹굴고 있었다. 모습은 처참했다. 사체는 온통 피범벅이었는데, 역한 피냄새의 출처는 바로 그것이었다. 왼쪽 손목에는 날카로운 칼자국이 가로로 나 있었고, 거기서부터 나온 피가 바닥에 고인 채 얼어붙어 있었다.

잔뜩 찡그린 얼굴로 이리저리 사체를 살펴보고 있을 때 김 박사가 그를 다른 방으로 불렀다. 김 박사가 부른 방으로 들어선 순간 그는 또다시 경악하고 말았다. 그 방에는 천장에 달린 줄에 목을 매단 채 축 늘어진 또 하나의 사체가 있었다. 그가 현기증마저 느끼며 아찔해하고 있을 때 김 박사가 또다시 손짓하며 그를 불렀다.

"이것 좀 보십시오. 이것 때문에 박사님을 이 먼 곳까지 오시라고 한 것 같습니다."

그는 가까스로 정신을 가다듬으며 김 박사가 부르는 곳으로 갔다. 거기에는 책상이 있었고, 그 위에는 노트가 한 권 놓여 있었다. 노트를 들고 첫 장을 넘겼더니 깨알 같은 글씨가 나타났다. 그는 산란했던 정신을 집중시키며 첫 줄부터 읽어 내려가기 시작했다.

예보에도 없었던 블리자드가 갑자기 불어닥쳤다. 한규식 대원은 시설 점검을 하고 오겠다며 밖으로 나가더니 소식이 없었다. 노상욱 대원이 그를 찾아 나가려 했지만 나는 말렸다. 이미 늦었다고. 그는 고집을 꺾지 않고 기어이 밖으로 나갔다. 그도 결국 돌아오지 못했다.

발전 · 설비동이 날아가 버렸는지 전기도 끊기고, 통신도 두절됐다. 건물 안은 암흑에 휩싸였다. 우리들은 한데 모였다. 그래 봐야 나와 여운철, 둘뿐이었다. 외벽과는 거리가 먼 가장 안쪽의 작은 방이 우리가 모인 장소였다. 우리는 서로의 몸을 붙여 가며 조금의 온기라도 나누려고 애썼다. 하지만 윙윙거리는 바깥의 바람소리는 어쩔 수가 없었다. 아무리 귀를 막아도 바람소리는 여지없이 들려왔다. 칠흑 같은 어둠 속에서 그런 소리를 계속 들어야 한다는 것은 여간 괴로운 일이 아니었다.

그렇게 보낸 날들이 사흘째에 접어들었을 때였다. 갑자기 바람소리가 잦아들었다. 여운철이 블리자드가 소강상태에 접어든 틈을 타 여연기지로 귀환하는 게 어떻겠냐고 했다. 그는 곧 자신의 말을 주워

담을 수밖에 없었다. 금세 윙윙하는 바람소리가 다시 귓전을 파고들었기 때문이다.

며칠이 더 지났을 때였다. 나는 밖으로 나가 블리자드에 날아가 죽든, 건물 안에 남아 서서히 내려가는 온도에 얼어 죽든 선택할 수 있다고 말했다. 죽음을 피할 수 없다는 것을 그도 이미 알았는지, 내 말에 고개를 끄덕였다. 우리는 각자가 원하는 방식으로 죽기로 했다. 그는 밖으로 나가 블리자드에 날아가 죽는 것을 택했고, 나는 건물 안에서 얼어 죽는 것을 택했다.

여운철은 건물 밖으로 나가기 위해 문을 열었다. 그러자 무지막지한 눈보라가 건물 안으로 휘몰아쳤다. 그는 한 발짝도 밖으로 나갈 수 없었다. 그는 급히 문을 닫더니 내게로 와서는 이렇게 말했다. "내 맘대로 죽기가 왜 이리 힘들어!" 그것은 절규였다. 그의 눈에서는 차갑고도 마른 눈물이 흘러내렸다.

우리는 다시 모였다. 하지만 냉기로 얼어붙고 허기까지 졌던 탓에 대화마저 끊겨 버렸다. 그러던 중 그가 이상한 소리를 내기 시작했다. 그것은 헛소리였다. 그가 하는 말을 전혀 알아들을 수 없었다. 내용은 이치에 닿지 않았고, 순서도 뒤죽박죽이었다.

그렇게 며칠이 더 지났다. 그는 헛소리를 하는 데 그치지 않고 이상한 행동까지 하기 시작했다. 처음에는 손짓만 이상해지더니 나중에는 온 몸짓이 다 이상해졌다. 그는 분명 미쳐 가고 있었다. 그러는 와중에도 그는 어떤 기호 형상을 그리기 시작했는데, 그것은 내게도 아른거렸던 형상과 비슷한 모양이었다.

또다시 고요해졌다. 플래시를 끄자 이곳은 아무 빛도 없고, 아무 소리도 없는 절대적인 무(無)의 상태가 되었다. 그 절대 무의 상태에서 나는 죽음을 생각했다. '죽음은 확실하지만 시기는 확실하지 않다'고 했던가? 내겐 죽음도 확실했고 시기도 확실했다. 아마도 내일, 그도 아니면 모레쯤이면 죽음이 확실히 닥칠 것이다. 릴케가 말했다지? '버티는 것이 전부'라고. 하지만 묻지 않을 수 없었다. 이 같은 상황에서 어떻게 더 버틸 수 있는지를.

하루가 더 지났다. 내 정신은 점점 더 심연 속으로 빠져들었다. 또렷했던 기억들이 희미해지며, 나와 나 아닌 것 사이의 경계가 사라져 갔다. 그리고는 모든 의식의 관심사들이 차분히 가라앉은 채 모호하고 몽롱한 고요만이 나를 감쌌다.

그것으로 끝이 아니었다. 고요한 침묵이 한동안 계속된다 싶더니 불쑥 뭔가가 올라왔다. 그것은 구체적인 생각이나 기억이 아니라 충동이나 기분 같은 것이었다. 낯설고 기이한 이미지들이 무질서하게 튀어 올랐고, 급기야는 모든 것이 마구 뒤엉킨 채 두서없이 날아다녔다. 그와 동시에 뇌신경 모두가 흥분으로 들뜨는 기분이 급속도로 번져 나갔다. 한참을 그러더니 일순간 모든 혼란이 잠잠해졌다. 그리고는 이전까지는 어렴풋하기만 했던 기호 형상이 좀 더 확연한 모습으로 눈앞에 아로새겨졌다. 그것을 본 후 나는 모든 것을 끝낼 때가 되었다는 것을 알게 되었다.

아껴 두었던 마지막 플래시를 켰다. 그리고 의식을 잃어 가고 있는 여운철에게 다가가 어떻게 죽고 싶은지를 물었다. 스스로 죽을 힘도 남아 있지 않았던 그는 빨리 끝나는 방식으로 해 달라고 했다. 목을 매다는 것이 그나마 제일 빠른 방법이었는데, 내겐 그를 매달 힘도 남아 있지 않았다. 할 수 없이 그를 바닥에 눕혔다. 그리고는 있는 힘껏 목을 조였다. 그는 의식을 잃어 가는 와중에도 눈을 부릅뜨고는 나를 바라보았다. 나는 차마 그 눈길을 받아 낼 수 없었다. 겉옷을 벗어서 얼굴을 덮었다. 목 대신 코와 입을 틀어막고 다시 눌렀다. 남은 힘을 모두 짜내야만 했다. 하지만 얼마 버티지 못했다. 힘이 풀려 더 이상 누를 수가 없었다. 할 수 없이 칼을 찾았다. 그리고는 그의 손목을 그었다. 아직도 온기가 남았는지 따스한 붉은 피가 그의 손목에서 솟구쳤다. 그에게서 큰 경련이 일었다. 그는 몇 번을 들썩거리더니 세상에 남기는 마지막 동작인 듯 크게 한 번 요동치고는 이내 잠잠해졌다.

이제는 내 차례였다. 서둘러야 했다. 남아 있는 힘이 언제 바닥이 날지 알 수 없었다. 천장에 밧줄을 매달고 준비를 끝마쳤을 때 나는 내 생을 스스로 마감할 수 있다는 게 너무나도 다행스러웠다. 더 지체할 수는 없었다. 윙윙거리는 소리가 다시 들려오기 전에, 그래서 절대적인 고요가 끝나 버리기 전에 나는 나를 끝내야만 했다. 이제 세상과는 이별이었다. 세상이여, 안녕. 세상에 남겨진 나의 잔재들이여, 모두 안녕….

조금씩 솟아나기 시작했던 눈물이 마지막 문장을 읽었을 때에는 걷잡을 수 없이 흘러내렸다. 옆에서 같이 읽고 있던 김 박사도 마찬가지였다. 준열은 딱히 종교는 없었지만, 그 순간만큼은 어느 종교의 어느 신께든 빌고 싶었다. 그는 유명을 달리한 박영진 대장과 여운철 대원을 위해 기도했다. 블리자드에 날아가 버린 한규식과 노상욱, 두 대원을 위해서도 기도했다.

눈물을 훔치던 김 박사가 노트에 그려져 있는 기호 형상을 가리키며 물었다.

"박사님, 이건 뭐죠?"

"이것은…."

그가 막 대답하려는 순간, 바깥에서 비행기 소리가 들렸다. 김 박사는 후다닥 발걸음을 옮기며 건물 밖으로 나갔다. 여전히 카타바풍이 거센 가운데 저 멀리서 비행기 두 대가 맞바람을 뚫고 힘겹게 다가오는 것이 보였다.

비행기에서 제일 먼저 내린 사람은 천강일이었다. 그는 한국에서 직접 데리고 온 사건처리팀을 이끌고 관측·연구동으로 다가왔다.

"닥터 박, 먼 길 와 줘서 고맙네."

천강일과 일행은 김 박사의 안내를 받으며 건물 안으로 들어갔다. 이미 켜진 실내등으로 건물 안이 훤했던 터라 그들은 처참한 광경을 처음부터 목격할 수 있었다. 하지만 그들은 전혀 놀라지 않았다. 그런 광경은 수도 없이 많이 보아 왔다는 듯 그들의 태도는 이상하리만치 침착했고, 또 냉정했다.

사건처리팀은 일사불란하게 움직였다. 가장 먼저 자원탐사 기록들을 샅샅이 찾아내 박스에 담았다. 혹시라도 있을지 모를 남극조약 사무국의 현장조사를 대비한 조치 같았다. 그들은 사체도 수습했다. 그런데 그들의 행동은 전문 수사관들의 그것과는 사뭇 달랐다. 사체검안은 하지도 않고, 그저 치우는 데에만 급급했다.

천강일의 일행 중 한 명이 다가오더니 자신을 소개했다.

"박준열 박사님이시죠? 항공우주의료원 원장, 우승표 대령입니다."

우 대령은 인사를 나누자마자 사진 한 장을 꺼내더니 설명을 시작했다.

"제가 있는 항공우주의료원은 공군본부 직할 병원입니다. 일반 진료도 하지만, 전투기 파일럿들에 대한 신체검사, 건강관리 그리고 중력가속도 훈련 같은 특수 훈련들도 수행하고 있습니다."

우 대령의 설명에 의하면 항공우주의료원에서는 천강일의 특별 지시로 예비우주인들에 대한 훈련도 수행하고 있었다. 훈련의 첫 이수자들 중 한 명이 지구궤도선을 타고 일주일간 지구궤도를 돈 전우영 소령이었다.

"훈련생들 중 한 명이 정신증상을 호소하면서 이상한 그림을 그리기 시작했습니다. 무슨 기호 같았는데, 이 사진에 있는 게 바로 그것입니다."

그가 놀란 눈으로 사진을 들여다보고 있을 때 우 대령이 말을 이었다.

"그 훈련생은 결국 부적합 판정을 받고 훈련에서 배제되었는데, 얼마 지나지 않아 또 다른 훈련생 한 명도 비슷한 기호를 그리기 시작했습니다. 그때서야 저는 뭔가 심상치 않은 일이 일어나고 있다는 것을 알았습니다. 저도 의사지만 이런 기호는 본 적이 없었고, 그건 의료원 내의 정신과 닥터들도 마찬가지였습니다. 민간 전문가들한테 보여 봤는데, 그들도 대답을 못 하더군요. 다만 그들 중 한 명이 그 기호가 우로보로스 같아 보인다고는 했는데, 훈련생들이 왜 그걸 그렸는지에 대해서는 설명하지 못했습니다."

"혹시 훈련생들이 감각박탈 훈련, 그러니까 빛과 소리가 차단된 상황을 가정해서 적응훈련 같은 걸 한 적이 있습니까?"

"아니, 그것을 어떻게 아시죠? 우주선이라는 폐쇄 공간에서 비상사태가 생겼을 경우를 대비해서 그런 훈련을 주기적으로 반복했습니다."

"사고가 난 이곳 온성캠프와 비슷한 환경이라고 보면 되겠군요. 지독하게 춥다는 것만 빼고요."

"맞습니다."

"빛과 소음이 차단된 폐쇄 공간에 오래 머물다 보면 외부 자극과는 무관하게 정신 내부에서 자체적으로 감각들이 생겨나는데, 그런 것들을 자발감각(自發感覺)이라고 부릅니다. 그런 자발감각들은 환시(幻視)나 환청(幻聽)이라고도 할 수 있는데, 그것들 중 일부는 이마고와 밀접한…."

준열의 설명이 거기까지 이르렀을 때 어디선가 쿵 하고 묵직한 소리가 들렸다.

우 대령은 재빨리 소리가 난 방으로 달려갔다. 놀랍게도 그 방에는 천강일이 쓰러져 있었다. 다행히 의식은 잃지 않았는지 그는 곧 자신의 힘으로 다시 일어나려 했다. 우 대령은 지체 없이 다가가 그를 부축했다. 간신히 일어나 앉은 그의 몸은 미세하게 떨리고 있었다. 그의 손에는 박영진 대장이 죽기 전에 남긴 노트가 들려 있었는데, 아마도 그는 그 노트를 읽다가 쓰러진 것 같았다.

"현기증이 나서 잠시 그랬던 것뿐이니 야단 떨 것 없네."

그는 그렇게 말하면서 방문을 닫아 달라고 했다. 쓰러진 모습을 다른 사람들에게 보이기 싫은 듯했다.

"특별한 지병이 없으시다면 피로가 누적되어 그런 것 같은데, 좀 쉬셔야겠습니다."

"아무것도 아니라니까 그러네."

잠시 후 그가 우 대령을 바라보며 물었다.

"닥터 박한테 그 기호는 보여 줬는가?"

"네. 좀 전에 보여드리고 대강의 내용은 설명한 상태입니다."

그가 이번에는 준열을 바라보며 물었다.

"우로보로스라지? 그런데 그 기호를 왜 우주인 훈련생들이 그렸는지, 그리고 똑같은 기호가 왜 이 노트에도 그려져 있는지 설명을 좀 해 주게. 닥터 박이라면 그럴 수 있을 것으로 믿네."

준열은 일단 이마고부터 설명했다.

"머나먼 조상들이 했던 정신적 체험들은 그냥 사라지는 게 아닙니다. 그것들은 이미지 형태로 기억에 남게 되고, 그런 이미지 기억들 중 특히 중요한 것들은 후대로 전달됩니다. 유전자처럼 말입니다.

사실 우리들의 정신은 많은 것들을 이미지 형태로 저장합니다. 그래서 심리학에서는 '이미지가 기억이고 기억이 이미지다'라고 말하기도 합니다. 아주 오래전의 조상들로부터 후대로 전달된 이미지 기억들은 보다 특별한 명칭을 붙여서 따로 부르는데, 그게 바로 이마고입니다."

천강일이 물었다.

"지금 우리의 정신 내부에도 옛날 조상들이 했던 정신적 체험들이 이미지 기억, 그러니까 이마고 형태로 남아 있다는 건가?"

"그렇습니다. 다만 이마고는 무의식 속에 깊숙이 잠재되어 있어서 평소에는 의식하지 못하는 경우가 대부분입니다."

"알았네. 계속하게."

"우로보로스는 이마고의 일종인데 …."

준열은 우로보로스에 대한 설명으로 넘어갔다.

우로보로스에 등장하는 동물은 두 가지였다. 대부분은 뱀이었지만, 간혹 용이 등장하기도 했다. 하지만 큰 차이는 없었다. 어차피 용은 상상 속의 동물로서 뱀을 이상화한 것에 불과했다.

우로보로스는 '꼬리를 삼키는 자'를 뜻했는데, 뱀이 둥글게 몸을 말아 한껏 편 채 자기 입으로 꼬리를 물고 있는 형태가 대부분이었다. 우로보로스에 대한 학계의 설명도 그런 둥근 형태에 초점을 맞춘 것이었다.

인간의 내면과 상징에 대해 연구하던 칼 융은 깊은 정신적 침체에서 빠져나오지 못하던 때가 있었다. 그 시기에 그는 특별한 이유도 없이 원 그림을 계속 그렸다. 그는 자신이 그리는 원 그림이 점점 더 완벽한 원의 형태를 닮아 간다는 것을 깨닫게 되었는데, 그런 변화는 자신의 내면이 치유되는 과정과 보조를 같이한다고 생각했다. 그런 경험을 통해 그는, 원형(圓形)은 가장 완전한 도형으로서 인간의 내면이 이를 수 있는 가장 완벽한 이상(理想)을 상징한다고 주장했다.

그의 설명을 듣던 천강일이 의아스럽다는 듯이 물었다.

"원의 형태가 가장 완벽한 이상적인 내면을 상징한다면 왜 정신이 이상해져 버린 우주인 훈련생들이 우로보로스를 그렸고, 또 왜 박영진 대장이 그것을 그리다가 목을 매달았는지 나는 그것이 궁금하네. 사실 우로보로스가 완전과 이상을 상징한다는 설명은 국내의 한 전문가도 한 적이 있었거든. 그런데 그 전문가도 왜 미쳐 가는 사람이 그런 우로보로스를 그렸는지는 전혀 설명을 못 하더군."

"그 전문가는 우로보로스에 대한 한 가지 해석밖에 몰랐던 것 같습니다."

천강일이 물었다. 궁금증 때문인지 그의 눈동자는 커져 있었다.

"그래? 그렇다면 닥터 박이 알고 있는 다른 해석은 뭔가?"

"우로보로스는 완전과 이상뿐만 아니라 죽음과 파멸을 상징하기도 합니다. 그 전문가는 그것을 몰랐던 것 같습니다."

"죽음과 파멸? 그게 무슨 말인가?"

"자세히 보십시오. 우로보로스는 둥근 원의 형태일 뿐 아니라 뱀이 입으로 꼬리를 물고 있는 형상입니다."

이제까지 가만히 듣고만 있던 우 대령이 갑자기 나서며 물었다.

천강일 못지않게 우로보로스에 관심이 많은 모양이었다.

"박사님, 뱀이 자신의 꼬리를 입으로 물고 있는 게 도대체 어떻다는 거죠?"

그는 우 대령을 바라보며 되물었다.

"인간의 공포 중에서 가장 근원적인 공포가 뭐라고 생각하십니까?"

"그것은… 아마도… 죽음에 대한 공포이겠죠?"

"맞습니다. 죽음의 공포를 소멸 공포라고도 하는데, 태어나기 이전의 상태로 돌아가는 것, 범위를 넓혀서 말하자면 세상이 창조되기 이전의 상태로 돌아가는 것에 대한 공포를 뜻합니다. 박영진 대장이 노트에서 썼던 것처럼 절대적인 무(無)의 상태로 돌아가는 것에 대한 공포가 소멸 공포인 건데, 그것이 인간의 가장 근원적인 공포입니다."

우 대령이 또 물었다. 한번 질문을 시작하자 도저히 중간에 그만둘 수 없는 것 같았다.

"박사님, 뱀이 자기 입으로 꼬리를 물고 있는 게 왜 소멸과 연결되는 거죠?"

"흔히 쓰는 표현으로 '먹어 치운다'는 말이 있죠? 뭔가를 먹어 버리면 먹힌 대상은 세상에서 치워져 버리는 것입니다. 소멸되어 사라지는 거죠. 우로보로스 형상을 보면 뱀은 자기 자신을 꼬리부터 먹어 치우고 있습니다. 단순히 꼬리를 물고만 있는 것이 아니라, 스스로를 먹어 치우면서 존재 이전의 상태로 소멸시키고 있는 것입니다."

우 대령이 또다시 물었다.

"그럼, 우로보로스의 뱀은 왜 그렇게 하는 거죠? 그건 스스로를 죽음으로 몰아가는 행위 아닌가요? 단순히 먹을 것이 없어서 그러는 건 아닌 것 같은데 … ."

우 대령이 말끝을 흐리며 그렇게 묻자 그는 프로이트의 꿈 이야기를 꺼냈다. 인간이 스스로를 파멸시키는 근본적인 심리적 동기에 관해 설명하기 위해서였다.

"프로이트는 어떤 꿈을 반복해서 꿨는데, 그것은 그가 박사학위 취득을 위한 구술시험에 계속 떨어지는 꿈이었습니다. 재미있는 것은 그가 그 꿈을 꾸기 시작한 시점이 박사학위를 받은 다음이었다는 것입니다."

우 대령이 고백하듯이 말했다.

"저도 비슷한 꿈을 꾼 적이 있습니다. 제 경우에는 대령 진급이 박탈되는 꿈이었습니다. 그런데 그런 꿈은 왜 꾸는 거죠?"

"자기-징벌, 그러니까 자신이 저질렀던 과오를 스스로가 징벌하기 때문입니다. 그 꿈은 프로이트에게 이렇게 말하는 것과도 같습니다. '그런 잘못을 저질렀던 네가 박사학위라니. 너는 그럴 자격이 없다'고 말입니다."

우 대령은 자신이 저질렀던 과오들에 대해 생각이라도 하는 듯 갑자기 말이 없어졌다.

"프로이트는 자신의 과오에 대해서는 아무런 고백도 하지 않았습니다. 다만 자신이 꾼 꿈은 예전의 잘못을 스스로가 징벌하는 '처벌 꿈'이라고는 분명하게 말했습니다."

그 말을 듣더니 우 대령은 혼잣말로 중얼거렸다.

"장군 진급은 꿈도 꾸지 말아야겠군…."

그는 우 대령의 말을 일부러 못 들은 척하며 계속 말했다.

"세상의 모든 것들은 생기고, 머물고, 변화하고, 소멸합니다. 그런데 소멸하면 그것으로 끝일까요? 아닙니다. 그것은 또 다른 생김, 즉 재탄생으로 이어집니다. 결국 소멸은 재탄생에 이르는 하나의 과정인 것인데, 그런 과정을 거듭해 나갈수록 인간의 내면은 점점 더 성숙된 방향으로 성장해 나갑니다."

"우로보로스는 죽음과 파멸로 끝나 버리기도 하지만, 그것을 넘어서서 재탄생으로 이어질 수도 있다는 거네요? 그렇다면 우로보로스는 보는 사람에 따라 완전히 다른 의미를 지닐 수도 있다는 말씀입니까?"

"그렇습니다. 우로보로스는 소멸, 즉 죽음과 파멸로만 인식될 수도 있고, 더 큰 자기를 완성해 가는 재탄생 과정으로 인식될 수도 있습니다. 죄가 중할수록 벌도 무거워지는 법입니다. 결코 용서받지 못할 중죄를 지은 사람은 우로보로스에서 죽음과 파멸만 볼 수 있을 뿐입니다. 더 큰 자기로의 재탄생이란 어림도 없는 일이죠."

그는 고개를 끄덕이는 우 대령을 바라보며 말했다. 우로보로스에 대한 긴 설명을 마무리 짓는 말이었다.

"'죄의 삯은 사망'이라는 말이 있죠? 인간이 저지른 악행들은 잠시 망각할 수는 있지만, 결코 완전히 사라지지는 않습니다. 그것들은 여전히 무의식에 남아 심판의 날을… ."

그가 거기까지 말했을 때 천강일이 이리저리 휘청거리더니 큰 나무가 쓰러지듯 앞으로 꼬꾸라졌다. 옆에 있던 우 대령이 급히 손을 뻗으며 잡으려 했지만 이미 늦었다. 천강일은 좀 전에 그랬던 것보다 더 큰 소리를 내며 쿵 하고 바닥에 나뒹굴었다.

잠시 시간이 흐른 후 우 대령은 다시 일어나 앉은 천강일에게 말했다.

"정밀검진 꼭 받아 보십시오. 한 번은 모르겠지만, 두 번씩이나 쓰러지신 것은 절대 가볍게 볼 일이 아닙니다."

"알겠네. 그리하겠네."

처음과는 달리 천강일의 대답은 순순해졌다.

김대욱 박사는 우 대령 지시로 여연기지에 급히 무전을 쳤다.

"온성캠프로 빨리 비행기 띄워. 장보고기지에도 연락해서 크라이스트처치로 나가는 비행기도 준비하라고 하고."

준열은 여연기지에서 천강일과 헤어졌다. 그가 가는 길은 천강일과는 정반대 방향이었다.

그는 세종기지에서 푼타아레나스로 돌아가는 비행기 안에서 남극순환해류를 내려다보며 또다시 생각에 잠겼다. 남극으로 들어올 때는 최수혁과 로고스의 집에 대한 생각이었지만, 이번에는 천강일에 관한 것이었다.

천강일이 첫 번째로 쓰러진 것은 박영진 대장이 쓴 글의 마지막 부분을 읽으면서였다. 거기에는 박 대장이 여운철 대원의 부탁을 받고 그를 죽음에 이르게 하는 과정이 적혀 있었다. 천강일이 두 번째로 쓰러진 것은 그가 '죄의 삯은 사망'이라는 말을 꺼내며 과거의 악행들은 결코 사라지지 않은 채 심판의 날을 기다린다는 말을 막 하기 시작했을 때였다.

그는 천강일이 쓰러진 이유에 대해 생각했다.

'어떤 죄가 있었던 건 아닐까? 그것도 그냥 죄가 아니라 용서받지 못할 중한 죄가…?'

그는 천강일이 어떤 사람인지가 궁금해졌다. 알려진 명성이나 화려한 업적 말고, 천강일이 살아온 진짜 인생이 궁금해졌다. 거기엔 그를 두 번씩이나 쓰러지게 한, 말 못 할 비밀들이 가득할지도 모를 일이었다.

나사 스캔들

텍사스 북서부에는 러벅이라는 도시가 있었다. 루나는 고향 러벅을 혼자 지키며 살고 있는 자신의 아버지에게 준열을 인사시키고 싶어 했다.

러벅은 휴스턴에서 1천km가 넘는 먼 거리에 있었다. 비행기로도 2시간 거리였다. 그런데 그녀는 가는 길에 꼭 보여 주고 싶은 게 있다며 비행기 대신 자동차로 가자고 했다. 그래서 준열은 운전만 10시간 넘게 해야 하는 러벅을 그녀와 함께 가게 되었다.

북서쪽으로 올라갈수록 언덕이 얕아지고 땅이 편평해졌다. 특히 미들랜드라는 곳에서부터는 주위에 높은 것들은 아무것도 보이지 않고, 드넓은 평원만이 끝없이 펼쳐졌다. 북쪽의 캐나다로부터 남쪽의 텍사스까지 세로로 내리뻗은 북미대륙 최대의 대평원 지대에 들어선 것이다.

그녀는 길가에 차를 세우고 잠시만 쉬어 가자고 했다.

"이런 곳에 와 본 적이 있나요? 눈에 보이는 것은 지평선뿐인 대평원 말이에요."

그는 꿈속에서는 그런 지평선을 여러 번 경험한 적이 있었다. 그것은 잊을 만하면 되풀이되는 일종의 '반복 꿈'이었다. 하지만 꿈에서 그는 한 번도 지평선에 도달한 적이 없었다. 언제나 가던 길을 멈추거나 주저앉거나 길을 잃고 헤매거나 했다. 심지어는 사방의 지평선에서 몰려든 짙은 안개들에 몸이 한 부분씩 사라지기도 했다.

"직접 와 본 건 이번이 처음이에요."

"만일 이곳에 길도 없고 표지판도 없다면 준열은 어디를 향해 갈 건가요?"

대평원을 천천히 돌아보며 그녀가 물었다. 그로서는 대답하기 힘든 질문이었다. 그가 생각에 잠기며 아무런 말도 없자 그녀가 말을 이었다.

"가끔 그런 생각을 해요. 이런 곳에서 어디로 향할지를 정하는 것은 마음이라고요. 발걸음을 이끌어 줄 다른 존재가 전혀 없을 때 사람이 내딛는 발걸음의 방향은 오직 한 가지밖에 없어요. 마음이 가리키는 방향인 거죠…."

어렸을 때 세상을 떠난 그녀의 어머니는 어느 순간부터는 꿈에 나타나지 않았다. 꿈속에서 어머니를 꼭 다시 만나게 해 달라고 기도하며 잠들기도 해 봤지만 소용이 없었다. 그래서 나중에는 기도하는 대신 대평원을 찾아오곤 했다.

사방팔방이 모두 지평선뿐인 대평원에서 그녀는 한 번은 이쪽으로, 또 한 번은 저쪽으로 무작정 지평선을 향해 걸었다. 어떨 때는 이쪽 너머에 어머니가 있을 것 같았고, 또 어떨 때는 저쪽 너머에 어머니가 있을 것 같아서였다. 정처 없이 한참을 걷다 보면 어머니에 대한 그리움이 조금은 가시곤 했다.

"루나, 그런 기억이 있는 줄은 몰랐어요."

대평원에는 어디에서 처음 일었는지 부드러운 산들바람이 불어왔다. 그 바람은 그녀의 머릿결을 잔잔하게 흩날려 주었다. 그것은 마치 그녀의 어머니가 지평선 너머에서 전해 주는 부드러운 속삭임 같았다. 그것을 아는지 모르는지 그녀의 얼굴에서는 어머니에 대한 애잔한 그리움이 잔잔하게 피어났다.

루나의 아버지는 사람 좋아 보이는 베이커였다. 그는 러벅 외곽에서 조그마한 빵집을 운영하고 있었는데, 그 지역에서는 꽤나 유명했다. 부드러운 식감과 구수한 향은 그 빵집의 자랑거리였다. 그녀는 그것이 어머니의 레시피였다고 했다.

저녁 식사 자리에서였다. 그녀의 아버지가 갓 구워 낸 빵을 준열에게 건넸다. 푸근한 얼굴엔 인자한 미소가 가득했다. 빵을 받아 들던 준열은 갑자기 목이 멨다. 그는 차마 눈물까지 보일 수는 없어 양해를 구하고는 밖으로 나오고 말았다.

붉은 노을을 바라보며 억지로 눈물을 삼키고 있을 때 뒤따라 나온 루나가 다가오며 물었다.

"괜찮아요? 왜 갑자기 …?"

"아무것도 아니에요. 그냥 나도 모르게 …. 아버님은 참 따뜻한 분 같아요 … ."

그녀는 준열이 첫 강의 주제로 아버지의 죽음을 선택했었던 기억을 떠올렸다. 그때는 그가 왜 그런 주제를 택했는지 이해할 수 없었다. 하지만 이제는 이해할 수 있었다. 그는 누군지도 모르는 아버지를 그리워하는 것 같았다. 언제나 묵직한 모습을 보이기만 했던 그가 마음을 열며 속 이야기를 꺼내자 그녀는 따뜻하게 그를 감싸 안았다.

두 사람은 러벅의 밤거리를 걸었다. 그가 살아온 이야기들을 가만히 듣고 있던 그녀는 그의 어깨에 머리를 기댔다. 그리고는 조금은 조심스러운 목소리로 물었다.

"준열, 운명을 사랑해요?"

그는 한참 동안 생각하더니 천천히 대답했다.

"견딜 뿐 … , 사랑하지는 못해요 … ."

최근 들어 '이런 것이 행복일까?'라는 생각이 조금씩 들기 시작한 건 사실이었다. 텅 비었던 실험실에 기기와 장비도 빼곡히 들어찼고, 계획했던 연구도 순풍에 돛 단 듯이 잘 진행되고 있었다. 돌아가는 상황만 놓고 보자면 모든 것이 순조로웠다. 그렇다고 운명을 사랑한다고까지 말할 수는 없었다. 그것은 솔직한 심정이었다.

"걱정 말아요. 언젠가는 그런 날이 올 거예요."

"그럴 수 있으면 … ."

그가 말을 다 마치기도 전에 그녀가 그의 입술에 키스했다.

"사랑해요. 준열 … ."

그날 밤 그녀의 아버지가 직접 봐 준 잠자리는 그렇게 포근할 수가 없었다.

최수혁은 휴스턴으로 돌아오는 비행기 안에 있었다. 뉴멕시코주에 있는 로스앨러모스연구소를 방문하고 나서였다. 미국 에너지부 산하 국립연구소였던 로스앨러모스연구소는 세계 최초로 핵폭탄을 설계한 연구소로도 유명했는데, 현재는 핵융합 에너지에 관한 연구를 수행하고 있었다.

그가 로스앨러모스연구소를 처음 방문한 것은 지난 7월, 한미우주협정이 체결된 직후였다. 당시 미국의 핵융합 연구는 보잘것없는 수준이었다. 1억℃의 초고온에서 플라즈마 난류를 제어할 수 있는 시간이 고작 10분에 지나지 않았다.

하지만 불과 넉 달이 채 지나지 않는 동안 미국의 플라즈마 난류 제어 시간은 급격하게 늘어나기 시작했다. 모두 최수혁 덕분이었다. 무작위인 듯 보였던 플라즈마 입자의 움직임을 그의 방정식이 정확하게 예측해 내자 로스앨러모스연구소의 책임자, 제프리 뉴먼 박사는 놀라움을 감추지 못했다.

"플라즈마의 움직임을 그렇게까지 정밀하게 예측할 수 있으리라고는 상상조차 못 했습니다. 이제 미국도 한국 수준을 따라잡을 날이 멀지 않았겠지요?"

"아마 그럴 겁니다."

최수혁은 대답은 그렇게 했지만 속생각은 전혀 달랐다.

핵융합 에너지의 가치는 말로 표현하기 어려울 정도였다. 핵융합 에너지는 핵분열 에너지에 비해 에너지 효율이 7배나 더 높았다. 게다가 주연료인 수소는 바다에 무한정으로 녹아 있었고, 방사능 위험도 거의 없었다. 바로 그런 점들이 핵융합 에너지를 인공태양, 즉 꿈의 에너지라고 부르는 이유들이었다.

사실 그가 미국에 협조하는 것은 한국을 배신하는 행위나 다름없었다. 그런 점에서 김은영이 샌타바버라에서 했던 말은 옳았다. 하지만 그는 그렇게 할 수밖에 없는 이유가 있었다. 바로 천강일 때문이었다.

천강일은 유독 우주 진출에 관심이 많았다. 유인 지구궤도선을 성공적으로 발사하는 등 의미 있는 성과도 거두었다. 그로써 한국이 우주시대를 여는 데 큰 기여를 했다고 말할 수도 있었다. 하지만 그는 만족할 줄 몰랐다.

천강일의 야망은 매우 컸다. 그는 우주탐험의 선두 대열에 한 번에 뛰어오르려 했다. 그래서 그랬는지 달 탐사 계획은 건너뛰어 버렸다. 그 대신 보다 원대한 계획에 매달렸다. 화성을 목표로 삼았던 것이다. 그것은 뒷전으로 밀려나는 것을 견디지 못하는 성격 때문인지도 몰랐다. 하지만 그의 야망은 무리였다. 한국에는 유인 우주선을 화성에 보낼 만한 능력이 없었다.

천강일에게도 믿는 구석은 있었다. 미국과 손을 잡는 것이 그의 계획이었다. 그는 미국과 협상을 벌이며 심우주 계획에 한국을 동참시켜 주기를 요구했다. 하지만 그것은 씨도 먹히지 않을 요구였다.

한국으로부터 얻을 게 전혀 없었던 미국은 그의 요구를 거절해 버렸다. 그때 그가 내민 결정적인 협상 카드가 한 장 있었는데, 그게 바로 최수혁이었다.

천강일은 최수혁을 미국에 넘겨 버렸다. 그리고는 그것을 철저히 비밀에 부쳤다. 대신 한미우주협정을 화려하게 포장했다. 한국이 미국과 차세대 우주선 엔진 개발에 함께 나서고, 그것을 바탕으로 화성 유인탐사를 공동으로 추진한다고 대대적으로 선전했던 것이다.

하지만 한미우주협정의 핵심은 그런 것들이 아니었다. 최수혁의 방정식이 해결해 낼 플라즈마 난류 제어가 핵심이었다. 그것만 제어할 수 있으면 핵융합 에너지 생산은 시간문제에 불과했다. 화성으로 가는 차세대 우주선 엔진 역시 시간이 해결해 주는 부차적인 문제에 지나지 않았다.

한미우주협정의 어두운 뒷거래를 폭로하기만 해도 천강일은 무너질 수 있었다. 하지만 최수혁이 원했던 것은 그런 정도가 아니었다. 그것으로는 턱없이 부족했다. 그는 훨씬 더 처절하고 잔인한 파멸을 원했다.

그런데 시간은 최수혁의 편이 아니었다. 뉴먼 박사의 말마따나 미국이 한국의 핵융합 에너지 기술을 따라잡을 날이 점점 더 다가오고 있었다. 그는 준열을 천강일이 있는 한국으로 돌려보낼 방법을 좀 더 서둘러서 찾아야 했다. 그것이 휴스턴으로 돌아오는 비행기 안에서 그가 빠져든 고민이었다.

국제우주정거장(ISS)에서 미국 우주인 2명이 지구로 귀환했다. 예정을 훨씬 앞당긴 이례적인 귀환이었다. 나사에서는 조기 귀환의 이유를 밝히지 않았다. 심지어는 언론 취재까지도 막았다. 거기에는 그럴 만한 이유가 있었다. 귀환 우주인 중 1명이 정신이상 증세를 보였기 때문이다.

우주인들의 정신건강은 매우 민감한 문제였다. 몇 년 전에 발생한 사고 때문에 더욱더 그랬다. 당시 국제우주정거장에서는 내부 기압이 지속적으로 떨어지는 문제가 발생했다. 조사 결과 선체에 직경 2mm 크기의 구멍 2개가 발견되었는데, 우주인들이 급히 그 구멍들을 찾아 막지 않았다면 심각한 상황이 초래될 수도 있었다.

처음에는 운석 조각이 충돌해서 생긴 것으로 여겨졌다. 하지만 그 구멍들이 내부에서 바깥으로 뚫린 것이란 사실이 밝혀지면서 파장이 일었다. 러시아 측에서는 정신이 이상해진 미국 우주인이 고의로 구멍을 뚫었다고 주장했다. 미국 측에서는 자국 우주인의 정신이상설을 극구 부인했지만, 의혹은 쉽게 가라앉지 않았다.

그런 전례가 있었기에 언론은 우주인들의 조기 귀환 이유에 관심을 집중시키고 있었다. 그런데 결국에는 일이 터지고 말았다. 귀환 우주인의 정신이상을 폭로하는 기사가 난 것이다.

다음 날 후속 기사가 또다시 미국을 흔들었다. 우주인들의 정신건강상의 안전이 보장되지 않은 상태에서 화성 유인탐사를 추진하고 있는 나사의 무책임한 행태를 꼬집은 기사였다. 파장은 훨씬 더 커졌다. 나사의 심우주 계획 전반에 대한 부정적인 여론이 조성되기 시작했다. 심지어는 유력 정치인들까지 나서서 심우주 계획의 재검토 필요성을 말하기도 했다.

백악관이 연방수사국(FBI) 헤럴드 반스 국장을 호출한 것이 바로 그 시점이었다. 미국은 달에 우주인을 가장 먼저 보냈듯이 화성에도 가장 먼저 발자국을 남기기를 원했다. 하지만 급속도로 미국을 따라잡고 있는 중국이 문제였다. 화성 유인탐사가 중국에 뒤처질지 모른다는 우려도 제기되는 상태였다. 그랬기에 미국의 화성 유인탐사는 그 어떤 지체도 용납하지 않고 착착 진행해야 하는 아주 중요한 국가적 사업이었다.

반스 국장은 특별수사관 재클린 오언을 불러 단호한 목소리로 말했다.

"백악관이 난리가 났어. 이번 사태 빨리 해결하지 못하면 내 모가지부터 날아갈 판이야. 언론에 주둥이 나불거린 쥐새끼가 누군지 당장 잡아 와! 못 찾겠거든 쥐새끼 비슷하게 생긴 놈이라도 대신 잡아 와!"

하지만 사태는 더 악화되었다. 후속 기사가 또 나왔다. 사흘 연속으로 폭로 기사가 터진 것인데, 이번에는 '3분기 현상'을 집중 조명하는 기사였다.

'3분기 현상'은 우주인들의 정신적인 문제가 임무 수행기간의 4분의 3에 이르는 시점부터 집중적으로 발생한다고 해서 붙여진 이름이었다. 그것은 앞으로도 반을 더 지나야 한다는 생각에 우주인들의 심리적 방어체계가 일시에 무너짐으로써 발생하는 것으로 추정되고 있었다. 특히 임무 수행기간이 길수록 그런 문제가 더 심해지는 경향이 있었기에, 화성 유인탐사의 경우처럼 장기간 우주선을 타야 하는 우주인들에게는 여간 심각한 문제가 아니었다.

'3분기 현상'은 휴스턴우주센터 내부에서만 통용되던 전문용어였다. 그런 용어가 기사에 쓰였다는 것은 휴스턴우주센터 내부의 누군가가 언론에 정보를 흘렸다는 것을 강력하게 뒷받침했다.

오언은 수사관들을 불러 놓고 말했다.

"진짜 쥐새끼든, 쥐새끼처럼 생겼든 상관하지 않는다. 의심 가는 놈은 일단 다 잡아 와라."

오언의 지시를 받은 수사관들은 즉각 행동을 개시했다. 가장 먼저 수사 대상이 된 사람들은 우주인 정신건강 문제에 관여해 온 휴스턴우주센터 내·외부의 전문가들이었다.

조사실로 불려 간 준열은 처음에는 그냥 의례적인 조사일 뿐이라고 생각했다. 그런데 막상 겪어 보니 전혀 그렇지가 않았다. 그는 정보 유출을 완강히 부인했지만, 수사관들은 추궁을 멈추지 않았다. 그는 사실상 구금 상태나 다름없었다. 사태의 심각성을 깨달은 그는 변호사를 선임해야 하는지를 고민하기 시작했다.

조사실의 상황을 지켜보던 오언에게 한 수사관이 말했다.

"저 친구는 아닌 것 같은데 풀어 줄까요?"

"아냐. 붙잡아 둬. 진짜 쥐새끼 못 잡으면 저 친구가 쥐새끼가 되는 거야."

준열이 잡혀 들어가자 라이스대 심리학과는 벌집 쑤셔놓은 듯 난리가 났다. 그런 어수선한 상황에서 제이슨이 루나를 찾아와 말했다.

"제 친구 한 명이 베일리 교수가 기자를 만나는 장면을 본 것 같다고 합니다."

그녀는 즉시 그 친구를 만나 자초지종을 들었다. 밤늦은 시각 휴스턴 변두리의 바에서 베일리 교수가 어떤 여자를 만나고 있었는데, 자신이 알은체를 하자 몹시 당황하는 모습을 보였다는 것이다.

그녀가 폭로 기사를 쓴 기자의 사진을 보여 주자 그가 말했다.

"맞아요. 베일리 교수님이 만났던 사람이 바로 이 여자예요."

그녀는 베일리 교수가 휴스턴우주센터의 내부 정보를 유출한 게 틀림없다고 생각했다. 그가 기자를 만난 시점이 폭로 기사가 나온 시점과 맞아떨어지는 데다가, 그라면 우주인 정신건강에 관한 비밀 자료에 접근할 수 있었기 때문이다.

베일리 교수는 휴스턴우주센터가 라이스대 우주심리연구소에 의뢰한 우주인 정신건강 연구의 총책임자였다. 능력 부족이었던 그는 준열을 앞세워 연구를 수행하고 있었는데, 이번에 조기 귀환한 우주인들을 준열과 함께 가장 먼저 면담한 사람도 바로 그였다.

루나가 준열을 빼낼 방법에 관해 머리를 짜내고 있을 때였다. 제이슨이 이해가 안 간다는 듯이 샐리에게 말했다.

"베일리 교수님은 왜 그런 짓을 하셨을까?"

"딱 보면 모르겠어? 기자 얼굴을 자세히 보라고. 완전 여우처럼 생겼네. 너 같으면 그런 여자가 유명하게 만들어 주겠다면서 살살

꼬드기면 넘어가겠어? 안 넘어가겠어?"

"기사에는 제보자가 베일리 교수님이라는 말이 전혀 없었잖아. 자기 이름이 드러나지도 않는데 어떻게 유명해져?"

"교수님이 바보냐? 폭로 기사에 떡하니 자기 이름 드러내게? 두고 봐. 얼마 안 있어 교수님에 관한 우호적인 기사가 대문짝만하게 나올 걸? 그런 기사가 나오면 곧 시작될 학장선거가 유리해지겠지. 교수님은 그걸 노린 것 같아."

"그럼, 교수님이 기자에게 먼저 접근했다는 말이야?"

"그건 아닐 거야. 교수님이 우주심리연구소장이라는 건 다 알려진 사실이니까 처음에는 뭐라도 들을 얘기가 있을까 싶어서 기자가 먼저 접근했을 거야. 그런데 살살 구슬려 가며 이야기를 시켜 보니까 교수님이 떠벌리기 시작했겠지. 그러면서 두 사람이 짝짜꿍이 맞아서 기사 거래를 했던 것 같아."

두 사람의 이야기를 가만히 듣고 있던 루나가 말했다.

"좋아. 다들 내 말 잘 들어. 너희들 닥터 박, 빼내고 싶어? 안 빼내고 싶어?"

"당연히 빼내야죠."

루나와 헤어진 샐리는 곧바로 베일리 교수의 연구실을 찾았다. 아찔한 그녀의 복장에 절로 눈이 가는 모양인지 그는 연신 그녀를 흘깃거렸다.

"무슨 일이지?"

"저…, 이 말씀을 드릴까 말까, 밤새 고민했어요…."

샐리가 중간에 말을 멈추자 그는 그녀의 다음 말을 기다리며 또다시 흘깃거렸다.

"저, 원래 박 교수님 밑으로 가고 싶지 않았어요. 신참 박사에다가 별로 유명하지도 않으셔서 내키지 않았거든요. 싱클레어 교수님께서 병 때문에 학교 관두신다고 해서 어쩔 수 없이 지도교수를 옮겼던 건데, 완전 실망이었어요."

그녀는 상상력이 허용하는 한도 내에서 준열에 대한 험담을 마음껏 늘어놓았다. '남부의 하버드'라는 라이스대의 명성에 어울리지 않게 실력이 형편없다는 것은 기본이었고, 학생 말을 무시하고 부려먹기만 한다든지, 매너가 없다든지 하는 인간적인 험담까지도 마음껏 했다.

그는 그녀의 말이 조금 의아하기는 했다. 다른 건 몰라도 준열의 실력이 출중하다는 것만큼은 잘 알고 있었기 때문이다. 휴스턴우주센터로부터도 준열의 전문성을 칭찬하는 말을 심심찮게 들을 수 있었던 그였다. 그렇게 반신반의하며 그녀의 이야기를 듣고 있었는데, 그녀가 한 다음 말을 듣고는 눈동자가 커질 수밖에 없었다.

"이건 교수님께만 드리는 말씀인데, 비밀 지켜 주실 수 있으시죠?"

"그럼, 당연하지. 뭔지 말해 봐."

"저, 사실은 박 교수님이 우주인 훈련 매뉴얼을 몰래 빼내서 휴스턴 총영사관 관계자에게 전달하는 것을 봤어요."

그가 상체를 앞으로 들이밀며 관심을 보이자 그녀가 말을 이었다.

"박 교수님이 잡혀 가셨잖아요. 그런데 이번에 학교에서 완전히 퇴출됐으면 좋겠어요. 실력도 없는 교수가 간첩 행위까지 한 거잖아요. 그런 사람 밑에서 계속 있을 수는 없어요. 앞으로 석사 끝내고 박사과정에도 들어가고 싶은데, 괜히 저한테까지 불똥 튀어서 신세 망치면 어떡해요?"

"그거, 확실히 본 거 맞지?"

"네. 확실해요. 어떻게 하면 되죠? 신문기자한테 말하면 되나요? 기자가 제 말을 믿지 않을 수도 있고… . 괜히 잘못 나섰다가 저만 곤란해지는 건 아닌지 걱정도 되고… ."

"걱정할 필요 없어. 마침 내가 잘 아는 기자가 한 명 있는데, 그 기자라면 틀림없이 신문에 실어 줄 거야. 제보자 신원도 확실하게 비밀로 해 주니까 샐리가 다칠 일은 없을 거야."

베일리 교수와 만나고 난 후 그녀는 곧바로 루나를 찾아가 그와 나눴던 대화 내용을 모두 전했다.

"수고했어. 이제 닥터 박을 빼낼 수 있겠어."

루나의 계획은 베일리 교수가 폭로 기사를 썼던 기자와 다시 만나는 장면을 덮치는 것이었다. 그런데 일은 엉뚱한 방향으로 흘러가 버렸다. 그가 그녀의 예상과는 전혀 다른 방향으로 움직인 것이다.

"닥터 베넷이시죠? 샐리 매덕스라는 학생을 좀 만나고 싶어요. 그녀가 믿을 수 있는 다른 사람과 함께 만났으면 하는데, 닥터 베넷이라면 좋겠어요."

휴스턴 총영사관의 한윤경 부총영사가 걸어 온 전화였다.

"샐리는 왜 보자고 하시는 거죠?"

"박 교수님 일 때문입니다."

"닥터 박 때문이라면 저와 이야기하시면 돼요. 제가 들어 보고 샐리한테 전할 필요가 있다면 그렇게 해 드릴게요."

잠시 후 루나는 휴스턴 총영사관의 한 회의실로 들어섰다. 거기에는 이덕준 총영사와 한 부총영사가 기다리고 있었는데, 둘 다 표정이 심상치 않았다.

이 총영사는 곧바로 본론으로 들어갔다.

"박 교수님이 우주인 훈련 매뉴얼을 빼내서 우리 측 관계자에게 넘기는 것을 샐리가 목격했다고 하던데, 그게 사실인지 확인하고 싶습니다."

그녀는 깜짝 놀랄 수밖에 없었다. 그것은 베일리 교수를 함정에 빠트리기 위해 일부러 꾸며 낸 이야기였기 때문이다. 그녀는 그 내용을 휴스턴 총영사관 측에서 알고 있다는 것이 이상했다.

"그걸 어떻게 알고 계시는 거죠?"

이번에는 한 부총영사가 말했다.

"그게 사실인지 확인하고 싶으니까 샐리를 만나게 해 주세요. 직접 찾아갈 수도 있지만, 어린 학생이고 해서 아직 그러지 않고 있는 겁니다."

"그게 사실이라면 어떻게 되는데요?"

"일이 심각해집니다. 박 교수님은 간첩죄로 기소가 될 거고, 한국과 미국 간에 심각한 외교 문제가 발생할 수 있습니다."

"사실이 아니라면요?"

"네? 사실이 아닐 수도 있다는 말씀인가요?"

"말씀해 주세요. 사실이 아니라면 어떻게 되는데요?"

"사실이 아니라면 방금 말씀드렸던 일들은 일어나지 않겠죠?"

"좋아요. 그러면 샐리가 그런 말을 했다는 걸 어떻게 알게 되셨는지 그것부터 먼저 말씀해 주세요."

"그건 좀…."

루나는 배짱 있게 밀고 나갔다. 영문도 모른 채 손 안의 패를 내보일 수는 없었다. 그것은 베일리 교수가 정보 유출자라는 것을 밝힐 수 있는 유일한 비책이었다.

"그 얘기를 안 해 주시면 저도 아무 말 않겠어요. 그건 샐리도 마찬가지일 거예요."

이 총영사가 말했다.

"좋습니다. 대신 앞으로 보시게 되는 건 혼자만 알고 있으면 좋겠습니다. 그 정도는 약속하실 수 있죠?"

"좋아요. 무슨 내용인지는 모르겠지만 약속할게요."

그가 눈짓을 하자 한 부총영사가 노트북을 켰다. 그리고는 뭔가를 몇 번 클릭하더니 화면을 돌려 보여 주었다.

"베일리 교수님이 직접 찾아와서 총영사님을 만나게 해 달라고 요구했습니다. 그리고는 이렇게 말씀하시더군요."

그녀는 한 부총영사의 말을 들으면서 화면을 지켜보고 있었다. 베일리 교수는 이 총영사에게 뭔가를 말하고 있었다. 한 부총영사가 볼륨을 높이자 베일리 교수가 하는 말이 또렷이 들렸다.

"내 말대로 하지 않으면 박준열은 무사하지 못할 겁니다. 그렇게 되면 한국도 난처한 상황에 빠질 텐데, 이 일을 곧장 연방수사국에 가서 알릴까요? 아니면 제 요구대로 하시겠습니까?"

"원하시는 게 뭡니까?"

"일단…."

화면 속의 대화를 지켜보던 루나는 얼굴이 화끈거렸다. 베일리 교수는 양아치 같았다. 그는 샐리한테 들었던 말을 근거로 이 총영사를 협박하고 있었다. 학장선거에 필요하다며 거액의 현금을 요구했다. 그뿐이 아니었다. 장학금 기부는 물론이고, 사회과학대학의 도서관 증축 기금까지 대라고 요구했다.

더 이상 볼 수 없었던 그녀는 노트북 덮개를 덮어 버렸다. 그러자 이 총영사가 말했다.

"저는 생각할 시간이 필요하다며 일단 돌려보냈습니다. 그런데 베일리 교수는 내일 오전까지 답이 없으면 연방수사국에 가서 모든 것을 말하겠다고 최후통첩을 하고 가셨습니다."

한 부총영사가 이어서 말했다.

"샐리를 만나고 싶어 하는 이유를 이제 아시겠죠? 어떻게 하시겠습니까?"

"……."

"어린 학생을 직접 찾아가기 뭐해서 닥터 베넷에게 미리 양해를 구했던 건데, 정 대답이 없으시면 할 수 없습니다. 이 문제는 저희로서도 그냥 넘어갈 수 있는 문제가 아닙니다."

그 말을 끝으로 두 사람은 자리에서 일어나려 했다. 그녀와 더 이상 할 이야기가 남아 있지 않다는 뜻 같았다.

"잠깐만요. 이 문제는 저한테 맡기세요. 제가 해결할게요."

루나는 휴스턴 총영사관을 빠져나와 곧바로 베일리 교수를 찾아갔다. 그리고는 단도직입적으로 말했다. 더 이상 교수님이라는 존칭도 붙이지 않았다.

"당신이 뭔 짓을 했는지 다 알아. 기자에게 비밀을 나불거린 쥐새끼가 당신이라는 걸 알고 있어. 그뿐인 줄 알아? 휴스턴 총영사관에 찾아가서 버러지만도 못한 이야기를 씨불였다는 것도 다 알아."

그녀는 문제의 화면을 노트북에 띄워 놓고 보여 주었다. 그는 경악하는 표정으로 말도 제대로 잇지 못했다.

"내일 정오까지 닥터 박이 풀려나지 않으면 당신은 끝장인 줄 알아."

그녀가 자리에서 일어서자 얼굴이 파래진 그가 부리나케 그녀를 붙잡으며 말했다.

"닥터 베넷, 이대로 가면 나는 어떻게 하라고? 무슨 수로 닥터 박을 내일 정오까지 빼내라는 거야? 난 그럴 만한 능력이 없어."

그녀는 냉기 서린 목소리로 말했다. 전혀 자비를 베풀지 않는 얼음장같이 냉랭한 목소리였다.

“그건 내가 알 바 아냐. 당신이 알아서 해. 내일 정오까지야. 정오에서 일 초라도 더 지나면 지옥 맛을 보게 될 테니 두고 봐.”

다음 날 오전 11시, 텔레비전에서 긴급 뉴스가 보도되었다.

“라이스대의 사이먼 베일리 교수가 긴급 기자회견을 갖고 양심선언을 했습니다. 그는 우주인의 정신건강에 관한 폭로 기사를 썼던 기자를 고소하겠다고 말했습니다. 해당 기자는 베일리 교수로부터 부당한 방법으로 휴스턴우주센터의 기밀정보를 빼내려 했다는 혐의를 받고 있습니다. 그는 기자의 협박에 못 이겨 할 수 없이 기밀정보를 이야기할 수밖에 없었다고 주장했습니다….”

정오가 되었다. 준열이 연방수사국 휴스턴 지부에서 풀려났다. 바깥에서는 루나가 기다리고 있었다.

준열은 그것으로 모두 끝난 줄 알았다. 그런데 그게 아니었다. 다음 날 그는 또다시 연방수사국 조사실로 끌려갔다. 어제까지 조사받았던 바로 그 조사실이었다.

“도대체 왜 또 이러는 겁니까? 이번에는 뭡니까?”

그의 항변에 오언은 자신 있다는 듯이 말했다.

“지난 10월에 외국으로 여행을 갔다 오셨더군.”

“네?”

“남극에는 왜 간 거야? 거기서 천강일을 만나서 뭔 이야기를 했어?”

그는 놀라지 않을 수 없었다. 미국의 정보력이라면 자신이 남극에 갔다 왔다는 사실 정도는 알아낼 수 있었다. 하지만 그곳에서 천강일을 만났다는 사실까지 알아낼 수는 없었다. 그런데 오언은 한술 더 떠서 온성캠프에서 발생한 사고 내용까지도 알고 있었다. 귀신이 곡할 노릇이 아닐 수 없었다.

그런데 그는 뭔가 이상하다는 느낌이 들었다. 오언은 어제까지만 해도 그의 남극행에 관해서는 일절 묻지 않았다. 그것을 미리부터 알고 있었다면 묻지도 않고 그냥 풀어 줄 리는 없었다. 어제 정오에 풀려나고 오늘 아침에 다시 붙잡혀 들어오기까지의 시간 동안 뭔가 새로운 정보가 오언의 귀에 들어간 것이 틀림없었다.

그의 머릿속에서 여러 얼굴들이 스쳐 지나갔다.

'김대욱 박사? 우승표 대령?'

그것은 말이 되지 않았다. 김 박사는 남극에, 우 대령은 한국에 있었기 때문에 미국에서 벌어지고 있는 일들을 알 수는 없었다. 설령 안다 해도 그런 일을 벌일 만한 이유가 없었다.

'그렇다면, 천강일?'

그것도 말이 되지 않았다. 애초에 그의 남극행을 부탁했던 사람이 천강일이었다.

남은 것은 두 사람 뿐이었다.

'한윤경일까? … 아냐, 그럴 리 없어.'

그는 오언의 계속되는 추궁에 묵비권을 행사하며 아무 말도 하지 않았다. 머릿속에는 자신의 남극행을 밀고한 사람이 누구인지에 대한 생각뿐이었다.

'한윤경도 아니라면 남은 사람은 최 박사뿐인데 …, 그가 그런 일을 벌일 이유가 전혀 없잖아? 더군다나 그는 나를 친구로 여기고 있는데 ….'

로스앨러모스연구소의 뉴먼 박사는 백악관으로부터 걸려 온 전화를 받았다. 반스 국장을 통해 최수혁의 요구사항을 전해 들은 백악관이 그의 가치를 확인하기 위해 걸어 온 전화였다.

"닥터 최가 손을 떼면 어떻게 되냐고요? 그것으로 끝입니다. 그의 방정식 없이는 아무것도 할 수 없어요. 현재 플라즈마 난류 제어는 한국 수준 대비 30%밖에 안 됩니다. 닥터 최는 미국이 결코 놓쳐서는 안 되는 사람입니다."

반스 국장으로부터 백악관의 지시를 전달받은 오언이 말했다.

"도대체 당신 뒤에 누가 있는 거야? 풀어 주라는 명령이 떨어졌어. 하지만 너무 좋아하지는 말아. 당신은 이제 미국 땅에 머물 수 없어. 당장 당신 나라로 돌아가라고."

그는 어이가 없었다. 혹시 잘못 들은 게 아닌가 싶어 다시 물어봤지만 그게 아니었다.

'즉각 추방'

말 그대로였다. 주어진 시간이라고는 집에 들러 여권과 간단한 소지품을 챙길 시간뿐이었다. 그나마도 연방수사국 수사관들의 감시하에서였다.

공항에서는 한 부총영사가 그를 기다리고 있었다. 그녀는 미국 측으로부터 그의 신병을 인계받아 비행기에 올려 태우며 말했다.

"일이 이렇게 되어서 유감입니다."

"누군지 아세요? 저를 이렇게 만든 사람이?"

"저도 모릅니다. 나름대로 알아보고 있으니까 기다려 보십시오. 뭐라도 건지게 되면 연락드리겠습니다."

인천국제공항에 도착한 준열은 막막하기 그지없었다. 갈 곳이라고는 김은영의 집밖에 없었다. 하지만 그녀에게 초라한 실패자의 모습을 보여 줄 수는 없었다.

그가 정처 없이 입국장 밖으로 걸어 나왔을 때였다. 뜻밖의 인물이 그를 기다리고 있었다. 천강일이었다.

"소식 전해 들었네. 라이스대에서 처음 만났을 때 내가 했던 말 기억하는가? 닥터 박을 한국으로 데려오고 싶다고 했던 말 말이네."

그가 아무 말이 없자 천강일이 다시 말했다.

"어디 머물 데라도 있는가? 없다면 청주로 같이 가세. 거기에 있는 항공우주의료원에서 우 대령과 함께 우주인 정신건강 관리를 맡아 주게."

그는 천강일의 제안을 대놓고 거절하지도 않았지만, 딱 부러지게 수락하지도 않았다. 다만 딱히 갈 곳이 없었기에 천강일이 이끄는 대로 당분간 몸을 맡길 뿐이었다.

그는 청주의 게스트하우스에서 한국으로 돌아온 첫날 밤을 보냈다. 한순간도 눈을 붙이지 못한 채 뜬눈으로 지새운 그 밤은 칠흑같이 어두운 깜깜한 밤이었고, 얼음장같이 얼어붙은 차가운 밤이었다. 또한 가혹하리만치 비참하고 고통스러운 밤이기도 했다.

수&희

누군가가 게스트하우스의 문을 두드렸다. 준열을 부르는 목소리도 들렸다. 천강일이었다. 그는 게스트하우스 안으로 들어오는 대신 초췌한 얼굴을 한 준열을 끌고 근처의 산책길로 향했다.

"아직도 충격에서 못 벗어나고 있는 것 같은데, 너무 그럴 것 없네. 산책도 하면서 몸을 좀 보살피게. 나는 닥터 박이 한국에서도 심리학자로서 성공할 수 있다고 믿네."

그는 천강일의 말대로 될지는 전혀 알 수 없었다. 하지만 그렇게 말해 준 천강일에게 고마움 정도는 표시해야 한다고 생각했다.

"말씀만으로도 고맙습니다."

이후 두 사람은 계속해서 산책길을 걸었다. 별다른 말은 나누지 않았다. 다만 천강일이 계속 머뭇머뭇하는 게, 뭔가 할 말이 있는 듯했다.

"남극에서 쓰러지셨던 거는 별 이상 없으신 거죠?"

"의사가 몸에는 아무 문제가 없다고 말하더군."

"다행입니다. 그런데 저를 찾아오신 이유가? 혹시 우주인 정신건강 관리 문제 때문이라면 … ."

"아니네. 그 문제는 천천히 생각해도 되네. 닥터 박이 하루 빨리 나서 주면 나야 좋지만, 그렇다고 너무 부담 갖지는 말게."

천강일은 잠시 말을 멈추더니 마음을 정한 듯 입을 떼며 말했다.

"사실은 물어볼 말이 좀 있네. 온성캠프에 있을 때 프로이트가 시험에서 떨어지는 꿈을 꾼 적이 있다고 말하지 않았는가?"

"네. 우 대령님은 대령 진급에서 떨어지는 꿈을 꾼 적이 있다고 말하기도 했고요."

"요즘 내가 그런 꿈을 꾼다네. 당내 경선에서 떨어지는 꿈 때문에 잠을 깬 적이 한두 번이 아니라네. 닥터 박이 그런 꿈은 '처벌 꿈'이라고 했었는데, 내 경우에도 그렇게 볼 수 있겠는가?"

그는 솔직히 조금 놀랐다. 그런 얘기는 쉽게 꺼낼 수 있는 것이 아니었다. 그것은 천강일이 그만큼 자신을 신뢰한다는 얘기기도 했지만, 그 꿈의 의미를 무척이나 알고 싶다는 말이기도 했다.

"경선을 앞두고 스트레스가 심해서 그런 거 아닌가 싶기도 한데, 닥터 박의 솔직한 의견을 듣고 싶네."

꿈 내용을 들어 보니 그 꿈은 '처벌 꿈'이 맞았다. 하지만 그는 꿈의 의미를 곧이곧대로 해석해 줄 수는 없었다. 그랬다가는 천강일이 또다시 쓰러질지도 모를 일이었다.

마음의 세계에서는 진실이 전부가 아닐 때가 있었다. 진실이라고 믿고 싶은 거짓이 옳을 때도 있었다. 그는 경선이라는 중요한 일정을 앞둔 천강일에게는 진실 자체보다는 그가 믿고 싶은 거짓이 더 필요할지도 모른다고 생각했다. 그래서 그는 천강일에게 가장 도움이 되는 거짓을 말해 주기로 했다. 그것이 자신에게 호의를 베풀고 있는 천강일을 조금이나마 위하는 길이라 여겼기 때문이다.

"큰일을 앞뒀을 때는 정신도 어수선해지기 마련입니다. 위원장님같이 의로우신 분이 자잘한 잘못이 있다 한들 뭐가 대수겠습니까? 위원장님의 대의는 사소한 잘못은 덮고도 남을 만큼 크니 마음 편히 가지십시오."

천강일의 얼굴이 활짝 폈다.

"그렇게 말해 주니 없던 힘까지 솟구치네그려. 정말 고맙네. 마음이 한결 가벼워졌네."

그는 멀어져 가는 천강일의 뒷모습을 바라보며 생각에 잠겼다. 천강일은 인천공항에 몸소 마중 나와 갈 곳 없어 막막해하던 자신에게 도움의 손길을 내밀었다. 과거에 저지른 잘못이 무엇이든 천강일이 친절을 베풀고 있다는 것만큼은 움직일 수 없는 사실이었다. 하지만 박영진 대장의 일기에 그려진 우로보로스 형상을 보고 천강일이 무엇을 떠올렸을지 궁금증이 이는 것 또한 어쩔 수 없었다.

천강일은 우로보로스 형상에서 완전한 이상(理想)의 모습을 보았을 수도 있고, 죽음과 파멸의 그림자를 보았을 수도 있다. 그런데 온성캠프에서 두 번씩이나 쓰러졌다는 것은 천강일이 떠올린 것이 죽음과 파멸 쪽에 좀 더 가까웠을 거라고 짐작하게 만들었다.

천강일이 방금 전에 들려준 꿈은 그의 무의식이 그를 심판하는 내용이었다. 겉으로 드러난 꿈의 내용은 대선 후보로서의 자격을 문제 삼는 것이었지만, 깊은 무의식적 의미로는 인간으로서의 자격 전반을 문제 삼는 내용이었다. 짐작컨대 그에게는 분명히 어떤 죄가 있었다. 그것도 대선 후보가 될 수 없는 정도가 아니라 인간으로서의 자격 자체를 문제 삼아야 하는 죄 말이다.

거실로 들어서는 천강일의 얼굴에는 웃음꽃이 가득했다.

"무슨 좋은 일 있나 봐요?"

윤미주가 그렇게 묻자 그는 자신의 꿈에 관해 준열이 해 줬던 말을 토씨 하나 빼놓지 않고 모두 전했다. 준열의 말이 그만큼 마음에 들었던 것이다.

그는 오랜만에 깊은 잠에 빠져들 수 있었다. 하지만 그것도 잠시뿐 또다시 잠에서 깨어나야 했다. 최기준의 모습을 한 유령이 자신의 목을 비트는 악몽 때문이었다.

그는 거실로 나와 불도 켜지 않은 어둠 속에서 소파에 몸을 뉘였다. 그러자 샌타바버라에서 있었던 일들이 마치 바로 어제 있었던 일인 것처럼 고스란히 다시 떠오르기 시작했다.

그가 신진 물리학자상을 수상하던 날이었다. 그는 박사학위 논문의 수학 방정식을 문제 삼는 최기준을 구슬려 차에 태웠다. 그리고는 '죽음의 계곡'으로 차를 몰았다. 그때는 이미 최기준을 자신의 인생에서 영원히 지워 버려야겠다는 결심을 굳힌 상태였다.

최기준은 차 안에서도 계속 언성을 높였다. 어떻게 알았는지 성혜경에게 했던 일을 고백하라는 말까지 했다. 최기준의 말을 한 귀로 흘리며 기회를 엿보고 있던 그는 급커브 구간이 나타나자 기회를 놓치지 않았다. 그는 가속 페달을 밟는 동시에 핸들을 꺾었다. 그리고는 길가의 나무를 향해 돌진했다. 차가 나무와 막 부딪치려는 순간, 그는 또다시 핸들을 꺾으며 최기준이 타고 있던 조수석 쪽 측면을 나무에 들이박았다. 몇 번을 구르던 차는 낭떠러지 밑으로 떨어지기 직전에야 겨우 멈춰 섰다.

그는 최기준을 차 밖으로 끌어냈다. 최기준은 피를 흘리며 정신이 가물가물했지만, 숨은 아직 붙어 있었다.

"끈질긴 새끼, 내 인생에서 영원히 사라져라!"

그는 최기준의 머리를 잡고는 사정없이 돌려 버렸다. 목에서는 우두둑, 뼈 끊어지는 소리가 났다.

"지옥에서라도 마주치지 말자. 너라는 새끼, 정말로 지긋지긋하다."

최기준은 죽었지만 그에게는 할 일이 남아 있었다. 그는 한쪽 다리를 차 바퀴 밑에 집어넣었다. 그리고는 힘껏 비틀었다. 최기준의 목을 꺾을 때와 똑같이 우두둑 소리가 났다.

그는 사고 소식을 듣고 병원으로 달려온 윤미주에게 뒤처리를 부탁했다. 그녀는 오페라 〈맥베스〉에 등장하는 여주인공보다 훨씬 더 맥베스 부인다웠다. 그녀가 병실 문을 나서며 한 말은 그를 안심시켜 주기에 충분했다.

"걱정 말아요. 잘된 일인지도 몰라요. 그 사람 때문에 괴로워해야 할 일은 없을 거잖아요."

준열은 한윤경 부총영사로부터 전화를 받았다. 그를 연방수사국에 밀고한 사람이 누군지 알아냈다는 전화였다.

"박사님, 제 얘기에 놀라지 마십시오…."

그녀는 그가 연방수사국에 두 번째로 잡혀간 것은 최수혁 때문이었다고 말했다.

"박사님께서 다시 풀려난 데에도 최 박사님의 역할이 결정적이었습니다."

그녀의 말은 갈수록 의문투성이였다. 그가 품었던 의혹을 해소해 주기는커녕 오히려 증폭시키고 있었다.

"박사님이 풀려나고 나서 한국으로 추방 조치를 당한 건 미국이 원해서 그렇게 된 게 아니었습니다."

그는 더 이상 참지 못하고 물었다.

"미국이 원한 게 아니었다면 누가 원했다는 거죠?"

"최 박사님이 미국을 압박해서 그렇게 됐던 겁니다. 자신의 요구를 들어주지 않으면 플라즈마 난류 문제 해결에 협조하지 않겠다고 압박한 모양입니다."

"잠깐만요. 최 박사가 남극에서의 일을 밀고해서 저를 연방수사국 조사실로 집어넣었다가 다시 빼내고, 또 저를 한국으로 추방하라고 미국 측에 요구했다는 말입니까?"

"그렇습니다."

그가 다시 한번 확인하듯이 물었다.

"그게 정말, 전부 다 사실입니까?"

"틀림없는 사실입니다. 미국 측 정보 채널로부터 직접 들은 얘기입니다."

"이유를 모르겠네요. 최 박사가 왜 그랬는지 …."

겉으로 나온 그의 말은 차분했지만, 속으로 느끼는 배신감은 이만저만한 게 아니었다.

서울대 총장실에서 '고아 장학금' 일을 겪은 후 그는 한국에서의 삶을 포기했었다. 그래서 미국에서의 삶은 그에게 남은 마지막 희망이었다. 그런데 최수혁은 그것을 한순간에 앗아가 버렸다. 그는 라이스대의 교수 자리에서도 쫓겨나 버렸고, 사랑의 감정을 키워 갔던 루나와도 생이별을 해야 했다. 그 모든 것은 최수혁이 벌인 일 때문이었다.

그는 특히 최수혁이 그렇게 했다는 것을 참을 수 없었다. 그는 그런 짓을 당할 만한 일을 한 적이 없었다. '수학자의 길'에서 처음 만난 이후로 최수혁을 친구로 여기며 마음을 열었었다. 그것은 최수혁도 마찬가지였다. 그렇기에 그가 느낀 배신감은 더욱더 크고, 또 깊었다.

그는 이유를 알아야 했다. 가장 빠른 방법은 직접 물어보는 것이지만 그러고 싶지가 않았다. 이미 신뢰가 바닥난 마당에 최수혁이 무슨 말을 하더라도 믿을 수 없을 것 같았다.

뭔가 다른 방법을 찾아야 했다. 그때 갑자기 기억에 떠오른 게 있었다. 김은영이 했던 말이었다. 그녀는 최수혁이 김난희와 로고스의 집에 관한 이야기를 나눴다고 했다.

그는 일단 김난희부터 만나기로 했다. 그녀의 입을 통해 최수혁이 자신에 관해 어디까지 알고 있고, 또 로고스의 집과는 어떤 관계가 있는지 알아내기로 했다. 그러다 보면 최수혁의 마음속에 자신을 향한 어떤 악의가 도사리고 있는지 실마리를 찾을 수 있을 것 같았다.

불꽃 룸살롱을 찾는 일은 어렵지 않았다. 룸살롱으로는 유명했는지, 인터넷을 찾아보니 금방 나왔다.

그는 청담동의 한 건물 지하로 내려갔다. 룸살롱은 입구부터 화려하기 그지없었다. 문을 열고 들어서자 몸에 쫙 달라붙는 짧은 원피스 차림의 젊은 여자 하나가 깍듯이 그를 맞았다.

"아직 영업 시작 안 했는데 어쩌죠? 룸에서 좀 기다리시겠어요?"

"술 마시러 온 게 아니라 김난희라는 분을 뵈러 왔습니다."

그가 찾아온 목적을 말하자 방금 전까지만 해도 간드러졌던 그녀의 목소리는 다소 사무적으로 변했다.

"사장님은 요즘 여기 안 나오시는데, 왜 찾으시는 거죠?"

"미국에서 최수혁이 찾아왔다고 전해 주십시오. 그렇게만 말하면 아실 겁니다."

그는 자신의 이름을 말해 봤자 김난희가 모를 것이라고 생각했다. 최수혁의 이름을 대신 말해야 김난희가 만나 줄 것 같았다. 어찌 되는지 보자며 잠시 기다리고 있을 때 그녀가 어디론가 전화를 걸더니 쪽지에 뭔가를 적어 그에게 건넸다.

쪽지에 적힌 주소를 들고 찾아간 곳은 불꽃 룸살롱에서 멀지 않은 청담동의 한 사거리였다. 그가 도착한 건물 입구에는 '수&희'라는 간판이 붙어 있었다. 하이엔드 의상실 같았다.

입구에서 서성거리자 안내 데스크에 있던 직원이 다가왔다.

"무엇을 도와드릴까요?"

"김난희라는 분을 뵈러 왔습니다. 최수혁이라고 전해 주십시오."

그렇게 말하자 직원은 아무것도 묻지 않고 그를 안내했다. 그가 방문한다는 것을 미리부터 전해 들은 듯했다. 에스컬레이터를 타고 따라간 곳은 고급스러운 소파가 구비된 3층의 고객 상담실이었다.

잠시 기다리자 상담실 문이 열렸다. 그리고는 어떤 중년 여성이 안으로 들어섰다. 세련되면서도 화려한 차림새였는데, 상당한 미인이었다.

그는 앉았던 자리에서 일어나며 물었다.

"혹시 김난희 씨 되십니까?"

그녀는 그의 말을 듣고도 아무런 대답이 없었다. 움직임도 없었다. 얼어붙은 듯 가만히 서 있기만 했다. 하지만 뚫어져라 그를 살피는 그녀의 눈동자는 끊임없이 움직이고 있었다.

시간이 지날수록 그녀의 표정이 변했다. 처음에는 놀라움이, 그 다음엔 반가움이, 그 후로는 혼란이 마구 뒤섞인 표정이었다.

그는 최수혁을 사칭하며 찾아온 것에 대해 해명부터 하려 했다.

"죄송합니다. 사실 저는 최수혁이 아니고…."

그때 그녀가 입을 떼며 말했다. 떨리는 목소리였다.

"준열? 박준열, 맞지?"

"아니, 어떻게 제 이름을…."

그가 말을 채 끝마치기도 전에 그녀가 앞으로 다가왔다. 그러더니 그를 와락 끌어안았다. 이쪽저쪽 뺨을 번갈아 쓰다듬기도 했다. 그런 과정을 몇 번 반복하던 그녀는 다시 떨어져 그의 눈을 뚫어져라 쳐다보았다. 그 모든 것이 한순간에 벌어진 일이었다.

그녀는 그를 상담실 밖으로 이끌었다. 그리고는 에스컬레이터를 타고 1층으로 내려갔다. 직원들 몇 명이 그녀를 마주하고는 인사를 했다. 깍듯한 인사였지만 놀란 표정들이었다. 그럴 만도 했다. 그녀의 눈에서는 하염없이 눈물이 흘러내렸는데, 눈물이 마스카라를 녹이며 그녀의 두 눈 아래로 검은 흔적을 길게 남겼기 때문이다.

그는 의아했다. 그녀가 어떻게 자신의 이름을 알고 있는지 묻고 싶었다. 또 그녀가 왜 그런 반응을 보이는지 알고 싶었다. 하지만 그는 아무것도 묻지 못하고 그냥 끌려가기만 했다. 최수혁을 사칭한 것이 당당하지 못했던 터라 그녀가 먼저 말하기 전에 이러쿵저러쿵 말을 꺼내기가 쉽지 않았던 것이다.

그녀가 데려간 곳은 '수&희' 바로 뒤쪽에 있는 고급 빌라였다. 그녀의 집은 넓은 데다가 갖출 것은 다 갖췄지만, 왠지 모르게 쓸쓸함과 적막감이 물씬 풍겼다.

그녀는 소파에 앉은 그를 두고 어느 방으로 들어가더니 뭔가를 들고 다시 나왔다. 그녀가 건넨 것은 오래된 편지 몇 장이었다. 그는 영문도 모른 채 그것을 받아들고 읽어 내려갔다.

언니, 준열이가 크거든 자기 아버지가 누구인지 알려 줘. 내가 겪었던 일도 전해 주고. 그러고 나서는 준열이한테 모든 것을 맡겨. 그 사람을 아버지로 인정할지, 아니면 그냥 모르는 사람처럼 지낼지는 준열이가 결정하도록 해 줘. 준열이가 어떤 선택을 하든 나는 괜찮아. 준열이는 자신의 인생을 살아가야 하니까….

그는 편지를 읽다 말고 김난희를 쳐다보았다.

"이게 뭐죠?"

그의 떨리는 목소리에 그녀도 똑같이 떨면서 말했다. 말투는 이미 잘 아는 아랫사람에게 하는 것처럼 편한 말투로 변해 있었다.

"네 어머니, 이수림이 남긴 편지다."

"어머니라뇨?"

"처음 본 순간 너라는 걸 금방 알았다. 옛날 모습이 여전히 남아 있구나."

그는 그녀의 말을 전혀 이해할 수 없었다. 그녀를 만나 최수혁을 어떻게 아는지, 또 로고스의 집과는 무슨 관련이 있는지를 묻고 싶었을 뿐이었다. 그런데 그녀가 누군지도 모르고 살아왔던 어머니에 관한 이야기를 꺼내자 그저 어안이 벙벙할 뿐이었다.

"너무 갑작스러운 일이라 믿기지가 않을 거다. 나도 너를 처음 보고는 얼마나 놀랐는지 모른다. 그런데 왜 최수혁이라고 했니? 그냥 너라고 했으면 됐을 것을."

그녀는 최수혁이 그를 보낸 것으로 아는 듯했다. 그녀는 다시 어떤 방으로 들어가더니 스케치북 같은 것을 몇 권 들고 나왔다.

"이게 네 엄마가 그렸던 디자인들이다."

그는 어떤 반응을 보여야 할지 몰랐다. 무엇이 어떻게 돌아가는지 모르는 상황에서 쉽사리 말을 꺼내기도 어려웠다. 하지만 그녀가 스케치북 속에 들었던 사진 몇 장을 꺼내 그의 손에 건넸을 때 그는 더 이상 평정심을 유지하기 어려워졌다.

"몇 장 안 되지만, 이게 네 엄마 사진들이다."

어떤 젊은 여성이 갓난아기를 안고 있는 사진들이었다. 사진 속의 여성은 청초하고 단아했다. 특히 해맑은 웃음과 투명한 눈망울이 인상적이었다.

그가 사진 속의 여성이 자신과 많이 닮았다고 생각했을 때였다.

"네 엄마가 안고 있는 아기가 바로 너다."

그 말을 듣는 순간 그의 머릿속이 갑자기 하얘졌다. 눈도 뿌예졌다. 상상에서만 존재하던 어머니, 꿈속에서조차 뿌연 안개 같은 모습으로만 만날 수 있었던 어머니의 모습을 사진으로 직접 대하자 가슴속에서 뭔가가 울컥 하고 솟아올랐다. 입을 악 다물며 참으려 했지만 참을 수가 없었다. 그것은 뭔가를 알거나 느껴서 나오는 울컥거림이 아니었다. 그냥 마음속에서 자동적으로, 마치 원초적인 뭔가가 저절로 작동하듯이 솟아오르는 울컥거림이었다.

그녀는 또 하나의 물건을 내보이며 말했다. 그것은 오래되어 색이 바랜 보자기였다.

"그 보자기에 너를 싸서 업고 네 엄마가 디자인들을 그렸다."

그는 기어이 무너져 내리고 말았다. 그는 보자기를 움켜쥐고는 얼굴을 묻었다. 아기 때 그를 감쌌던 보자기는 그가 흘리는 눈물로 금세 젖어 들었다.

다음 날 김난희는 준열을 차에 태우고 어딘가로 향했다. 밤새 울었는지 그의 얼굴은 퉁퉁 부어 있었다. 차가 멈춘 곳은 경기도 포천의 죽엽산 기슭에 자리 잡은 추모공원이었다. 그는 그녀를 따라 산 위쪽으로 올라갔다. 그녀는 유독 햇볕이 잘 드는 양지바른 곳까지 앞장서 가더니 한 묘지 앞에서 발걸음을 멈췄다.

"네 엄마가 세상을 떠났을 때 묏자리도 제대로 만들어 주지 못했다. 그때는 나도 살기 힘들 때였다. 그 후로 형편이 좀 나아지면서 이 묘를 만들어 네 엄마를 데려왔다."

그녀는 그에게 인사를 올리라고 했다. 그것은 묘의 주인인 망모(亡母), 이수림에게 절을 올리라는 말이었다.

그가 부들거리며 두 번째 절을 올리고 막 일어서려던 순간이었다. 갑자기 다리에 힘이 풀렸다. 그러면서 눈앞의 모든 것들이 마구 멀어져 가며 이상한 비현실감이 그를 휘감기 시작했다. 그는 맥없이 휘청거리며 옆으로 쓰러졌는데, 그를 향해 급하게 내뻗은 그녀의 손도, 다급하게 그를 부르는 그녀의 목소리도 모두 아득하고 낯설게 느껴졌다. 그러더니 그의 가슴속 깊은 어딘가에서 꿈틀하며 뭔가가 솟구쳤다. 그것은 비명도 아니고 오열도 아닌, 그냥 외마디 신음이었다. 그것을 끝으로 그는 정신을 잃고 말았다.

그는 꿈을 꿨다.

그것은 가끔가다 꾸곤 했던 '반복 꿈'과 비슷했다. 짙은 안개들이 사방의 지평선에서 몰려와 그를 감싸는 것까지는 같았다. '반복 꿈'에서는 안개들이 그의 몸 이곳저곳을 휘감으며 하나씩 해체했지만, 새로 꾼 꿈은 달랐다.

짙은 안개들 속에서 어떤 여인이 모습을 드러내더니 그에게 손을 내밀었다. 그도 손을 뻗으며 그 여인의 손을 잡으려 했다. 하지만 바로 지척이었어도 잡을 수가 없었다.

그는 손을 좀 더 뻗었다. 그래도 닿을 수 없었다. 그는 점점 조바심이 났다. 그 손을 당장 잡지 않으면 영원히 못 잡을 것 같았다. 그는 발걸음을 옮겨 다가서려 했다. 하지만 발바닥이 땅에 붙어 버린 듯 한 발짝도 앞으로 다가갈 수 없었다. 그는 최후의 방법을 사용하기로 했다. 그 여인을 향해 몸을 던지려 했던 것이다. 그렇게 해서라도 손을 잡고, 그녀의 품에 안기고 싶었다.

그 순간 안개들이 물러나기 시작했다. 그러면서 그 여인의 모습도 희미해져 갔다. 그는 너무나도 안타까웠다. 눈에서는 연신 눈물이 흘러내렸다. 시간이 흐르며 그 여인의 형체가 거의 알아볼 수 없을 정도로 희미해졌을 무렵, 그는 가슴속에 담아 두었던 말을 마침내 꺼내며 외쳤다. 그토록 불러보고 싶었던 '엄마'라는 말이었다.

"엄마! 가지 마! 제발…!"

외침과 동시에 눈을 떴다. 그곳은 대평원이 아니었다. 그를 둘러싼 안개도 없었다. 그토록 애타게 불렀던 엄마 또한 없었다. 대신 그의 팔에는 수액이 꽂혀 있었고, 그를 내려다보는 김난희의 눈에는 눈물이 흐르고 있었다.

"엄마 꿈을 꾼 모양이구나…."

그는 너무나도 안타까웠다. 결국 엄마 손을 잡지 못했고, 품에 안기지도 못했다. 자신의 인생에서 처음으로 엄마를 불러 본 것이 그나마 다행이라면 다행이었다.

"의사 선생님이 큰 이상은 없다고 하더라. 다만 몸이 많이 약해진 상태라고 하던데, 도대체 밥은 먹고 다니는 거니?"

그는 팔에 꽂혀 있던 수액 바늘을 뽑고는 병원 침대에서 일어났다.

"그래, 가자. 여기 더 있어 봤자 소용도 없다."

집으로 돌아온 김난희는 분주하게 움직이더니 저녁을 차렸다. 그는 입맛이 전혀 없었지만, 그녀의 정성을 생각해 어쩔 수 없이 숟가락을 들었다.

식탁을 정리한 그녀가 그가 앉아 있는 소파로 다가오며 말했다.

"긴 이야기가 될 거다…."

그녀는 이수림에 관한 이야기를 하나씩 꺼내 놓기 시작했다.

"수림이와 나는 같은 고향 출신이었다. 이웃집에 살았던 우리는 친자매처럼 허물없이 지냈다…."

그렇게 시작된 그녀의 이야기는 밤늦게까지 이어졌다.

이수림과 김난희의 고향은 경남 남해의 조그마한 섬, 연화도였다. 딸만 하나씩 두었던 두 가족은 넉넉지는 않았지만 행복하게 살았다. 두 집 부모는 같은 배를 타고 바다에 나가 고기를 잡으며 먹고 살았는데, 어느 날 예보에도 없던 폭풍이 일어나 그들이 탄 고깃배가 뒤집히고 말았다. 그들 중 누구도 딸들이 기다리는 집으로 돌아오지 못했다.

한 해 먼저 서울의 대학에 진학한 김난희는 이수림이 다음 해에 똑같은 대학, 똑같은 학과에 입학하자 연화도에 남은 재산을 모두 처분하고 이수림과 함께 서울로 올라갔다. 남은 돈은 거의 없는 거나 마찬가지였다. 서울 변두리에 방 두 칸짜리 허름한 반지하집을 구하고 나니 각자 한두 학기 등록금 낼 정도의 돈이 남았을 뿐이었다.

김난희는 휴학과 복학을 반복하다가 결국은 학교를 그만두고 말았다. 학기가 거듭될수록 등록금은커녕 생활비조차 마련할 길이 없었던 그녀로서는 어쩔 수 없는 선택이었다. 이수림은 끝까지 버텨보자며 말렸지만, 그녀는 이미 모든 것을 포기한 상태였다. 그녀는 돈이나 실컷 벌겠다며 유흥주점에 나가기 시작했다.

이수림은 끝까지 버텼다. 그녀 역시 휴학과 복학을 반복했지만, 의상 디자이너가 되겠다는 꿈만은 포기하지 않았다. 그녀는 동대문의 어느 옷가게에서 디자이너 보조로 일하며 돈도 벌고 경험도 쌓았다. 하지만 쥐꼬리만 한 봉급으로는 생활비조차 턱없이 부족했다. 그래서 다른 일도 하기 시작했는데, 그것이 바로 노래 아르바이트였다.

이수림은 몽마르트르 언덕길의 한 카페에서 일자리를 구했다. 그러면서 디자이너 보조 일과 노래 아르바이트를 병행하는 생활이 계속되었다. 그녀가 특유의 목소리로 샹송을 부르기 시작하면서 카페의 손님들도 많이 늘었다. 카페 주인은 매상이 많이 늘었다며 아르바이트비도 두둑이 주는 등 그녀를 매우 아꼈다.

늦가을과 초겨울이 겹친 11월부터였다. 남자 대학생 하나가 카페를 자주 찾기 시작했다. 연이은 노래 신청으로 조금 가까워졌을 무렵, 그가 느닷없이 고백을 했다. 사랑한다는 말을 한번 꺼내기가 무섭게 그는 아주 적극적으로 나왔다. 기회가 있을 때마다 달콤한 말을 속삭였고, 그녀가 자신의 구세주라고까지 했다.

그의 거듭되는 애정 공세에 그녀의 마음도 조금씩 열리기 시작하던 때였다. 이제까지 혼자만 왔었던 그가 어떤 여학생과 함께 나타났다. 그녀는 그 여학생을 보고 깜짝 놀랐다. 풍기는 분위기가 자신과 너무 비슷했던 것이다. 순간 '나는 임시방편, 대용품에 불과했나?' 하는 의구심이 들었다. 그녀는 배신감을 느꼈다. 그가 했던 달콤한 말들이 전부 거짓처럼 느껴졌다.

그 후로 그는 모습을 드러내지 않았다. 그녀는 그것으로 끝인가 보다고 생각하며 그에 대한 생각을 접고 있었다. 그런데 어느 날 밤 늦은 시각에 그가 다시 나타났다. 카페 주인은 뒷정리를 부탁하고는 먼저 퇴근해서 카페에는 그녀 혼자뿐이었다. 그는 어디서 마셨는지 잔뜩 취해 있었다.

"문 닫아야 해. 나가 줘."

그는 그녀의 말을 듣지 않았다. 대신 고백할 것이 있다고 했다.

그녀는 '이미 다 들통났는데, 무슨 고백을 또 한다는 거지?'라고 생각하며 귀담아듣지 않았다.

"그 여자와는 완전히 끝났어. 여기 같이 왔을 때가 모든 걸 정리하는 마지막 만남이었어. 이제부터는 너만 사랑할 거야."

그녀는 무릎을 꿇고 눈물까지 흘리며 말하는 그가 측은하게 느껴졌다. 하지만 분명히 해 둬야 할 것이 있었다.

"나를 정말 사랑하는 거 맞아? 그 여자 대용품으로 생각하는 거 아냐?"

"아냐, 절대 아냐. 오로지 너뿐이야. 제발 믿어 줘."

그는 또다시 온갖 달콤한 말들을 속삭이기 시작했다. 그녀는 미심쩍은 기분이 말끔히 가시지는 않았지만, 적극적으로 다가오는 그를 마냥 밀어낼 수는 없었다.

그런데 뭔가가 이상했다. 그가 원했던 것은 자신을 다시 받아 주는 것만은 아닌 것 같았다. 그의 손이 그녀의 몸을 더듬기 시작했다. 그녀는 그것에 응할 준비가 되지 않았고, 응할 마음도 없었다. 그는 집요했다. 끊임없이 사랑한다고 말하며 하나가 되기를 원했다.

그녀가 밀어내기도 전에 그는 벌써 선을 넘고 있었다. 너무 거친 그의 행동에 그녀는 고통을 느꼈다. 그는 욕망을 채우는 데만 급급해 아픔을 호소하는 그녀를 전혀 신경 쓰지 않고 자신의 일에만 몰두했다. 그녀는 거부의사를 밝히며 몸을 틀어 그를 밀어내려 했다. 하지만 그는 끝내 자신의 욕망을 채우고 말았다.

김난희의 이야기를 듣던 준열의 몸이 부르르 떨렸다. 그는 차마 이야기를 더 들을 수가 없었다. 하지만 억지로 분노를 가라앉히며 참고, 또 참았다.

"그렇게 유린당한 후로 네 엄마는 더 이상 그 카페에 나가지 않았다. 그런데 몇 달이 지났을까, 네 엄마가 입덧을 하기 시작했다. 너를 임신했던 거지."

그녀의 이야기가 계속되었다.

이수림은 그를 찾아갔다. 그는 뱃속의 아기가 자신의 아이임을 인정하지 않았다. 오히려 입에 담을 수 없는 온갖 악담을 퍼부었는데, '정조관념도 없는 부정한 창녀'라는 말이 대표적이었다. 그는 아버지가 누군지도 모르는 아기는 지워 버리라는 말까지 했다.

그 후로 그녀는 더 이상 그를 찾지 않았다. 시간이 흘러 뱃속의 아기가 첫 발길질을 했을 때 그녀의 고민도 끝이 났다. 혼자 아기를 낳아 키우기로 했던 것이다.

아기를 낳고 난 후 그녀는 악착같이 돈을 벌었다. 그녀는 디자이너 보조 딱지를 떼어 버리고, 동대문에서 프리랜서 의상 디자이너 생활을 시작했다. 의류 제작자와 수익을 일정 부분 나눠 가지기로 했는데, 그녀의 디자인은 크게 성공했다. 어느 정도 돈을 모은 그녀는 자신만의 의상실을 차리기로 마음먹었다.

이수림은 드디어 원하던 가게를 찾았다. 하지만 운명은 그녀 편이 아니었는지 가게를 계약하기 직전에 쓰러지고 말았다. 산후조리도 제대로 못 했던 데다가 무리를 한 탓이었다. 그녀는 한동안 시름시름 앓았다. 그러는 동안 하혈을 하며 기절하는 일도 간혹 있었다.

그녀가 조금 회복하는 듯하자 김난희는 다시 일을 나갔다. 그런데 어느 날 새벽녘에 집으로 돌아왔을 때 그녀는 거의 숨을 거두기 일보 직전이었다. 아무것도 모르는 아기는 자지러지게 울고만 있었다.

그녀는 김난희에게 자기 대신 의상실을 차려 달라고 부탁했다. 의상실 이름은 각자의 이름에서 하나씩을 따서 '수&희'로 해 달라고 했다. 자신의 디자인대로 옷을 만들면 성공할 수 있을 거라고 하며, 그렇게 해서 번 돈으로 아기를 잘 키워 달라는 것이 그녀의 유언이었다.

김난희는 술집 생활을 청산하고, 동대문에 '수&희' 의상실을 차렸다. 이수림의 디자인대로 만든 옷은 날개 돋친 듯 팔려 나갔다. 그때 어떤 사람이 더 큰 돈을 벌 수 있다며 동업을 제안했다. 그녀는 그와 동업을 시작했는데, 나중에야 사기를 당했다는 것을 알게 되었다. 그 사람이 의상실을 담보로 여기저기서 돈을 끌어모아 도주해 버린 탓에 그녀는 의상실 문을 닫을 수밖에 없었다.

그녀는 다시 술집을 나가야 했다. 그것은 준열을 더 이상 키울 수 없다는 것을 의미하기도 했다. 그녀는 출생신고도 하지 못한 준열을 보육원에 맡겼다. 로고스의 집이라는 보육원이었다.

술집 아가씨 생활로는 큰돈을 벌 수 없다고 생각한 그녀는 지방으로 내려가 새끼 마담 생활을 하기 시작했다. 번 돈은 한 푼도 허투루 쓰지 않고 이리저리 굴렸다. 다행히 돈은 계속 불어났고, 그녀는 다시 서울로 올라와 조그마한 룸살롱을 하나 차릴 수 있었다. 그것이 불꽃 룸살롱의 시작이었다.

그녀는 준열 앞에 나설 수가 없었다. 떳떳치 못한 술집 여자의 모습을 보일 수 없었던 것이다. 가끔씩 먼발치에서만 잠시 보다 오는 게 고작이었다. 한참 만에 로고스의 집을 다시 찾았을 때 준열이 서울대를 자퇴했다는 소식을 듣게 되었다. 그 후로는 소식을 전혀 들을 수 없었다. 사비나 수녀를 찾아가 봤지만, 그가 모든 연락을 끊어 버렸다며 소식을 모른다고 했다. 그녀는 그저 그가 다시 나타나기를 기다릴 수밖에 없었다.

김난희의 기나긴 이야기가 모두 끝났을 때였다. 준열은 참고 참았던 말을 드디어 입 밖으로 꺼냈다. 그의 목소리는 갈라져 있었다.

"누구죠? 그 사람이?"

김난희에게서 '천강일'이라는 이름을 듣는 순간, 그는 갑자기 속이 메슥거리며 안에 있던 모든 것들이 거꾸로 올라오기 시작했다. 그는 급하게 자리에서 일어나 화장실로 달려갔다.

한번 시작된 구역질은 멈출 줄을 몰랐다. 먹었던 것들은 물론이고, 나중에는 노란 위액까지 올라왔다. 그런 후에도 그는 한동안 헛구역질을 멈추지 않았다.

핏발 서린 그의 눈에는 천강일의 얼굴이 떠올랐다. 참을 수 없는 분노가 치밀었다. 천강일은 위선자였다. 인간의 탈을 쓴 짐승이자 악마였다. 라이스대의 우주심리연구소, 남극의 온성캠프, 인천공항 그리고 청주의 게스트하우스와 산책길에서 마주했던 천강일의 얼굴들은 모두 다 가짜였다.

그는 천강일을 아버지로 인정할 수 없었다. 결단코 그럴 수는 없었다. 천강일은 어머니를 강제로 욕보인 자가 아니던가. 그뿐이던가. 천강일은 어머니의 뱃속에 있던 자신을 핏줄이라 인정하기는커녕, 누구의 자식인지도 모르니 지워 버리라고 했던 자가 아니던가. 그런 자를 어찌 아버지라 부를 수 있겠는가.

그는 천강일로부터 물려받은 몸속 세포를 하나도 남기지 않고 전부 다 토해 버리고 싶었다. 천강일이 자신의 몸 속에 남긴 유전자도 남김없이 모두 다 지워 버리고 싶었다. 그는 뱃속의 창자들까지 모두 뱉어 버릴 생각으로 온몸을 비틀어 가며 토악질을 하고, 또 했다.

그가 토악질을 멈춘 것은 힘이란 힘은 한 줌도 없이 다 빠져나가 눈앞은 노래지고 머리는 하얘져, 핑 도는 어지럼증에 몸도 제대로 가누지 못할 때였다.

비틀거리며 화장실을 나오는 그를 두고 김난희가 말했다.

"불쌍한 것. 그런 얘기를 듣고도 괜찮을 리 없지."

다음 날 준열은 몽마르트르 언덕길로 갔다. 어머니가 노래를 불렀던 카페를 찾기 위해서였다. 하지만 카페는 사라지고 없었다. 카페가 있던 자리에는 반듯한 새 건물에 선원(禪院)이 들어서 있었다. 마침 선원에서는 설법(說法)이 예정된 모양인지 한 무리의 사람들이 건물 안으로 들어서고 있었다.

그는 그들을 따라 발걸음을 옮겼다. 그들처럼 마음공부를 하기 위해서는 아니었다. 그의 마음은 이미 천강일을 망가트리려는 독심(毒心)으로 가득 찼기에 그럴 여유 공간은 전혀 없었다. 그저 어머니가 노래를 불렀던 자리에 함께 있고 싶은 마음이 앞섰고, 또 천강일의 악행을 되새기며 그에 대한 복수심을 다지려는 마음이 더 컸을 뿐이었다.

그가 뒤쪽 구석에 자리를 잡고 앉자 나이 지긋한 노스님 한 분이 들어오더니 설법을 시작했다.

노스님은 아사세(阿闍世) 이야기부터 먼저 꺼냈다. 아사세는 기원전 6세기경 인도 중부의 마갈타(摩竭陀)라는 나라의 왕이었다. 그는 아버지를 죽이고 어머니를 감옥에 가두는 살부수모(殺父囚母)의 악행을 저지른 극악무도한 왕이었다. 노스님은 그런 아사세조차도 결국은 부처님의 나라에 들어갈 수 있었다고 말하면서 진정한 참회의 중요성을 강조했다.

그는 속으로 비웃음이 일었다. 노스님의 논리로 치자면 천강일도 참회만 한다면 용서와 구원이 가능했다. 그런 일은 있을 수도 없고, 있어서도 안 되었다. 용서와 구원이라니 말도 되지 않았다. 천강일은 합당한 대가를 치러야 했다. '죄의 삯은 사망'이라 했으니 죽음으로 죄의 삯을 치러야 마땅했다.

그가 그런 생각에 빠져 있을 때였다. 노스님이 말했다.

"업보(業報)라는 말을 많이들 하는데, 사실 그런 건 없어요. 악업(惡業)도 없고, 악업의 과보(果報)도 없어요. 선(善)과 악(惡)도 없어요. 선악이 없으니, 선악의 과보도 없는 겁니다."

그는 다시 한번 속으로 코웃음을 쳤다. 이 무슨 황당한 소린가 싶었다. 선행도 없고 악행도 없다니. 그렇다면 천강일이 했던 행동은 선행도 아니지만, 악행도 아니라는 말인가. 악행이 아니니 그것으로 인한 죄과(罪果)도 없단 말인가. 천강일에게는 악행의 증거가 분명히 있었다. 그것은 준열, 자신이었다. 천강일은 어머니를 욕보이는 만행을 저질러 놓고도 어머니 뱃속에 있던 그를 자식으로 인정하지 않았을 뿐 아니라, 지워 버리라는 막말까지 했다. 그런데 그것이 악행이 아니라니 노스님의 말은 겉만 번지르르할 뿐, 이치에도 맞지 않는 궤변에 불과했다.

그런데 그때 한 가지 의문이 불쑥 떠올랐다. 그것은 천강일의 악행이 없었더라면 자신도 세상에 태어나지 못했을 거라는 생각이었다. 그가 세상에 존재할 수 있었던 것은 천강일의 악행 덕분이었다. 천강일이 짐승이고 악마였기에 자신이 잉태되었다는 생각은 그를 혼란에 빠트리고 말았다.

'천강일에게 고마워해야 하나? 그가 악인이었음을 오히려 다행으로 여기며 감사해야 하는 건가?'

그가 혼자만의 생각에 빠져 있느라 설법이 끝난 줄도 모르고 있을 때였다. 노스님이 조용히 다가오더니 물었다.

"얼굴에 흐르는 건 분심(憤心)인고, 수심(愁心)인고?"

분심도 맞고, 수심도 맞았다. 천강일에 대한 분노가 들끓었으니 분심이 맞았고, 천강일처럼 자신도 악인이 되는 것은 아닌지 근심이 일었으니 수심도 맞았다.

노스님은 그의 손에 차곡차곡 접은 종이 한 장을 쥐어 주며 말했다.

"사연이 있는 듯하니 잘 보관했다가 정 견딜 수 없을 때 펴 보시게."

노스님이 건넨 종이에는 한 줄에 일곱 자씩, 두 줄로 한자(漢字)가 적혀 있었다. 설법이 끝난 줄도 모른 채 넋 놓고 앉아 있던 그를 보고 노스님이 쓴 글이었다.

> 竹影掃階塵不動,
> 月穿潭底水無痕.

'죽영소계진부동, 월천담저수무흔'이라는 두 줄의 한자는 대승불교의 가장 중요한 경전 중 하나인 《금강경》(金剛經)을 중국 송나라 때의 야부(冶父)라는 선사(禪師)가 해설하면서 지은 게송(偈頌)의 일부였다. 게 송은 도를 깨우친 스님들이 부처님의 가르침을 시의 형태로 지은 것인데, 두 줄의 게송은 이런 뜻이었다.

> 대나무 그림자가 섬돌을 쓸어도 티끌은 움직이지 않고,
> 달빛이 연못 바닥을 뚫어도 물에는 아무런 흔적이 없네.

정확한 의미를 알기 위해 인터넷을 찾아보니 이런 해설이 나와 있었다.

어느 산속에 절이 있었다. 절 옆에는 대숲〔竹林〕이 있었는데, 한밤중에 그 대숲을 달빛이 비췄다. 그래서 절간의 돌계단에 대나무 그림자가 생겼다. 달이 기울면서 대나무 그림자도 같이 움직여 돌계단을 지나갔다. 그런데 마치 그 모습이 대나무 빗자루가 돌계단을 쓰는 것과도 같았다. 하지만 돌계단에는 먼지 한 점 일지 않았다.

대숲을 비추던 달빛이 연못도 같이 비췄다. 달빛은 연못의 물을 뚫고 밑바닥까지 닿았다. 그런데 연못의 물들은 아무런 움직임도 없이 고요했고, 물에는 아무런 흔적도 남지 않았다.

세상에 존재하는 것들, 마음에서 경험하는 것들이 사실은 아무것도 아니라는 뜻이었다. 돌계단을 쓴 것은 대나무 그림자였을 뿐이고, 연못을 꿰뚫은 것도 달빛이었을 뿐이니 요란하게 일어난 듯했던 일들도 사실은 아무 일도 아니라는 말이었다. 마음에 일어나는 일들은 전부 다 허상(虛像)이라서 거기에 마음 쓰거나 집착할 일이 전혀 없다는 말이기도 했다.

그는 노스님이 왜 그런 글을 자신에게 남겼는지 이유를 알 수 있었다. 하지만 그 뜻까지 받아들이기는 힘들었다.

'어머니가 천강일에게 치욕을 당한 일이 과연 대나무 그림자가 섬돌을 쓴 것처럼 아무 일도 아니라고 말할 수 있을까?'

'뱃속의 아기를 지워 버리라고 했던 그의 막말도 연못을 꿰뚫은 달빛처럼 그저 아무것도 아니라고 말할 수 있을까?'

'그런 일을 알게 되었어도 내 마음은 아무런 움직임이나 흔적도

없이 고요해야 하는 걸까?'

그런 고민은 선원을 나와 몽마르트르의 언덕길을 내려오는 내내 계속되었다. 그러는 동안 그의 기분은 이상하리만치 차분히 가라앉았다. 열불같이 뜨거웠던 머리도 차츰 식어 갔다.

격변

김은영은 천강일의 고향인 충북 괴산으로 내려갔다. 그의 고향 집은 괴산에서도 남동쪽 끝자락인 연풍면 분지리에 있었다. 경북과 맞닿은 그곳은 백두대간의 높은 산들에 둘러싸여 외부와는 완전히 단절된 느낌이었다.

그녀는 분지리의 마을회관부터 먼저 찾았다.

"어르신들, 말씀 좀 여쭙겠습니다. 천강일 위원장님이 살던 집이 분지리라던데, 혹시 아시는 분 계세요?"

촌로들 중 한 명이 심심풀이 화투를 치다 말고 대답했다.

"천강일? 요즘 텔레비전에 자주 나오는 그 양반 말이지?"

"맞습니다. 어르신."

"그 집은 이 근처가 아니지, 아마? 이장 집에서 관리한다는 말이 있던데, 자세한 건 이장한테 물어보슈."

그녀가 이장을 찾아 함께 차를 타고 몇 개의 고개를 넘었을 때, 마을이라고 할 것도 없이 산 중턱에 낡은 집 한 채만 달랑 모습을 드러냈다.

“이 집은 사람이 살지 않은 지가 오래되었지. 천강일 모자가 떠난 후론 늘 비어 있었어. 한 10여 년 전쯤 됐나? 천강일이 갑자기 내려와서는 집 관리를 해 달라고 부탁하더군. 그때는 집이 허물어지기 일보 직전이었는데, 내가 관리하고부터는 이 정도라도 유지하고 있는 셈이야.”

“혹시 그 후로 자주 내려왔었나요?”

“관리를 맡겼을 때만 해도 가끔 내려올 생각이구나 여겼는데, 웬걸. 발길이 뜸한 정도가 아니라 거의 내려오지 않았어. 다달이 관리비만 후하게 부쳐 주는 게 다였지. 대신 그 사람 모친이 몇 번 다녀가긴 했어.”

“이곳은 왜 벌써 이렇게 어둡죠? 해가 지려면 아직 시간이 많이 남은 것 같은데요?”

“이 주변이 원래 다 그래. 근데 이 집은 유독 해가 더 빨리 지는 편이야. 그래서 예전에는 이 집을 ‘그늘집’이라고들 불렀지. ‘에덴의 서쪽’이라고 부르는 사람들도 있었고.”

“‘에덴의 서쪽’요? 성경에 나오는 그 ‘에덴’ 말씀하시는 거예요?”

“응. 맞아. 이 집 바로 뒤에 있는 산 너머로는 해가 잘 들어. 그쪽이 동쪽이거든. 그래서 거기는 ‘에덴의 동쪽’이라고 불러.”

이장의 설명은 이랬다. 아주 오래전에 분지리에 있었던 조그마한 교회의 한 목사가 유독 햇볕이 잘 드는 동쪽과는 반대로, 해가 늦게 뜨고 일찍 지는 천강일의 집 쪽을 두고는 ‘에덴의 서쪽’이라고 말했다는 것이다.

그런데 그녀는 이해가 되지 않았다. '에덴의 동쪽'은 아담과 이브가 원죄를 범한 후 쫓겨난 곳이었다. 카인이 동생인 아벨을 죽이고 추방된 곳이기도 했다. 그래서 '에덴의 동쪽'은 원죄를 범한 최초의 인간과 그 후손인 살인자가 산 죄인의 땅이었다. 따사로운 햇볕이 모든 것을 보듬어 주는 낙원이 아니었던 것이다. 그녀 생각에는 햇볕이 잘 들지 않는 어둑하고 음침한 '에덴의 서쪽', 즉 천강일의 '그늘집' 쪽이 죄인의 땅 같았다.

그녀는 이장과 헤어지기 전에 한 가지를 더 물었다.

"천강일의 어머니 말인데요. 혹시 그분에 관해서는 잘 아세요?"

"잘은 모르지만, 정신이 온전한 것 같지는 않았어. 그냥 느낌이 그랬어. 왠지 약간 실성한 사람 같다는…."

분지리에서 이장과 막 헤어졌을 때 그녀의 핸드폰이 울렸다. 윤시연이었다. 윤시연은 잊을 만하면 연락을 해 왔다. 천강일의 교통사고 기사가 왜 안 나오는지 따지는 경우가 대부분이었다. 그때마다 김은영은 둘러댈 수밖에 없었다. 샌타바버라에 다녀온 후 교통사고의 내막을 거의 다 파악한 그녀였지만, 윤시연은 물론이고 남수길 국장에게도 아무것도 말하지 않았다. 최수혁과 한 약속 때문이었다.

그녀는 이번에는 확실히 말할 참이었다.

"조사한다고 해 봤는데, 워낙 오래전의 일이라 남아 있는 게 전혀 없었어요."

"그래? 실망인데? 기자님 정도라면 뭐라도 건질 줄 알았는데 …."

윤시연은 실망감을 감추지 못했다. 괄괄하고 거침없던 목소리는 오간 데 없이 풀이 죽었다. 하지만 그녀의 집념은 꺾일 줄 몰랐다. 곧바로 평소의 목소리를 회복하더니 또 다른 내용이라며 뭔가를 이야기하기 시작했다.

"교통사고 건이 힘들다면 이번에는 이거 한번 조사해 봐."

"이거라뇨?"

"천강일의 엄마에 관한 거야. 그 사람이 미주하고 결혼하겠다고 처음 찾아왔을 때 아버지가 이것저것 물어보셨어. 집안은 어떻게 되는지, 그때까지 어떻게 살았는지 등등을 말이야. 그런데 그 사람은 어머니가 생존해 계시다는 말 외에는 한마디도 하지 않았어. 그러면서 아버지한테 뭐라고 했는지 알아?"

"뭐라고 했는데요?"

"자신의 배경과 과거를 중요하게 생각한다면 미주와의 결혼을 허락하지 않아도 되고, 자신의 미래를 중요하게 생각한다면 허락해 달라고 하더라고."

"일단 듣기로는 멋있는 말 같은데요?"

"그렇지? 멋있는 말이지? 나도 그때는 그렇게 생각했으니까. 그런데 말이야, 우리 아버지가 보통 사람은 아니었거든. 천강일의 그 말을 정반대로 생각하셨어. 천강일의 과거에 말 못 할 비밀이 있다고 말이야. 그래서 이것저것 알아보셨어. 사채업자셨으니까 마음만 먹으면 못 캐는 정보가 없으셨는데도 나랑 엄마한테는 아무것도 못 찾았다고 하시더라고."

"정말 아무것도 못 찾으신 거예요? 아님, 뭔가를 알아내고도 묻어 버리신 거예요?"

"나는 후자라고 봐."

"그게 끝이에요?"

"그러면 재미없지. 사망자는 은행계좌를 정리해야 되잖아. 그래서 내가 은행들 돌아다니면서 아버지 계좌를 정리하고 있었는데, 한 은행에서 나한테 묘한 이야기를 하더라고."

"묘한 얘기라뇨?"

"아버지가 어디에다가 정기적으로 자동이체를 하고 있었는데, 계좌를 폐쇄해 버리면 자동이체도 중단되니까 그렇게 알고 있으라는 말이었어. 내가 이체내역을 좀 보자고 했지. 그랬더니 아주 재미있는 게 나오더라고."

"재미있는 거요?"

"자동이체 하는 곳 이름이 무슨 정신요양원이었어. 다달이 이체하는 액수도 적은 금액이 아니었고. 그 얘기는 뭐야? 상당히 고급 정신요양원에 아버지가 매달 돈을 보내고 있었다는 거잖아. 그런데 우리 집안에는 정신 줄 놓은 사람이 없었거든. 이상하다 싶어서 자동이체가 처음 시작된 날짜를 찾아봤지. 그랬더니 그게 천강일이 미주하고 결혼한 날짜랑 얼추 비슷했어."

"그래서요?"

"내가 정신요양원에 직접 가 봤지. 그랬더니 거기에 누가 있었는지 알아?"

"천강일의 어머니였어요?"

"맞아. 직접 면회까지는 못 했는데, 거기 사람들 말 들어 보니까 정신이 오락가락하는 상태래."

윤시연은 정신요양원의 주소를 불러 주며 말했다.

"천강일이 대통령이 될지도 모르는데, 엄마가 하는 천강일 얘기도 한번 들어 봐야 되지 않겠어? 어두운 비밀 얘기가 줄줄 새어 나올지도 모르잖아? 제정신이라면 하지 못할 얘기까지도 말이야?"

천강일은 당내 경선을 앞두고 참모들과 전략회의를 하고 있었다. 그의 상대가 될 만한 사람은 오직 한 사람, 이주범뿐이었다. 이주범은 국무총리에다가 당 대표까지 지낸 화려한 경력의 소유자였다. 하지만 대중적인 인기는 높지 않았다. 정치적 이해타산만 중시한다는 부정적인 이미지 때문이었다.

당내 경선은 일반 국민들이 참여하는 선거인단 투표와 당원들만 참여하는 당원 투표가 각각 50%씩 반영되는 방식으로 진행되었다. 이주범은 일반 국민을 대상으로 하는 사전 여론조사에서는 천강일에게 크게 뒤졌지만, 당원 대상 여론조사에서는 조금 앞섰다. 그것은 이주범의 당내 조직력이 그만큼 강했기 때문이었는데, 그렇다고 해서 천강일에게 큰 위협이 될 정도는 아니었다.

"모아 둔 자료들을 확 풀어서 완전히 보내 버리는 게 어떨까요?"

"그건 상대가 네거티브 전략으로 나오면 그때 사용하면 될 것 같습니다. 괜히 먼저 시빗거리를 만들 필요는 없습니다. 위원장님 이미지만 실추될 뿐입니다."

천강일이 나서며 참모들 사이의 논란을 정리했다.

"우리는 바른길로만 가자고. 그런 작자하고 엉겨 붙을 이유가 없어. 초지일관 대한민국의 미래에 대해서만 이야기하는 거야."

"네, 위원장님."

김은영은 천강일의 어머니에 대한 취재에 나섰다. 윤시연이 알려준 대로 용인의 한 정신요양원을 찾아갔더니 천강일의 어머니는 그곳에 없다고 했다. 다른 정신요양원으로 옮긴 지가 꽤 되었다는 게 원장의 말이었다.

그녀가 살짝 실망감을 느끼고 있을 때였다. 원장이 슬쩍슬쩍 그녀의 눈치를 살피며 말을 꺼냈다.

"혹시 어디로 옮겨갔는지 알려드리면 우리 요양원에 관한 기사 좀 잘 써 줄 수 있어요?"

원장은 기사 거래를 원하는 것 같았다. 그녀는 그럴 생각이 전혀 없었지만, 일단 모호하게 말했다.

"나중에 기회가 되면요. 무작정 쓸 수는 없잖아요. 국내 정신요양원들에 대한 종합 기사를 쓰게 되면 그때 한번 고려해 볼게요."

"우리도 나름대로 경쟁이 치열해서 그럽니다. 아무튼 잘 부탁드려요. 내일 다시 오면 알려드릴게요."

"지금은 안 되나요?"

"옛날 일이라 일일이 자료를 찾아봐야 해서 그래요. 내일 다시 오세요."

다음 날 그녀가 정신요양원을 다시 찾자 원장은 내부 시설부터 먼저 둘러보자고 했다. 기사를 쓰려면 자세히 알아야 한다는 게 이유였다. 원장은 그녀를 직접 안내했는데, 그곳은 나름 시설도 괜찮았고 직원들도 친절했다.

그녀가 정신요양원을 나섰을 때였다. 원장이 어디론가 전화를 걸었다.

"김은영 기자, 방금 전에 떠났습니다."

"내가 일러 둔 대로 했죠?"

"여부가 있겠습니까? 차에 위치 추적기도 달았고, 블랙박스 메모리카드도 먹통으로 만들었습니다. 요양원 주소도 말씀하신 대로 전해 줬고요."

통화를 끝낸 원장은 지하에 있는 폐쇄 병실로 내려갔다. 거기에는 천강일의 어머니가 있었다. 다른 정신요양원으로 옮겼다는 원장의 말은 사실이 아니었던 것이다.

"강일이냐? 강일이 맞지?"

"네. 어머니, 저예요. 빨리 나으시라고 주사 좀 가져왔어요. 팔 이리 주세요."

원장은 그렇게 말하고는 천강일의 어머니에게 주사를 놓았다. 수면제 성분이 가득한 주사였다. 원장은 잠에 빠져든 천강일의 어머니를 내려다보며 혀를 끌끌 차고는 혼자 중얼거렸다.

"자식이고 며느리고 잘나면 뭐 해. 호강은커녕 햇볕도 들지 않는 지하에 감금된 신세인데 ⋯ ."

김은영의 차가 여주나들목을 목전에 뒀을 때였다. 눈발이 조금씩 날리기 시작했다. 라디오에서는 강설량이 꽤 많을 것이라는 기상캐스터의 멘트가 흘러나왔다. 그녀는 차를 돌릴까 고민도 했지만 결국은 계속 가기로 했다. 돌아가기에는 너무 많이 와 버렸기 때문이다.

그녀는 여주나들목에서 영동고속도로를 내려 점동면 방면으로 차를 몰았다. 도로를 새로 확장했는지 길은 꽤 넓었다. 하지만 조금 더 지나자 확장된 도로는 다시 좁아지며 구(舊) 도로 구간이 나타났다. 얼마 안 가자 구도로마저도 끝나 버리고 비포장도로가 나왔는데, 그 길 위로는 점점 더 많은 눈이 쌓이고 있었다.

그녀는 차를 세우고 주변을 둘러봤다. 원장이 가르쳐 준 곳으로 거의 다 왔는데도 주변에 보이는 것은 온통 산뿐이었다. 어떻게 할지 잠시 망설이던 그녀는 결국 가던 길을 계속 갔다. 산허리를 타고 구불구불 나 있는 그 길은 매우 좁았다.

급커브 구간을 앞두고 비탈진 도로를 막 꺾어 돌았을 때였다. 맞은편에서 덤프트럭 한 대가 갑자기 나타나더니 전혀 속도를 줄이지 않은 채 그녀의 차를 향해 돌진했다.

그녀는 핸들을 꺾으려 했다. 하지만 꺾을 곳이 없었다. 도로 한쪽은 산비탈에 면해 있었고, 다른 쪽은 낭떠러지였다. 순간적으로 그녀는 낭떠러지 쪽으로 방향을 틀었다. 산비탈 쪽에는 피할 공간이 전혀 없었기에 어쩔 수 없는 선택이었다. 그녀는 아슬아슬하게 트럭을 피했지만, 그것으로 끝이 아니었다. 그녀의 차는 공중으로 붕 떴다. 그리고는 낭떠러지 아래로 사정없이 굴러 내렸다.

그 짧은 순간에 그녀의 눈에 들어온 것은 하늘에서 내리는 함박눈이었다. 그것들은 밤송이보다 더 큰 듯했다. 그녀는 문득 어릴 적 로고스의 집에서 준열과 함께 함박눈을 구경했던 기억이 떠올랐다. 그때 준열은 함박눈은 하늘 소식을 전해 주는 천사의 전령들이라고 했다. 전령들의 속삭임을 가만히 들으면 엄마, 아빠의 소식도 알 수 있을 거라고도 했다.

그녀가 옛 기억을 다 되짚기도 전에 차가 어딘가에 쾅 하며 부딪혔다. 그러더니 몇 번을 더 굴렀다. 그다음부터는 모든 것이 정지되었다. 함박눈을 봤던 그녀의 기억도, 의식도 끊겨 버렸다.

험상궂게 생긴 남자 하나가 트럭에서 내리더니 낭떠러지 아래를 이리저리 살폈다. 그녀의 차에서 아무런 움직임도 없다는 것을 확인한 그는 핸드폰을 꺼내더니 어디론가 전화를 했다.

"그냥 눈길에 미끄러져 발생한 사고로 처리될 수 있을 것 같습니다. 네. 네. 위치 추적기는 걱정 안 하셔도 됩니다. 워낙 소형이라 눈에 띄지도 않습니다. 네. 네. 알겠습니다."

여당의 대선 후보 선출을 위한 당내 경선이 시작되었다. 천강일의 초반 기세는 아주 좋았다. 그는 광주·전남·전북을 시작으로 제주, 부산·울산·경남, 그리고 대구·경북 등에서 치러진 네 번의 남부권 경선에서 연달아 승리를 거뒀다.

그는 다소 열세일 것이라는 당초 예상과는 달리 당원 대상 투표에서도 한발 앞서 나갔다. 거기에다 원래부터 우세였던 일반 국민 대상의 선거인단 투표 결과까지 더해지면서 초반 승기를 확실하게 잡는 모양새였다. 강원과 대전・세종・충북・충남 경선에서도 상승세를 이어간다면 서울・경기의 수도권 경선은 승리를 확인하는 요식행위에 그칠 가능성이 꽤 커졌다.

그러던 중 변수가 생겼다. 천강일로서는 전혀 예상치 못했던 돌발 변수였다. 중동으로부터 날아든 긴급 뉴스는 모든 것을 한 번에 뒤집어 놓을 만한 메가톤급 뉴스였다.

남부권 경선이 막 끝났을 때였다. 사우디아라비아를 비롯한 주요 중동 산유국들은 긴급회동을 가졌다. 그리고는 공동성명을 발표했다. 원유 생산을 50% 감량하는 긴급조치에 즉각 돌입한다는 내용이었다. 고갈 임계점에 다다른 유정이 급격히 늘어남에 따른 불가피한 조치라는 충격적인 발표였다.

국제 사회는 즉각 반응했다. 유가는 하늘 높은 줄 모르고 치솟았다. 원유 물량을 확보하는 것도 힘들어졌다. 중동 산유국들의 긴급조치에 충격을 받은 다른 산유국들 역시 원유 수출량을 대폭 줄여버렸던 것이다.

가장 민감하게 반응한 것은 주식시장이었다. 시차를 두고 열린 각국 주식시장의 주가지수는 개장 직후부터 곤두박질쳤다. 산업계도 핵폭탄을 맞은 듯했다. 석유화학, 제철, 자동차, 조선, 생활용

품 등 석유와 조금이라도 관련이 있는 업계들에는 비상이 걸렸다.

원유를 전량 수입에만 의존하는 한국은 충격이 더 클 수밖에 없었다. 정부는 즉각 비상 국무회의를 열고 대책 마련에 나섰다. 하지만 뾰족한 대책이 나올 리 없었다. 텔레비전에서는 긴급 편성된 프로그램들이 방송되기 시작했는데, 방송에 출연한 전문가들은 이구동성으로 3차 오일쇼크가 도래했다고 말했다.

1차 오일쇼크는 1973년, 4차 중동전쟁이 발발하면서 시작됐다. 전쟁 개시와 더불어 중동 산유국들은 원유 감산 조치에 들어감과 동시에 원유가격을 대폭 인상해 버렸다. 그로써 국제 원유가격은 단기간에 급격하게 치솟았다.

원유가격이 3배나 치솟았던 1979년의 2차 오일쇼크는 더 심각했다. 한국경제는 뿌리째 흔들렸다. 특히 중화학공업 분야가 그랬다. 1980년 경제성장률은 6·25 전쟁 이후 최초로 마이너스로 곤두박질쳐 -1.7%를 기록했고, 물가상승률은 30%에 근접했다. 은행 대출금리도 폭등해 수많은 기업들이 도산했다. 하지만 시간이 지나면서 모든 것이 회복되었다. 경제성장률이 1981년 7.2%, 1982년 8.3%로 급반등한 것이다.

경제 전문가들은 3차 오일쇼크는 1, 2차와는 근본적으로 다르다고 진단했다. 1, 2차 오일쇼크의 원인이 중동의 정치적, 종교적 갈등이었다면, 3차 오일쇼크는 원유 고갈이라는 보다 근본적인 문제가 원인이라는 것이다. 그래서 3차 오일쇼크는 1, 2차에 비해 충격이 훨씬 깊고 넓으며 또 오래갈 수밖에 없다고 했다.

그런데 전문가 한 명이 천강일을 걸고 넘어졌다. 전해에 석유 문제가 처음 불거졌을 때 천강일이 대책 발표를 주도했는데, 그것을 문제 삼은 것이다. 당시 천강일은 중동 산유국들 외에 다른 산유국들로부터 원유를 추가 확보하는 일에 적극적으로 나서지 않았다. 핵융합 에너지로 석유 에너지를 대체할 수 있다고 믿었던 것인데, 이 전문가는 그것을 비판했다.

한번 물꼬가 터진 비판은 걷잡을 수없이 번져 나갔다. 천강일은 졸지에 비난의 타깃이 되고 말았다. 작년 초 인공태양으로 석유 문제를 해결하겠다고 발표했을 때만 해도 그는 영웅 대접을 받았다. 하지만 이제 그는 죄인 취급을 받기 시작했다. 인기에만 급급해 헛된 장밋빛 약속으로 국민을 기만한 죄를 물어야 한다는 단죄론까지 터져 나왔다.

제일 신이 난 것은 이주범의 선거캠프였다. 초상집 같았던 캠프에는 돌연 활기가 돌았다. 절호의 기회를 잡았다는 듯 기세도 등등해졌다. 캠프의 주요 인사들은 너나 할 것 없이 여론전에 나서며 천강일에 대한 비난에 열을 올렸다.

천강일은 승승장구하던 기세가 한순간에 꺾이며 위기에 빠지고 말았다. 캠프에 비상이 걸린 것은 물론이었다. 하지만 대책이 없었다. 참모들은 모두 입을 봉한 채 천강일만 바라봤다. 그러나 그의 입 역시 굳게 닫힌 채 열릴 기미가 보이지 않았다.

그러는 동안 사정은 더 악화되었다. 산업통상자원부 김종규 장관이 긴급 기자회견을 자처했다. 김 장관은 아주 교활하게 행동했다.

책임의 불똥이 자신에게 튀는 것을 막아 보고자 천강일을 공개적으로 비난하고 나섰다.

"원유 도입선을 다변화해서 원유를 최대한 많이 확보해야 한다는 저의 주장을 천 위원장은 묵살했습니다. 대신에 인공태양 이야기만 되풀이했습니다. 인공태양은 지금 어디 있습니까? 그가 공언한 핵융합 에너지는 언제 가능합니까? 지나고 보니 모두 거짓말이었습니다. 제 잘못이 있다면 천 위원장이 거짓말쟁이라는 것을 몰랐던 것뿐입니다. 그 점에 대해서는 국민 여러분께 깊이 사죄드립니다…."

그는 카메라를 향해 고개를 숙였다. 하지만 돌아서는 그의 얼굴에서는 비열한 웃음이 묻어났다.

김 장관 다음으로 마이크를 잡은 사람은 나선미였다. 그녀는 산업통상자원부 소관이었던 석유 문제를 천강일이 강제로 빼앗아 가는 월권행위를 저질렀다고 주장했다. 그리고는 그간의 과정을 상세히 고발했다. 자신이 했던 역할은 쏙 빼 버린 채였다. 그녀는 천강일과 함께 몰락의 길을 걷는 대신 혼자 살겠다며 그를 등져 버렸다. 어떻게든 살아남으려는 몸부림이었겠지만, 누가 뭐래도 그것은 저열한 배신이었다.

무거운 발걸음으로 집으로 돌아온 천강일에게 윤미주가 물었다.

"어떻게 할 거예요?"

"지금으로서는 백약이 무효요."

"손 놓고 가만히 있자는 말이에요?"

"방법이 없소. 방법이…."

"그런 말 하지 말아요. 이대로 주저앉으면 안 돼요. 여기까지 어떻게 온 건데 그럴 수는 없어요. 내 말 잘 듣고 그대로 해요."

"어떻게 말이오?"

"내일 당장 기자회견을 열고, 남극에서 석유탐사에 성공했다고 발표를 해요. 온성캠프에서 발견한 석유 매장지 일대에 대해 영유권 주장도 해 버려요. 필요하다면 남극조약 탈퇴도 선언해 버려요."

깜짝 놀라며 그가 말했다.

"제정신이요? 그건 안 될 말이오. 극약처방이란 말이오. 감당 못할 심각한 외교적 문제가 발생할 수 있소."

"외교적 문제? 웃기지 말아요. 그건 나중 문제예요. 우선은 시간을 벌어야 해요. 강원하고 충청권은 둘 다 포기해도 돼요. 하지만 수도권은 절대 포기 못 해요. 서울·경기 경선이 끝날 때까지만 버티면 당신이 이겨요. 다른 문제는 그 후에 처리하면 돼요."

"그래도 그것은…."

윤미주는 단호한 목소리로 말했다.

"내 말대로 해요! 잊었어요? 당신이 수렁에 빠질 때마다 내가 구해 냈다는 것을? 내 입에서 꼭 이런 말이 나와야겠어요?"

다음 날 아침 천강일은 대통령의 긴급 호출을 받았다. 대통령 집무실로 들어서니 참모들뿐 아니라 국무총리를 비롯한 주요 장관들이 다 모여 있었다.

대통령이 말했다.

"기자회견을 연다고 하던데 당장 취소시키시오."

"취소라뇨?"

"긴말 하지 않으리다. 기어코 기자회견을 열어 남극에 대해 발표를 하려 한다면 나도 가만히 있지는 않을 테니 그리 아시오."

"가만 계시지 않으면요?"

"당신 하나 잘되자고 나라 전체를 나락에 빠트릴 셈이요? 나는 대통령 권한으로 당신을 저지할 수 있으니 그리 아시오."

그는 끝까지 맞섰다. 밀리면 끝장이라는 생각이었다.

"저지라뇨? 이제 곧 물러날 대통령이 차기 대통령이 될지도 모르는 나를 어떻게 저지한다는 건가요? 그럴 힘이 남아는 있는 거요?"

대통령은 온몸을 부들부들 떨었다. 참모와 장관들 앞에서 대놓고 무시당했다고 생각하는 것 같았다.

"이 자리에서 당신을 체포하라는 명령을 내릴 수도 있소. 내가 꼭 그렇게까지 해야만 하겠소?"

대통령의 최후통첩에 그는 결국 물러서고 말았다.

쓰디쓴 얼굴로 뒤돌아서는 그에게 김종규 장관이 따라붙었다. 그는 김 장관이 사과까지는 아니어도 변명이라도 할 줄 알았다. 하지만 그의 예상은 빗나가고 말았다.

"화무십일홍(花無十日紅)이란 말 아시죠? 열흘 붉은 꽃은 없다고, 영광은 찰나에 불과한 것을. 그것도 모르고 혼자 날뛰더니만 꼴 좋소. 잘 가시오."

그는 난감했다. 윤미주가 일러 준 대로 이판사판의 심정으로 남극 건을 터트리려 했지만, 그것마저 무산되어 버린 것이다.

그때 핸드폰이 울렸다. 한윤경 부총영사가 미국에서 걸어 온 전화였다.

"방금 전 미국 측에서 강력한 항의가 있었습니다. 형식은 항의였지만, 경고이자 협박이었습니다."

"그게 무슨 말이지?"

"최수혁 박사님이 종적을 감춰서 알아봤더니 한국으로 들어갔다는 겁니다."

"뭐라고? 닥터 최가 한국에?"

"네. 최 박사님을 당장 데려오지 않으면 심각한 일이 벌어질 거라고 했습니다. 아무래도 한미우주협정 파기를 염두에 두고 있는 것 같습니다."

안 그래도 어두웠던 그의 표정이 더 어두워졌다.

"자식들, 아주 대놓고 협박이군. 나는 여기서 닥터 최를 찾아볼 테니까 자네는 그 사람들 잘 좀 구슬려 봐. 미국마저 난리치면 수습이 안 돼."

"네. 위원장님."

그는 불길한 예감이 들었다. 비밀리에 한국에 들어온 최수혁을 찾기가 쉽지 않을 것만 같았다.

2주 전쯤이었다. 한국으로 돌아온 최수혁은 기회를 엿보고 있었다. 여당의 당내 경선 상황을 지켜보니 천강일이 대선 후보로 선출

될 것이 확실해 보였다. 그는 모든 것을 서울·경기 최종경선에 맞춰 진행하기로 했다.

그러기 위해서는 먼저 해야 할 일이 있었다. 김은영부터 만나 천강일에 대한 폭로 기사가 최종경선 날짜에 맞춰 터질 수 있도록 조율해야 했다. 하지만 그것은 계획의 일부일 뿐이었다. 그에게는 훨씬 더 중요한 게 있었다. 그것은 준열이었다. 천강일에 대한 단죄는 반드시 준열의 손을 빌려야 했다. 그것이 그가 세웠던 계획의 가장 중요한 부분이었다.

그런데 상황이 변해 버렸다. 중동발 3차 오일쇼크가 전 세계를 강타했던 것인데, 천강일은 힘 한 번 못 쓰고 비틀거렸다. 그대로 놔두면 완전히 나자빠져 서울·경기의 최종경선까지 이르지도 못할 것 같았다.

천강일은 그렇게 실패해서는 안 되었다. 그렇게 주저앉아서는 안 되었다. 그것은 파멸은 될지언정 가장 잔인한 파멸이 될 수는 없었다. 천강일은 영광의 정점에서 굴러떨어져야 했다. 그저 산비탈을 조금 오르다가 나자빠져서는 안 되었다.

그는 일단 천강일을 구하기로 결심했다. 그것은 죽이기 위해 살리는 역설적인 구원이었다.

한윤경 부총영사가 걸어 온 전화는 또다시 준열을 놀라게 했다.

"최 박사님은 미국에 안 계십니다. 박사님께서 한국으로 추방당하신 후 얼마 되지 않아 한국으로 들어가셨습니다."

"그래요?"

"혹시 박사님한테는 연락이 없으셨어요?"

"없었습니다."

"연락이 닿으면 꼭 전해 주세요. 최 박사님 때문에 한미우주협정이 큰일 나게 생겼습니다."

그는 김난희로부터 어머니 이야기를 들은 후로 천강일을 어찌할지에 대한 생각에만 매몰되어 있었다. 그러느라 최수혁에 대한 일은 잠시 잊고 있었다.

그런데 최수혁이 한국으로 들어왔다는 것은 가볍게 볼 일은 아닌 것 같았다. 최수혁은 자신을 한국으로 추방시켜 놓고 뒤따라 들어온 것이 분명해 보였다. 그렇지 않고서는 한미우주협정이 파기되는 위험을 무릅쓰면서까지, 그것도 자신의 종적을 감춰 가면서까지 한국에 들어올 이유는 없을 것 같았다.

하지만 그는 최수혁이 왜 그러는지에 대해서는 짐작조차 할 수 없었다. 자신에 대해 뭔가 악의를 품고 그렇게 움직이는 것 같기는 한데, 어떤 악의를 왜 품고 있는지, 앞으로 어떻게 나올지에 대해서는 전혀 알 수 없었다.

그는 최수혁의 계획과 의도를 알아야 했다. 그래야 미국에서 추방당했던 것과 같은 일을 다시 당하지 않을 수 있었다. 자신이 세상에 태어난 것조차 어머니가 천강일에게 당해서인데, 최수혁에게까지 일방적으로, 그것도 이유도 모른 채 당하고 있을 수만은 없었다.

그는 한 부총영사와의 통화를 끝내자마자 김난희를 찾아갔다. 어머니에 대한 이야기를 듣느라 미처 듣지 못했던 최수혁에 관한 이야기를 듣기 위해서였다.

김난희가 말했다.

"작년 봄쯤이었을 거야. 손님 두 명이 새로 왔다길래 내가 들어가 봤어. 둘 다 처음 보는 손님들이었어. 점잖은 사람들 같길래 그냥 인사만 하고 나오려고 했지. 그런데 그중 한 사람이 최수혁이라는 이름을 언급했어. 보물 같은 존재라며 이름을 잘 기억해 두라고 했거든. 왠지 이름이 귀에 익어서 자세히 봤더니 내가 아는 최수혁이 맞았어 … ."

그녀는 잠시 말을 멈췄다. 당시를 회상하는 것 같았다.

"내가 최수혁을 처음 본 건 지방에서 일하다가 서울로 막 올라왔을 때였어 … ."

김난희는 오랜만에 로고스의 집을 다시 찾았다. 먼발치에서나마 보고 오려 했지만, 준열은 보이지 않았다. 할 수 없이 돌아서려 했을 때 남자아이 하나가 울면서 밖으로 뛰쳐나왔다. 준열 또래의 중학생이었다.

"싫어요. 싫단 말이에요. 그냥 한국에 있을 거란 말이에요."

그때 사비나 수녀도 뛰어나오며 애타는 목소리로 아이를 불렀다.

"수혁아, 수혁아, 최수혁 … ."

아이가 끝내 언덕길 아래로 사라져 버리자 사비나 수녀는 바닥에 털썩 주저앉았다. 그냥 지나칠 수 없어 김난희가 다가서자 사비나 수녀가 말했다.

"하나밖에 없는 조카라우. 제 엄마, 아버지 다 주님의 부르심을 받고 혼자만 남았는데, 미국으로 떠나라고 하니까 저렇게 싫다며 뛰쳐나가 버리네요."

김난희가 옛 기억을 더듬으며 거기까지 말했을 때였다.

"최수혁이 사비나 수녀님의 조카라고요? …!"

준열의 목소리에는 놀라움이 가득했다.

"맞아. 사비나 수녀님이 분명히 조카라고 했어. 혹시나 해서 너의 이름을 대며 아는지 물어봤더니 잘 안다고 하더구나. 그것도 아주 잘. 그런데 그 사람, 여간 신중한 게 아니더라. 너에 관한 소식을 전해 주기 전에 내가 너와 어떤 관계인지, 그것을 먼저 말해 달라더라. 그래야 자기가 나를 믿을 수 있는지, 없는지 알 수 있다면서."

"그래서요?"

"다 이야기했다. 한 번에 하기에는 시간이 모자라 다음 날도 만나서 모두 이야기했다. 네 엄마에게 일어났던 일, 또 내가 너를 로고스의 집에 맡겼던 일 전부를. 나를 믿게 하려면 그 방법밖에 없었어."

"그랬었군요 …!"

"하지 말았어야 할 말을 한 거니?"

"아뇨. 그때는 그러실 수밖에 없었을 것 같아요. 제 소식을 듣기 위한 유일한 방법이라고 생각하셨을 테니까요."

"맞다. 그랬었다. 그런데 그 사람은 네가 미국에서 잘 지낸다는 말 외에는 구체적인 소식은 하나도 알려 주지 않았다. 너한테 먼저 물어보고, 네가 괜찮다고 하면 다시 연락하겠다는 말만 했었다. 아쉽기는 했지만 받아들일 수밖에 없었어. 네 입장을 먼저 생각해 주는 마음 씀씀이가 고맙기까지 했었다."

"혹시 그 후로는 연락이 없었나요?"

"전혀 없었다. 그래서 나도 무척 실망했었다."

그는 김난희의 이야기를 통해 한 가지는 분명히 알 수 있었다. 작년 초 그가 라이스대에 부임해서 첫 강의를 했을 당시 최수혁은 자신에 관한 모든 것을 이미 다 알고 있었다. 자신이 로고스의 집 출신이라는 것뿐 아니라 천강일의 아들이라는 것까지도. 그럼에도 최수혁은 아무 말도 하지 않았다. '세상에서 가장 잔인한 파멸이 뭐냐?'는 아주 이상한 질문을 하는 것 외에는.

에덴의 서쪽

준열은 급히 병원으로 향했다. 김은영이 입원해 있다는 전주희 기자의 전화를 받고 나서였다. 하늘이 노래진 채 병원에 도착한 그는 지나가는 간호사 아무나 붙잡고 물었다.

"김은영 환자, 어디 있는지 아세요?"

간호사가 대답하기도 전에 어떤 여자 목소리가 들렸다. 전주희였다.

"박준열 박사님이시죠? 따라오세요."

중환자실에 누워 있는 김은영의 몰골은 실로 처참했다. 얼굴은 퉁퉁 부었고, 머리에는 온통 붕대가 감겨 있었다. 팔다리도 성한 곳이 없는 듯했다. 곳곳이 받침대로 고정되어 있었는데, 뼈라는 뼈는 다 부러진 것 같았다.

"급한 수술은 마친 상태예요. 교통사고가 났었거든요. 그냥 혼자 구른 것 같은데, 이 정도인 게 그나마 다행입니다."

"다행이라뇨? 의식도 없이 이 지경인데도요?"

"아주 깊은 낭떠러지로 굴렀어요. 그럼에도 머리에 치명상은 피했고, 주요 장기들도 터지거나 하지는 않았어요. 의사 말로는 당시 충격으로 뇌가 많이 부어 있는데, 그것만 제때 가라앉아 준다면 큰 문제는 없을 거라고 합니다."

그는 다리에 힘이 풀렸다. 마음 같아서는 주저앉고 싶었지만 억지로 참았다.

"사고는 언제 난 거죠?"

"한 열흘 되었나 봐요."

그는 김은영에게 귀국 소식을 알리지 않은 것이 뼈저리게 후회되었다.

"사고가 난 장소가 좀 이상해요. 경기도 여주의 외진 길이었는데, 아주 좁고 포장도 안 된 길이었어요. 주변에는 아무것도 없는 막다른 산길이었고요."

"그런 곳에는 도대체 왜 간 거죠?"

"취재 때문일 거라고 생각은 드는데, 더 이상은 모르겠어요."

그녀는 김은영의 취재 자료가 든 가방을 만지작거리며 말했다.

"저는 박사님이 한국에 들어와 계신지도 몰랐어요. 그런데 좀 전에 전화가 왔었어요. 최수혁이라는 분한테서요."

"네? 최수혁요? 뭐라고 하던가요?"

"은영이 언니 핸드폰으로 전화가 계속 오길래 제가 대신 받았거든요. 언니와 통화를 하고 싶다고 말하더라고요. 그럴 수 없다고 하니까 꼬치꼬치 캐물었어요. 그래서 저는 할 수 없이 언니가 교통사고를 당해서 절대 안정이 필요한 상태라고 말했어요."

그가 한숨을 내쉬자 그녀가 말했다.

"알아요. 그런 얘기 함부로 하면 안 된다는 거. 하지만 저는 최 박사님이 어떤 사람인지 알고 있었어요. 언니가 그분에 대해 계속 취재하고 있었거든요. 제가 옆에서 도와주기도 했고요. 언니는 최 박사님이 불쌍하다고 했어요."

그는 최수혁이 불쌍하다는 말에 기가 막혔다. 최수혁이 어떤 사람인지도 모르고 하는 말 같았다. 하지만 그는 겉으로는 아무런 내색도 하지 않은 채 속으로만 꾹꾹 눌러 참았다.

"최 박사는 은영이가 사고를 당했다니까 뭐라고 하던가요?"

"다른 말은 없었어요. 박사님이 한국에 들어와 있으니까 사고 소식을 빨리 전하라는 말만 했어요."

"연락처는 남기지 않았나요?"

"발신자 표시가 제한된 전화를 사용했는지 번호가 뜨지 않았어요. 따로 연락처도 안 남겼고요."

그녀는 뭔가를 주저하는 것 같더니 이내 마음을 정한 듯 입을 뗐다.

"언니가 얼마 전에 이런 말을 한 적이 있었어요. 누군가가 책상과 컴퓨터를 뒤지는 것 같다고요. 그 후로 언니는 중요한 자료는 일체 회사에 갖다 놓지 않았어요. 그리고 집에 있던 자료도 중요한 것들은 저한테 맡겼어요. 집도 안전하지 않다고 생각했던 것 같아요."

"그 말은 은영이가 당한 교통사고가 우연이 아닐 수도 있다는 건가요?"

"증거는 없어요. 하지만 가능성은 배제 못 해요. 언니는 책상과 컴퓨터를 뒤졌던 사람이 이충제 사회부장이라고 거의 확신하고 있었어요. 그런데 그 사람은 나선미라는 정부 쪽 사람 끄나풀이거든요. 나선미는 천강일과 그의 부인, 윤미주와 연결되어 있고요."

"천강일과 윤미주요? 그럼, 은영이 사고에 그 사람들이 관여되었을 수도 있다는 말인가요?"

"심증은 가지만 입증할 수는 없어요."

"혹시 은영이가 천강일이나 윤미주에 대한 취재도 했었나요?"

"네. 이 가방 안에 다 들어 있어요. 천강일과 윤미주뿐 아니라 최 박사님에 대한 취재 자료까지 전부 다요. 저희 신문사 남수길 편집국장님께 전해 드릴까 해서 오늘 집에서 가져왔던 건데, 마침 잘됐네요. 가져가세요."

그녀는 전혀 망설이지 않고 가방을 건넸다.

준열은 김은영의 집으로 갔다. 5층 빌라의 꼭대기에 있는 그녀의 집은 작지만 정갈했다. 거실 벽에는 사진액자가 몇 개 걸려 있었는데, 그중 하나는 그녀의 대학 입학식 때 그와 함께 찍은 사진이었다.

사진 속의 그녀는 기쁘면서도 슬픈 표정이었다. 대학생이 된다는 것은 당연히 기뻤겠지만, 믿고 의지했던 그가 곧 한국을 떠난다는 것은 슬픈 일임에 분명했을 것 같았다. 그는 옆에 나란히 걸린 또 하나의 사진을 보고는 마음이 아팠다. 그것은 졸업식 때 사진이었는데, 입학식 때와 달리 그녀는 혼자였다. 얼굴에서는 졸업의 기쁨 대신 외로운 느낌이 물씬 풍겼다. 졸업 소식을 전하는 그녀의 전화를 받고도 함께하지 못했던 것이 너무나 미안하고 후회되었다.

그는 거실 테이블 위에 취재 자료를 펼쳤다. 거기에는 한미우주 협정을 성사시키기 위해 천강일이 최수혁을 협상 카드로 이용했던 이야기가 들어 있었다. 그뿐이 아니었다. 최수혁의 부모와 천강일의 대학 시절 이야기도 들어 있었다.

그가 경악하지 않을 수 없었던 것은 천강일이 교통사고를 가장해 최수혁의 아버지를 죽였다는 대목을 읽었을 때였다. 최수혁의 아버지, 최기준은 시카고대의 '수학자의 길'에서 마주했던 하얀 비목의 주인공이었다. 그는 하얀 비목에 묻었던 흙 자국들을 닦아 내며 수학의 별의 빛과 향기가 이 세상 누군가에게 고이 간직되기를 기원하기도 했었다. 그런데 그런 수학의 별을 저세상으로 보낸 이가 바로 천강일이었다. 뿐만 아니라 천강일은 자신의 어머니, 이수림에게 했던 것과 똑같은 짓을 최수혁의 어머니, 성혜경에게도 했다.

그는 거울을 보기가 덜컥 겁이 났다. 거울에 비친 자신의 모습에서 악마 같은 천강일을 보게 될까 봐 두려웠다. 그는 천강일과 피를 나눈 사이라는 것이 한없이 부끄럽고 수치스러웠다. 자신의 피를 부정해 버리고, 몸속에 흐르는 피를 모두 뽑아 버리고 싶었다. 그는 거울을 외면하며 화장실로 들어갔다. 그리고는 살갗이 벌게질 때까지 얼굴을 벅벅 문지르며 자신의 얼굴에서 천강일의 모습을 지워 나갔다.

한참을 그러다가 화장실을 나왔을 때였다. 한 가지 의문이 문득 솟구쳤다. 그것은 최수혁이 천강일에 대해 전부 다 알고 있으면서도 한미우주협정에서 그를 도왔다는 사실이었다. 그는 최수혁의 그런 행동이 이해가 가지 않았다.

그런데 그때 또다시 뭔가가 그의 뇌리를 스쳤다. 자신의 첫 강의에서 최수혁이 했던 말이었다. 당시 최수혁은 '라이우스 왕은 어때? 오이디푸스가 자기 아들이란 것도 모른 채 그의 칼을 맞고 죽었는데, 그 정도면 세상에서 가장 잔인한 파멸이라고 할 수 있나?'라고 물었었다.

그제야 그는 최수혁의 의도와 계획이 무엇인지 알 수 있었다. 최수혁은 일부러 천강일 옆에 머물며 기회를 엿보고 있었던 것이다. 그것도 그냥 복수가 아닌 가장 잔인한 파멸을 안겨 줄 복수의 기회를 얻기 위해.

최수혁이 원하는 가장 잔인한 복수란 말 안 해도 뻔했다. 아들 손에 처단당하는 아버지가 어찌 가장 잔인하게 파멸하는 아버지가 아닐 수 있겠는가. 최수혁은 그런 기회를 잡기 위해 연방수사국에 자신을 밀고까지 해 가면서 천강일이 있는 한국으로 떠민 것 같았다.

커졌던 준열의 눈이 정상으로 돌아왔다. 벌어졌던 입도 다물어졌다. 고동쳤던 심장도 누그러졌고, 들끓었던 피도 가라앉았다.

그는 읽었던 취재 자료를 덮고 베란다로 나갔다. 바깥에는 이미 어둠이 깔려 있었다. 그의 마음에도 어둠이 찾아들었다. 하지만 그의 어둠은 까만 어둠이 아니라 파란 어둠이었다. 그 파란 어둠 속에서 붉었던 그의 피도 파란 빛을 띠며 점점 차가워지고 있었다.

서울·경기 최종경선이 나흘 앞으로 다가왔을 때였다. 최수혁은 본격적으로 행동에 나서기 시작했다. 가장 먼저 해야 할 일은 천강일을 위기에서 구해 내는 것이었다.

몇 번의 신호음이 울리자 천강일이 전화를 받았다.

"최수혁입니다."

"누구? 최수…?"

"쉿! 조용히 하세요. 혹시 옆에 누가 있습니까?"

"아닐세. 혼자 있네."

"그럼, 좋습니다. 지금부터 제가 하는 이야기 잘 들으세요."

"알겠네. 말해 보게."

"기자회견을 여십시오. 서울·경기 최종경선이 열리기 하루 전이 좋겠습니다. 기자회견에서 앞으로 1년 안에 상업용 핵융합로의 시험 운전이 가능하다고 발표하십시오."

"뭐라고? 1년? 그게 가능한 일인가?"

"핵융합 에너지는 플라즈마 난류만 제어하면 나머지는 순전히 기술적인 문제라는 것을 잘 아시지 않습니까? 제가 방정식을 조금만 손보면 상업용 핵융합로에서도 플라즈마 입자의 움직임을 완벽하게 예측해 낼 수 있습니다."

"방정식을 조금만 손보면 된다고? 그렇다면 이제까지는 일부러 안 그래 왔다는 건가?"

"아닙니다. 방정식을 다시 들여다보면서 알게 되었습니다. 일부 오류가 있었다는 걸 최근에 발견한 겁니다."

최수혁의 그 말은 사실이 아니었다. 천강일의 날카로운 질문에 순간적으로 그렇게 답했던 것뿐이다. 사실 그는 처음부터 완벽한 방정식을 제시하지 않고, 일부 오류가 있는 방정식을 제시했다. 그것은 한국의 핵융합에너지연구원에서 일할 때나 미국의 로스앨러모스 연구소에서 일할 때나 마찬가지였다. 그 방정식을 사용하면 일정 부분까지는 플라즈마의 움직임을 예측할 수 있지만, 완전한 예측에까지는 이를 수 없었다. 그가 그렇게 한 것은 천강일과 미국을 견제하기 위한 최후의 수단을 남겨 놓기 위해서였다.

"알겠네. 계속하게."

"단, 조건이 있습니다."

"조건? 그게 뭔가?"

"최고의 기술진으로 드림팀을 구성해 주십시오. 플라즈마 난류 문제는 제가 해결한다 해도, 상업용 핵융합로를 제때 제대로 완공할 수 없으면 모든 것이 허사입니다."

"무슨 뜻인지 알겠네. 그 문제는 걱정 말게. 작년에 시작했던 기반 공사는 이미 끝났고, 시설 공사도 상당히 진척된 상태네. 앞으로도 최고 기술진은 물론 필요한 건 뭐든 다 퍼붓겠네."

"그럼 됐습니다. 그리고 또 있습니다."

"뭔가? 어서 말해 보게."

"핵융합 에너지를 앞당겨 생산한다 해도 석유는 여전히 필요합니다. 그래서 드리는 말씀인데, 주요 산유국들 중 몇몇 나라와 협정을 맺는다고 발표하십시오."

"협정? 어떤 협정 말인가?"

"우리나라에 원유를 안정적으로 공급하는 대신 우리가 보유한 핵융합 기술을 공유한다는 협정 말입니다."

"뭐? 공유? 음…."

천강일은 말을 멈췄다. 잠시 생각하는 것 같았다. 하지만 최수혁은 천강일이 자신의 제안을 거부하지는 않을 것으로 생각했다. 천강일은 그럴 여유를 부릴 처지가 아니었다. 아니나 다를까, 천강일은 예상했던 대로 대답했다.

"원유와 핵융합 기술을 맞바꾸자는 말 같은데, 좋네. 그렇게 하겠네. 하지만 핵융합 기술은 다른 나라에 막 퍼 주기에는 아깝다는 생각이 드는 건 사실이네."

"그렇게 생각하실 필요 없습니다. 미국과는 벌써 그러고 있지 않습니까? 핵융합 기술과 화성 유인탐사를 맞바꾸면서요."

"그렇긴 하지."

"그런 마당에 몇몇 나라가 더 달라붙는다고 크게 달라질 건 없습니다. 대신 우리는 훨씬 더 큰 이득을 보면 됩니다."

"훨씬 더 큰 이득이라니?"

"핵융합 기술을 전수받는 산유국들에게 그에 상응하는 로열티를 요구하십시오. 원유 공급과는 별개로 말입니다. 그러면 일석삼조가 됩니다. 안정적인 원유 확보로 지금의 석유 위기를 돌파해 낼 수 있고, 또 막대한 로열티 수입도 챙길 수 있습니다. 그것도 매년마다 계속해서요."

"세 번째는 뭔가?"

"세 번째는 위원장님께서 대통령이 되셔서 우리나라를 이끄시는 겁니다. 핵융합 에너지 덕택에 한층 높아진 국가적 위상을 배경 삼아 대통령으로서 국제적인 리더가 되실 수도 있습니다."

그 말을 듣는 순간 천강일의 입은 찢어질 듯 벌어졌다. 최수혁은 구세주처럼 나타나 자신을 위기에서 구해 내고 있었다. 그뿐 아니라 장밋빛 미래까지 선사하고 있었다. 국제적인 리더라니, 최수혁이 하는 말은 자신이 꿈꿔 왔던 것 이상이었다.

"닥터 최는 보배일세. 절대로 자네 은혜 잊지 않겠네. 그런데 혹시 기자회견 할 때 내 옆에 같이 있어 줄 수 있겠나? 그러면 보기에도 좋고, 또 사람들이 한층 더 내 말을 믿어 줄 수 있을 것 같아서 하는 말이네."

최수혁은 곧바로 대답하지 않고 잠시 침묵했다. 그러는 동안 천강일은 어쩔 줄 몰라 하며 그의 대답을 기다렸다. 조바심에 입술이 바짝바짝 다 타들어 갈 지경이었다. 천강일의 심정은 그만큼 절박했다.

"좋습니다. 그렇게 하겠습니다. 위원장님 옆에 같이 서겠습니다. 기자들이 질문하면 거기에도 응하겠습니다. 그렇게 해 드리면 되겠습니까?"

천강일은 속으로 쾌재를 불렀다. 최수혁이 그렇게만 해 준다면 서울·경기 최종 경선은 충분히 승산이 있었다.

"여부가 있겠나? 그렇게만 해 준다면 문제없네. 이제까지 표를 많이 깎아 먹기는 했지만, 최종적으로는 내가 승리할 걸세. 여세를 몰아 본선에서도 야당 후보를 압도할 수 있고."

천강일의 얼굴에는 화색이 돌았다. 조금 전까지의 침울했던 표정은 어디로 갔는지 만면에 웃음이 가득했다. 목소리도 고조되어 있었다. 어찌 그렇지 않을 수 있겠는가. 승리를 목전에 두고 모든 것을 포기해야 하는 절체절명의 순간에 최수혁이 무엇과도 바꿀 수 없는 귀중한 선물을 선사했으니.

"그런데 말입니다…."

"말해 보게. 닥터 최의 말이라면 귀를 씻고 듣겠네."

"제가 누군지 아십니까?"

"아니, 갑자기 무슨 말인가? 자네가 누구라니? 자네는 닥터 최, 최수혁 아닌가?"

"맞습니다. 최수혁. 그런데 최수혁이 누군지 아십니까?"

"최수혁이 최수혁이지 도대체 누구란 말인가? 닥터 최, 갑자기 왜 이러는 건가?"

"귀를 씻고 듣는다고 하셨으니 지금부터 하는 이야기, 똑바로 들으십시오."

"그러겠네. 어서 말해 보게."

"제 아버지는 최기준입니다."

"……!"

천강일은 자신의 귀를 의심했다. 뭔가 잘못 들은 줄 알았다. 그래서 다시 말해 달라고 했다. 하지만 최수혁은 같은 말을 반복하지는 않았다.

"제 어머니는 성혜경입니다."

"……!"

천강일은 최수혁의 입에서 성혜경이라는 이름이 나오자 자신이 처음에 들었던 최기준이라는 이름이 잘못 들은 게 아님을 확실히 알았다. 천강일은 간신히 의자를 부여잡으며 나자빠지는 것만은 면했다. 하지만 마음은 이미 여지없이 나뒹굴고 있었다.

'최수혁이 최기준과 성혜경의 아들이라니! 최기준은 내 손으로 저세상으로 보낸 사람이고, 성혜경은 내가 욕보인 사람이 아니던가!'

최수혁은 너무 놀라 말을 잇지 못하는 천강일에게 이제까지 아껴두었던 말을 꺼내기 시작했다. 그에게 선사한 선물 보따리의 대가를 요구하기 시작한 것이다.

최수혁은 천강일이 이제까지 저지른 모든 잘못을 고백하라고 요구했다. 그것을 들어 보고 협조 여부를 결정하겠다고 했다. 고백에 단 하나라도 거짓이 있으면, 기자회견 참석은 물론 핵융합 에너지의 상업적 생산에도 일절 협조하지 않겠다고 말했다.

천강일은 하늘이 무너지는 줄 알았다. 최수혁이 요구한 것은 최기준과 성혜경에게 저지른 모든 죄악을 낱낱이, 있는 그대로, 전부 다 고백하라는 것이었다. 한껏 고무되었던 그의 기분은 일순간에 곤두박질치며, 천당 꼭대기에서 지옥의 낭떠러지로 급전직하 내리꽂히고 말았다.

천강일은 기로에 섰다. 모든 잘못을 고백하고 선거에서 승리해 대통령의 자리에 오르든지, 아니면 그의 요구를 거부해 버리고 패배

자의 길을 걷든지 선택해야 했다. 어느 것도 쉽지 않은 선택이었다. 하지만 한 가지는 분명했다. 고백을 하기로 했을 때 허투루 고백하기는 어렵다는 것이었다. 최수혁이 어디까지 알고 그런 요구를 했는지는 모르겠지만, 자칫 발뺌한다는 인상을 주었다가는 이도 저도 아닌 최악의 상황이 초래될지도 모르는 일이었다.

"조금만 생각할 시간을 주게 … ."

천강일이 그렇게 말하며 전화를 끊으려 하자 최수혁은 한 가지를 더 말했다. 고백을 선택한다면 직접 만나 자신의 두 눈을 똑바로 쳐다보면서 해야 한다는 것이었다.

천강일은 무거운 발걸음으로 집으로 돌아왔다. 그리고는 최수혁과의 통화 내용을 윤미주에게 전했다.

"어떻게 하시게요?"

"당신한테 묻고 싶소. 어떻게 했으면 좋겠소?"

그녀는 전혀 망설이지 않고 대답했다.

"생각할 것도 없어요. 지금 당장은 경선에서 살아남는 게 우선이에요. 최수혁과 같이 기자회견장에 서서 핵융합 에너지에 대해 발표하세요. 그렇게만 하면 당신은 여당의 대선 후보가 되는 거예요. 그 다음은 쉬워요. 약체라고 소문난 야당 후보는 상대가 안 돼요. 결국 우리의 꿈이 이루어지는 거예요."

"최수혁은? 모든 것을 다 알고 있는 최수혁은 어떻게 하지?"

"차차 생각하면 돼요. 이제까지 헤쳐 온 난관이 얼만데, 그까짓 최수혁 하나 처리 못 하겠어요? 나한테 맡겨요. 내가 처리할 수 있어요."

그는 그녀의 말을 들으며 조금은 섬찟한 기분이 들었다. 그녀는 김은영에게 했던 것을 최수혁에게도 할 모양이었다. 그녀는 최고의 자리에 대한 욕망을 거둘 생각이 결코 없는 듯했다. 그 길을 가기 위해선 그 어떤 걸림돌도 다 치워 버릴 작정인 것 같았다. 어떤 면에서 그녀는 욕망에 대한 집착이 자신보다 더 강했다.

다음 날 아침 천강일은 최수혁에게 전화했다. 그리고 자신의 선택을 알렸다. 그러자 최수혁이 만날 장소를 정하라고 했다.

"괴산에 내 고향 집이 있네. 거기가 좋겠네."

그는 왜 느닷없이 고향 집에서 만나자고 했는지 스스로도 의문이었다. 그것은 부지불식간에 나온 말이었다. 내뱉은 말을 주워 담고 싶었지만, 그럴 수는 없었다. 괜히 오해만 살 뿐이었다.

그는 집을 나섰다. 약속시간보다는 훨씬 일렀지만, 먼저 가서 기다리는 편이 나을 것 같았다. 윤미주도 따라 나섰다. 그의 표정이 심상치 않자 혼자 보낼 수는 없다고 생각한 것 같았다.

그는 용인의 정신요양원부터 먼저 들렀다. 고향 집으로 내려가자니 어머니 생각이 난 것이다. 그는 지하의 폐쇄 병실로 내려가 잠든 어머니를 내려다보았다. 그러자 고향 집에서 있었던 그 일이 생각났다. 오랫동안 기억에서 지워 버리고 살았지만, 어머니의 얼굴을 보자 그때 그 일이 고스란히 다시 떠올랐다.

그가 고개를 가로저으며 억지로 그 기억으로부터 벗어나려고 했을 때 어머니가 눈을 떴다. 그리고는 그와 눈이 마주쳤다. 어머니가 입을 뗐다. 오랜만에 들어 보는 어머니 목소리였다. 어머니는 그의 눈을 바라보며 말했다.

"강일아…, 그때 그 일…, 밖에서 다 듣고 있었다. 말렸어야 했는데…, 그러지 않았던 내 죄가 더 크다…."

어머니는 그렇게만 말하고는 다시 눈을 감았다.

어머니가 한 '죄'라는 말에 그의 마음은 여지없이 흔들렸다. 윤미주가 붙잡지 않았더라면 바닥에 쓰러질 뻔했다. 가까스로 자세를 바로잡은 그는 차마 어머니를 더 볼 수 없어 도망치듯 병실을 뛰쳐나오고 말았다.

"최수혁이 대수예요? 까짓것, 손에 피 한 번 더 묻히면 그만이에요. 걱정 말고 다녀오세요."

그는 그렇게 말하는 윤미주를 외면해 버렸다. 잡은 손도 뿌리쳐 버렸다. 그것은 처음 있는 일이었다. 갑작스러운 그의 행동에 놀랐는지 그녀가 그를 불러 세웠다. 하지만 그는 뒤도 돌아보지 않고 그녀를 떠나 버렸다. 그녀는 '죄'라는 어머니의 말이 그를 얼마나 뒤흔들어 놓았는지 전혀 모르고 있었다.

그는 여주분기점에서 영동고속도로를 내려 중부내륙고속도로로 갈아탔다. 그때 무심결에 튼 라디오에서는 베르디의 레퀴엠 중 한 곡인 〈진노의 날〉이 흘러나왔다.

진노의 날, 바로 그날,
온 천지가 잿더미 되는 그날,
다윗과 시빌라가 예언한 날.
얼마나 두려울 것인가! …
심판자가 당도하실 그때
온갖 행실을 엄중히 저울질하리 … .

그는 차마 더 들을 수가 없어 라디오를 꺼 버렸다. 그러자 옛 기억들이 대신 떠오르며 그의 머리를 어지럽혔다. 그는 그 기억들로부터 달아나고 싶은 듯 가속 페달을 밟은 발에 더욱더 힘을 가했다. 하지만 역설적이게도 그의 차는 옛 기억들의 진원지인 그의 고향 집에 그만큼 더 빨리 다가섰다.

그는 어느덧 연풍나들목에 도달했다. 충북과 경북을 가르는 문경새재를 바로 앞둔 지점이었다. 고속도로를 벗어나서부터는 좁은 지방도를 타고 남쪽으로 내려갔다가 다시 서쪽으로 방향을 틀어야 했다. 그래야 분지리가 나왔고, 거기서 또 서쪽으로 더 들어가야 고향 집이 나왔다.

몇 개의 고개를 넘자 고향 집이 있는 산이 나왔다. 그 산은 동쪽과 서쪽을 가르는 산이었다. 앙코르와트를 여행할 때 가이드가 한 말이 떠올랐다. 그것은 그가 회랑(回廊) 벽면에 새겨진 부조(浮彫)들을 둘러보고 있을 때 들은 말이었다.

"회랑의 동쪽 벽면에는 생명과 천지창조 장면들이, 서쪽 벽면에는 죽음과 파멸의 장면들이 새겨져 있습니다. 예전의 크메르인들은 동쪽은 생명의 땅, 서쪽은 죽음의 땅으로 여겼던 것 같습니다."

그는 고향 집 뒷산도 마찬가지라고 생각했다. 동쪽은 햇볕이 잘 드는 생명의 땅이었지만, 서쪽은 언제나 그늘진 어둠의 땅이었다. 그곳은 낮이나 밤이나 늘 어둡고 암울한 죽음의 세계였다.

토템과 터부

천강일은 고향 집 안방으로 들어섰다. 그러자 시간이 거꾸로 흐르는 듯 예전에 아버지가 전해 주었던 집안 내력에 관한 이야기가 파노라마처럼 펼쳐졌다.

일제강점기 때였다. 천강일의 할아버지 천기수는 충주의 어느 부잣집에서 머슴살이를 하고 있었다. 주인집은 독립군에 군자금을 대고 있었는데, 우연히 그 사실을 알게 된 그는 일본 순사에게 밀고해 버렸다.

주인집은 한순간에 풍비박산이 났다. 천기수는 그것을 틈타 재산의 일부를 가로챘고, 신고 포상금까지 받아 챙겼다. 그는 돈이 많아졌어도 정상적인 생활을 할 수가 없었다. 가는 곳마다 밀고자, 배신자라는 말을 들어야 했다. 그래서 그랬는지 주인을 팔아 챙긴 돈도 전혀 아껴 쓰지 못했다. 결국 노름빚마저 지게 된 그는 더 이상 충주 땅에 살지 못했다. 야반도주를 한 그가 숨어든 곳이 바로 분지리의 산골이었다.

6·25 전쟁 끝 무렵, 빨치산 잔당을 신고하면 포상금을 준다는 말에 천기수는 충주에서 했던 일을 습관처럼 되풀이했다. 떠돌이 화전민들을 빨치산이라고 거짓 신고한 것이다. 토벌군에 붙잡힌 화전민들은 모두 총살당하고 말았다. 그는 포상금으로 땅을 사서 집을 지었는데, 그 집이 바로 천강일의 고향 집이었다.

동네 사람들은 하나같이 천기수를 멀리했다. 그런데 그것만으로 끝내지 않은 사람이 있었다. 그 사람은 억울하게 죽어 간 떠돌이 화전민들과 친분이 있었는데, 그가 했던 것과 똑같은 일을 그에게 되갚아 줬다.

천기수는 전쟁 초기 인민군 앞잡이 노릇을 했다는 누명을 쓴 채 떠돌이 화전민들과 똑같은 운명에 처했다. 그는 재판도 없이 즉결처분만으로 총살당했다. 남은 식솔들은 간신히 처벌만은 면했다. 하지만 그것이 꼭 다행이라고만 할 수는 없었다. 그 후로 그들에게는 '빨갱이 가족'이라는 주홍글씨가 늘 붙어 다녔기 때문이다.

천기수의 외동아들 천명식은 머리가 좋았다. 그는 공부에만 전념해 서울의 명문대에 입학했다. 하지만 졸업 후가 문제였다. 신원조사가 겁나서 웬만큼 큰 회사에는 들어갈 엄두조차 내지 못했던 그는 눈을 낮춰 이름 없는 제조회사에 들어갔다. 그런데 막상 들어가 보니 그 회사는 알짜배기 회사였다. 이름만 알려지지 않았지 그 회사의 기능성 의류 원단은 만드는 족족 날개 돋친 듯이 팔려 나갔다.

그는 잘만 하면 성공할 수 있겠다고 생각했다. 기술을 배우고 사업 수완을 익혀 자신만의 회사를 차릴 꿈을 키우며 밤늦게까지 열심히 일했다. 그를 좋게 본 회사 사람들은 경리 직원이었던 한 아가씨와 중매에 나섰다. 그도 그녀가 싫지만은 않았다. 그들은 결혼에 이르렀고 얼마 안 가 아기를 낳았다. 그것이 천강일이었다.

천명식이 다니던 회사는 사세를 확장하며 새로운 시장을 개척했다. 그중 하나가 군복 납품 시장이었다. 회사에서 개발한 새로운 원단이라면 군복 납품도 충분히 가능했다. 회사에서는 실무 책임을 그에게 맡겼다. 그에게는 더할 나위 없이 좋은 기회였다.

군납 계약은 순조롭게 진행되었다. 그런데 그는 정식 계약을 앞두고 국방부에서 회사 간부들에 대한 신원조사를 하겠다고 하자 큰 걱정에 빠져들었다. 그 대상에 자신은 포함되지 않았지만, 그는 지레 겁부터 먹었다.

그는 자신의 아내를 시켜 회사 돈을 몰래 빼내 비자금을 마련했다. 그리고는 국방부 담당자에게 뇌물로 바쳤다. 그는 자신도 신원조사 대상에 포함될 수 있는지를 넌지시 묻고는, 혹시라도 그렇게 되면 잘 처리해 달라고 부탁했다. 그런데 그것이 그의 발목을 잡아버렸다. 국방부 담당자는 오히려 그를 의심하게 되었다. 그로서는 스스로 무덤을 판 꼴이었다.

군납 계약은 파투가 났고, 후폭풍은 거셌다. 신원조사 결과가 회사에 통보되었고, 그는 즉각 해고되었다. 그뿐이 아니었다. 회사 자금을 몰래 빼돌렸다는 사실까지 들통나서 감옥신세까지 져야 했다. 혼자 저지른 일이라고 주장했기에 아내마저 처벌받는 일만은 면

할 수 있었다.

교도소에서 나온 그에게는 빨간 딱지 외에 전과자라는 낙인까지 덧붙게 되었다. 서울에서는 아무 일도 할 수 없었던 그는 고향으로 돌아올 수밖에 없었다.

그는 절망했다. 오랫동안 돌보지 않아 무너지기 일보 직전이었던 집을 보니 희망을 가질 수가 없었다. 그는 술만 마셨다. 술을 입에 대기 시작하면서 한탄도 늘어 갔다. 대부분은 자신의 아버지를 향한 것이었다. 자식의 앞길을 망쳤다며 이미 저세상 사람이 된 아버지를 끊임없이 욕하고 저주했다.

그는 결국 알코올 중독에 빠지고 말았다. 어느 날부터는 술주정 끝에 아내에게 손까지 댔다. 한번 시작된 손찌검은 갈수록 심해졌다. 나중에는 아내의 몸에서 성한 곳을 찾기 어려울 정도였다.

거기까지 기억을 떠올린 천강일은 담배 하나를 꺼내 물었다. 끊은 지는 오래됐지만, 왠지 필요할 것 같아 휴게소에서 다시 산 담배였다.

그는 담배에 불을 붙이고 깊게 한 모금 빨아들였다. 매캐한 연기가 기도를 타고 폐 속으로 들어왔다. 니코틴의 독소가 혈관 전체로 퍼져 나가며 약에 취한 듯 마음도 나른해졌다. 그에 따라 꼭꼭 잠가 두었던 기억의 비밀 창고도 다시 열렸다. 그 일이 하얀 담배 연기처럼 모락모락 피어나며 눈앞에 어른거리기 시작했다.

그 일을 다시 마주하는 것은 최수혁에게 고향 집에서 만나자고 말한 순간 이미 예견된 일인지도 몰랐다. 죄를 고백하는 장소로 고향 집을 택한 것이 그저 아무렇게나 일어난 우연이 아닐 수도 있었던 것이다. 어쩌면 그것은 그의 마음속 죄의식이 무의식적으로 자아낸 필연일지도 몰랐다.

'돌고 돌아 결국에는 원점이던가?'

그는 피식 하고 헛웃음이 나왔다. 그것은 아무리 발버둥 쳐도 끝내 원죄의 굴레를 벗어나지 못하는 자신을 향한 비아냥이자 조소였다. 그런 조소가 그의 얼굴 전체로 조금씩 번지며 기억 창고에 꽁꽁 감춰 놓았던 그 일도 보다 선명한 모습으로 눈앞에 펼쳐졌다.

어렸을 적에 천강일은 집이 지옥 같았다. 집에서 벗어날 날만을 늘 손꼽아 기다렸다.

드디어 아버지의 난장질을 더 이상 보지 않아도 되는 날이 다가왔다. 충주에 있는 중학교에 진학하게 되면서 숨통이 트인 그는 모든 것을 잊기 위해 공부에만 매달렸다. 그는 특히 수학 과목에 뛰어났다. 학교 선생님들은 그를 수학 천재라며 칭찬을 아끼지 않았다. 그는 더욱더 수학에 매달리며 집 생각으로부터 벗어나기 위해 안간힘을 썼다.

중학교에 들어간 후 첫 방학이 되었다. 그는 차마 떨어지지 않는 발걸음을 억지로 옮기며 집으로 돌아왔다. 집은 이전보다 훨씬 더 지옥 같았다. 어머니는 아예 집을 나가 버렸는지 아무리 찾아도 찾을 수 없었고, 집에는 아버지만 홀로 있었다.

아버지는 완전히 폐인 몰골이었다. 두 눈은 퀭했고, 얼굴은 누렇게 떠 있었다. 아버지는 부들부들 떨리는 손으로 술잔을 입에 갖다 댔는데, 몇 모금 마시기도 전에 마구 기침을 해댔다. 기침 속에는 간혹 피 같은 것이 묻어 나오기도 했다.

며칠이 지났을 때쯤 어머니가 집으로 돌아왔다. 그런데 아버지는 어머니를 향해 입에 담지 못할 욕을 해 댔다. 어머니가 읍내 술집에서 웃음을 팔고 있다고 의심하며 '화냥년'이라고 불렀던 것이다. 그는 귀를 틀어막았다. 하지만 아무리 막아도 아버지의 막말들은 여지없이 귀를 파고들었다.

그는 집을 뛰쳐나와 집 뒤로 나 있는 산길을 타고 무작정 올라갔다. 산꼭대기에 올라 사방을 둘러보니 동쪽으로는 햇볕이 가득했지만, 서쪽으로는 어둑한 산 그림자뿐이었다. 그는 너른 바위에 걸터앉았다. 그리고는 서쪽을 등지고 동쪽을 바라보았다. 집에서 벌어지고 있는 일들을 외면하고 싶은 마음이었다.

그때 그의 머릿속에 금지된 소망 하나가 모락모락 피어올랐다.

'아버지가 사라졌으면 좋겠다.'

해가 저물어 산꼭대기에 더 머물 수가 없었던 그는 산길을 내려왔다. 웬일인지 집 안이 조용했다. 그는 안방 문을 열었다. 어머니는 없고, 아버지만 혼자 방바닥에 널브러져 있었다. 또다시 각혈이라도 했는지 방바닥과 이불 여기저기에는 피가 묻어 있었다.

그는 아무런 미동도 없는 아버지에게 조용히 다가갔다. 그리고는 손가락 하나를 코에 갖다 댔다. 희미하나마 숨결이 느껴졌다. 그때 그가 느꼈던 실망감이란 이만저만한 게 아니었다.

아버지가 눈을 떴다. 그리고는 평소와는 다른 목소리로 말하기 시작했다. 술기운은 찾아볼 수 없는, 실로 오랜만에 들어 보는 차분하고 부드러운 목소리였다.

"강일아. 나를 끝내 다오. 나를 빨리 보내야 너도 나처럼 되지 않는다. 그래야 네가 이 지옥 같은 굴레에서 벗어날 수 있다. 네가 나를 끝내 다오. 바로 지금…."

그는 아버지의 마지막 애원을 외면하지 않았다. 처음에는 두 손으로 목을 조였다. 그런데 손에 힘을 주면 줄수록 아버지의 두 눈은 더욱더 부릅떠졌다. 차마 그 눈을 바라보며 계속할 수 없었던 그는 두 손을 풀어 버렸다. 하지만 그것으로 모든 것을 그만둔 건 아니었다. 그는 옆에 있던 이불로 아버지의 얼굴을 덮었다. 그리고는 사정없이 코와 입을 내리눌렀다. 그러자 아버지가 발작하듯 몸부림쳤다.

"가만히 계세요. 원하셨던 일이잖아요. 저한테 끝내 달라고 하셨잖아요…."

아버지의 몸부림이 잦아들었다. 아버지는 크게 한 번 풀썩하더니 아무런 움직임도 없이 잠잠해졌다.

그는 자신의 두 손을 바라보았다. 거기에는 아무런 흔적도 남아 있지 않았다. 하지만 그의 눈에는 아버지의 피가 잔뜩 묻은 것만 같았다. 그는 수돗가로 가서 손을 씻었다. 아무리 지워도 핏자국은 지워지지 않았다. 밤이 새도록, 또 다음 날에도 씻고, 씻고, 또 씻었다. 그의 두 손은 피부가 다 벗겨지며 속살이 튀어나왔다. 그 속살로부터 또 피가 흘러나왔다. 그 피는 분명 자신의 피였지만, 마치 아버지의 피 같았다….

천강일의 기억이 거기까지 다다랐을 때였다. 갑자기 구역질이 나기 시작했다. 그것은 자신을 향한 구역질이었다. 그는 자신이 혐오스러웠다. 괴물 같았다. 온몸 구석구석에서는 썩은 시궁창 냄새가 진동하는 것 같았다.

그는 자신 안에 똬리를 틀고 있는 괴물의 본성을 모두 다 게워 내고 싶었다. 그래서 끊임없이 토하고 또 토했다. 속에서 게워져 나온 토사물들이 방바닥 이곳저곳을 더럽혔다. 토사물들이 튄 자리는 공교롭게도 예전에 아버지가 각혈하며 토해 낸 피가 묻었던 자리와 같았다.

그는 더 이상 견딜 수 없어 안방을 뛰쳐나왔다. 그리고는 산으로 올라갔다. 너른 바위 위에 걸터앉아 서쪽을 등지고 동쪽을 바라보니 동쪽은 예나 지금이나 밝고 환하고 따사로웠다.

그는 핸드폰을 들어 전화를 걸었다.

"닥터 최, 도착했는가?"

그의 목소리는 차분하고 담담해져 있었다.

"네, 방금 도착했습니다."

"그럼 이리로 올라오게. 집 뒤쪽으로 나 있는 산길을 따라오면 되네. 하나밖에 없는 길이니 찾기가 어렵지는 않을 걸세."

잠시 후 최수혁이 모습을 드러냈다. 그러면서 두 사람 사이의 운명적인 대면이 마침내 시작되었다.

먼저 이야기를 꺼낸 것은 천강일이었다. 그는 최수혁이 듣기를 원했던 지난날의 과오들에 대해 고백을 시작했다.

한참의 시간이 흐르고 모든 고백이 끝났을 때 그가 말했다.

"나는 모든 것을 다 이야기했네. 일부러 숨기거나 사실과 다르게 말한 것은 하나도 없네. 그건 내가 맹세할 수 있네."

최수혁은 그렇게 말하는 그를 노려보았다. 사실 그가 숨긴 것은 하나도 없었다. 틀리게 말한 것도 없었다. 그것은 자신이 알고 있는 내용과 차이가 없었다. 사비나 수녀가 전해 주었던 말과도 다르지 않았고, 길천수를 시켜 조사했던 내용과도 일치했다.

하지만 최수혁은 뭔가 이상했다. 이상했던 것은 천강일의 태도였다. 그는 자기 잘못을 고백하면서도 마치 남 이야기하듯이 너무나도 침착하고 담담한 모습이었다.

"어떻게 그런 고백을 하면서도 아무렇지도 않을 수가 있는 거죠?"

"자네 눈에는 그렇게 보였는가? 내가 그것까지 설명해야 할 이유는 없다고 보네. 자네의 요구는 나의 고백뿐이었네. 내가 어떻게 보이든 자네가 상관할 바는 아니네. 반성은 내 몫이지 자네에게 보여줄 일은 아니라는 말일세. 그리고 나는 … 자네가 내리는 심판을 피할 생각이 없네 … ."

최수혁이 보기에 그의 태도는 모순덩어리였다. 솔직히 고백하면서도 반성하는 기미는 보이지 않았고, 그렇다고 해서 심판을 피하자는 것도 아니었다.

"그러면 기자회견은요? 서울·경기 경선은요? 또 대통령이 되는 꿈은요? 그 모든 것을 지금 이 자리에서 모두 다 포기하고 심판을 달게 받겠다는 말입니까?"

그가 쓴웃음을 지으며 말했다.

"이보게, 자네. 더 이상 나를 놀리지 말게. 어제 자네가 최기준과 성혜경의 아들이라는 말을 했을 때 나는 무척 놀랐었네. 하지만 그때까지만 해도 나는 자네가 했던 약속을 믿고 싶은 마음이 더 컸었네. 오늘 아침 이곳으로 출발하는 순간에도 대통령이 되는 꿈을 완전히 포기하고 싶지는 않았다네."

그는 잠시 쉬었다가 다시 말을 이었다.

"하지만 곰곰이 생각해 보니 자네가 이 일을 꽤 오랫동안 준비해 왔다는 생각이 들더군. 말해 보게. 자네는 일부러 나에게 접근한 게 아니었나? 모든 비밀을 다 알고 있으면서도?"

"맞습니다. 다 알고 있었습니다."

"자네가 한미우주협정에서 나를 도와준 것도 계획의 일부였겠지? 안 그런가?"

"맞습니다."

"자네가 최기준과 성혜경을 닮았는데도 왜 그들의 아들이라는 생각은 전혀 하지 못했는지 나 스스로도 의문이구먼. 자네에 관해 조금만 조사했더라도 미리 알 수 있었을 텐데 말이야."

"미리 알았다면요?"

"지금과 같지는 않았을 거네."

"그럼, 지금은 어쩔 수 없으니까 심판을 받겠다는 겁니까? 잘못을 인정해서가 아니라요?"

"나는 지금 이 순간에도 이 모든 궁지에서 벗어나 대통령 자리에 오를 수만 있다면 그렇게 할지도 모르네. 그게 솔직한 내 심정이라네. 한번 불붙은 욕망을 포기하기가 얼마나 어려운 일인지 자네는 모를 걸세. 그리고 방금 자네, 잘못에 대한 인정을 말했는가? 내가 대답하지."

그는 심호흡을 크게 한 번 하고는 말했다.

"자네가 원하는 잘못에 대한 인정이 어떤 건지는 모르겠네만, 나는 내 잘못을 모두 고백했네. 그것이 인정이 아니면 무엇이 인정인가? 무릎 꿇고 손바닥을 비벼 가며 빌기라도 하란 말인가? 내가 그렇게 한다면 자네는 어쩔 텐가? 용서라도 할 텐가? 그래서 기자회견장에 나와 같이 나서기라도 할 텐가? 말해 보게. 내가 대통령이 되도록 도와주기라도 할 텐가? 내가 자네 어머니를 욕보였고, 자네 아버지를 죽였는데도?"

그는 또 한 번 숨을 깊게 들이마셨다. 마치 단두대에 선 죄수가 형장의 이슬로 사라지기 전 최후진술이라도 하는 듯한 모습이었다.

"나는 이제 알고 있네. 자네한테 그럴 마음이 없다는 것을. 자네가 어제 전화로 했던 말들은 고백을 받아 내기 위해 놓았던 덫이라는 것을. 자네는 이 순간만을 기다렸던 것 아닌가? 내가 자네 요구를 거부할 수 없을 때를 말이야?"

"맞습니다."

"그랬을 거라고 짐작이 가네. 미네르바의 부엉이는 황혼이 저물어야 날개를 편다더니만, 그 말이 틀리지 않았네그려. 지나고 보니 모든 게 훤히 들여다보이는구먼. 자네는 내 잘못을 미리 다 폭로할 수 있었는데도 그렇게 하지 않았네. 도대체 왜 그랬는가?"

"미리 폭로하지 않은 이유요?"

"그렇네. 왜 지금까지 기다렸던 것인가?"

"대답해 드리지요. 하지만 그 전에 먼저 아셔야 할 게 있습니다."

"아직도 내가 더 알아야 할 게 남아 있다는 건가?"

최수혁은 대답하는 대신 품속에서 조그만 나무상자 하나를 꺼냈다. 그리고는 그에게 건넸다.

"이게 뭔가?"

"그 안을 열어 보십시오."

그는 나무상자의 중간 부분을 밀었다. 그러자 성냥갑처럼 중간이 밀려나며 안에 들어 있던 내용물이 드러났다. 그것은 아주 조그만 크기의 손톱 조각 몇 개였다.

"세상에 태어나자마자 죽은 아기의 손톱 조각들입니다."

"이걸 왜 나한테 보여 주는 건가?"

"그건 죽은 제 쌍둥이 형이 남긴 손톱 조각들입니다."

"쌍둥이 형?"

"네. 어머니 뱃속에 같이 있었던 이란성 쌍둥이 형요."

"그런데?"

"그 쌍둥이 형의 아버지가 누군지 아십니까?"

"자네 아버지, 최기준 아닌가?"

"아닙니다."

"아니라니? 그렇다면 누구란 말인가? 이 손톱 조각의 아버지가?"

"그건 바로 당신입니다."

"뭐라고? 내가 아버지라고?"

그는 놀라면서도 믿지 않는 눈치였다.

"당신이 어머니를 욕보이던 날, 쌍둥이 형의 생명의 씨앗도 어머니 몸속으로 들어왔습니다. 당신이 뿌린 씨앗 말입니다."

그는 충격에 휩싸여 제대로 말을 잇지 못했다. 망치에 머리라도 얻어맞은 듯 멍한 모습이었다.

"아니, 어찌 그런 일이 있을 수 있다는 말인가? 쌍둥이의 아버지가 제각각이라니 … ."

최수혁은 쉽게 믿으려 들지 않는 그에게 이부동기중복임신에 관해 자신이 알아낸 것들을 이야기했다. 벌어진 그의 입은 다물어질 줄 몰랐다.

"손톱 조각의 주인공은 태어난 지 얼마 안 돼 죽었습니다. 심장마비에 의한 돌연사였습니다. 그게 당신이 지은 죄의 대가라고 생각지 않습니까? 당신이 지었던 죄를 갓난아기가 자신의 목숨으로 대신 갚아야 했다는 생각은 들지 않느냐고 묻는 겁니다."

그는 최수혁 앞에서만큼은 무너지는 모습을 보이고 싶지 않았다. 그래서 억지로 참고 있었다. 하지만 더 이상 그럴 수가 없었다. 남아 있던 최후의 자존심마저 꺾이며 그의 무릎도 사정없이 꺾이고 말았다.

그는 바닥에 털썩 주저앉았다. 그러더니 머리를 땅에 박고 또다시 구역질을 시작했다. 하지만 목구멍을 타고 올라오는 것은 아무것도 없었다. 그의 몸에 더 이상 게울 것은 남아 있지 않았다. 그래도 있다면 자기 안에 똬리를 틀고 있던 괴물의 형상뿐이었다.

그는 온성캠프에서 두 번째로 쓰러졌을 때의 일이 떠올랐다. 당시 준열은 '죄의 삯은 사망'이라고 하면서 과거의 죄는 절대로 완전히 지워지지 않는다고 했다. 그는 이제 알게 되었다. 준열의 말이 맞았다는 것을. 그런데 죄는 자신이 지었는데, 죄 없는 엉뚱한 사람이 죽음으로 삯을 치렀다. 그것도 다름 아닌 존재조차 몰랐던 자신의 아들이.

그의 헛구역질이 잦아들고 있을 때 최수혁이 말했다.

"손톱 조각은 당신이 가지십시오. 나중에 다른 세상에서 손톱 조각의 주인을 만나게 되면 알량한 자존심은 내팽개치십시오. 죄 없이 죽어 간 아기에게만큼은 진정으로 참회하고 용서를 구하십시오. 말로만 고백하는 것이 전부가 아닙니다!"

최수혁의 말은 정곡을 찌르는 것이었다. 그 말을 들은 후 그는 완전히 무너지고 말았다.

그때였다. 최수혁은 고개를 돌리더니 나무들 사이를 쳐다보며 말했다.

"이제 나와도 돼."

그러자 누군가가 나무들 사이에서 모습을 드러냈다.

준열이 그 자리에 가 있었던 것은 최수혁이 아침에 보낸 문자 메시지 때문이었다. 거기에는 '라이스대에서 첫 강의를 했던 날, 내가 말했지? 모든 것을 전부 말할 때가 올 거라고. 이제 때가 되었어. 괴산으로 와. 궁금했던 모든 것을 알게 될 거야'라고 적혀 있었다.

그는 최수혁이 말한 곳에 도착했지만, 거기에는 아무도 없었다. 다만 안방 문 앞에 최수혁이 남긴 메모 한 장만 붙어 있었다.

그는 집 뒤로 나 있는 산길을 올랐다. 산꼭대기는 멀지 않았다. 그는 말소리가 들리자 더 가지 않고, 나무들 사이로 몸을 숨겼다. 그것도 최수혁이 메모에서 말했던 대로였다.

나무들 사이에서 지켜보니 최수혁은 누군가와 이야기를 나누고 있었다. 예상했던 대로 천강일이었다. 처음부터 들은 것은 아니었지만, 두 사람 사이에 어떤 이야기가 오갔는지는 충분히 짐작할 수 있었다.

그는 최수혁이 쌍둥이 형에 관한 이야기를 꺼냈을 때 천강일이 휘청거리는 모습을 볼 수 있었다. 그것은 온성캠프에서 휘청거렸던 모습과 똑같았다. 그가 보기에 천강일은 모든 정신적 방어벽이 무너지며 더 이상 죄책감을 견디기 힘든 순간에 도달한 것 같았다.

그가 나무들 사이에서 모습을 드러내자 최수혁이 다가왔다. 그런데 이상한 일이 벌어졌다. 최수혁은 멈추지 않고 그냥 그를 지나쳐버렸다. 이렇다 저렇다 아무런 말도 없이 뒷모습을 보이며 사라져버렸다. 그게 다였다.

그 순간 그는 모든 것을 깨달았다. 최수혁이 무엇을 의도하는지 완전히 알 수 있었던 것이다. 최수혁이 원했던 가장 잔인한 파멸은 천강일을 향한 것만이 아니었다. 그것은 준열 자신을 향한 것이기도 했다. 아버지를 어떻게 단죄할지를 아들로 하여금 정하게 만드는 것이 어찌 가장 잔인한 파멸이 아닐 수 있겠는가. 그것은 단죄를 당하는 아버지에게도, 단죄를 행하는 아들에게도 가장 잔인한 파멸일 수 있었다.

그것은 오이디푸스로 하여금 라이우스를 칼로 찌르라고 요구하는 것과도 같았다. 아니, 어쩌면 그것은 더 가혹한 운명의 시험일 수도 있었다. 오이디푸스는 라이우스가 아버지인 줄도 모르고 칼을 들이댔지만, 그는 천강일이 아버지라는 것을 알고 심판을 행해야 했기 때문이다. 그런 복수를 처음부터 미리 계획한 최수혁은 실로 무서운 사람이었다. 하지만 어쩔 수 없었다. 이미 벌어진 일이었다.

그는 천강일을 향해 다가갔다. 그리고는 몇 발자국 앞에서 걸음을 멈췄다.

"이수림이라는 이름을 기억하십니까?"

"아닐세, 처음 들어 보는 이름이네."

천강일은 그의 물음에 답하면서도 그가 왜 갑자기 나타나 그런 질문을 하는지 이해하지 못하는 모습이었다.

"1987년 겨울, 몽마르트르의 카페에서 아르바이트로 노래를 불렀던 사람이 이수림이었습니다. 그래도 모르시겠습니까?"

계속해서 이어지는 그의 말을 들으면서 천강일은 조금씩 몸을 떨기 시작했다.

"당신이 강제로 욕보이고, 또 가차 없이 버려 버린 사람이 이수림입니다. 그래도 기억이 나지 않습니까?"

천강일의 떨림은 좀 더 확연해졌다.

"이제 … 조금씩 기억이 … 나네. 그런데 그걸 어찌 자네가 … ?"

"저, 박준열은 당신의 아들입니다. 그때 당신이 이수림에게 강제로 뿌렸던 씨앗의 결과가 바로 접니다."

천강일은 죽은 아기의 손톱 조각을 본 후로 더 이상 놀랄 일은 남아 있지 않다고 생각했다. 하지만 그게 아니었다. 그의 놀라움은 그 어떤 말로도 표현하기 어려웠다.

그는 천강일에게 김난희로부터 들은 모든 것들을 이야기했다. 그러는 내내 천강일은 계속 떨고 있었다. 하지만 끝내 입을 열지는 않았다.

"혹시 한순간이라도, 단 한순간만이라도 이수림을 진지하게 생각했던 적이 있습니까?"

천강일은 여전히 묵묵부답이었다. 하지만 얼굴에는 끝 모를 회한의 빛이 역력했다. 천강일은 한참을 그러고 있더니 간신히 입을 떼며 말했다.

"이수림이 찾아와 아기를 가졌다는 말은 했었네. 나는 내 아기가 아니라고 부인해 버렸지. 그 후로는 더 이상 찾아오지 않길래 아기를 지운 줄로만 알았네. 그런데 혼자 아기를 낳고, 또 그 아기가 자네였을 줄은 정말 몰랐네."

"자, 이제 어떻게 하시겠어요? 최 박사는 당신과 제가 아버지와 아들 사이라는 것을 진작부터 알고 있었어요. 여기에 우리 둘만 남겨 놓은 건 당신이 세상에서 가장 잔인한 파멸을 당하기를 원해서였어요. 그런 파멸이 어떤 파멸인지 아세요?"

천강일은 좀 전에 최수혁과 나눴던 대화를 되살폈다. 그는 최수혁이 자신의 모든 잘못을 진작에 폭로하지 않은 이유를 물었다. 그러나 최수혁은 그에 대해 직접적인 대답은 하지 않았다. 이제 그는 왜 최수혁이 좀 더 일찍 폭로를 하지 않았는지, 이유를 알 수 있었다. 최수혁이 기다린 것은 아버지를 원수로 여기는 아들이 아버지에게 심판을 내리는 순간이었던 것이다.

"내가 당할 수 있는 가장 잔인한 파멸이란 바로 닥터 박, 자네 손으로 심판받는 것이겠지? 최수혁은 그것을 계획하고 있었네그려."

그는 그렇게 말하고는 껄껄껄 웃었다. 그것은 그제야 모든 것을 깨달았다는 통쾌함에서 나오는 껄껄거림은 아니었다. 어쩔 수 없이 되풀이되고야 마는 운명의 비정함에 대한 허탈감이 가득 밴 껄껄거림이었다. 천강일은 자신의 손으로 아버지를 보냈던 것처럼 자신의 아들에 의해 처단당할 운명에 처했다는 현실 앞에 그렇게 웃는 것밖에 달리 할 수 있는 게 없었다.

한참을 그렇게 웃더니 천강일이 말했다. 준열이 자신의 아들임을 알게 되었기에 말은 이미 하대(下待)로 바뀌어 있었다.

"나는 늘 나의 불행은 아버지 때문이라고 생각했었다. 아버지 역시 나처럼 생각했겠지? 아버지의 불행이 할아버지로부터 비롯된 것이라고 말이야?"

천강일은 어느덧 서쪽으로 기울기 시작한 해를 등지며 계속 말을 이어 갔다.

"아버지만 사라져 주면 내 불행도 끝날 거라고 생각했었다. 지금 와서 생각해 보니 그게 아니었어. 나의 불행은 아버지로부터 시작된 게 아니었어. 모든 건 나로부터 시작된 거였어. 내가 괴물이었어. 선택의 여지가 없다고 생각했던 순간이 바로 내가 괴물이 되기 시작했던 순간이었던 거야. 돌이켜 보니 다른 선택을 할 수도 있었어. 하지만 당시에는 그런 생각을 전혀 못 했어. 모든 것이 어쩔 수 없는 운명이라고만 생각했던 거지."

그는 회한에 잠긴 듯 한동안 가만히 있더니 말을 이었다.

"성혜경, 최기준, 이수림, 태어나자마자 죽은 아기, 최수혁 그리고 준열이 너까지, 나는 모두에게 용서를 빌고 싶다. 그렇다고 해서 내 죄를 면해 달라는 건 아니다. 잘못된 운명을 살았던 대가는 당연히 치를 생각이다."

그는 갑자기 준열의 손을 덥석 잡았다.

"나의 아들아. 내가 너를 아들이라 불러도 되는지 모르겠지만, 너만은 나의 운명을 되풀이하지 않기 바란다. 너라면 안심이다만, 그래도 방심하지는 말거라. 네 몸에 흐르고 있는 피는 저주받은 괴물의 피다. 그 피가 들끓어 너를 격동시키지 않도록 항상 조심하거라."

거기까지 말한 그는 갑자기 자신의 아들을 시험해 보고 싶었다. 준열이 자신처럼 괴물의 운명을 따를지, 아니면 자신의 바람대로 다른 운명을 살 수 있을지를.

천강일이 말했다.

"네가 나를 심판해 다오. 네 손으로 나를 단죄해 다오. 내가 너의 심판과 단죄로 파멸을 맞아야 내가 이 세상에 남긴 죄악에 대한 합당한 속죄가 될 것 같다. 그러니 준열아, 네 입으로 말해 다오. 내가 어떤 벌을 받아야 할지를."

"……."

준열은 대답하지 않았다. 그러자 천강일이 또다시 말했다.

"왜 너는 최수혁이 원했던 대로 하지 않으려는 것이냐? 네 손으로 나를 끝내야 네가 무사할 수 있다. 그러지 않으면 최수혁은 너까지 처단하려 들 거다. 그러니 준열아, 나를 끝내라. 네 손으로. 그것만이 네가 살 길이다."

"……."

준열은 여전히 아무런 대답도 하지 않았다.

"두려운 거냐? 아니면 용기가 없는 거냐? 네가 나서야 이 모든 것이 끝날 수 있다. 어서 끝내라! 어서!"

드디어 준열이 대답했다. 하지만 그것은 대답이라기보다는 절규에 가까웠다.

"그만! 제발! 그만하세요! 저를 보세요. 저는 당신이 지은 죄를 평생 대신 속죄하며 살아야 합니다. 이런 기구한 운명이 어디에 있습니까? 원수이기도 한 아버지의 죄를 업보처럼 대신 지고 살아야 하는 저의 운명 말입니다. 참으로 기구한 운명 아닙니까? 그런 저에게 어찌 살부(殺父)의 악업까지 보태라고 말하시는 겁니까?"

그의 절규가 계속 이어졌다.

"가장 준엄한 심판은 스스로가 내리는 심판입니다. 저질렀던 악행들을 스스로의 눈으로 들여다보세요. 그리고 그에 가장 합당한 벌이 무엇인지 스스로가 결정하세요. 저의 손을 빌리려 하지 마시고요. 부디 올바로 들여다보고, 올바른 선택을 하세요. 그것이 당신이 할 수 있는 마지막 옳은 일입니다."

그는 그렇게 말하고는 뒤돌아서 버렸다. 그리고는 발걸음을 옮겼다. 그의 발걸음은 산꼭대기를 내려가는 길을 향했다.

산마루가 끝나고 내리막길이 시작되는 경계 부분에는 솟대가 하나 서 있었다. 그것은 긴 나무 막대기를 하나 높이 세워 놓고는 그 위에 작은 나무 막대기를 가로로 얹고, 또 그 위에 새 모양을 한 나뭇조각을 올려놓은 모양이었다.

상고(上古) 시대부터 전해 내려오는 솟대는 지상세계와 하늘을 이어 주는 우리나라 고유의 토템이었다. 또한 그것은 이승과 저승의 갈림길을 표시하는 토템이기도 했다. 그는 그 솟대를 지나며 천강일과는 세계를 달리해 영원히 이별하는 느낌이었다. 그것은 그가 천강일에게 스스로 심판을 내리라고 말했을 때부터 이미 예견된 것이기도 했다.

홀로 남게 된 천강일은 준열의 뒷모습을 하염없이 바라보고 있었다. 그의 입가에는 희미한 미소가 떠올랐다. 그것은 자신의 아들,

준열만큼은 똑같은 운명을 되풀이하지 않을 수 있겠다는 일말의 안도감에서 나오는 미소였다.

그때 갑자기 최수혁이 모습을 드러냈다. 그는 준열의 손으로 단죄당하는 천강일의 마지막 모습을 지켜보기 위해 나무 사이에 몸을 숨기고 있었다. 그런데 준열이 아무것도 하지 않고 그냥 되돌아서 나오자 자신이 직접 나서기로 한 것이다.

최수혁은 갑자기 뛰기 시작하더니 무섭게 속도를 올렸다. 그리고는 천강일을 향해 돌진했다. 그를 낭떠러지 아래로 밀어 버릴 생각인 것 같았다.

천강일은 그런 최수혁을 맞으며 얼굴을 들어 하늘을 우러르고, 가슴은 활짝 편 채 두 팔을 한껏 벌렸다. 그것은 마치 최수혁의 돌진을 피하지 않고 그대로 받겠다는 뜻 같았다.

최수혁은 더욱더 속도를 높이며 돌진했다. 그런데 최수혁이 몸에 막 닿으려는 순간 천강일은 몸을 옆으로 틀어 버렸다. 그리고는 자신을 지나친 최수혁의 등을 가차 없이 밀어 버렸다. 최수혁은 달리는 속도에다 천강일이 등까지 밀어 버리자 그대로 낭떠러지 아래로 곤두박질치고 말았다.

최수혁을 뒤따르던 준열은 경악했다. 심판과 단죄를 달게 받겠다고 했던 천강일이 마지막 순간에 그런 선택을 할 줄은 몰랐다.

그는 몽마르트르의 선원을 다녀온 후로 차마 천륜(天倫)을 저버릴 수 없어 천강일이 진정한 참회를 할 수 있도록 속죄의 기회를 주려 했다. 그것으로 이승에서의 삶은 파국을 맞더라도 저승에서나마 새로 태어날 기회를 주려 했다. 그런데 자신의 생각과는 전혀 다른 일이 벌어졌다. 천강일은 자신이 저지른 악행의 가장 큰 피해자이자 이 세상에서 자신을 심판할 유일한 자격을 갖춘 최수혁을 낭떠러지 아래로 밀어내고 말았다.

그는 분노했다. 온몸의 피가 들끓으며 격동하기 시작했다. 몽마르트르의 선원에서 노스님이 건네줬던 야부 선사의 글귀도 아무런 소용이 없었다. 그의 눈에는 우로보로스 형상이 어른거릴 뿐이었다. 우로보로스의 뱀은 더 큰 자기로의 재탄생 따위에는 전혀 관심이 없는 듯, 괴물처럼 눈에 핏발을 세우며 입을 크게 벌리고 자신의 꼬리를 집어삼키려 하고 있었다.

그는 우로보로스의 눈처럼 붉게 충혈된 눈으로 천강일을 노려보며 옆에 있던 큼지막한 돌 하나를 주워 들었다. 그리고는 한 걸음, 한 걸음 천천히 발을 떼며 천강일에게로 다가갔다.

그가 점점 거리를 좁혀 오자 천강일은 또다시 얼굴을 들어 하늘을 우러렀다. 그리고는 가슴을 활짝 펴고, 두 팔도 한껏 벌렸다.

천강일을 향해 다가가는 그의 머릿속에서는 라이스대에서 했던 첫 강의의 한 장면이 떠올랐다. 그것은 '삼형제의 동굴' 벽화 사진을 스크린에 비춰 놓고, 주술사를 돌로 내리치는 소년들에 대해 설명하는 장면이었다. 그는 지금의 자신이 그 소년들과 다를 바가 없다고 생각했다. 주술사를 살해한 소년들처럼 자신도 손에 돌을 들고 아버지를 향해 다가서고 있었던 것이다.

그는 핏발 서린 눈으로 천강일을 노려보며 돌을 든 손을 높이 쳐

들었다. 그리고는 있는 힘껏 그를 향해 내리치려 했다.

바로 그때였다.

"그만! 준열아! 그만해!"

"……!"

"너는 나의 길을 가서는 안 돼! 그 돌로 나를 내리치는 순간 너는 나와 같은 운명을 살게 돼!"

천강일은 그렇게 말하고는 그가 미처 손 쓸 새도 없이 낭떠러지 아래로 몸을 던졌다.

고요한 가운데 천강일이 내지르는 비명 소리가 들렸다. 몇 초가 지났을까, 쿵 하고 낭떠러지 바닥으로 그의 몸이 닿는 소리도 들렸다. 시간이 흐르고 모든 것이 끝난 뒤에도 그의 귀에는 천강일이 내질렀던 비명의 잔향(殘響)이 계속 울려 퍼졌다.

다음 날 텔레비전에서는 긴급 속보가 흘러나왔다. 당내 경선 결과를 비관한 천강일이 고향 집 인근 산에서 낭떠러지 아래로 몸을 던져 숨졌다는 소식이었다. 하지만 그가 저질렀던 온갖 악행들에 대한 폭로기사는 나오지 않았다.

하루가 더 지난 날이었다. 윤미주는 차를 몰고 어디론가 떠났다. 그녀가 도착한 곳은 혼자 가끔 찾곤 했던 북한강 상류의 외진 다리였다. 그녀는 다리 위에 차를 세웠다. 그리고는 자줏빛 구두를 벗고 난간으로 올라섰다.

그녀는 노래를 부르기 시작했다. 졸업공연 때는 부르지 못했던 맥베스 부인의 노래였다. 이제는 자신이 여주인공이었다. 병풍처럼 늘어선 시녀가 아니라 자신이 바로 맥베스 부인이었다.

그녀는 눈을 들어 허공을 올려다보았다. 그 눈길을 따라 두 팔도 허공으로 들어 올렸다. 그리고는 조금씩 조금씩 눈과 팔을 아래로 내렸다. 잠시 그렇게 가만있더니 그녀는 아무런 반주도 없이 암울한 자줏빛 드라마티코 소프라노의 목소리로, 그토록 부르기를 원했던 맥베스 부인의 마지막 노래를 부르기 시작했다.

악마의 예언이여, 나를 속였구나.
영광을 약속하고는 절망을 내렸구나.
운명이 나를 데려가기 전
나는 날으리. 훨훨 날으리.
천 길 낭떠러지, 어둠 속으로.
동정과 위로는 필요치 않다.
나를 위한 장송곡은 내가 직접 부르리니 ….

노래의 마지막 소절이 끝나자 그녀는 몸을 날렸다. 그리고는 불새처럼 공중을 날았다. 하지만 날개 꺾인 불새는 하늘로 오르지 못했다. 대신 거센 물결을 향해 밑으로 곤두박질치기 시작했다. 몸이 물에 닿기 전 불새의 얼굴에서는 보일 듯 말 듯 가느다란 미소가 흘렀다. 두 눈에서는 눈물도 흘렀다.

준열의 핸드폰으로 사진 한 장이 전송되었다. 루나가 시카고대의 '수학자의 길'에서 찍어 보낸 사진이었다. 하얀 비목 앞에는 수학의 별, 최기준의 기일을 맞아 그녀가 대신 가져다 놓은 해바라기 한 묶음이 놓여 있었다.

준열은 중환자실을 찾았다. 거기엔 김은영이 미리 와 있었다. 그녀는 끝내 뇌수술을 받아야 했지만, 빠른 회복세를 보이며 다리만 약간 절뚝거릴 뿐이었다. 반면에 최수혁은 아직도 혼수상태에서 깨어나지 못한 채 중환자실 병상에 드러누워 있었다.

"오빠. 수혁 씨, 이대로 영영 깨어나지 못하면 어쩌지? 너무 불쌍해 … ."

"아냐 … , 수혁이는 깨어날 거야. 반드시 … ."

그렇게 말하는 그의 목소리에는 힘이 없었다. 옆에서 흐느끼는 김은영을 따라 그의 눈에서도 눈물이 흘렀다.

그 일이 있던 날, 낭떠러지 밑으로 곤두박질치던 최수혁은 목숨만은 건질 수 있었다. 낭떠러지 중간에 나 있던 몇몇 나무들에 몸이 걸리면서 밑바닥으로 곧장 떨어지는 최악의 상황만은 면했던 것이다. 하지만 그의 행운은 그것이 전부였다. 그는 몇 달째 깊은 혼수에 빠진 채 깨어날 줄 몰랐다. 준열은 죄책감에 휩싸였다. 그것도 천강일이 자신에게 남긴 업보라면 업보였다.

"수혁아, 이 사진 좀 봐. 예전에 네가 그랬던 것처럼 해바라기를 가져다 놓았어. 직접 갖다 놓지는 못했지만, 내년에는 직접 할게. 그때는 나랑 같이 가자. 수혁이 아버님은 하늘나라의 수학의 별이지만, 너는 이 땅의 수학의 별이잖아? 그러니 깨어나서 밝게 빛나야 해. 이 땅에서 … ."

그는 더 이상 말을 잇지 못하고, 고개를 숙인 채 흐느끼고 말았다. 간절한 그의 마음을 아는지 모르는지 최수혁은 여전히 묵묵부답이었다.

몇 달이 더 지났을 때 기적 같은 일이 일어났다. 최수혁이 혼수에서 깨어나며 눈을 뜬 것이다. 그것은 어쩌면 준열의 간절함 덕분인지도 몰랐다. 그는 하루도 빼놓지 않고 최수혁의 곁을 지키며 회복을 기원했다. 마치 최수혁이 깨어 있기라도 하듯 어떤 때는 천강일을 대신해 용서를 빌고, 또 어떤 때는 세상 돌아가는 일들을 들려주곤 하는 것이 그의 일상이었다.

말을 할 수 있게 되었을 때 최수혁이 띄엄띄엄 분명치 않은 발음으로 처음 꺼낸 말은 놀랍게도 준열에게 용서를 구하는 것이었다.

"더 이상 미안해하지 마 … . 친구였던 너까지 파멸시키려고 했던 사람이 바로 나야. 아무 죄도 없는 너를 … . 단순히 그의 아들이라는 이유만으로 … . 그러니 용서를 구해야 할 사람은 네가 아니라 나야. 용서 … , 해 줄 수 있겠니 … ?"

준열은 눈물을 흘리며 고개를 가로저었다. 그의 마음에는 천강일의 죄는 자신의 죄라는 생각이 여전했기에 최수혁의 그 말은 받아들일 수 없었다.

미국의 추방 조치가 해제되면서 준열은 휴스턴으로 돌아갔다. 첫 강의를 했던 날처럼 휴스턴에 눈이 내렸다. 그런데 눈 소식과 함께 슬픈 소식도 날아들었다. 수많은 고비를 넘겨 가며 끈질기게 버티던 싱클레어 교수가 마침내 유명을 달리한 것이다.

아일랜드식으로 치러진 장례미사는 엄숙하면서도 기품이 있었다. 성당 앞쪽에 모셔진 고인의 관 옆에는 싱클레어 교수와 조너선의 사진이 나란히 놓여 있었다. 아버지와 아들이 하늘에서나마 화해하고 사랑하라는 싱클레어 부인의 소망이 담긴 듯했다.

그녀는 준열에게 추모사를 부탁했다. 그는 기꺼이 그 부탁을 받아들였다.

"제가 교수님을 안 지는 몇 년 되지 않습니다. 그리 길지 않은 시간이었지만, 교수님은 저를 아들처럼 대해 주셨습니다."

검은 옷을 입고 성당을 가득 메운 추모객들은 머리 색깔도 다르고 피부색도 다른 그가 추모사를 시작하자, 의아해하면서도 경청하는 분위기였다.

"저는 아버지를 모르고 자랐습니다. 그래서 아버지라는 단어가 무척 낯섭니다. 아버지란 존재를 마주한 적이 없었기에 아버지를 대하면 주눅이 들지, 용기를 얻을지 알 수 없었습니다. 또한 위압감을 느낄지, 힘을 얻을지도 알 수 없었습니다. 하지만 교수님을 뵈면서 알게 되었습니다. 아버지란 존재가 어떤 느낌일 수 있는지를요."

그는 싱클레어 교수를 과장되게 추켜세우지도 않았고, 좋은 점들만 골라서 늘어놓지도 않았다. 그의 추모사는 담담하면서도 진솔했고, 또한 인간적이었다. 그렇기에 추모객들은 그의 진정어린 추모사를 들으면서 점점 더 숙연해졌다.

"교수님께서 평생을 연구하셨던 칼 융이 이런 말을 한 적이 있습니다. '우리는 인생의 오전 프로그램에 따라 오후를 살아서는 안 된다. 오전에 위대했던 것들이 저녁에는 하찮아지고, 오전에 진실이었던 것이 저녁에는 거짓이 되어 버리기 때문이다'라고요."

그는 추모사를 계속 이어 갔다.

"저는 교수님의 오전이 어땠는지는 모릅니다. 하지만 오후가 어땠는지는 알고 있습니다. 교수님 인생의 오후는 모든 영광, 위대함, 거대함, 찬란함 그리고 웅장함으로부터 물러나는 것이었습니다. 그렇게 물러나면서 교수님은 더욱더 진실해지고, 소박해지고, 겸손해지셨습니다. 이 어찌 멋진 인생의 오후가 아니겠습니까? 허위 가득한 화려한 오후보다는 백 배, 천 배 멋진 오후일 것입니다. 이제 교수님은 인생의 밤을 맞이하셨습니다. 하지만 교수님의 밤은 결코 어둡지 않을 것입니다. 교수님의 진실했던 영혼이 어두운 밤길을 밝게 비추리라 믿기 때문입니다. 길버트 싱클레어 교수님, 편히 잠드소서."

추모사를 끝내고 연단을 내려오는 그와 싱클레어 부인의 눈길이 마주쳤다. 고개를 숙이며 예를 갖추는 그에게 그녀는 고개를 끄덕이며 무언의 말을 전했다.

'고마워요, 닥터 박. 밤길 가는 그이의 발걸음이 가벼울 거예요.'

그가 자리로 돌아오자 루나가 가만히 손을 뻗어 그의 손을 잡았다. 그녀의 손은 여전히 따뜻했다.

준열은 다시 한국으로 돌아왔다. 최수혁은 일반 병실로 옮긴 후 나날이 회복하고 있었다. 그는 거동이 완전히 자유롭진 못했다. 하지만 그의 영혼은 조금씩 운명의 조종에서 벗어나는 듯했다. 바깥의 계절은 여전히 꽁꽁 얼어붙은 겨울이었지만, 그의 마음에는 봄이 깃들기 시작한 것 같았다. 얼음장같이 차갑기만 했던 그의 얼굴에도 온기가 어렸고, 날카로웠던 눈빛에도 여유가 스며들었다. 암울하기만 했던 잿빛 운명이 가져다준 아픔과 상처도 자신의 삶이라 여기는 그를 지켜보면서 준열은 그가 별처럼 빛날 날도 멀지 않았음을 느꼈다.

병실을 나온 준열은 곧바로 천강일의 고향 집으로 내려갔다. 그리고는 뒷산을 올라 천강일이 앉았던 너른 바위에 국화 한 다발을 올려놓았다. 천강일의 1주기 기일이었던 것이다.

그는 고개를 숙이며 조용히 말했다.

"이 세상에서 인연을 맺었던 분들을 하나하나 찾아가서 용서를 비세요. 그들이 용서치 않더라도 끝까지 비세요. 그들과 화해하고 평화를 이루세요. 그런 다음 꿈속으로 저를 찾아오세요. 그때는 제가 정식으로 아버지라고 불러 드릴게요."

그는 서울에 있는 김은영의 집으로 돌아왔다. 그리고 책상에 앉아 싱클레어 교수가 남긴 미완성 원고, '정신의 기원'을 펼쳤다. 그 원고의 첫 장(章)은 신화학자 조셉 캠벨이 한 말을 인용하면서 시작하였다.

나는 내 의식이 정확한 의식인지 아닌지 모른다.

나는 내 존재에 관해 내가 아는 것이 정확한 것인지 아닌지 모른다.

준열은 싱클레어 교수의 원고를 다 읽은 후, 아무것도 쓰여 있지 않은 새로운 종이에 자신의 글을 써 내려가기 시작했다.

그가 '신화의 그림자'라고 이름 붙인 장은 이렇게 시작했다.

인간은 어떻게 자신을 파악하는가?

인간이 자신을 이해하는 방식은 무엇인가?

여기에 상징적이고 은유적이지만, 인간 정신의 궁극적 내면에 자리 잡은 하나의 본질적인 이해 방식이 있다….

그는 '신화의 그림자' 장을 마무리하면서 라이스대에서 했던 첫 강의를 떠올렸다.

'토템과 터부'라는 제목의 강의에서 그는, 아버지는 아들의 성장을 위해 바쳐진 피의 제물이라고 했다. 그리고 아들은 그런 피의 제물을 딛고서, 난관을 극복하고 성장의 길로 나아간다고 했다.

당시에 했던 말은 하나의 상징이자 통과의례로서 아버지를 대하는 아들의 마음가짐에 관한 것이었다. 하지만 그 모든 것을 현실의 일로 경험해야 했던 그는 이제 자신을 향해 묻지 않을 수 없었다.

'나는 과연 다른 운명을 살 수 있을 것인가?'

끝